Linda Mignani

Verführung und Bestrafung

Erotischer Roman

plaisir d'amour

FSC
www.fsc.org
MIX
Papier aus verantwortungsvollen Quellen
Paper from responsible sources
FSC® C105338

Linda Mignani
VERFÜHRUNG UND BESTRAFUNG
Erotischer Roman

www.plaisirdamourbooks.com
info@plaisirdamourbooks.com

ISBN Taschenbuch: 978-3-86495-275-3
ISBN eBook: 978-3-86495-276-0

Kapitel 1

Oberhalb der Böschung verharrte Viola auf dem Waldpfad. Da war es wieder, das Rascheln. Gebannt starrte sie auf die Lichtung, bis sich ein Reh zwischen den Bäumen hervorstahl und witternd stehenblieb. Nur sein Fell bewegte sich im leichten Wind. Anmutig lief es ins Gras und nach ein paar Schritten senkte es den Kopf, um seinen Durst an dem Bach zu stillen. Die wunderschöne Begegnung war eine gelungene Krönung für die Jagd, die den Morgen andauerte.

Du musst leise wie eine Schneeflocke sein. Langsam hob sie die Arme, trat an den Rand des Hanges und visierte das Tier an. Plötzlich gab der weiche Boden nach.

So ein verdammter Mist!

Erde und Steine rollten hinab und das Gepolter vermischte sich in der Lautstärke mit ihrem Schrei, während ihre Füße ins Leere rutschten. Sie drohte, kopfüber abwärtszustürzen. Viola warf den Oberkörper zurück und landete keuchend auf dem Gefälle. Während sie weiterschlitterte, sah sie von ihrem Motiv nur noch das Hinterteil aufblitzen. Das Reh rannte um sein Leben, vermutlich in der Annahme, dass ein Bär es zerfleischen wollte. Mit einer Hand hielt sie die neue Spiegelreflexkamera, mit der anderen fand sie nach Luft ringend Halt an einem Strauch. Ihre vorrangige Sorge galt der Kamera, die zum Glück heil geblieben war. Viola hängte sie aufatmend um den Hals und berührte zaghaft ihren Po, erleichtert, dass er gepolstert war. Ein blauer Fleck, mehr war nicht zu befürchten.

Um auf die Beine zu kommen, zog Viola sich an einem Gebüsch hinauf und hangelte sich von einer Pflanze zur nächsten, bis sie schwer atmend den Pfad erreichte. Für einen Moment verharrte sie, bevor sie prustete und in befreiendes Lachen ausbrach. Das erste Mal seit Wochen. An der Caprijeans und der smaragdgrünen Fleecejacke klebten Blätter und sie sah bestimmt wie ein wandelnder Busch aus.

Viola liebte den Wald, seine Stille und den harzigen Duft, der ihn durchzog. Warme Luft streichelte ihre Haut, während sie das Gesicht der Sonne entgegenhielt. Als Malerin blieb ihr keine Nuance der erblühenden Natur verborgen. Das samtige tiefe Grün des Mooses regte ihre Fantasie an und ihr schwebte eine nackte Schönheit vor Augen, die rekelnd auf einem anschmiegsamen Bett lag. Tizianrotes Haar gab dem Spiel des Windes nach und dunkelroter Satin bedeckte Brüste und Scham. Die gespreizten Schenkel erwarteten ihren Liebhaber, der sich schattenhaft über sie senkte.

In diesem Moment verschwanden die Zweifel der vergangenen Wochen. Nur die Zukunft zählte. Schließlich bot der Frühling die perfekten Voraussetzungen für einen Neuanfang, zudem schwelgte Viola in dem Luxus von freier Zeit. Die hohe Abfindung und ihr Erspartes versüßten die Pause vom Arbeitsleben.

Nur einen kurzen Gedanken verschwendete sie an ihren Exboss, den verdammten Dreckskerl. Mit Leib und Seele hatte sie sich in die Arbeit als Assistentin in der Werbeagentur gekniet. Unbezahlte Mehrarbeit, private Aufgaben, alles hatte sie gewissenhaft erledigt, bis zu dem verhängnisvollen Tag. Die klassische Situation: Überstunden, beide allein im Büro.

Das Schwein betatschte sie, drängte sie gegen den Schreibtisch. Die Ohrfeige saß. Gott, was war sie blöd gewesen. Sie hätte seine Absichten erkennen müssen, die zufälligen Berührungen, die anzüglichen Bemerkungen. Dann hatte sie fast der Schlag getroffen, weil seine sympathische Frau Jocelyn in der Tür gestanden hatte. Fassungslosigkeit und Schmerz, durch Wut verdrängt, lagen auf dem schmalen Gesicht. Klatschend landete auch ihre Hand auf seiner Wange, während Viola sich gewünscht hatte, im Boden zu versinken.

Jocelyn hatte ihren Arm gepackt und sie in den nächsten Pub gezerrt.

„Ich brauche einen Drink“, hatte Jocelyn gesagt.

Viola hatte selbst einen gebrauchen können.

Jocelyn hatte vor Rage geschäumt und dass war vor allem auf die eigene Person bezogen gewesen. Viola erinnerte sich an die blitzenden Mandelaugen und wie die schwarzen schulterlangen Haare bei ihren energischen Bewegungen ihre Schultern umspielt hatten, bis sie den Zorn auf ihren Mann richtete.

„Ich will Rache, und Geld schmerzt ihn am meisten.“ Eine Reihe Apple Martinis ließ sie beide kichern. „Ich vermute seit Längerem, dass er mich betrügt, und wollte es nicht wahrhaben. Ich entspreche einem Klischee auf zwei Beinen. Daher die vielen Assistentinnen.“ Ihre Augen nahmen einen harten Ausdruck an. „Er wird es bitter bereuen. Dich trifft allerdings keine Schuld.“

Der Abend hatte eine Freundschaft eingeläutet, aber auch Jocelyn verändert, denn von da an hatte sie sich in eine Rachedämonin direkt aus der Hölle verwandelt und zwang ihn, Viola eine hohe Abfindung zu zahlen, weil eine Anzeige wegen sexueller Belästigung drohte. Noch in derselben Nacht hatte sie Wachsstreifen auf seine reichhaltige Brustbehaarung geklebt, jeden Knopf seiner Armani Hemden abgeschnitten und ihn aus dem Haus geworfen.

Viola dachte lieber nicht darüber nach, was die wütende Ehefrau seinem Auto angetan hatte. Unsinnigerweise war die Liebe zu seiner Frau ab diesem Tag neu erwacht und er umwarb sie bis zur jetzigen Sekunde wie niemals zuvor.

In Violas erster freier Woche hielten dagegen Einsamkeit und Unzufriedenheit an. Mit Anfang dreißig war sie ausgebrannt, doch dann gab sie sich einen kräftigen Tritt. Im Nachhinein begrüßte sie die Wendung, die ihr Leben genommen hatte, denn endlich konnte sie ihre Kreativität ausleben. Die nächsten Monate wollte sie der Malerei widmen, denn zum Jahresende plante sie ihre Ausstellung: *Fantasien der Lust.*

Ein Blick auf die Armbanduhr zeigte, dass es weit nach Mittag war und ihr fehlten nach wie vor ein paar besondere Motive. Nackte Nymphen oder kräftige Dämonen, die Ideen für potenzielle Gemälde brachten ihre leidenschaftliche Seite zum Ausdruck. Wo gab es knackige Holzfäller, wenn man sie brauchte?

Viola beschloss, dem geschlungenen Pfad zu folgen, was sie auch tat, bis eine Mauer, die zwischen den Birken hindurchschimmerte, ihre Neugierde weckte. Vielleicht verbarg sie ein verwunschenes Schloss. Der Gedanke erheiterte sie. In ihrem Inneren versteckte sich eine Romantikerin, nach außen wirkte sie kühl. Manchmal fragte sie sich, ob sie ihre tief eingegrabenen Gefühle verschwendete. Am meisten ärgerte sie ihre Unentschlossenheit, da es Kraft erforderte, Entscheidungen zu treffen, und ein zielstrebiges Verhalten stand ganz oben auf der Liste der Dinge, die sie ändern wollte.

Sie starrte auf die Mauer und wünscht sich, dass sie hindurchsehen könnte, doch die hohe Wand aus roten Ziegelsteinen gab kein Geheimnis preis. Viola hoffte auf ein Tor, das ihr die Sicht hinein ermöglichte und sie folgte der Mauer, bis sie eine umgestürzte Lerche erreichte. Sie lag inmitten der Trümmer. Wie eine Einladung lockte der Zugang. Der verwilderte Garten, den sie dahinter erspähte, zog sie in seinen Bann. Sollte sie es wagen? Vor ihrem geistigen Auge sah sie wütende Rottweiler, begleitet von einem erbosten Besitzer, der sie mit einer Schrotflinte vom Grundstück jagte. *Du bist wirklich ein Weichspüler!* Ein neues Leben erforderte mehr Mut zum Risiko und verbotene Früchte schmeckten bewiesenermaßen am süßesten.

Zaghaft betrat sie den Garten und lief die ersten Meter hinein. Beim Anblick des Gargoyles lächelte sie mit der Kamera in ihrer Hand, das Gemälde bereits in Planung. Er wachte über einen verträumten Teich und war der ideale Rahmen für die kristalline Schönheit, die aus dem

Wasser auftauchte. In der Ferne ruhte die Statue eines zerbrochenen Engels, der vor einer Trauerweide stand.

Schlagartig riss sie ein Stöhnen, unterbrochen von einer männlichen Stimme, aus der Verzückung. Jetzt war es Zeit, das Weite zu suchen. Ein weiblicher Schrei ließ sie innehalten, sodass jeder Gedanke an Flucht erstarb. Einer Lawine gleich folgte sie dem Trampelpfad mehr rennend als joggend. Abrupt stoppte sie hinter einem Gartenbambus. Alles um sie herum verlangsamte den Herzschlag, während ihr Herz raste. Unwirklichkeit befiel sie so heftig, dass sie ihre Fingernägel in die Handflächen bohrte. Erblühte Kirschbäume spiegelten sich in dem See und die zarten Flocken rieselten zu Boden. Im krassen Gegensatz dazu, zerrte ein kräftiger Kerl eine nackte Frau in einen Pavillon, der am Uferrand stand.

Eine Vergewaltigung!

Sie wollte gerade aus der Deckung stürzen, doch das vermeintliche Opfer lachte auf. Nicht ängstlich, sondern sinnlich, lustvoll. Viola blieb wie angewurzelt stehen.

„Du scheinst es kaum erwarten zu können, Iris." Das tiefe Timbre passte zu ihm, erotisierend wie dunkle Schokolade. Er besaß etwas Dominantes, Gefährliches und schwarze kurze Haare, die auf irisches Blut hindeuteten, rundeten das Bild ab.

Viola blinzelte, weil ihre aufgerissenen Augen tränten.

Iris war ein zutreffender Name, der sich nicht nur auf die äußerliche Schönheit der makellosen Linien beschränkte und Viola in den Bann zog. Ihr inneres Leuchten erreichte die Oberfläche. Iris kicherte und er packte nicht nur ihren Nacken, sondern sah sie drohend an.

Viola wusste, dass sie gehen sollte. Perfekte Motive – raunte die Stimme in ihrem Kopf.

Der Kerl überragte Iris um eine Haupteslänge. Seine Hände lagen auf den Brüsten und reizten die harten Spitzen. Die Frau stöhnte auf, drängte sich der Berührung gierig entgegen. Ein Tattoo befand sich unterhalb des Schlüsselbeines. Viola betätigte den Zoom und erkannte eine schwarze Feder im Spiel des Windes. Sie war inmitten eines ihrer Fantasiegemälde gelandet.

„Du sollst ruhig sein“, flüsterte er bedrohlich. Wenn Viola an Iris‘ Stelle wäre, hätte ihr der Mut gefehlt, nur einen Laut zu äußern.

„Dreh dich um.“

Iris drehte ihr den wohlgeformten Po mit kleinen Grübchen am Lendenansatz zu. Er nahm ein Seil und warf es geschickt über einen Deckenbalken des Pavillons. Ein Ende wickelte er um ihre Handgelenke und das andere zog er an, sodass sie noch auf den Fußflächen stehen konnte. Seine Hand landete auf dem Po und die Schönheit stöhnte wohlig auf. Der Schlag hinterließ einen Abdruck auf der hellen Haut. Die hochgesteckten Haare betonten das anmutige Aussehen.

Er trug nur eine Jeanshose und Viola bewunderte das Spiel seiner Muskeln. Verdammt, der Typ verlieh der Eigenschaft höllisch sexy eine neue Bedeutung. Sie schoss das erste Foto. Süße Früchte, in der Tat. Er umkreiste sein Opfer, strich mit den Fingerspitzen an den Konturen entlang. Die attraktive Brünette drehte den Kopf, folgte seinen Bewegungen, soweit es ihre Haltung zuließ. Viola verstand sie, auch sie würde ihn nicht aus den Augen lassen. Nicht zu wissen, was er vorhatte – Viola konnte kaum stillhalten.

„Du kleines aufmüpfiges Luder.“ Er fasste zwischen ihre Schenkel und stahl ihr ein lustvolles Stöhnen. „Muss ich dich knebeln? Ich will keinen Ton mehr von dir hören.“ Das klatschende Geräusch eines weiteren Schlages durchbrach die Stille. „Tom hat mir freie Hand eingeräumt, denn dein Ungehorsam gipfelt in aufsässiger Sturheit.“ Er umfasste ihren Nacken und befahl ihr, die Beine zu spreizen, lachte sinnlich, da er leichten Zugriff fand. Sie spannte die Muskulatur an, vergeblich. Ein lang gezogener Laut beendete die Bemühungen. Der Typ warf Iris einen Blick zu, der Viola innerlich aufseufzen ließ.

Wie musste es sein, einem Mann ausgeliefert zu sein, der gleichzeitig Beherrschung von einem verlangte? Wer war Tom?

Er griff in ihre Haare, zog den Kopf zurück und legte ihr die Handfläche auf die Kehle. „Du möchtest unbedingt die Peitsche spüren, nicht wahr, Schiava?"

Chihuahua? Beinahe hätte Viola gelacht. Wenn überhaupt besaß Iris mehr Ähnlichkeit mit einem edlen Jagdhund.

„Ich werde dich bestrafen und Toms Wünschen entsprechen." Er sprach leise, jedes Wort ein Versprechen und überstreckte ihren Hals, wobei er weiterhin ihre Brüste knetete. „Und niemand eilt dir zu Hilfe."

Violas eigenen Nippel reagierten, indem sie lustvoll pochten. Sie konnte nicht widerstehen, glitt mit der Hand unter das T-Shirt und in den BH, berührte die Spitzen, die prall und empfindlich zwischen ihren Fingerspitzen lagen. Ihr Busen fand Violas ungeteilte Zustimmung, erregte er doch Aufmerksamkeit, wozu sie keinen tiefen Ausschnitt benötigte.

Er löste seine Hände von Iris, die heftig atmend in den Fesseln hing und Mr Sexy nahm eine kurze Longierpeitsche. Ein bedrohliches, faszinierendes Schlaginstrument. Er wollte seine Partnerin schlagen! Schwere Verletzungen wären die Folge. Sollte sie die Polizei rufen? Sie fluchte leise, da ihr Smartphone zu Hause aufgeladen wurde. Außerdem bezweifelte sie, dass Hilfe willkommen war.

Iris übergab ihr Schicksal offensichtlich freiwillig in seine Hände und zitterte vor Erwartung, nicht nur vor Angst. Viola riskierte einen Blick in sein Gesicht. Ein war ein Typ, vor dem Mütter ihre Töchter warnten und gleichzeitig mit der Fantasie spielten, von so einem Mann gefickt zu werden, nachdem er sie mit aller Härte bestraft hatte. Ein besonderes verbotenes Früchtchen. Viola schmeckte bereits den delikaten Saft in der Kehle.

Nicht nur ihre Wangen erhitzten unter den kühnen Gedanken. Für einen Moment befürchtete sie, dass er sie sehen konnte, weil er in ihre Richtung schaute. Sie spürte seine Augen fast auf ihrem Körper, prickelnd und lockend. Aber er widmete seine Aufmerksamkeit wieder der Dunkelhaarigen. Viola atmete erleichtert und enttäuscht auf. Die Vorstellung, an Iris' Stelle zu sein, jagte Schmetterlinge in ihren Leib. Der BH engte sie ein, ihre Haut glühte und ihre Klitoris pochte verlangend.

Er stand seitlich hinter seinem willigen Opfer und ließ das einriemige Folterinstrument knallen. Widersprüchliche Gefühle schossen durch sie hindurch. Gier löste das Entsetzen ab, zuerst hauchzart, dann brandete es über sie.

„Du darfst nicht schreien. Wenn du es tust, lasse ich mir eine andere, schlimmere Bestrafung einfallen. Verstehst du mich, Sklavin?"

Was gab es Grausameres als eine Peitsche? Der Schmerz musste unerträglich sein. Dennoch konnte Viola der Faszination, die das Schlaginstrument ausübte, nicht widerstehen. Die schwarze Lederpeitsche traf den wohlgeformten Po. Viola zuckte zusammen, spiegelte somit Iris' Reaktion. Er führte die ersten Schläge leicht aus, mehr ein Streicheln, das kaum Spuren hinterließ. Viola atmete erleichtert aus. Anscheinend wollte er seine Gespielin nicht verletzen, sie vollführten ein Liebesspiel. Etwas ernster, als scherzhaft übers Knie gelegt zu werden.

Sie sah die Änderung in der Körperhaltung, er schlug härter zu und ein roter Streifen folgte dem surrenden Geräusch. Das Mal zierte die rechte Pobacke. Die Brünette wimmerte und es war doch kein Spiel.

Viola rang nach Luft, denn sie spürte die Peitsche auf ihrem Leib. Der Riemen wickelte sich beim folgenden Hieb um Iris' Hüfte. Er liebte seine Partnerin mit süßer Qual und die Züchtigung streichelte die Haut, geschmeidig küsste sie das Fleisch, züngelte den Körper entlang. Die Intensität und Art der eigenen Reaktionen war überraschend. Sollte sie die Pein nicht abstoßen? Die Folterung brachte pure Lust, wie Viola sie nie erlebt hatte.

Immer wieder unterbrach er die Strafe, um sein stöhnendes Opfer tröstlich zu berühren. Iris fiel weiter in die vollkommene Hingabe. Feuchte Spuren rannen an den Innenseiten der Oberschenkel hinab und reflektierten Violas Wollust. Sie unterdrückte ihr schlechtes Gewissen, wobei sie den Vergleich zu einem Voyeur zog und drückte dennoch auf den Auslöser. Was er seiner Partnerin antat und vor allem die Art der Handlungen, packte sie. Die Zärtlichkeit und gleichzeitige Härte, die er ihr schenkte.

Mit Präzision landete das Leder auf der Haut. Die meisten Schläge trafen den Po, einige wenige den Rücken. Er schätzte die Schärfe genau ab. Das wimmernde Schluchzen nahm zu und Iris hielt es nicht mehr aus, ein Schrei, durchzogen von qualvoller Begierde, kam aus ihrer Kehle.

Der Laut berührte etwas in Viola, das sie nicht deuten konnte. Iris unterwarf ihre psychische Unversehrtheit bedingungslos ihrem Geliebten. Viola beneidete sie, da sie sich nie so ehrlich zeigte, denn Gefahr lauerte in ungefilterten Gefühlen. Wenn er Viola allerdings in die Finger bekäme, würde er sie zwingen, sich offen zu zeigen. Der Gedanke zwang sie fast in die Knie und sie löste den Reißverschluss der Jeans, tastete in den Schritt. Keuchend schob sie das nasse Höschen zur Seite und rieb über ihre Klitoris.

„Mir scheint, du verstehst es.“ Er zog die Male mit den Fingerkuppen nach, sodass seine Partnerin jammerte. Mr Sexy deponierte die Peitsche auf dem Tisch und er ließ Iris warten, bis er an sie herantrat. Sie zitterte und fiel stärker in die Fesselung.

Er fixierte sie mit seinem Blick, der Augenausdruck ein Versprechen, dass es nicht vorbei war. Auch sein Schlüsselbein zierte ein Federtattoo. Er lockerte das Seil, drehte Iris herum und stützte sie, murmelte etwas in einer schrecklich sanften Stimme. Als Iris sicher stand, umkreiste er sie, steigerte ihre Nervosität und blieb hinter ihr stehen. Er legte eine Hand auf den bebenden Bauch und seine Geliebte lehnte gegen seine Vorderseite.

Ihre gespreizten Schenkel gewährten ihm leichten Zugriff und er rieb seinen Daumen auf der Klitoris, stimulierte sie, bis sie keuchte. Nur die Fesseln hinderten sie, auf den Boden zu sinken. Er spreizte die Schamlippen. Viola wurde es heiß, denn sie starrte auf die erregte, geöffnete Scham einer Frau – furchtbar verbotene Früchte.

„Oh Gott, John“, stammelte Iris.

John, stumm wiederholte Viola den Namen.

Violas tiefes Verlangen toste in ihrem Inneren, während ihr Äußeres mit feuchter Hitze reagierte. Er steigerte die Erregung seiner wollüstigen Partnerin, bis sie heiser vor Lust schrie, sogar weinend bettelte.

„Möchtest du kommen, meine Schöne?“

Ja, hätte Viola am liebsten gerufen.

Der heftige Orgasmus bäumte Iris auf und zuckend lehnte sie sich in seine Umarmung. Er lächelte, umfing sie besitzergreifend und beschützend. Seine Jeanshose landete auf dem Boden, der Po und die Beine hielten das, was der Oberkörper versprach. Schnell schoss Viola ein paar Fotos. Ihre Wangen brannten glühender bei den anrüchigen Motiven und sie zoomte seine Erektion heran, ignorierte währenddessen ihr Gewissen, biss schamlos in die Frucht und schluckte sie hinunter.

Er befreite seine Partnerin und sie sank vor ihm auf die Knie. Ihre Lippen umschlossen sein Glied, entlockten ihm ein heiseres Stöhnen. Er richtete den Blick auf seine Gespielin und zärtliche Begierde lag in seinen Augen. Frivol saugte sie an den rasierten Hoden. Ein Keuchen belohnte ihre Mühen, als sie erneut seinen Schwanz in den Mund nahm. John überließ ihr die Führung, stöhnte heftiger. Er warf den Kopf in den Nacken, legte die Fingerspitzen auf Iris‘ Gesicht und folgte den Konturen, hielt sie einen Moment umfangen.

„Ich will dich lecken, Sklavin.“

Er hob sie auf den im Pavillon stehenden Tisch. Gierig spreizte Iris die Beine und er leckte über die Klitoris, teilte ihre Scham mit den Fingerkuppen, raubte ihr die Beherrschung. Stöhnend schob sie ihm das Becken entgegen, krallte die Finger wimmernd um seine Handgelenke.

„Schenk mir einen Orgasmus. Sofort!“

Sich aufbäumend schrie sie auf und Tränen liefen ihr aus den Augenwinkeln. John drehte sie herum und er drückte ihre Vorderseite auf die Tischplatte. Eine Hand griff in den Nacken, behielt die Kontrolle. Er drang von hinten in sie ein. Langsame tiefe Stöße. Iris keuchte unter der qualvollen Bedächtigkeit. Noch nie hatte Viola etwas Mitreißenderes gesehen. Er bewegte die Hüften schneller und die Pobacken zogen sich kurz vor dem Höhepunkt zusammen. Seine heiseren Lustschreie hallten durch den Garten.

Viola nutzte den Augenblick, um sich davonzustehlen. Sie joggte zurück, stolperte über einen Stein und fing den Fall im letzten Moment ab. Die verbliebenen Meter rannte sie. Erst auf dem Waldweg verlangsamte sie den Schritt. Was hatte sie getan?

Sie hatte doch nur Rehe fotografieren wollen!

Sobald Viola zu Hause angekommen war, holte sie den Vibrator aus dem Schrank und riss sich das nasse Höschen fast vom Körper. Nach wenigen Atemzügen lag sie zuckend auf dem Bett, aber der Orgasmus verblasste, verglichen mit ihrem Erlebnis. In dieser Sekunde überkam sie Einsamkeit, wie lange nicht mehr, denn ihre Seele blieb unberührt. Es war zwar noch früh, aber sie war auf einmal schrecklich müde und schlief ein.

John blickte aus dem bodentiefen Fenster, als Miles die Bibliothek betrat. Sein Adoptivbruder klopfte ihm auf die Schulter und einen Moment betrachteten sie den Himmel. Die ersten Vorboten der Nacht eroberten das schimmernde Orange.

„Setzen wir uns. Möchtest du einen Drink?“ John tat Eiswürfel in zwei Gläser und füllte sie mit Scotch auf.

Mit einem Seufzer fiel Miles in einen der drei vor dem Kamin stehenden grünen Sessel und kippte grinsend einen großen Schluck hinunter. Bei seinem Anblick wich Johns Verärgerung Neugierde. Beinahe hätte er vorhin dem Impuls nachgegeben, die kleine Unbekannte aus der Deckung zu zerren, um ihr an Ort und Stelle den Arsch zu versohlen und ihr eine Lehre zu erteilen, die sie nie mehr vergessen würde.

Sein Bruder, Geschäftspartner und Hausmitbesitzer, hatte sie entdeckt, sobald sie den ersten Schritt auf ihren Grund und Boden setzte. Er selbst hatte sie gehört, bevor er sie sah. Ihr Lärmpegel hatte dem eines in den Garten eindringenden Wildschweinrudels geähnelt, während sie laut keuchend hinter dem Bambus kauerte, nur Meter von John entfernt, und Miles hatte ihm ein Zeichen gegeben, nicht einzugreifen.

„Du bist ihr gefolgt?“

Was das Miststück wohl mit den Fotos vorhatte? Fragend zog er eine Augenbraue hoch. Im schlimmsten Fall war sie eine Reporterin, die etwas über den Federzirkel herausfinden wollte.

Miles strich durch seine dunkelblonden Haare, wobei die grünen Augen vergnügt aufblitzten. „Sie hat es mit Mühe geschafft, den Schlüssel ins Schloss ihrer Haustür zu stecken. Ganz schön nervös, die Kleine.“

So wie John ihn kannte, war Miles nicht vor der Tür geblieben.

„Sie sollte ihr Türschloss austauschen“, sagte er lachend. „Es zu knacken ging genau so schnell, wie sie benötigte, um ihren Höhepunkt zu erreichen. Der Vibrator lag kaum zwischen ihren gierigen Schenkeln.“ Er grinste ihn lüstern an. „Ein devotes Mäuschen und besitzt offensichtlich null Erfahrung mit ihrer Neigung.“

„Eine unberührte Schiava.“ Das reizte John. Ungeduldig trommelte er mit seinen Fingern gegen den Oberschenkel, denn sein Bruder spannte ihn auf die Folter.

„Nun sag schon, was will sie mit den Fotos? Hast du die Kamera mitgebracht?“

Miles schüttelte den Kopf. „Sie ist eine Malerin.“

Die Information überraschte John. „Und?“

„Nachdem sie eingeschlafen war, habe ich mich in ihrem Haus umgesehen. Verdammt gut, die Kleine. Lass uns abwarten, was sie damit anfängt. Ich glaube, sie war auf der Suche nach Motiven für ihre Gemälde. Und sie bekam welche, mit denen sie nicht gerechnet hat.“

John schnaubte.

„Du solltest ihre erotischen Fantasiebilder sehen und die Pferdegemälde, ein Traum.“

Wenn ihre Bilder Miles so begeisterten, mussten sie erstklassig sein. Er ahnte, worauf sein Bruder hinauswollte. „Du denkst, wir könnten ein paar Originalgemälde brauchen?“, fragte John. Ihm gefiel die Idee. Er betrachtete die bernsteinfarbene Flüssigkeit, die ihn an ihre Haarfarbe erinnerte, nahm einen Schluck und genoss das wohlige Brennen. Nach ein paar Sekunden fällte er eine Entscheidung, denn ungeahndet konnten sie das unerlaubte Betreten ihres Grundstücks nicht lassen und schon gar nicht das Fotografieren.

„Wir gewähren ihr eine Audienz und konfrontieren sie mit ihren Verfehlungen, gefolgt von einer ausgiebigen Bestrafung.“ Was er von ihr gesehen hatte, eignete sich überaus gut für eine Züchtigung. Pralle Popos besaßen ihren eigenen Reiz, besonders kombiniert mit vollen Brüsten.

„Beobachte sie. Finde alles heraus, was du kannst. Wir sollten ein paar Vorbereitungen treffen, bevor wir zuschlagen.“ John plante, sich ihrer persönlich anzunehmen. Ihm stand der Sinn nach einer Herausforderung, und er gedachte, ihr einen intimen Einblick in den *Federzirkel* zu geben und Sorge zu tragen, dass es ihr gefiel.

Vor Jahren hatten seine Brüder Dean und Miles gemeinsam mit ihm den exklusiven Zirkel gegründet. Sie praktizierten SM ohne die Regeln der Szene. Es gab bei ihnen weder auf dem Boden herumkriechende Putzsklavinnen noch schweren Verletzungen. Sie folgten ihren eigenen Grundsätzen und der Verhaltenskodex lag hoch. Wenn die kleine Unbekannte reagierte, wie er es voraussah, bot sich ausreichend Gelegenheit, seine Pläne in die Tat umzusetzen. Er plante unter anderem, ihren Mut zu testen. Bei dem Gedanken, was er ihr im Zuge dessen antun wollte, bekam er eine Erektion.

Bei Miles ernstem Ausdruck richtete John sich im Sessel auf und sag ihn abwartend an.

„Mir ist ein Typ aufgefallen, der im Wald herumschlich."

Er verfügte über seine ungeteilte Aufmerksamkeit. „Was für ein Typ?" Die Frage klang scharf.

„Ich müsste mich sehr täuschen. Ich tippe auf einen Frauenschläger. Vielleicht ein Vergewaltiger."

John hinterfragte die Äußerung nicht. Miles kannte diesen Abschaum, denn Erfahrungen prägten ihn. Erinnerungen, die er lange verdrängt hatte, überfielen John. Wenn Dean und er Miles damals nicht gefunden hätten, wer wusste schon, was aus ihm geworden wäre. Nur daran zu denken, jagte ihm eine Gänsehaut den Rücken entlang. Er bemerkte das leichte Zittern der Fingerspitzen seines Bruders.

„War er zufällig dort?"

„Ich weiß es nicht, aber ich finde es heraus." Miles kippte den restlichen Scotch in einem Zug hinunter. John tat es ihm gleich und sie tauschten einen Blick, der mehr sagte als jedes Wort.

Kapitel 2

Verdammt, nicht nur ihre Wangen glühten vor Scham. Viola betrachtete die Fotos auf dem Monitor und ihr Finger schwebte über der Löschen-Taste, dann zog sie ihn zurück. Mit Deutlichkeit realisierte sie, wie viele Gesetze sie verletzt hatte. Aber wenn es niemand erfuhr, konnte sie nicht bestraft werden. Sie traf eine Entscheidung und plante, zwei Versionen der Bilder zu malen. Eine für sich, eine für die Ausstellung. Die Gemälde für *Fantasien der Lust* würden züchtige Feigenblätter und abgeänderte Gesichtszüge zieren.

Die private Variante allerdings zeigte alles und mit ihr wollte sie anfangen.

Erleichterung durchflutete sie, weil sie nicht feige den Rückzug antrat. Mit der Ausbeute war sie zufrieden und sie kicherte bei der Erinnerung an ihre zitternden Glieder, an das einmalige Erlebnis. Falls das jemals jemand herausfand, war sie geliefert.

„Mit dir beginne ich", sagte sie zu dem Foto, das sie gerade auswählte.

John kehrte mit der Peitsche in der Hand zu Iris zurück und seine Finger lagen um den Griff, wobei sein Gang Entschlossenheit aus drückte. Ein Kerl, mit dem man nicht herumspielte.

Scheiß was auf Landschaften, die kannst du malen, wenn du alt und grau bist, frühestens in zwanzig Jahren oder so. Die Vorstellung, die unverfälschten Bilder auszustellen, ließ sie schmunzeln. Die dunkle Versuchung würde sie dann bei der Vernissage aufsuchen, sie zur Rede stellen und sie anschließend zwingen, ihm zu Willen zu sein. Natürlich nachdem er ihr den Arsch versohlt hatte. Das war eine verdammt verruchte Fantasie mit einem Mann, der durchaus dazu imstande war.

Während der Drucker die Fotos ausspuckte, beschlich sie ein ungutes Gefühl. Magisch zog das Fenster des Ateliers sie an und sie stand so, dass man sie von draußen nicht sehen konnte. Konzentriert betrachtete Viola den Garten und versuchte, etwas hinter den Bäumen zu erkennen. Sie schüttelte über sich selbst den Kopf. So ein Quatsch, wer sollte sie beobachten?

Später wollte sie Jocelyn anrufen. Sie musste unter Menschen, brauchte einen Flirt und Sex, denn offensichtlich verursachte die Einsamkeit, dass sie Gespenster sah. Viola wählte drei große Keilrahmen und nach wenigen Sekunden tauchte sie tief in ihre Kunst ein. Sie liebte Acrylfarben, die es ihr ermöglichten, schnell zu arbeiten, ohne lange Trocknungszeiten in Kauf zu nehmen.

Das Telefonat vergaß sie.

***

An den folgenden Tagen arbeitete Viola ununterbrochen an den Bildern. Zu ihrem Entsetzen stellte sie fest, dass sogar das Malen sie erregte. Die Gefühle erweckten Scham, denn schließlich gehörten sich Schläge und Dominanz nicht. Sie passten nicht in das jetzige Weltbild. Die Vorstellung, die Peitsche zu spüren, beschäftigte ihr Bewusstsein und umschlich verführerisch ihre Träume. Ihre Wangen glühten bei dem Gedanken, auf diese Weise loszulassen und ihren Körper sowie ihre Psyche John zu unterwerfen.

Ihre Kühnheit bei der Ausführung erschreckte sie, begeisterte sie. Niemals zuvor hatte sie etwas so Zügelloses kreiert und sie fühlte Intimität mit ihren Motiven. Sie malte in Shorts und T-Shirt, da mehr Stoff unerträglich heiß wäre. Jeder Pinselstrich hielt die Erinnerungen lebendig und symbolisierte ein zärtliches Streicheln über seinen Körper. Ihre Fantasien gingen ihr nicht aus dem Sinn.

Mittlerweile benötigte ihr Vibrator frische Batterien. Jedoch erreichte sie jedes Mal nur einen unbefriedigenden Orgasmus, da die Berührung eines Partners fehlte. Für einen One-Night-Stand mangelte es ihr an Mut. Vielleicht konnte sie eine Internetpartnerbörse testen?

Und was schreibst du in dein Profil?

Suche neue Herausforderung. Bitte zögere nicht, mir den Arsch glühend rot zu versohlen.

Sehr witzig!

Müde rieb sie ihre Augen und trat von der Staffelei zurück. Der Ausdruck seines Gesichtes war so, wie sie es wollte.

Gefährlich. Maskulin. Sexy.

Nimm mich! Dieser Wunsch sollte bei der Betrachterin geweckt werden und war zudem der perfekte Titel für das Bild. Sie malte ihn auf die Querverstrebungen der Rückseite des Keilrahmens, zusammen mit Namen und Datum. Seufzend wusch Viola die Pinsel aus. Das reichte für heute, sie brauchte eine Auszeit und musste aufhören, wie ein Teenager zu schwärmen. Ein Mann mit Johns Ausstrahlung würde sie keines zweiten Blickes würdigen. Keiner schrie *hässlich*, wenn er sie sah, aber von dem gängigen dünnen Schönheitsideal entfernten sie ein paar Rundungen. Zur Hölle mit Size Zero. Sie zog schwarze Capri-Lauftights, ein rotes T-Shirt und eine rote Fleecejacke an und streifte die Laufschuhe vor der Haustür über. Viola wohnte direkt am Waldrand und nach wenigen Metern erreichte sie einen Pfad. Ihre Nackenhaare prickelten, daher drehte sie den Kopf, betrachtete prüfend die Umgebung und entdeckte niemanden. Natürlich nicht. Ihr Benehmen war unsinnig. Eventuell lag es an dem Traum von letzter Nacht? Hände, die um ihren Hals lagen, zudrückten, bis sie schreiend aufwachte.

Schluss damit!

Sie lief in Richtung des verwunschenen Gartens. Ob sie es genießen würde, gepeitscht zu werden? Steckte eine gefangene Viola in ihr, die darauf wartete, befreit aufzuatmen? Sie horchte auf, weil jemand hinter ihr war. Ein Mann, das verriet ihr die Art seiner Bewegungen. Kerle veranstalteten mehr Lärm als Frauen beim Joggen, sie schnauften und nahmen größere Schritte. Zuerst kam er näher, hielt dann den Abstand und Jocelyns Worte fielen ihr ein.

„Hast du keine Angst, im Wald joggen zu gehen? Überdies noch ohne Begleitung.“

Sie hatte lachend verneint. Aber in diesem Moment beschlich sie ein ungutes Gefühl. Sie musste damit aufhören. Wenn sie sich darauf einließ, würde sie sich nicht mehr vor die Tür trauen. Regelmäßiges Laufen gehörte zu ihrem Tagesablauf und am liebsten joggte sie allein, um die Ruhe zu genießen und ihren Gedanken nachzuhängen.

Es war nur ein Läufer und nicht Parker Cormit, der zweifellos der Grund für ihre Albträume war. Sie wich zur Seite aus, damit er vorbeilaufen konnte. Wieso überholte er sie nicht? Viola verlangsamte und drehte den Kopf. Er packte sie.

Nein!

Starke Arme umschlangen sie und warfen sie der Länge nach hin. Das Arschloch presste sie mit seinem Gewicht auf den Waldweg, sodass Tannennadeln in ihr Gesicht drückten. Bevor sie reagieren konnte, zog er ihre Handgelenke nach hinten und sicherte sie mit einem Plastikbinder. Währenddessen sagte er kein Wort und das verstärkte ihre Lähmung. Er zwängte einen Knebel in ihren Mund und würgte ihren Schrei ab. Anschließend packte er ihren Nacken, und hielt sie unbeweglich, ehe er ihr eine Augenbinde überstreifte. Grauenvolle Angst überrollte Viola in einer eisigen Welle. Absolute Hilflosigkeit. Tränen stachen hinter ihren Lidern und sie stemmte ihre Füße in den Boden. Ein harter Schlag landete auf ihrem Po.

Doch das war nicht das Schlimmste! Sie erstickte und spürte gnadenlose Finger, die um ihre Kehle lagen und zudrückten.

Hör auf damit, er würgt dich nicht.

Er zog sie hoch und umfasste ihre Schultern. Sie stieß mit dem Hinterkopf gegen seinen Brustkorb, nicht gegen sein Gesicht, wie sie es beabsichtigt hatte und es verdeutlichte, wie sehr das Schwein sie überragte.

„Versuch das noch einmal und du wirst es bereuen." Belustigung tränkte seine Stimme, nicht Wut. Viola trat um sich.

Weitere Hände packten sie. Sie waren zu zweit! Tränen liefen ihre Wangen hinunter. Sie musste ihre Atmung kontrollieren und ruhiger werden. Stattdessen stieg die Panik. Viola versuchte, dem Scheißkerl, der hinter ihr stand, auf die Zehen zu treten, und er hob sie an.

„Wenn du nicht mit dem Zappeln aufhörst, greife ich dem Maestro vor. Ich ziehe dir das Höschen nach unten, lege dich über einen Baumstamm, und versohle deinen Arsch mit einer Weidenrute."

Waren dass zwei Irre? Das konnten sie nicht ernst meinen. Aber der Tonfall sagte ihr deutlich, sie meinten es bitterernst. Sie erstarrte in seinen Armen und er stellte sie ab.

„Schade", hauchte er in ihr Ohr. „Es hätte dir gefallen."

Sie zerrten Viola fort und inzwischen liefen sie nicht mehr auf dem Waldweg und sie stemmte die Füße auf den harten Boden. Offensichtlich hatten sie genug von ihrer Gegenwehr, da einer sie an den Beinen packte, der andere ihren Oberkörper. Sie trugen Viola so mühelos wie einen Sack Kartoffeln, sogar als sie Stufen erklommen. Weitere Tränen rannen ihre Wangen hinunter und ihre Schleimhäute schwollen an. Ihre beschleunigte Atmung steigerte die Angst zu sterben, einen qualvollen Tod durch Ersticken zu erleiden.

„Beruhige dich." Der besorgte Tonfall ging an ihr verloren. Die Männer stellten sie auf den Boden und einer presste sie an seine Vorderseite. „Wir lösen jetzt den Knebel. Wir erwarten, dass du nicht schreist. Verstehst du das, Kleines?"

Sie nickte, schluchzte, zitterte und würde einfach alles tun, um das Ding loszuwerden. Endlich verschwand das Tuch und sie schnappte halb weinend nach Luft.

„Putz dir die Nase."

Wie ein Kind schniefte sie in das Taschentuch und atmete gierig.

„So ist es gut." Seine Handflächen folgten sanft den Konturen ihres Gesichtes und verwirrten sie. „Dir passiert nichts Schlimmes. Wir tun dir keine Gewalt an."

Das waren offensichtlich zwei Irre mit einem perversen Sinn für Humor. Seine Hände glitten unter ihr T-Shirt und den BH. Oh, bitte nicht. Sie wollten sie vergewaltigen. Seine Fingerkuppen reizten ihre Nippel, die Berührung zärtlich und das erregte nicht nur ihre Brustwarzen. Das Gefühl schoss in Wellen durch ihren Körper und verursachte ein ungewolltes Stöhnen. Angst löste es aus und sie weigerte sich, den Sinneseindruck als angenehm zu empfinden. Das maskuline Lachen vermischte sich mit der Stimulation der harten Spitzen.

„Sie sind verdammt prall." Ihre abwehrende Haltung verpuffte sinnlos und ließ ihn unverschämter zufassen. „Du willst die Unnahbare spielen? Dann erzieh deine frechen Nippel besser. Ihnen gefällt meine Behandlung und das wird den Maestro erfreuen. Später werde ich solange an ihnen lutschen, bis du dich windest und nach mehr bettelst."

Er zog seine Hände zurück und hinterließ ein Gefühl äußerster Bestürzung.

Hasste sie jemand so sehr, dass er diesen grausamen Scherz durchführte?

Die Kerle packten sie an den Oberarmen und zogen sie mit sich. Eine Tür öffnete sich. Die Sonne wärmte nicht mehr ihre Haut und die Geräusche der Natur verstummten. Ihr schnelles Atmen füllte ihren Kopf und eine Gänsehaut lief über ihren Leib. Sie keuchte wie ein Hase, der wusste, dass er geradewegs im Schlund des Wolfs landen würde. Nach ein paar Metern, das Öffnen einer weiteren Tür. Stille schlug ihr aus dem Raum entgegen. Viola spürte eine dritte Präsenz im Zimmer und jede Faser ihres Körpers reagierte darauf mit einem Vibrieren. Der Mann, der den Knebel gelöst hatte, stand hinter ihr. Er umschlang ihren Oberkörper und hielt sie bewegungslos.

Was sollte sie tun? *Wehr dich*, hallte eine Stimme in ihr. Der Hall verklang, verschluckt von der Angst. Sie hörte das Schließen einer Tür. War der andere Entführer gegangen? Mit allen Sinnen ahnte sie, dass jetzt etwas geschehen würde. Schritte kamen näher, fest und sicher. Einer Bedrohung gleich, blieben sie vor ihr stehen. Er legte seine Hände auf ihre Schultern und sie lagen schwer auf ihr. Zu ihrer Bestürzung wimmerte sie.

„Ein wenig nervös sind wir. Das kann ich dir nicht verdenken." Dieses Timbre kannte sie. Aber woher? Sie biss auf ihre Unterlippe, um einen weiteren Schrei zu unterdrücken.

Er zog sie nach vorn. „Halt still." Er nahm ihre Handgelenke und zerschnitt den Kabelbinder. „Dein Puls rast." Amüsement tränkte seine Stimme und er löste die Binde von ihren Augen. Sie blinzelte gegen das Licht an, erstarrte, als sie erkannte, wer vor ihr stand.

„Du", krächzte sie.

John!

Ihre Beine gaben nach und der Widerling hinter ihr festigte den Griff.

„Unsere kleine Gefangene kann vor Furcht kaum stehen, Dean."

Er amüsierte sich. Liebend gern hätte sie ihm das süffisante Grinsen aus dem Gesicht geschlagen.

„Hast du geglaubt, du darfst ungestraft privaten Grund und Boden betreten und unerlaubt fotografieren, Viola Davis?"

John kannte ihren Namen, wusste sogar, wo sie wohnte. Die Art der Betonung, vergrößerte ihre Angst, schlängelte über ihren Körper, denn es versicherte ihr, dass sie ihm nicht entkommen konnte. Er stand so dicht vor ihr, dass sie ihn roch. Kein Aftershave dämmte seinen Duft nach frisch gemähtem Gras. Er hob ihr Kinn an. Graue Augen, die tief blickten. Zu tief für ihren Geschmack. Sein intensiver, unverfälschter Blick steigerte ihre Nervosität und kroch ihr nachdrücklich unter die Haut.

„Was wollt ihr von mir?“ Die Frage kam unsicher aus ihrem Mund und sie räusperte sich. Sie straffte ihre Schultern, was ihm ein Schmunzeln entlockte. Er trat einen Schritt zur Seite und ihre Gemälde blinkten sie an. Viola war einem Herzinfarkt nahe. Sie waren in ihr Haus eingebrochen, gerade erst.

„Was fällt euch ein?“

Johns Furcht einflößender Gesichtsausdruck gab ihr den Rest. Sie wäre zurückgewichen, hätte sie es gekonnt.

„Du redest nur, wenn ich es erlaube. Du solltest dich umsehen. Wir verfügen über ausreichende Möglichkeiten, deinen Ungehorsam zu bestrafen.“

Viola starrte das große Pfostenbett an, welches im Raum thronte. Lederne Handschellen baumelten an den Querverstrebungen des Kopf- und Fußteiles. War das etwa ein Strafbock, der vor dem Bett stand? Plötzlich empfand sie auch die anderen Möbelstücke als bedrohlich. Sie könnten sie auf die Lehne des weinroten Sessels legen. Auch der Schreibtisch lud zu diesem Zweck ein. Ein Seil hing unübersehbar von der Decke. Sie durften sie nicht einschüchtern.

„Ich lasse mir nicht von feigen Entführern den Mund verbieten.“ Viola starrte John in die Augen, während ihr Herz hämmerte.

John legte seine Hand unter ihr Kinn. Sie sah ihm an, dass er sie durchschaute. Sein Ausdruck war wie Stahl, nicht kalt, sondern glühend heiß geschmiedet, in Samt gebettet und es verunsicherte sie bis in die letzte Nervenbahn. „Ich werde dich zwingen, mir zu gehorchen.“

„Dazu gehören zwei.“

„Eine Herausforderung!“

Er tauschte mit Dean einen Blick und beide lachten.

„Ziehst du dich freiwillig aus oder sollen wir das für dich erledigen?“

Fassungslos blinzelte sie ihn an. „Das wagt ihr nicht.“

Sein Gesichtsausdruck sagte ihr deutlich, dass er es wagte. „Dass wir dich anfassen, stellt dein kleinstes Problem dar. Wir nehmen deinen Körper in Besitz. Du schreist gleich. Winselst weinend um Gnade, gefolgt von dem stärksten Orgasmus, den du jemals hattest. Du wirst gefickt werden wie niemals zuvor." Er grinste, während sie schluckte, nach Worten suchte, aber keine fand. John legte seine Hände auf ihre Hüften und mit einem Ruck zog er sie nach vorn. „Deine Frechheit gipfelt in Respektlosigkeit."

Sie konnte doch nicht kleinlaut vor ihm stehen, wie ein Stück Fleisch ohne eigenen Willen.

„Deine Unerfahrenheit rettet dich nicht. Du ahnst nicht, was dir blüht. Wir bestrafen dich, Schiava."

„Chihuahua? Sehe ich aus wie ein Hund in der Größe eines Meerschweinchens?"

Ein belustigter Ausdruck hellte seine Züge auf. Dean schnaubte.

„Schiava ist italienisch für Sklavin", erklärte John mit einem gefährlichen Glitzern in den Augen.

Sklavin, das Wort dröhnte in ihrem Kopf.

„Wie sieht es aus, Viola? Wirst du eine willige Sklavin sein oder müssen wir dich überzeugen?"

Ihre Scham pochte genauso heftig wie das Herz in ihrer Brust. Und fraglos wusste er es.

„Sehnst du eine Bestrafung herbei? Möchtest insgeheim, dass wir dich züchtigen, dich zwingen, schamlose Dinge zu tun?" Er lehnte sich in ihren persönlichen Bereich und sein Atem streichelte ihre Haut. „Ich sehe nicht nur Angst in dir."

„Ihr spinnt doch. Zwei Arschlöcher mit Egos in der Größe eines Elefantenarsches."

Sein Ausdruck ließ weitere Schimpfwörter in ihrer Kehle verstummen. „Willst du die Gerte benutzen, um sie zu zähmen, John?"

„Nun Viola, was meinst du? Soll ich sie an dir ausprobieren? Herausfinden, wo deine Schmerzgrenze liegt? Wie viel Lust du ertragen kannst?“

Sie zuckte zurück, als er seine Arme hob, wimmerte und drückte sich in ihrer Panik gegen Dean. Sein Augenausdruck wurde sanfter und er sah sie an wie ein Reiter, der ein verschrecktes Pferd beruhigte. Langsam legte er die Fingerspitzen auf ihre Wangen und zwang sie, in seine Augen zu blicken. „Deine Gemälde spiegeln deine Fantasie und Leidenschaft. Mich mit einem Schwert in der Hand zu malen.“ Er berührte das Bild mit Iris. Viola hatte ein Tattoo in Form einer Irisblüte auf die linke Schulterpartie gemalt und Iris kniete vor John. Was sie da tat, war dem Betrachter klar.

„Überhaupt strotzen deine Darstellungen vor Unanständigkeiten, erwecken in mir den Verdacht, dass in dir etwas anderes steckt, etwas ganz und gar nicht Schüchternes.“

Einem Verdurstenden gleich war sie über die verbotenen Früchte hergefallen und jetzt erhielt sie die Quittung.

„Ich stelle dir eine Frage. Du wirst sie wahrheitsgemäß beantworten. Zögerst du oder wagst es gar, zu lügen, erhöhe ich die Intensität der Maßregelung, vollzogen durch Schläge.“ Sein Gesichtsausdruck forderte sie auf, es zu versuchen. Jegliche Logik verschwand aus ihrem Kopf. Leere schlug ihr entgegen. Sie glaubte nicht, was sie hörte. Einzig die Begriffe Bestrafung und Schläge drangen durch und zu allem Überfluss, pulsierte ihre Klitoris heftiger. Ihre Reaktionen lockten Viola, vernebelten ihren Verstand und verlangten Erfüllung.

„Praktizierst du regelmäßigen Geschlechtsverkehr?“ Seine Worte trafen sie gleich einem Hieb.

„Das geht dich einen Scheißdreck an. Ich werde deine dämlichen Fragen nicht beantworten.“ Empörung kroch in ihr hoch, schnürte ihr die Kehle zu und sie spannte die Muskeln an. Dean festigte seinen Griff.

„Äußerst ungehorsam.“ Johns Fingerspitzen strichen über die Linien ihres Körpers wie ein Maler, der sich die

Umrisse einprägte. Wenn sie doch nicht so zittern würde. Sie spürte seine Hände glühend durch den Stoff. Mit Bedacht nahm er den Schiebergriff des Reißverschlusses ihrer Jacke, wartete einen Moment, dann zog er ihn hinunter. Sie trat nach ihm. Er fing ihre Beine ab, grinste dabei unverschämt und forderte sie stumm heraus, es noch einmal zu versuchen. Während sie mit ihren Emotionen kämpfte, starrte sie auf seine breite Brust und versuchte, Ordnung in das Gefühlschaos zu bringen. Er fasste dennoch an den Bund ihrer engen Capri-Laufhose. „Bitte nicht." Tränen brannten hinter ihren Lidern. John zog es durch und zerrte ihre Hose nach unten.

„Du kleines Luder trägst keinen Slip."

Viola spürte die Röte, die ihre Wangen ergriff. Sie trug niemals Slips beim Sport, sie störten, denn sie besaßen die unangenehme Eigenschaft, zwischen ihre Pobacken zu rutschen.

„Ich habe dir eine Frage gestellt."

„Das beantworte ich nicht, du unverschämtes Warzenschwein."

„Möchtest du so sehr eine Züchtigung?" Sie sah ihm die Freude an, die er bei der Vorstellung empfand, sie durchzuführen. Verunsichert keuchte sie und kämpfte das Gefühl nieder, das drohte, sie zu überwältigen.

Erregung!

Die Erkenntnis, dass er keine leeren Drohungen aussprach, summte in ihr.

Dean ließ seine Hand nach vorn in ihr Shirt gleiten. Sie lag warm auf ihrer kalten Haut. „Ich verspüre Lust, die prallen Kugeln zu erforschen, die geschwollenen Nippel zwischen meinen Fingern zu reiben und dich durch sie zum Stöhnen zu bringen." Er tat, was er wollte. Knetend massierte er ihre Brüste, rieb sanft über die Brustwarzen. Zuerst war es nur ein Wispern, ausgehend von den harten Nippeln. Ihre Scham antwortete mit Feuchtigkeit.

Sie musste verrückt sein. Das konnte ihr nicht gefallen. Nein, das durfte ihr nicht gefallen.

„Groß genug, um sie zu ficken. Sie regen meine Fantasie an. Ein wenig Massageöl, dann erhält mein Schwanz, was er begehrt."

John reagierte mit einem sinnlichen Lachen auf Deans Worte. Der Laut umspülte ihre Sinne, drohte, ihr den restlichen Halt wegzureißen.

„Wir wollen sehen, was du unter deiner Kleidung verbirgst." Pure Provokation schlug ihr entgegen. „Entweder gehorchst du jetzt oder ich schneide dir den Rest vom Leib." Er sagte es mit einer Ruhe, die mehr wirkte als die Drohung. Betont langsam zog er ihr das Shirt über den Kopf. Beinahe wäre ihre Laufhose ihr zum Verhängnis geworden und sie stolperte. John fing Viola auf, stützte sie mit sicheren Händen. Erneut traten Tränen in ihre Augen, liefen fast die Wangen hinunter und wütend zählte sie stumm von zehn rückwärts. Es half nicht. Aufgeregter und aufgewühlter konnte sie nicht werden. Die pulsierenden Nippel standen wie kleine Spitzen in dem BH.

„Sehr hübsch." John strich darüber und sie drängten seiner Berührung entgegen.

Verräterische Mistviecher!

„Jetzt der BH." Er fasste sie an der Taille, hielt ihren zitternden Körper und Dean zog ihr den verschlusslosen Sport-BH aus.

Sie verlor den Kampf gegen die Tränen. John ging vor ihr in die Hocke und öffnete die Schnürsenkel. Dean legte ihr zur Warnung eine Hand auf die Kehle.

Bitte nicht würgen. Bitte würge mich nicht.

Er nahm sie zurück, als ob er ihre Gedanken gelesen hätte. Stattdessen zog er sie in eine Umarmung. „Beruhige dich Kleines, dir wird gefallen, was wir mit dir vorhaben." Er flüsterte die Worte so lasziv, dass ihr Herzschlag abermals beschleunigte. Die Unsicherheit vor den widersprüchlichen Empfindungen wuchs. John zog ihr Schuhe und Socken aus und befreite sie von der Hose. Selbstsicher stand er vor ihr und umfasste ihr Gesicht, wischte mit den Daumen die Tränen weg, die Berührung seltsam zärtlich. Das Blut rauschte in ihren Ohren.

„Ich werde euch anzeigen."

„Wirklich? Und wie erklärst du der Polizei deine Fotos und Gemälde? Du kannst froh sein, dass wir dich nicht anzeigen." John griff in ihren Nacken und zeigte sich unbeeindruckt davon, dass sie ihn anfunkelte. Das Bedürfnis, ihm in die Hand zu beißen, war übermächtig. Sie wollte ihm standhalten, Rückgrat beweisen. Spöttisch lächelte er. Trau dich, schrie es ihr von seinem Ausdruck entgegen. Er unterbrach den Augenkontakt. Die Erleichterung währte nur kurz, denn seine Blicke glitten über ihren Leib und hinterließen Unsicherheit. Er berührte die Spur seiner Augen und ihre Haut kribbelte.

„Dreh sie um."

Sie begutachteten sie wie ein Pferd. Viola kämpfte gegen Deans Arme an, aber er unterband ihre Versuche. Schlimmer noch, er lachte sie aus.

„Wehr dich ruhig, das heizt uns an, macht uns richtig geil." Er küsste sie nicht nur auf die Nasenspitze, sondern presste sie so eng an sich, dass sich ihr Busen an seinen Körper drückte. John folgte mit seinen rauen Händen den Konturen und verharrte auf den Pobacken.

„Prall und dennoch fest. Du läufst viel, das fühle ich." Er tätschelte ihren Po, anschließend ihre Beine und die Berührung brannte auf ihrer Haut, bahnte sich den Weg in ihr Inneres. „Deine Waden sind durchtrainiert. Deine Stärke kommt uns zugute. Du wirst aushalten, was wir dir zuteilwerden lassen."

Oh Gott. Einmal hatte sie etwas Illegales getan und jetzt das. Sie wusste, es würde nicht bei dem leichten Tätscheln bleiben. Die Kerle wollten ihre Worte in die Tat umsetzen und sie konnte es nicht verhindern. Inzwischen bröckelte ihr Widerstand, ersetzt durch Begierde. Keuchend umklammerte sie Dean.

„Deine Handlungen erwecken Nervosität in dem Mäuschen. Sie kann es kaum erwarten, deine Hände auf ihren

Schenkeln zu spüren. Will es jedoch nicht zugeben, nicht wahr, Viola? Ich wette, deine kleine Pussy belohnt uns mit Feuchtigkeit.“ Dean zog ihr Becken gegen seine Härte und hielt sie unbeweglich.

John presste seinen Schwanz an ihren Po und sie musste erdulden, was sie taten. Wusste, dass es sich anrüchig anfühlte, eingezwängt zwischen zwei Typen, die ihre Erektionen an ihr rieben. Dean roch nach Sonne. Weder vom Aussehen noch vom Geruch entsprachen die Männer einer Klischeevorstellung. So sehr sie etwas suchte, sie fand nichts Unangenehmes. Daran hätte sie sich klammern können. Dean trug seine wilden dunklen Haare kinnlang. Sie unterstrichen seine Art zu reden und sich zu bewegen. Er erinnerte sie an einen Berberhengst und sie benahm sich wie eine Stute in Hitze. Rossig, korrigierte sie, so nannte man den Zustand von Pferden, die sich willig ficken ließen. Er musste der jüngere Bruder sein, denn die Haarfarbe und die Gesichtszüge zeigten die Ähnlichkeit, Black Irish.

John küsste sie auf den empfindlichen Punkt in der Halsbeuge. Seine Lippen waren weich, die Berührung zärtlich, und federleicht strichen sie über ihre Schultern. Eine Gänsehaut überzog ihre Haut.

„Du schmeckst salzig. Lass sie los, Dean.“

Fast vermisste sie den Halt, sobald er es getan hatte.

„Du rührst dich nicht von der Stelle“, befahl John. Sie stand bewegungslos, unfähig, auch nur einen Muskel zu rühren, denn dann würde sie zusammenbrechen. „Schau sie dir an.“

Dean betrachtete sie. Tastete jeden Zentimeter ihrer Gestalt mit seinen Blicken ab. Sie hasste es, dass sie so bebte, als wenn seine Augen sie eisigen Händen gleich berührten.

„Du verspürst Unsicherheit, denkst, deine Rundungen finden nicht unsere Zustimmung?“, fragte John mit einer hauchzarten Stimme.

Sie starrte auf den Parkettboden und bemerkte verwirrt die Einzelheiten der Holzmaserung sowie den Honigton.

Viola sammelte verzweifelt Mut, bis sie aufgebracht seinen Blick traf. Er hatte ihre Empfindungen genau beschrieben. Wie unsinnig, in dieser Situation Scham wegen ihrer Figur zu fühlen, stattdessen sollte sie ihnen lieber die Stirn bieten und ihnen einen harten Kampf liefern.

„Ich habe dir eine Frage gestellt."

Sie antwortete nicht. John griff in ihre Haare, durchbrach die Gegenwehr und zog ihren Kopf nach hinten. Mit der zweiten Hand knetete er ihre Brüste, den Bauch, bis er ihren Schoß erreichte. Was er dort fand, ließ ihn siegessicher auflachen und Viola keuchen. Er zog die Fingerkuppen zurück und sie schimmerten nass. Sein Gesichtsausdruck spiegelte die Gewissheit, dass er sie längst besaß. Der körperliche Akt würde nur dem emotionalen Vorspiel folgen.

„Du besitzt keinen Grund, dich deiner üppigen Kurven zu genieren. Dein Po eignet sich besonders gut für vielfältige Bestrafungen. Dein Bauch weist eine sanfte Rundung auf, genau richtig."

Sie musste hier weg. Falls sie es nicht schaffte, war sie ihnen schutzlos ausgeliefert, wusste sie doch, dass ihr Widerstand eine dünne Fassade darstellte, die bereits Risse aufwies.

„Bitte lasst mich gehen. Es tut mir leid, was ich getan habe." Verdammt, jetzt bettelte sie auch noch.

„Ganz schön schwierig, die Konsequenzen seiner Handlungen zu tragen. Deine nutzlosen Tränen helfen dir jedoch nicht." Seine Worte standen seiner Ausstrahlung nicht an Strenge nach. Die irreale Situation drohte, sie zu erdrücken, erweckte obendrein den Wunsch, das erste Mal in ihrem Leben einen hysterischen Anfall zu bekommen.

„Nachdem wir mit dir fertig sind, darfst du uns verlassen, bis dahin wirst du tun, was wir wollen. Zuerst allerdings erteilen wir dir eine Lektion. Danach möchten wir dir ein Angebot unterbreiten."

Bis zu diesem Moment hatte sie gehofft, sie wollten sie nur erschrecken. Zu ihrem Entsetzen zog John sein blaues

Hemd aus und seine muskulöse Brust, durch körperliche Arbeit gestählt, kam zum Vorschein.

„Gefällt dir, was du siehst? Aber die Frage erübrigt sich. Wenn ich dir nicht gefiele, hättest du mich nicht gemalt." Er öffnete die Knöpfe der Jeanshose und sie fiel nach unten. Er trug keinen Slip. Endlich löste sie den Blick von seiner Erektion. Herausfordernd blickte er tief in ihre Augen. Sie trat einen Schritt zurück und ein fester Schlag landete auf ihrer Pobacke. Das Arschloch Dean hatte sie geschlagen. Ein erbostes Keuchen brach über ihre Lippen, weil der Schmerz nachhallend seine Wirkung verteilte und auf seinem Weg Besitz von ihr ergriff, währenddessen den Wunsch steigerte, sie könnte alles ungeschehen machen.

„Du sollst dich nicht bewegen." Um seinen Worten Nachdruck zu verleihen, umfasste Dean ihren Nacken, schubste sie und sie sank gegen John. Auch wenn er sie nicht überall berührte, umfing sie seine Wärme, tröstete sie auf eine wahnwitzige Weise. Er drehte sie um und zog sie in seine Umarmung, rieb seinen harten Schwanz an ihr, gab ihr einen Vorgeschmack auf das, was folgen würde. „Immer noch unwillig, Schiava?" Eine Hand lag auf ihrem Bauch, der andere Arm umschlang ihren Oberkörper.

Dean zog seine Jeans und sein schwarzes T-Shirt aus. Er besaß ebenfalls die Federtätowierung unterhalb des rechten Schlüsselbeins. Dean war ein kräftiger Kerl, mit nach unten hin sich verjüngender, dunkler Brustbehaarung und zweifellos kein aufgepumpter Bodybuilder mit Sixpack. Beide trugen keine Intimbehaarung. Sollte sie lachen oder schreien? Zwei Männer planten, sie zu vögeln, sie zu schlagen. Zu Violas Entsetzen durchfuhr sie die Erkenntnis, dass sie es wollte.

„Wir werden dich waschen und lernen dich dabei auf die intimste Weise kennen. Ein nettes Vorspiel, wenn du es so nennen möchtest." Dean sprach die Worte mit einer Beiläufigkeit, als ob er ihr sagte, dass morgen Dienstag wäre.

Schockiert sah sie ihn an und strampelte erneut, doch John verhinderte, dass sie flüchtete, und packte sie fester.

Ihre Gegenwehr beeindruckte ihn wenig, und er zog ihren schwachen Körper in das angrenzende Badezimmer.

„Dein Aufbegehren gefällt mir, Schiava." John nutzte ihr Strampeln, fasste zwischen ihre Schenkel und grinste sie frech an. „Doch williger als es den Anschein hat." Seine fordernden Fingerspitzen entlockten ihr ein Stöhnen und ihre Wangen brannten vor Beschämung.

Dean hielt sie fest und sein Kompagnon ließ eine Stange von der Decke herunter. Ehe sie blinzeln konnte, lagen Softmanschetten um ihre Handgelenke. Mit einem demonstrativen Lächeln zog John sie so weit nach oben, dass sie noch bequem auf den Fußflächen stehen konnte.

„Pocht es in deiner Scham? Erregt es dich und du willst es nicht zugeben?"

Sie würde lieber sterben, bevor sie die Worte bestätigte.

„Das hättest du gern", zischte sie zwischen zusammengepressten Lippen hervor.

„Du hast bestimmt schon mehr als einmal davon geträumt, dass zwei Kerle dich ficken und deinen Widerstand brechen." Deans Hände glitten an den Innenseiten ihrer Oberarme nach unten. Die empfindliche Haut reagierte auf das Gefühl und ein Schauder lief ihre Glieder entlang. Selbst ihre Kopfhaut prickelte. Wie Samt und Seide streichelte er sie. John sah sie währenddessen abwartend an und ihr Beben blieb nicht unbemerkt.

„Wenn du jetzt schon zitterst, wie reagierst du auf diese Berührung?" Seine Fingerspitzen strichen leicht über ihre Schamlippen, teilten sie, prüften die Feuchtigkeit. „Dein Körper verrät dich, hör auf, dich zu wehren. Versage es dir nicht, dass wir dich zum Stöhnen bringen."

Ihr Leib lechzte danach, genommen zu werden, aber ihr Bewusstsein wollte es nicht zulassen. Dabei wusste sie, dass ihre Chancen gegen null tendierten. John umfasste ihre Schultern und sein Blick stach auf ihrer Haut. Sie erkannte kein Zögern in seinen Handlungen und richtete ihre Aufmerksamkeit auf die blauen Mosaikfliesen.

„Sieh mich an!"

Sie nahm ihren Mut zusammen. Ein stürmisches Grau blickte ihr entgegen, zeigte glasklar, dass er es genoss, sie zu zähmen. „Wir haben dir bereits die Kontrolle abgenommen und werden diesen Erfolg noch steigern, bis du dich fallen lässt."

Das würde sie nicht. Trotzig kam ihr der Gedanke, dass sie es doch probieren sollten. Sie würde sich wehren, es nicht genießen und ihr Bewusstsein einfach an einen anderen Ort schicken.

Aus seiner Kehle kam ein tiefes Lachen. „Versuch es ruhig, Schiava." John drehte das Wasser auf und es floss warm über sie. Ihr verdammter Körper hörte nicht auf, zu zittern. Nur die Panik, geknebelt zu werden, ließ sie nicht in Schreie ausbrechen.

Zwei Duschköpfe waren an der Decke montiert. Bestens ausgerüstet, um perverse Spiele durchzuführen. Die Männer seiften ihre Körper ein. Gern hätte sie weggesehen, aber sie konnte nicht. Mr September und Mr April verteilten die Seife hemmungslos auf ihren Erektionen. Viola sollte Angst empfinden, stattdessen betrachtete sie die beiden Hengste lüstern und malte sich dabei das Gefühl aus, diese heiße Fülle in sich zu spüren.

Dean stand inzwischen hinter ihr, glitt mit seifigen Fingerspitzen an ihren Brüsten entlang und ihre Nippel schwollen an. Das unterdrückte Verlangen flammte auf. Er stimulierte die Knospen und rieb sie zwischen Daumen und Zeigefinger, erst sanft, dann fester. „Sie erinnern mich an pralle, süße Himbeeren, bereit, gepflückt zu werden."

Sie kämpfte dagegen an, aber sie verlor das sinnlose Unterfangen, denn er hielt sie wie ein Liebhaber. Jeglicher Gedanke an Widerstand verstummte, da es angenehm war, sinnlich, und entlockte ihr sogar ein Stöhnen. Johns, auf ihren Hüften liegenden Hände, glitten über ihre Pobacken, erkundeten die Rundungen und kneteten sie geschickt, bis er ihr die Anspannung raubte.

„Wurdest du schon mal anal stimuliert?", fragte John.

Das würde er nicht tun!

Verschämt spielte sie trotzdem mit der Vorstellung, wie sie es bereits früher getan hatte, aber sie hatte nie den Mut besessen, einen ihrer Geliebten, darum zu bitten.

„Lass es zu, es wird dir gefallen. Du wirst nur Lust fühlen, keinen Schmerz."

Oh nein ... doch.

Sie versuchte zunächst sich seinem Griff zu entziehen, blieb dann jedoch ruhig stehen, denn seine Augen faszinierten sie mit der Hitze, die ihr entgegenstrahlte. Er verteilte den Schaum zwischen ihren Beinen, teilte die Schamlippen und berührte die Klitoris.

Oh, verflucht!

Er übte gerade so viel Druck aus, dass sie es spürte. Er beugte sich zu ihr, wartete ihre Reaktion ab, um die Berührung zu intensivieren. Die Reize vermischten sich nachhaltig. Deans Hände verharrten nicht auf ihren verräterischen Nippeln, er knetete die Brüste, streichelte den Bauch. John erreichte ihre Pobacken.

„Bitte nicht", wimmerte sie, obwohl sie das Gegenteil wollte. Sie empfand Angst vor der Lust, die ihren Körper übernahm, ihren Verstand ausschaltete, denn sie forderte unnachgiebig Erfüllung.

„Nicht? Wenn ich die Nässe zwischen deinen Schenkeln spüre und deine geschwollenen Nippel sehe, kann ich dir nicht recht glauben." Mit dem letzten Wort glitt Johns eingeseifter Daumen in ihren Anus, hielt still, bis sie ausatmete.

Oh, verdammt!

Es war besser als gut.

Das unbekannte Gefühl eroberte ihren Leib und das ging nicht nur von dem Daumen in ihr aus, sondern der Gedanke an etwas Verbotenes trug erheblich dazu bei, dass es sich so gut anfühlte. Gleichzeitig intensivierte John die Reibung auf ihrer Klitoris. Violas Gier suchte Erfüllung und ihre Beine trugen sie kaum noch. Dem ungeachtet, hörte sie mit der Gegenwehr nicht auf. Sie versuchte, ihre Schenkel zu schließen, und spannte die Muskeln an. Das verschlimmerte es jedoch. Der Reiz in ihrem Unterleib wurde stärker, die Signale des Daumens fuhren direkt in ihre Scham und erreichten ihre empfindlichste Körperstelle. Sie durfte das nicht genießen. Ihr Zappeln heizte die Berührungen zusätzlich an. Deshalb hatten sie die Fesseln nicht strammer gezogen. Sie wollten, dass sie sich auflehnte, strampelte und schlussendlich den Kampf verlor.

Viola sackte frustriert gegen Dean. Er lachte sinnlich und rieb ihre Nippel, so hart sie es ertragen konnte. Kreisende Bewegungen stimulierten ihren Anus. John spürte offensichtlich, dass es ihr gefiel. Er zog den Daumen fast raus, nur um ihn anschießend wieder tief einzuführen. Sie stöhnte laut auf und gab ihnen mittlerweile willig, was sie forderten. Die Hitze seines Blickes loderte durch ihr Bewusstsein. Beinahe hätte sie einen Orgasmus bekommen. Das durfte nicht sein. Mit neuer Kraft lehnte sie sich dagegen auf.

„Du bist gleich so weit, dennoch versuchst du, es zurückzuhalten." John nahm seine Hand von ihrer Scham und den Daumen aus ihrem Po.

Sie atmete schwer, da ihr Leib Erfüllung einforderte, das Pulsieren musste endlich aufhören. Dean saugte an ihrem Hals und eine wohlige Gänsehaut lief über ihren Körper.

Ob sie einen Höhepunkt vorspielen sollte?

„Ich werde die Stimulation erhöhen." Johns Worte flossen samtweich in ihre Wahrnehmung. Er hielt den Strahl der Handbrause direkt auf die pulsierende Knospe. Drängende Lust jagte durch sie, der neue Reiz zu stark, um zu widerstehen. Diesmal glitt er mit zwei Fingern in ihren Anus, lockte die verräterische Gier, die Viola vollkommen beherrschte. Seine Fingerkuppen forderten Einlass, drangen tief in ihr Geschlecht vor. Johns Daumen lag auf ihrem Lustzentrum, verstärkte das Verlangen, bis sie keuchte. Er füllte sie von beiden Seiten, trieb sie, bis sie wimmerte vor Geilheit. „Du bist nicht nur feucht, du bist nass. Ich könnte dich mühelos ficken. Dein Schoß ist entspannt, bereit, einen Schwanz zu empfangen. Gib nach.“ Er sah sie auf eine Art an, die ihr sagte, wenn sie nicht gehorchte, hatte er noch andere *Maßnahmen* im Sinn. „Lass dich fallen.“ John flüsterte die Worte.

Sie kam heftig, aufbäumend und wimmernd. Nachgeben zu müssen, steigerte den Reiz unglaublich. Sie zuckte auf seiner Hand und er hörte nicht auf. Sein Daumen rieb weiterhin ihre empfindliche Knospe. Dean saugte fast schmerzhaft an ihrem Hals und seine Finger reizten die geschwollenen Nippel. Ein finales Zucken lief über Viola. Erst jetzt entzog ihr John die Stimulation und lächelte sie auf eine schrecklich sinnliche Weise an.

„Das war nur der Anfang, Schiava. Hat es dir gefallen?“ Der Tonfall verriet seine Überlegenheit. Arroganz schlug ihr entgegen, kroch ihre Wirbelsäule herauf und schnürte ihr die Kehle zu. Anstatt zu antworten, kam ihr ein Keuchen von den Lippen.

Abrupt ließ Dean sie los. Zwei harte Treffer barsten auf ihren Pobacken. punktgenau auf derselben Stelle. Der Schmerz explodierte brennend auf der Haut und war ein fremdes obgleich verführerisches Gefühl. Einer Flut gleich brandete es über sie und erreichte ihr Bewusstsein.

„Der Maestro hat dir eine Frage gestellt.“ Dean griff in ihr Haar und zog ihren Kopf zurück.

Erstickt stammelte sie die Worte, schockiert von den eigenen Empfindungen. „Ja, ja.“

Ein weiterer Schlag traf sie, trieb wütende Tränen in ihre Augen und Feuchtigkeit in ihren Schoß.

„Sprich laut, deutlich und in ganzen Sätzen“, knurrte Dean.

„Ja verdammt, es war großartig.“ Eine Träne zog eine brennende Spur der Schmach. Es zuzugeben gab ihr den Rest.

John wischte die Tränenspur fort und umfasste ihr Gesicht, bis ihre Atmung ruhiger wurde. „Es ist alles in Ordnung. Du hast weder etwas verloren noch brauchst du dich zu schämen.“

„Leg deinen Kopf zurück.“ Deans sanfte Stimme verwirrte sie ebenso wie Johns Besorgnis.

Was wollten sie denn noch? Viel mehr hielt sie nicht aus.

„Gehorche, Schiava“, sagte John schrecklich weich. Sie legte den Kopf in den Nacken, wobei sie gegen das Gefühl der Verwundbarkeit ankämpfte, das sich leider nicht bezwingen ließ.

„Schließ die Augen“, kam Deans Befehl. Sie konnte es nicht fassen, dass er vorsichtig ihre Haare wusch. Ein zischendes Geräusch, gefolgt von Kälte auf den Schamlippen ließ sie erschauern.

„Entspann dich und spreiz deine Schenkel. Es ist Rasierschaum. Für das, was wir mit dir vorhaben, musst du ganz glatt sein.“ Johns Berührung veranlasste sie, zaghaft die Beine zu öffnen. Er ging vor ihr in die Hocke und sein Atem traf ihren Venushügel, bevor er den Schaum verteilte. „Vertrau mir, ich verletze dich nicht.“

Sie blieb stocksteif stehen, nicht nur aus Furcht, geschnitten zu werden, sondern weil es sie eigenartig beschämte und die Empfindung sie dennoch erregte. Der Nassrasierer glitt mit sicheren Bewegungen über ihre Haut. John teilte die Schamlippen mit den Fingerkuppen und er entfernte gründlich sämtliche Stoppeln. Dean half ihm dabei, indem er sogar ihre Backen spreizte. Die Empfindungen rissen Viola hin und her, Beschämung, Begierde, Angst und Neugierde erwuchsen zu einem Gemisch, einem Strudel, der sie zu verschlingen drohte. Noch nie hatte ein Mann sie so tief berührt, körperlich und seelisch. John spülte den Schaum aus ihrer Scham und positionierte den Strahl auf ihrer Perle, die pulsierte, hochsensibel und bereit war, neue Lust zu schenken. Der Reiz ließ sie stöhnen.

„Du wirst mir jetzt die Frage beantworten, die ich dir vorhin gestellt habe.“

Ihre zusammengepressten Lippen entlockten ihm ein Lächeln. Auch Dean sah sie prüfend an. Sie starrte zwischen ihnen hindurch, suchte Stärke, die sie längst nicht mehr besaß.

„Du verweigerst uns die Antwort?" John trat bei den Worten hinter sie und der harte Hieb explodierte überraschend auf ihrer Haut. Es brannte entsetzlich. Dean packte sie an der Taille, hielt sie so, wie der Maestro es wollte. Weitere Schläge trafen sie. Pfeilschnell und nachhallend erhitzten sie zunächst die Oberfläche ihres Pos, anschließend das darunterliegend Fleisch. Das Brennen brach durch ihre Barrieren. Zurück blieb süßer, verlockender Schmerz.

„Deine letzte Chance. Wenn du jetzt nicht kooperierst, wird der nächste Treffer nicht von meiner Hand sein." John umfasste ihre Hüften und zog sie heran. „Wie soll es sein?" Sein Ausdruck war eine einzige Gefahr.

„Nein, verdammt, ich führe keinen regelmäßigen … Geschlechtsverkehr aus."

John umschloss ihren Nacken und beruhigend streichelte er über die Haut.

„Es war doch gar nicht so schwer. Du brauchst in keiner Weise verlegen zu sein bei einer harmlosen Frage."

Sie senkte den Blick. Er umspannte ihr Kinn und leicht berührten seine Lippen ihre. Mit einem Lächeln beendete er den Kuss.

„Erzähl uns mehr von deinen sexuellen Abenteuern. Wie lange liegt der letzte Akt zurück?"

Was sollte diese blöde Fragerei? Viola ballte die Hände zu Fäusten. Aber diese sinnlose Geste erreichte nichts. Sobald sie die Auskunft verweigerte, würde ihr Po unter Johns Bestrafung erglühen. Man benötigte keine Fachkenntnis der Körpersprache, um zu wissen, was seine Haltung ausdrückte. Oh bitte, wenn sie es so wollten! Verwundert stellte sie fest, dass sie Erleichterung empfand, denn die Männer nahmen ihr die Wahl ab.

„Vor einem halben Jahr. Mit meinem Exfreund."

Er drückte ihren Nacken, offensichtlich unzufrieden mit der Antwort.

„Meine Liebhaber kann man an einer Hand abzählen. Vor euch zwei langjährige Verhältnisse und ein paar kurze Bekanntschaften, die nicht der Rede wert sind. Normalerweise praktiziere ich keinen Sex mit Unbekannten.“ Sie schluckte und verlor fast den Kampf, den sie mit den Tränen focht.

„Du hast dich noch nie bei einem One-Night-Stand vergnügt?“ Wieder diese schrecklich sanfte Stimme.

„Nein, ich bin zu … schüchtern.“ Verklemmt traf es eher. Aber das wollte ihr nicht über die Lippen kommen.

Die Männer tauschten einen Blick aus und sie wünschte, sie wäre in der Lage, sie ebenso zu lesen, wie sie es bei ihr schafften. Dean löste die Kette und ließ die Stange herunter, sodass John die Manschetten lösen konnte. Sie versuchte, bewegungslos stehen zu bleiben, doch es gelang ihr nicht. Sie fiel gegen John. Seine Arme umfingen sie beschützend und sie hatte dem Gefühl nicht das Mindeste entgegenzusetzen.

„Du hast uns deinen Orgasmus recht widerwillig geschenkt. Wir verlangen einen weiteren von dir.“ John hielt sie an den Schultern und sein siegessicheres Lächeln erweckte bei Viola den überwältigenden Wunsch, zu flüchten. Sie hatte noch nie zwei Mal hintereinander einen Höhepunkt erreicht. Beinahe wäre diese vollmundige Aussage ihr trotzig über ihre Lippen gesprudelt.

„Zeit für eine neue Frage. Wurdest du schon mal oral stimuliert? Hat dein Partner dich so lange geleckt, bis du vor Geilheit vergingst und zuckend unter seiner Zunge lagst?“

„Spinnst du?“ Der Satz kam heraus, bevor sie ihn zurückhalten konnte. Das würde sie nicht beantworten.

Dean nahm eine Gerte vom Waschbecken. Der Schmerz- und Lustbringer füllte auf der Stelle ihr Bewusstsein und raubte den letzten Rest von Trotz. Er hielt ihn in der rechten Hand, die linke streichelte die Spitze. Das Arschloch wartete nur auf ihre Weigerung. Wie mochte das Gefühl sein, von ihr geküsst zu werden, fragte die Viola, die immer mehr an die Oberfläche brach und mit Mühe sperrte Viola sie zurück.

„Antworte." Johns drohender Tonfall stand dem Anblick der dunkelbraunen Springgerte nicht nach.

„Nein."

„Nein?" John räusperte sich und packte fester zu. „Nein zu meiner Frage oder ein generelles Nein zu deiner Kooperation?" Stahlgleich donnerten die Worte in ihr Bewusstsein. „Dean, sollen wir sie auf dem Bett festbinden?"

Haltsuchend umklammerte sie ihn und verachtete sich dafür. „Keiner meiner Partner hat mich bisher auf diese Art berührt." Sie spuckte den Satz aus. Ein samtiges Lächeln traf sie.

„Wieso? Wolltest du es nicht?"

War er von der Inquisition? Empört schnaubte sie und John stand nach wie vor unbeeindruckt vor ihr. Versprach ihr mit der ganzen Haltung, dass er eine Erwiderung erwartete. Wenn sie nicht freiwillig nachgab, würde er sie zwingen.

„Doch, aber irgendwie auch nicht."

Großartige Worte, Viola.

Dean wippte provozierend mit der Gerte gegen seinen Oberschenkel. Sie verspürte den Drang zu schreien, weil die Männer sie zwangen, ihre Seele zu entblößen, und das verunsicherte sie gewaltig.

„Sie verursachten in mir das Gefühl, es nicht zu wollen. Ihr Verhalten erstickte den Wunsch in mir und ich hätte mich nicht entspannen können."

Verdammt, die intime und tief gehende Antwort ließ sie zittern. Viola hasste diese Empfindung, denn sie gewährte eine unverhüllte Einsicht in ihr verborgenes Ich. Dean legte die Gerte zur Seite, was sie erleichtert aufatmen ließ, während das gefangene Ich enttäuscht seufzte.

Die dunkle Versuchung mit dem Namen John umfasste sie. „Du wirst die Fragen gleich mit Ja beantworten. Diese Erfahrung schenken wir dir." Sein intensiver Blick trieb sie in den Wahnsinn. „Wir werden Sorge tragen, dass du dich entspannst."

Darauf würde sie ihren Arsch verwetten.

„Ich kann es kaum erwarten, sie zu schmecken." Dean betrachtete sie frivol.

John schob sie in das angrenzende Schlafzimmer auf das Bett zu. Seine Querverstrebungen und Pfosten luden dazu ein, einen Körper an ihnen zu fesseln. Er hielt sie, während Dean sie sorgfältig abtrocknete und es war ein eigenartiger Moment der Ruhe. John ließ sich auf die Matratze fallen und zog Viola mit sich. Er lehnte mit dem Rücken an dem Kopfteil und seine Wärme umhüllte sie. Alle Reize waren intensiviert: das Laken unter ihr kühl, seine Haut dagegen heiß, seine Muskeln hart, sein fester Griff beschützend. Ihre physischen Reaktionen sprangen wild umher, wobei sie ihre Gedanken spiegelten. Mühelos platzierte John sie so, dass sie halb auf seinem Schoß lag. Wenn sie doch aufhören könnte zu zittern.

„Spreiz deine Schenkel."

Sie zögerte.

„Sofort!"

Der Tonfall hätte eine Amazone in die Gehorsamkeit gezwungen. Beschämt spreizte sie die Beine, aber es reichte ihnen nicht. Dean half mit den Händen nach und umfasste ihre Waden. Er senkte den Kopf über ihre Scham und sie spannte ihre Glieder an. Für eine Sekunde gelang es ihr, das Erschauern zu unterdrücken.

„Wie steht es mit dir, Viola? Hast du deine Partner mit dem Mund verwöhnt?", fragte John.

Schon wieder diese verdammte Fragerei!

„Ja, ich mag Oralsex." Was für eine blöde Antwort. Sie mochte Fellatio, nur nicht bei sich selbst. Deans Atem floss ihre Haut entlang, von ihrem Knie abwärts. Jetzt zitterte sie nicht, sie bebte.

Er leckte an der Innenseite ihres Oberschenkels hinauf. Kurz bevor er den Venushügel berührte, hob er den Kopf und sah sie an. Niemals zuvor hatte ein Mann sie auf diese

Weise angesehen, dominant und verflucht sinnlich. Dann spürte Viola das erste Mal in ihrem Leben eine Zunge auf ihrer Scham. Instinktiv versuchte sie, auszuweichen.

„Du scheinst vergesslich zu sein. Der Befehl lautete, deine Schenkel zu spreizen, dich willig hinzugeben.“ Sie entnahm Johns Tonfall, dass er etwas mit ihr vorhatte. Ehe sie reagierte, drehten er und Dean sie um. Sie lag über Johns Schoß, damit er ihr den Arsch versohlen konnte und ihr empörter Aufschrei entlockte ihm ein Seufzen. Er fixierte ihren Arm auf dem Rücken und zwang sie somit zur Bewegungslosigkeit.

„Insgeheim sehnst du dich nach einer Bestrafung. Du wirst ruhig liegen bleiben. Dich nicht wehren, während ich deinen Po mit köstlichem Schmerz überziehe. Ich werde deinen schreienden Widerstand genießen, solange, bis du nachgibst und Lust dich durchdringt.“

Ein abwehrendes Geräusch kam aus ihrer Kehle, das nicht auf seine Worte bezogen war, sondern auf das durch sie rasende Verlangen.

„Du äußerst Einwände, Viola? Wenn du dich nicht fügst, fesseln wir dich. Dann sehe ich mich gezwungen, die Gerte zu benutzen.“ John lachte leise. „Ich lasse jetzt deinen Arm los. Die folgenden Minuten hängen allein von dir ab.“

Der Gedanke an eine minutenlange Züchtigung mit dem Folterinstrument tobte in ihr. Er legte seine Hände auf ihren Rücken, folgte den Rundungen ihres Gesäßes und sie ahnte, dass die Berührungen lediglich ein Vorspiel auf den Schmerz waren. „Schiava, wirst du es schaffen?“

Sie spürte Johns Oberschenkelmuskeln, und das Gefühl des Ausgeliefertseins war greifbarer, als es in den Fesseln im Badezimmer gewesen war, intimer. Nackt über dem Schoß eines Mannes zu liegen war beschämend und gleichzeitig erregend.

„Antworte mir!“

„Ich wehre mich nicht.“ Endgültigkeit erreichte den letzten Winkel ihres Geistes. Widerstand nutzte ihr sowieso in keiner Weise. Sie kniff die Augen zu, in dem Versuch, sich auf die Pein vorzubereiten.

„Ich werde nicht zimperlich sein. Du wirst dich innerlich sperren, aber dein Körper akzeptiert dennoch, was er begehrt.“ John senkte die Stimme zu einem Flüstern. Sie atmete aus und die Zeit fror für einen Moment ein.

Der erste Hieb traf und sie unterdrückte mit Mühe einen Schrei. Zwei weitere Schläge fanden ihr Ziel, die er auf dieselbe Stelle platzierte.

Dieser Mistkerl!

Mit dem Entflammen der Haut packte sie gnadenlos ein anderes Gefühl: eine nie zuvor gefühlte Begierde. John tastete zwischen ihre Beine und strich an der feuchten Spalte entlang. „Es gefällt dir, was wir mit dir tun. Ich höre auf, wenn du nachgibst und dich mir vollkommen hingibst.“

Dean stand vor ihr und sie warf ihm einen wütenden Blick zu. Auf seinem Gesicht lag ein Ausdruck puren Verlangens. Das Schwein weidete sich an ihrem Leid. Seine Gier packte Viola, sodass sie nicht nur vor Schmerz aufkeuchte. Heftigere Flammen trafen sie, bis kein Millimeter ihres Hinterns unberührt blieb. Das Brennen steigerte sich zu einem heißen Glühen, das Glühen zu beißender Qual. Es fand seinen Weg durch ihren Körper, füllte unnachgiebig ihr Bewusstsein. Sie konnte das Aufschreien nicht länger unterdrücken und schrie bis zu den letzten Schlägen. Dann verließ Viola jegliche Kraft und sie ließ schluchzend den Kopf hängen, hasste John, Dean und vor allem sich selbst. Aber auch, dass die Brüder sie durchschauten und sich lediglich nahmen, was sie ihnen anbot.

„Mir scheint, du begreifst es. Dreh dich um und leg dich mit dem Rücken über meinen Schoß. Du wirst deine Schenkel spreizen, erdulden, dass Dean dich so lange leckt, bis du einen Orgasmus bekommst.“

Als wenn das jetzt möglich wäre! Sie empfand tiefe Scham und ihr Po schmerzte unglaublich.

„Entweder du gehorchst oder ich werde deinen verführerischen Arsch weiter behandeln."

Sie sprang fast von seinen Knien und schloss verlegen die Augen. Keinesfalls wollte sie in ihren Mienen sehen, dass sie wussten, dass es ihr gefiel. Es war falsch.

„Öffne dich für uns." John riss sie aus den Gedanken.

„Ich kann nicht." Sie hörte die Verzweiflung in ihrer Stimme. Dean legte seine Hände auf ihre Knie. Warm glitten sie zu den Innenseiten ihrer Schenkel, zwangen sie auseinander. Furchtbar verletzlich lag sie ihren Blicken ausgeliefert. Ihr schnelles Atmen rauschte in ihren Ohren, ansonsten herrschte eine absolute Stille. Nichts passierte und keuchend öffnete sie die Lider. Sie rechnete mit triumphierendem Hohn, stattdessen sah John sie liebevoll an und das verunsicherte sie bis ins Mark.

„So ist es besser, Viola. Es gibt keinen Grund für Scham." Er beugte sich zu ihr, saugte ihren linken Nippel in den Mund, biss leicht hinein, bis sie sich aufbäumend dem köstlichen Gefühl entgegendrängte. Dann richtete John den Oberkörper auf, wobei sein Ausdruck sie zu verschlingen drohte. „Sie sind sehr empfänglich für meine Aufmerksamkeiten, perfekt für Nippelklemmen. Dennoch leugnest du, dass es dir gefällt." Er nahm die nach oben stehende Knospe zwischen Daumen und Zeigefinger, rieb sie erst sanft, dann härter, so, wie sie es brauchte. „Du willst mehr. Dein Körper verrät dich und verfolgt seine eigenen Absichten. Deine gerötete Haut, die Feuchtigkeit deiner Pussy, die geschwollenen Schamlippen. Wenn Dean dich leckt, wird er deine Geilheit riechen und schmecken." Seine Stimme und die Berührungen vergrößerten die Anspannung, ihre Gier und hinterließen nur Sehnsucht.

Dean senkte sich über ihre Scham. Sie widerstand dem Reiz, auszuweichen, denn es war verboten. Er teilte die Schamlippen mit den Fingerkuppen und berührte die Klitoris. Ein unglaubliches Gefühl von nasser Hitze und ihre Perle schwoll unter der Versuchung an. Lust fuhr in ihren Schoß, ergriff ihre Glieder, lief wellengleich durch ihren Körper. Wieder sah Dean zu ihr hoch, lockend und verrucht. Mit jedem Zungenschlag steigerte er ihr Verlangen.

Dabei von John gehalten zu werden, seine Blicke, die auf ihr lagen, war unerträglich. John stimulierte ihre Nippel mit wechselnder Intensität.

Das Zungenspiel wurde intensiver. Abwechselnd saugte er an ihrer erigierten Klitoris und leckte sie. Ihre Schenkel gaben nach. Sie stöhnte, drängte sich ihm entgegen. Die Reize waren zu viel und Feuchtigkeit rann ihre Pobacken hinunter. Deans Fingerkuppen forderten Einlass. Er umkreiste den Eingang ihres Geschlechts, erkundete die Falten und schob einen Finger in ihre Vulva. Der Kerl wusste genau, was er tat.

John berührte leicht ihre Kehle. Sie wimmerte auf und er nahm seine Hand von ihrem Hals. „Keine Angst", murmelte er. Lange blickte er in ihre Augen, streichelte ihre Seele und verlangte dennoch ihren Gehorsam. Viola gab nach. Sie gab ihm, was er begehrte und noch mehr. Ihr Kitzler pulsierte und das Gefühl des nahenden Orgasmus ließ sie gieriger stöhnen. Die Zunge folterte sie auf köstliche Weise. Begierde ersetzte jegliche Scham. John wechselte die Position und kniete hinter ihr, hielt ihre Arme über ihren Kopf gestreckt. Der Reiz des Ausgeliefertseins intensivierte Violas Erregung. Wie eine Brandung riss es sie fort, bis sie zuckend sie unter Deans Lippen lag.

„Hinknien", forderte John.

Sie gehorchte und schaute John an. Ihr war bewusst, dass sie ihr gesamtes Sein seiner Autorität unterwarf. Er stand vor ihr, sein erigierter Phallus vor ihrem Mund. Ohne zu zögern, nahm sie seine heiße Härte zwischen die Lippen, kostete die samtige Haut. Viola liebte es, ihre Partner zu schmecken und mochte das Gefühl auf der Zunge, auch, das stärker werdende Stöhnen, kurz bevor ihr Liebhaber kam. Ein lang gezogener Laut entwich seiner Kehle. John überließ ihr die Führung und sie saugte an dem Schaft entlang, so tief, wie sie es schaffte. Sie umkreiste die Eichel, schmeckte ihn. Gekonnt brachte sie ihn zum Keuchen.

Dean positionierte sich hinter ihr und sie sehnte seinen Schwanz herbei.

„Es wird dir gefallen, meine Schöne." Er berührte sie sanft an der Hüfte. Sie konnte nicht anders und reckte ihm den Po entgegen. Köstliche Fülle drang in sie ein. John lächelte sie an, tauschte mit seinem Bruder einen vielsagenden Blick aus. Dean stieß in sie hinein, keuchte auf, denn Hitze und Nässe umfingen ihn, das war Viola deutlich bewusst. Nach wenigen langsamen Stößen spreizte er ihre Pobacken und betastete ihren Anus. Das intensivierte das Gefühl in ihrem Schoß.

„Ob du noch einmal kommen kannst, kleine Schiava?" Bei seinen Worten legte John die Hände um ihre Wangen. Zärtlich strich er ihr ein paar Haare aus der Stirn. Etwas passierte in ihr und sie verlor sich in diesem Moment, obwohl sie nicht verstehen konnte, was mit ihr geschah. John verharrte und küsste sie zart. Dann überließ er sich den saugenden Lippen, es dauerte nicht lange und sie spürte, dass er vor seinem Orgasmus stand. Sie wusste nicht, ob sie es ertragen könnte, wenn er in ihren Mund spritzte. Viola wollte den Kopf zurückziehen, aber er ahnte es und umfasste sie. Es gab kein Entkommen. Er zuckte, zog seinen Schwanz aus ihrer Mundhöhle und sein Samen traf ihren Rücken. Dean verstärkte den Griff um ihre Hüften und er zögerte offensichtlich seine Befriedigung hinaus. Sie öffnete die Augen, denn sie hörte ein brummendes Geräusch. John hielt einen Vibrator, ihren Vibrator in der Hand.

Bevor sie reagieren konnte, führte er ihn an ihre Klitoris. Auf der Bettkante sitzend berührte John ihre Wange. Sie legte ihr Gesicht auf seinen Oberschenkel und atmete seine Lust ein. Versuchte, ihren Verstand zu beruhigen, nicht nachzudenken. Der summende Lustbringer ließ sie weiter fallen. Dean stieß tief in sie hinein und zog ihre

Pobacken auseinander. Erneut spürte sie den herannahenden Orgasmus. Viola kam keuchend und rang zeitgleich mit ihm nach Luft. Sie sackte weg und ihr war eigenartig von dem berauschenden Gefühl zumute. John strich ihr ein paar Haarsträhnen aus der Stirn. Sie erschrak, dass ihr die zärtliche Geste so naheging, und sah zu ihm hoch. Ein entsetzlich warmer Ausdruck lag auf seinen Zügen.

Dean streichelte liebevoll ihren glühenden Po.

„Kannst du aufstehen?“, fragte John. Er stützte sie an den Schultern und half ihr in eine sitzende Position. Intensive Übelkeit erfasste sie.

„Mir ist schlecht“, stammelte sie.

„Hol ihr einen Saft und einen Riegel Schokolade. Verdammt, sie ist unterzuckert.“

Viola kämpfte gegen den Schwindel an.

„Sieh mich an, nicht die Augen schließen, das verstärkt den Brechreiz. Es tut mir leid, ich hatte nicht bedacht, dass du einen anstrengenden Lauf hinter dir hast.“ Johns besorgte Stimme drang zu ihr vor. Sterne flimmerten um sie herum. Das war ihr das letzte Mal nach einem langen Wettlauf passiert.

Dean reichte ihr ein Glas Apfelsaft. Ihre Hände zitterten zu sehr, um es zu halten, daher kippte er es und ließ es nicht los. Nach ein paar Schlucken ging es ihr besser und gleichzeitig schlechter. Ihre Gefühle übermannten sie und sie brach in Tränen aus, konnte nicht aufhören, obwohl sie es über alles versuchte. John zog sie in seine Arme, murmelte etwas, das sie nicht verstand und sie dennoch beruhigte. Dean verließ den Raum. John ließ ihr Zeit, hielt sie und sie fühlte sich so schrecklich geborgen. So kannte sie sich selbst nicht. Sie neigte nicht zu Gefühlsausbrüchen. Sein Duft wirkte tröstend und sie lehnte ihr Gesicht gegen seine Brust. Er strich ihr über die Haare, umfasste zärtlich ihren Nacken.

„Ich möchte, dass du isst und die Nacht hier verbringst.“ Er schob ihr ein Stück Vollmilchschokolade in den Mund.

„Ich will nach Hause“, platzte es aus ihr.

Er schüttelte den Kopf. „Wenn du darauf bestehst, kannst du morgen gehen. Heute bleibst du als Gast in unserem Haus. In diesem Zustand lasse ich dich nicht allein.“ Er drückte sie auf die Matratze.

John liebte es eindeutig, in ihre Augen zu sehen, und legte seine Hand auf ihre Wange. Ein Teil der Mauer in ihr zerbarst. Er bemerkte es, denn ein Lächeln umspielte seine Mundwinkel.

Dean trat mit einem Tablett auf den Armen an das Bett.

„Gemüsesuppe und Brot. Das sollte dir guttun, Kleines.“

Daneben standen ein weiteres Glas Apfelsaft und Schokoladenkuchen. Unter Johns Blicken aß sie alles auf und trank zum Schluss den Saft. Eine bleierne Müdigkeit überfiel sie. Sie nahm noch wahr, dass er die Decke über sie zog, bevor sie in einen tiefen Schlaf fiel.

Wütend auf sich selbst, betrachtete John Violas stille Form. Er könnte sich ohrfeigen, dass er nicht daran gedacht hatte, ihr zuerst etwas Zuckerhaltiges zu trinken zu geben. Unverzeihlich!

Dean kam mit dem Abendessen herein. „Wir sind Idioten. Beinahe wäre ihr Kreislauf zusammengebrochen. Schlimmer als blutige Anfänger“, sagte er leise.

„Ich weiß. Eigentlich sollte man uns bestrafen.“

„Wenn du darauf bestehst, kann ich dich auspeitschen.“ Sein Bruder grinste ihn herausfordernd an. Dann trat Sorge in seine Züge. „Wie geht es ihr?“

Er wusste, dass Dean die Frage nicht nur auf ihren körperlichen Zustand bezog. „Es hat ihr zwar sehr gefallen was wir mit ihr gemacht haben, aber natürlich hat sie Schwierigkeiten, es zuzugeben. Die Schüchternheit hat keine Fassade dargestellt.“

„Sie beeindruckt dich?“

Natürlich bemerkte sein Bruder was in John vorging.

„Sie berührt eine Seite in mir, die ich lange nicht gespürt habe. Ich weiß nicht, wo die Empfindung herkommt. Ich hoffe, Viola bleibt, damit ich es herausfinden kann.“

Sie hatten ihr ein Schlafmittel in das Getränk getan. John wollte sie nicht unbeobachtet lassen und plante, die Nacht bei ihr zu bleiben. Gewissensbisse wegen ihrer Entführung verspürte er jedoch nicht. Er war froh, dass sie es getan hatten, und gab zu, dass er das schöne Wesen faszinierend fand. Violas Unerfahrenheit hinderte sie daran, ihre Gefühle zu verbergen und ihre Augen spiegelten ihre Seele. Es bereitete ihm Freude, sie zu bestrafen, ihre eng gesteckten Grenzen auszutesten und ihre Gegenwehr zu durchbrechen.

„Sie wird dein Angebot annehmen." Dean sah ihn an, sein Ausdruck trocken. „Seltsam, was das Leben für einen bereithält."

John lächelte, er glaubte nicht an Zufall, eher an Schicksal und dass hatte ihm eine besondere Perle vor die Füße gespült. Dann wurde er ernst. „Sie hat Angst zu ersticken. Die leichteste Berührung auf ihrem Hals verursacht Panik. Ich will erfahren, was ihr geschehen ist."

Dean nickte und wirkte nicht überrascht. Es verwunderte John nicht, dass sein Bruder es auch bemerkt hatte. Dean konnte die leisesten Reaktionen einer Gespielin lesen, genau wie er.

Sehr einfühlsam, du arroganter Arsch! Sie ist beinahe vor Durst umgekommen.

Doch seine Gedanken kehrten zum Problem zurück. Ein einschneidendes Erlebnis musste Viola geprägt und verändert haben. Jemand hatte sie sowohl physisch als auch psychisch verletzt. John fühlte sich verpflichtet, Sorge zu tragen, dass derjenige aus ihrer Welt verschwand und dazu besaß er die nötigen Ressourcen. Es wäre nicht das erste Mal, dass der *Federzirkel* sich eines solchen Individuums annahm. Bis jetzt war es Miles nicht gelungen, etwas über den Mann aus dem Wald in Erfahrung zu bringen. Vielleicht war er sogar das Arschloch, der hinter ihren albtraumhaften Erlebnissen steckte? Das war kein abwegiger Gedanke. Erneut fragte er sich, was Viola so besonders für ihn machte. Viola war anders, verglichen mit seinen sonstigen Frauen. Viel scheuer und ehrlicher in den Reaktionen. Er liebte die Sessions mit unterschiedlichen Partnerinnen, aber in letzter Zeit war der Wunsch nach Beständigkeit in ihm erwacht. Anscheinend griff dieser Virus um sich.

Tom, ein enger Freund und stiller Miteigentümer des Zirkels, lag Iris zu Füßen und sie wollte nächsten Monat in Toms Haus ziehen. Die Steuerberaterin hatte den *Federzirkel* geprüft und Tom sprichwörtlich verzaubert mit ihrem zickigen Verhalten. Auch Roger, ein langjähriges Mitglied im *Federzirkel*, hatte eine neue Geliebte: Kate, Zahnärztin und unglaublich süß. Klein wie eine Elfe und wild wie eine Hexe. Es schien ernst zu sein.

Violas ruhiges Atmen lenkte seine Aufmerksamkeit zurück auf sie. Die Kleine hatte alles versucht, um ihnen zu widerstehen. Die kühle Seite lag auf der Oberfläche, allerdings reichte sie nicht tief, falls man wusste, wie man sie sprengen konnte. Wenn sie wirklich nicht gewollt hätte, hätten sie Viola gehen lassen. Egos, groß wie Elefantenärsche! Beinahe wäre er in Lachen ausgebrochen. Dean hatte in seine Hand beißen müssen, um das Prusten zu unterdrücken. Jedoch zeigte Viola ihre Leidenschaft in den Bildern und sie brachten ihre wahre Natur zum Ausdruck. Es reizte ihn, genau das aus ihr herauszulocken.

Miles betrat den Raum und setzte sich zu ihnen an den Tisch. „Ist sie in Ordnung?“

John nickte ihm zu. „Jetzt ja, aber wir dürfen nie wieder so sorglos mit einer Schiava umgehen.“

Miles sah ihn nachdenklich an. Dann grinste er breit, breiter und am breitesten. John rollte mit den Augen, schließlich war es schlichtweg unmöglich, vor den beiden Geheimnisse zu hüten.

„Wir sollten Timothy auf den Kerl im Wald ansetzen.“ John wollte kein Risiko eingehen. Timothy besaß eine Detektivagentur, auch er ein langjähriger Freund und Mitglied im *Federzirkel.*

„Ich kümmere mich darum“, sagte Miles.

Während sie aßen, füllte eine angenehme Stille den Raum. John vertraute ihnen blind. Er kannte Miles fast genauso lange wie Dean und er war wie ein leiblicher älterer Bruder. Miles gegenüber hatten Dean und John von Anfang an so gefühlt. Mit Roger und Tom bildeten sie ein perfektes Team. Sie kauften renovierungsbedürftige Häuser und restaurierten sie. Vollendeter Wohnluxus und das Geschäft lief gut.

„Gute Nacht. Sei vorsichtig mit dem, was du dir wünschst.“ Dean grinste ihn an. „Elefantenärsche“, prustete er. Miles und er lachten, bis sie in ihren Zimmern verschwanden.

John trug seine *Gefangene* in ein Schlafzimmer. Wenn alles nach Plan lief, würde sie ein paar Wochen hierbleiben. Der Gedanke sagte ihm zu und seltsam vertraut lag Viola in seinen Armen.

„Du hast schon verloren, Schiava. Dich lasse ich nicht so leicht entkommen.“

Kapitel 3

Die Erinnerungen kamen schlagartig, sodass Viola den Reiz unterdrückte, die Decke über den Kopf zu ziehen. Scham überkam sie bei der Erkenntnis, was sie getan hatte. Das Spiel der Unterwerfung gefiel ihr und sie leugnete es nicht, dass es der beste Sex ihres Lebens gewesen war. Sie hatte den Sex mit ihren vorherigen Partnern gemocht, aber nicht auf diese Weise, und das Liebesspiel war längst nicht so zügellos und tief gehend gewesen.

Viola dachte darüber nach, sich aus dem Haus zu schleichen. Dann seufzte sie frustriert, schließlich war sie nackt und sie konnte weder ihre Kleidung noch ihre Schuhe sehen.

Wie war sie in dieses Bett gekommen? Es besaß ein ledernes Kopfteil, ganz ohne Handschellen. Zwei Sessel mit maigrünen Bezügen weilten vor bodentiefen Fenstern. Weiße Einbauschränke mit einer passenden Kommode rundeten das Bild ab. Die Tür zum angrenzenden Badezimmer stand offen. Hatte John die Nacht bei ihr verbracht?

Das Kopfkissen neben ihr verströmte seinen Duft nach frischem Gras.

Am besten duschte sie eiskalt, vielleicht würde das ihren Verstand einschalten. Für einen Sekundenbruchteil spielte sie ernsthaft mit diesem Gedanken. Doch ein paar Minuten später, brachte Viola es nicht über sich, etwas derartig Brachiales zu tun. Heißes Wasser prasselte stattdessen auf sie herab und der Seifenschaum vermischte mit ihrer Verwirrung. Noch immer spürte sie Johns Hände auf ihrem Körper, den köstlichen Schmerz, während sie über seinem Schoß gelegen hatte. Die erregende Demütigung, die keine gewesen war. Wie ging es weiter? Er hatte etwas von einem Angebot gesagt. Wahrscheinlich hoffte er, sie weiter zu überrumpeln. Aber jetzt hatte sie alle Sinne beieinander. Das konnte er vergessen. Höflich und distanziert plante sie, sein Angebot anzuhören, um dann darauf zu bestehen, nach Hause gebracht zu werden. Ihren ersten One-Night-Stand hätte sie sich in ihrer kühnsten Fantasie nicht so ausgemalt.

Nach der Dusche fand sie im Schrank alles, was sie benötigte: neue Zahnbürsten, Körpercreme, Deoroller. Die Brüder waren offensichtlich erfahrene Männer mit der nötigen Ausrüstung, auch für den Morgen danach.

Sie betrachtete das Badezimmer. Apfelgrüne Mosaikfliesen trennten die ebenerdige Dusche von dem restlichen hell verputzten Bereich. Das weiße Waschbecken zierte ein grünlackierter Unterschrank und ein farblich passender gestreifter Bambusteppich lag davor. Sogar die Handtücher besaßen den perfekten Ton. Die Malerin in ihr sah eine duschende Schönheit mit smaragdfarbener Hautfarbe, der das Wasser wie Perlmutt über den Körper rann. Sie legte den Kopf zurück und wäre nicht dünn, sondern wollüstig gerundet.

Jocelyn hatte es einmal in die richtigen Worte gepackt. „Die dralleren Evastöchter, die du malst, wirken um einiges lebendiger mit ihrer Sinnlichkeit, verglichen mit diesen mageren, retuschierten Gerippen, die man sonst sieht." Ein nachdenklicher Blick traf sie. „Sie erscheinen echt." Jocelyn hatte sie traurig angelächelt. „Ich habe viel zu lange unecht gelebt. Ein Schatten der Frau, die ich eigentlich bin."

Dieser Satz hatte Viola bestürzt und tat es auch jetzt, weil er auch auf sie passte. Sie föhnte ihre Haare trocken und ging anschließend in ein Handtuch gewickelt in das Schlafzimmer und blieb überrumpelt stehen. John stand neben dem Bett und sie besaß seine ganze intensive Aufmerksamkeit.

Oh, verdammt.

Bei seinem Anblick seufzte sie auf. Weshalb rief er so starke Gefühle in ihr wach? Sie kannte ihn kaum und dennoch berührte er ihr Innerstes. Ihr zuvor gefasstes Vorhaben verschwand wie Nebel in der Sonne.

„Hast du gut geschlafen?“ Er trat einen Schritt näher und sie hielt den Atem an. Ihre Wangen glühten, spiegelten ihr inneres Chaos.

Er umfasste ihren Nacken.

Oh, verflixt.

Er senkte seine Lippen auf ihre und sofort pochte ihre Scham, sodass sie aufstöhnte. Schmetterlinge erwachten und flogen durch ihr Bewusstsein. Viola wollte von John genommen werden. Er sollte sein Geschlecht in ihr vergraben, sie hart ficken.

Er riss ihr das Handtuch vom Körper und starke Hände drehten sie um.

„Stütz dich auf dem Bett ab und spreiz deine Beine.“ Ein kurzes Aufflackern von Widerstand, aber dann gehorchte sie und verspürte einen wohligen Schauer bei der Unterwerfung. Er fasste zwischen ihre Schenkel und rieb über die pulsierende Perle, verteilte ihre Nässe, bis sie wimmerte.

„Was für eine unverschämte Schiava du doch bist“, flüsterte er in ihr Ohr. „Knie dich hin.“ John presste seine Lippen auf ihren Nacken. Alles, was er berührte, empfand sie intensiver im Vergleich zu ihren bisherigen Liebhabern. Seine Jeans fiel zu Boden. Mit einer Hand griff er ihr ins Haar, zog ihren Oberkörper zurück. Sie war in seiner Gewalt und schrie fast, denn er fand die pochenden Nippel. Seine dominante Art steigerte die Reize und sie suchten Erfüllung in ihrem Inneren. Sie wollte ihn. Nicht nur äußerlich, er sollte sie ausfüllen, körperlich und seelisch. Sein Schwanz erlangte leichten Zugang und füllte sie aus. Ihre Vaginalmuskeln zuckten und hießen ihn gierig willkommen.

„Genau so mag ich das. Komm, spann deine Muskeln an.“

Gestern hatte es ihr gefallen, von Dean genommen zu werden, aber John zu spüren, ging weit über ihn hinaus. Er stimulierte ihre Klitoris, rieb sie, bis sie zuckend in seiner Umarmung hing. Auch das war eine neue Erfahrung für sein. Ein Mann, der sie erregte, bevor er auf seine Kosten kam.

„Bitte fick mich härter."

Hatte sie das wirklich gesagt?

„So zügellos", flüsterte er. Er presste ihren Oberkörper auf das Bett. Gab ihr, was sie verlangte, stieß hart in sie hinein, bis er heftig kam. Ihr Körper besaß keine Kraft mehr und das war zum Teil ihren eigenen Handlungen geschuldet, denn diese überwältigten Viola ebenso wie Johns Vorgehen.

So viel dazu, dass sie ihm nicht hatte erlauben wollen, sie erneut zu überrumpeln. Er drehte sie auf den Rücken, strich über ihre Wange und blickte sie ernst an. „Überfordere ich dich?"

„Irgendwie schon."

Sie drückte ihr Gesicht in seine Halsbeuge. „Ich habe so etwas noch nie getan und auch noch nie so empfunden. Es ängstigt mich, weil es mir so sehr gefällt."

„Was hast du noch nie getan?"

„Mich einem anderen Menschen so weit geöffnet. Ich meine nicht nur den Sex, sondern Einblicke in mein Inneres zuzulassen." Sie sah ihn scheu an. „Ich wusste nicht, dass diese Person in mir steckt."

„Es reizt mich, sie ganz aus dir herauszulocken." Seine Worte stellten eine Verführung dar, obwohl sie die Gefahr ahnte. Ein Mann mit seiner Präsenz verfügte über genügend Kraft, um sie zu zerstören. „Ich gebe dir zehn Minuten, bevor ich dich zum Frühstück abhole. Ich werde dir ein Angebot unterbreiten. Vielleicht weißt du dann, was du möchtest." Ihr wurde angst und bange unter seinem schonungslosen Blick. „Bis gleich, Kleines."

Kleines! Was für ein wunderschönes Kosewort, dazu noch aus seinem Mund. Ein paar Sekunden später starrte Viola auf die geschlossene Tür. Johns Geruch lag noch auf ihrer Haut und erinnerte an sonniges Gras. Das durfte doch alles nicht wahr sein. Was tat sie da nur? Und warum zum Teufel konnte sie damit nicht aufhören? Jetzt kannte sie die Antwort auf die Frage, ob man sich Hals über Kopf verlieben konnte. Sie lief zurück ins Badezimmer und suchte Halt an dem Waschbecken.

Sie war so was von verloren, und zwar rettungslos.

„Das besitzt keine Zukunft." Sie sprach die Worte laut aus, doch auch das überzeugte sie wenig. War das ihr Spiegelbild, das ihr entgegenstarrte? Die wahre Viola, die triumphierend an die Oberfläche brach? Sie band die Haare zu einem Zopf und gab die sinnlosen Bemühungen auf sich zusammenzureißen. Logisches Denken schwebte im Moment weit außerhalb ihrer Reichweite und sie befürchtete, dass dieser Zustand noch länger anhalten würde. Mindestens so lange, wie sie in diesem Haus war. Als sie in das Schlafzimmer trat, wartete John auf sie. Er zeigte auf einen grünen Kimono, der auf dem Bett lag, die Haltung die des Maestros.

„Ich möchte, dass du den Kimono anziehst." Er sagte zwar *möchte*, aber sie wusste, eine Bitte war es nicht.

Sie schüttelte den Kopf.

„Ich bevorzuge meine Kleidung." Störrisch sah sie ihn an und sehnte gleichzeitig seine Reaktion herbei. Sie war offensichtlich vollkommen verrückt geworden.

„Tatsächlich?" Er entzog ihr das Handtuch. „Dann begleitest du mich eben nackt zum Frühstück." Er zog seine dunklen Augenbrauen spöttisch hoch. Seine Hände lagen zwar locker auf den Seiten der Oberschenkel, aber die entspannte Pose täuschte sie nicht. Er würde sie mit Leichtigkeit aus dem Zimmer befördern. Die Muskeln der Arme spielten bei seinen Bewegungen. Das türkisblaue T-Shirt unterstrich seine Kraft. Viola schluckte und griff nach dem Kimono.

Dennoch! Was bildete er sich ein? Giftig sah sie ihn an.

„Ich helfe dir." Ironisch grinsend half er ihr hinein. Sie verspürte das Verlangen, ihn zu treten. „Versuch es." Der arrogante Blick loderte in ihrem Verstand. „Deine Bestrafung wird dir gefallen."

Teufel!

Das seidige Kleidungsstück reichte ihr bis zur Hälfte der Oberschenkel. Er quittierte ihr Verhalten mit einer Mimik, die ihr den Boden wegzog und ihre Aufregung steigerte. Sein Gesichtsausdruck zeigte viel zu deutlich, dass er genau wusste, was in ihr vorging. Es ärgerte sie.

„Zufrieden, großer Meister?"

„Nicht ganz, auf dein Benehmen kommen wir gleich zu sprechen, Schiava."

„Auf mein Benehmen!" Sie schnaubte wie ein Pferd. „Wenn, dann lässt dein Benehmen zu wünschen übrig. Was glaubst du eigentlich, wer du bist? Mein Besitzer, der mir sagen darf, was ich zu tun habe?"

Er griff nach ihr und sie versuchte, ihm in die Hand zu beißen. Ehe sie ausatmen konnte, lag sie mit dem Bauch auf dem Bett. Harte Schläge prasselten auf ihren Hintern, durchbrachen mit Leichtigkeit ihren Trotz und ließen sie bebend zurück. Er blieb die ganze Zeit über schweigsam, ignorierte ihre wütenden Schreie, die allerdings verstummten, sobald er fest ihren Nacken packte. Mühelos stellte er sie auf die Füße und blickte sie abwartend an. Die beiden Violas in ihr fochten ein schnelles Zwiegespräch. Die Schamlose gewann und lachte über die Empörte.

„Dann können wir jetzt frühstücken gehen, außer, du wünschst eine Fortsetzung."

Satan!

Sie verstand nicht, welcher Teufel sie ritt, aber Zorn schaltete ihr Gehirn aus. Sie schubste ihn. Ein Bär hätte allerdings mehr Reaktion gezeigt. Pures Silber starrte sie nieder, sodass sie vor ihm zurückwich. Er setzte ihr nach, bis er sie gegen die Wand drängte.

„Du beugst dich vor, umfasst mit den Händen deine Fußknöchel, erduldest, dass ich dich züchtige. Wenn du es nicht freiwillig tust, schleppe ich dich ins Strafzimmer, wo ich dich an das Kreuz binden werde."

Ein Teil von ihr wollte es darauf ankommen lassen.

„Überleg dir deine Entscheidung sorgfältig. Ich verfüge über ausreichend Zeit, mich um dich zu kümmern. Ich bekomme, was ich will. In welcher Weise, hängt von dir ab. Du wirst dich aus freien Stücken vorbeugen, weil ich es verlange."

Sie warf ihm einen Ausdruck ungetrübter Wut zu. Die Emotion kochte in ihr, drohte, sie zu verschlingen. Ein Muskel zuckte auf seiner Wange. Gott, er sah so verdammt heiß aus. „Das verzeihe ich dir nie."

Unbeeindruckt stampfte er sie in Grund und Boden und das allein mit seinem Blick. John rückte von ihr ab. Viola drehte sich um, beugte sich vor, bemerkte entsetzt, dass sogar diese Handlung sie anmachte. Er konnte ihre nasse Pussy sehen. Sie hörte ihn atmen, spürte, dass er sie musterte. John trat einen Schritt näher. Sie erstarrte, denn sie ahnte, dass Schmerz sie erwartete. Zu ihrer Überraschung küsste er sie auf den Po und biss leicht in die Backe. Starke Finger umschlossen ihren Nacken, während er sie betastete, vordrang und sie bespielte, bis sie jammerte.

Seine raue Stimme befahl ihr, sich aufzurichten und mit ruhigen Händen zog er den Kimono zurecht. Sie fühlte sich noch verletzlicher, fast ausgeliefert. Halt suchend lehnte sie gegen die Wand.

„Komm." Zärtlichkeit lag in dem Wort. Er legte einen Arm um ihre Schultern. In diesem Moment wusste sie, dass sie wirklich verloren war.

Viola verliebte sich in das Haus. Alt und neu geschickt kombiniert und die alten Holzböden mussten kürzlich aufbereitet worden sein. Sie glänzten in einem warmen Honigton und harmonierten mit dem cremefarbenen Putz sowie der perfekt restaurierten großzügigen Holztreppe. Ein Herrenhaus mit viel Charme und Viola würde alles geben, um dieses Gebäude mit Bildern auszustatten.

John führte sie in ein kleines Esszimmer, wo Dean sie lächelnd erwartete. Der Morgen danach! Mit einem normalen One-Night-Stand wäre es schon schwierig, aber das hier mutete grotesk an. Er kam auf sie zu und seine Lippen lagen kurz auf ihren. Die Berührung nahm ihr etwas von der Nervosität. Sie warf John einen unsicheren Blick zu, doch seine Miene blieb blank.

„Setz dich, Cara." John drückte sie auf einen hochlehnigen lindgrünen Stuhl. Sie verbiss sich einen Schmerzlaut, sobald ihr Po die Sitzfläche berührte. Der Mistkerl wusste einer Frau den Arsch zu versohlen. Sie starrte auf den dunklen runden Holztisch und spürte die Männer rechts und links neben sich. Sie rahmten sie ein, nicht nur physisch, sondern mit ihrer Präsenz. Um die Unruhe zu verbergen, griff sie nach einem Glas Orangensaft und trank einen großen Schluck. Schmetterlinge jagten durch sie hindurch und steigerten nachhaltig das Herzklopfen. Warme Luft wehte aus den geöffneten Fenstern herein und Viola suchte Halt in dem beruhigenden Anblick der Bäume und des Gartens.

„Du bevorzugst Tee, nicht wahr?" John goss ihr eine Tasse ein. Sie nickte und es dauerte eine Sekunde, bis sie den Satz erfasste.

„Woher weißt du das?", flüsterte sie.

Er lächelte sie an, wissend, dass sie sich entblößt, entsetzt und gleichzeitig erregt fühlte. Dass sie ihn aufforderte, ihr den Willen zu rauben. Schlagartig realisierte sie, dass sie ihm vertraute. Viola sehnte es herbei, dass er sie gründlich erforschte und der Gedanke jagte ihr eine Heidenangst ein.

„Wir haben dich eine ganze Weile beobachtet, seit dem Moment, als du das erste Mal einen Fuß auf unseren Grund und Boden gesetzt hast. Hast du wirklich geglaubt, dass ich dich nicht bemerke?"

Also war es keine Einbildung gewesen, als sie geglaubt hatte, dass er sie im Garten angesehen hatte. Eine Hitzewelle rann ihren Körper entlang.

„Es hat dich angemacht, nicht wahr? So sehr, dass du Erfüllung mit deinem Vibrator gefunden hast."

Das konnte nicht sein. Zum Glück saß sie. „Ich …"

„Seitdem beschäftige ich dich." Er nahm ihre Hand in seine, zog sie hoch und glitt mit den Fingerspitzen in den

Kimono, berührte hauchzart die verräterischen Nippel. Dann senkte er den Kopf, saugte hart und entlockte ihr ein halb verschlucktes Stöhnen. Viola kämpfte eine Schlacht, die sie längst verloren hatte. Sie wollte nicht nachgeben, zugeben, dass sie das Spiel faszinierte.

„Dein williger Körper verrät dich, wo doch dein Geist so störrisch wirkt."

Viola hegte nicht die Absicht, zu einem Spielball ihrer Lust zu werden, und schon gar nicht zu seinem Sextoy.

„Dich zu zähmen, wird mir gefallen und dir erst recht."

Sein überlegener Tonfall ärgerte sie zusätzlich. Sie sprang zurück, entschlossen zu gehen, ehe sie keine Kraft mehr fand.

„Setz dich."

Entsetzt bemerkte sie, dass sie verharrte. Jetzt reichte es ihr endgültig. Er konnte sich seine Autorität sonst wo hinstecken. Sie drückte die Schultern durch.

„Sofort!"

Diesmal zögerte sie nicht und trat einen weiteren Schritt zurück. Dabei blieb es jedoch, denn er stand inzwischen vor ihr, Dean hinter ihr, wie zwei unüberwindbare Türme. Sie zerrten ihren strampelnden Körper zurück auf den Stuhl. John legte seine Hand über ihren Mund und hielt sie mühelos fest. Sein Bruder ging zum Sideboard, zog eine Schublade auf, nahm Handschellen und Manschetten heraus. Viola starrte auf die Utensilien und wollte trotzdem nicht glauben, was sie offensichtlich vorhatten. Sie kämpfte gegen Johns Kraft an, schrie frustriert auf und verharrte schlussendlich regungslos unter seiner Überlegenheit. Dean zog ihre Arme hinter die Lehne und die Handschellen klickten zu. Das Geräusch erschreckte sie, denn es verdeutlichte ihre Lage. Endgültigkeit befiel sie, als Dean ihre Unterschenkel an den Stuhlbeinen befestigte. Zu allem Überfluss klaffte der Kimono auf. Die Blicke fielen auf ihre gespreizten Beine und John tätschelte zwar überlegen grinsend ihren Oberschenkel. Doch das tat seiner unbarmherzigen Mimik keinen Abbruch, sodass sie aufwimmerte.

„Seid ihr verrückt geworden?"

Dean lief erneut zu der Schublade. Mit Entsetzen sah sie, dass er einen Knebelball in der Hand hielt. „Tu mir den Gefallen und sag noch eine Silbe." Das grässliche Ding baumelte vor ihren Augen. Weitere Äußerungen blieben ihr sprichwörtlich im Hals stecken. Amüsiert griff John nach dem Gürtel des Kimonos. Provozierend langsam löste er den Knoten.

„Bitte …"

Dean nahm den Ball. Sie verstummte, starrte das Utensil an, als wenn er eine Schlange in der Hand hielte.

„Du hörst dir jetzt mein Angebot an. Mindestens so lange verweilst du auf diesem Stuhl als unser Gast." John sprach das letzte Wort zynisch aus. „Du wirst währenddessen still sein."

Wut rann ihre Wirbelsäule herauf. Alles raubten sie ihr, ihre Stimme, ihre Freiheit, ihren Willen. Nur hasserfüllte Blicke blieben übrig. Sie nutzte es und warf ihnen welche zu. John beobachtete sie einen Moment, spöttischer konnte ein Mann nicht aussehen, aber auch nicht reizvoller.

„Du solltest deine Kraft nicht verschwenden, Schiava. Bei dem, was ich mit dir vorhabe, hast du sie bitter nötig."

Und dann frühstückten diese dämlichen Neandertaler in aller Seelenruhe. Schließlich waren sie sich ihrer Sache sehr sicher. Sie hatten die arglose Beute in ihre Höhle verschleppt und sie wie ein brünstiges halb nacktes Paket verschnürt. Jetzt hockte sie hier und verfluchte ihre Hilflosigkeit, die sie in vielerlei Hinsicht anfiel. Ausführlich diskutierten Dean und John über die Einrichtung des Hauses und die Pflege des Gartens.

Wie konnten sie es wagen!

Viola widmete ihre Konzentration der Atmung, in dem Versuch, ihre aufgebrachten Gefühle zu ignorieren. Die Situation überforderte sie und sie hasste die Tränen, die hinter ihren Lidern lauerten. Umso mehr sie versuchte, sie zurückzuhalten, desto drängender wurde der Reiz. Sich die beiden unbekleidet vorzustellen, fiel flach. Der Gedanke löste ein halb hysterisches Kichern aus. Sie bemerkte nicht, dass John etwas zu ihr sagte. Jedoch holte sein Griff in ihr Haar, Viola in das Hier und Jetzt zurück.

„Sie ist unaufmerksam, John."

„Ich lasse es ihr diesmal durchgehen. Sie ist mit dem Prozedere einer Schiava nicht vertraut." Sanft glitt er mit der Hand über ihr Schlüsselbein. Eine warme Spur verblieb auf der Haut und es weckte ein sehnsüchtiges Gefühl. Ein Ausdruck, den sie nicht deuten konnte, lag für einen Moment auf seinem Gesicht. „Ich unterbreite dir jetzt ein Angebot." John lehnte an der Tischkante und zwang sie, zu ihm aufzublicken. Dean gesellte sich dazu, beide der Inbegriff von Dominanz. „Wenn du möchtest, bringe ich dich nach Hause und wir sind quitt. Ich behalte die Bilder, vergesse deinen Einbruch und natürlich werden sämtliche Fotos gelöscht." Er ließ die Worte einen Augenblick wirken, bevor er fortfuhr. Heute Morgen hatte sie genau das vorschlagen wollen, aber inzwischen wollte sie nicht mehr gehen.

„Oder du bleibst als meine Schiava hier und stattest unser Anwesen mit deiner Kunst aus. Abgerechnet wird pro Gemälde." Dann nannte er ihr eine mehr als faire Summe.

Sie öffnete den Mund und Dean schob den Knebelball hinein. Sie kämpfte gegen das schreckliche Gefühl an. Er lehnte seine Stirn an ihre. Zu ihrem Erstaunen schloss er nicht die Schnalle.

„So sollte es reichen. Jetzt musst du still sein. Du scheinst vergesslich zu sein." Er strich beschwichtigend über ihren Oberschenkel und sein warmer Blick gab ihr Halt.

„Warum so panisch, wo du doch möchtest, dass wir dich zum Schreien bringen?" Federleicht berührte er ihre Klitoris. Die Hand wurde fordernder. Er glitt mit dem Zeigefinger in ihre Pussy, lächelte bei ihrem leisen Stöhnen. Sie drängte ihm entgegen, soweit es die Fesselung zuließ.

„Du wirkst widerborstig, aber dein Körper spricht seine eigene Sprache. Beruhige dich. Dir geschieht in keiner Weise etwas, was dir schadet."

Der offene Verschluss dämmte die Panik ein. Sie konnte nicht ersticken.

„Ich weiß, dass du dir zurzeit eine Auszeit gönnst. Ich kann mir auch kaum vorstellen, dass dich ein langweiliger Bürojob ausfüllt. Wenn du mein Angebot annimmst, Schiava, wird es alles andere als trostlos für dich werden." John umfasste ihr Kinn und die Intensität seiner Augen ließ sie zerschmelzen. „Ich lasse dich nicht im Unklaren, was es bedeutet, meine Schiava zu sein, solange ich es wünsche. Du wirst mir ausgeliefert sein, mir vollkommen vertrauen müssen."

Die Worte hallten durch ihren Kopf und ihren Körper.

„Ich erwarte Gehorsam bei unseren Spielen. Ich fordere, dass du dich mir mit Freude öffnest. So sehr du dich innerlich wehrst, es wird dir nichts nutzen. Ich bekomme so viele Orgasmen von dir, wie ich es möchte. Ich werde dich züchtigen, wann immer es mir gefällt." Er sah sie eindringlich an.

„Das stellt den ersten Teil der Abmachung dar. Der zweite Teil beinhaltet ein Interview. Du beantwortest alles, ohne zu zögern oder zu lügen. Ich stelle dir Fragen, die deine tiefsten sexuellen Wünsche, Neigungen und Erfahrungen betreffen." John entfernte den Knebelball, hielt ihr die Teetasse an die Lippen und sie nahm einen Schluck. Anschließend fütterte er sie sichtlich amüsiert mit einem Toast, denn sein Bruder mit Erdbeermarmelade beschmiert hatte. „Wenn ich es mir richtig überlege, erwarte ich eigentlich, dass du dich wehrst. Das intensiviert die Bestrafungen."

„Das ist …" Sie brach den Satz ab, sie konnte keinen logischen Gedanken fassen.

„Ich gewähre dir eine halbe Stunde Zeit, um über das Angebot nachzudenken. Dann will ich deine Antwort."

Sie verließen den Raum und ließen sie zurück. Fast nackt und verletzlich, aber das stellte ihre geringste Sorge dar. Was ihr Körper und darüber hinaus ihr Verstand verlangten, erschreckte sie weitaus mehr. Erfolglos ruckelte sie an den Handschellen und Manschetten. Frustriert keuchte sie auf, denn der Stuhl wackelte gefährlich. Die neue Viola erstickte erfolgreich den Standpunkt, dass sie lieber gehen sollte, dieses gefährliche Spiel beenden musste, und zwar im Keim.

No pain, no gain! Höhnisch hallten die Worte in ihrem Kopf.

Wie wäre es, etwas Verrücktes zu tun? Sich John mit Leib und Seele hinzugeben? Sollte sie es wagen? Sie hatte eine Menge zu verlieren und könnte daran zerbrechen. Von ihrer Seite mischten zu viele Gefühle mit. Schließlich hatte er wochenlang er ihre Träume beherrscht.

Und der lukrative Job?, bohrte die vernünftige Viola. *Davon hast du doch immer geträumt, deine Kreativität auszuleben. Dieses traumhafte Haus mit deinen Kunstwerken zu verschönern wäre ein Traum und so ein Angebot bekommst du nie wieder. Du hast also auch viel zu gewinnen, nicht nur finanziell, sondern auch emotional.*

Die schamlose Viola lachte gehässig.

Sie haben dich gestern drei Mal hintereinander zum Orgasmus gebracht, so wie es ihnen in den Kram passte. Die harten Schläge haben den Wunsch nach mehr geweckt. Sei wenigstens mutig genug, es dir einzugestehen. Was du für John empfindest, ist nicht gerade jungfräulich.

Und das erotische Fragespiel? Besaß sie den Nerv, auf so etwas einzugehen? Ausgerechnet sie, die sogar über das Wort Vagina stolperte. John kannte sie jedoch nicht, ausweichend zu antworten, beherrschte sie meisterhaft. Darauf konnte sie sich einlassen. Er würde noch so viel von ihr erfahren, wie sie preisgeben wollte. Sie würde sich fallenlassen, aber nur so weit sie es wagte.

Dennoch war es ein gefährliches Spiel. Seine Präsenz zwang sie in die Knie.

Würdest du es ertragen, ihn nie wiederzusehen?

Die Tür ging auf und John betrat den Raum. Sofort schlugen ihr seine dunkle Ausstrahlung und die Macht entgegen, die er auf sie ausübte.

„Ist die halbe Stunde um?“, platzte es aus ihr raus. Er wirkte amüsiert und trat an sie heran, nahm währenddessen nicht den Blick von ihr. Er lehnte gegen den Tisch. Bevor sie etwas sagen konnte, hob er die Hand.

„Du weißt, worauf du dich einlässt. Es geht nur ganz oder gar nicht. Falls du annimmst, gibt es kein Zurück. Ich billige nur das Gesamtpaket. Ich werde dir, wann immer es mir richtig erscheint, dir die Wahl abnehmen und dir dann geben, was dein Körper braucht, auch wenn dein Verstand aufbegehrt.“

Ehe sie es zurückhalten konnte, sprudelte es aus ihrem Mund. „Ich akzeptiere das Angebot.“ Sie erfasste ein kurzes freudiges Aufblitzen in seiner Mimik, ehe sie ein Geräusch hörte. Es war sein Bruder.

Dean stand in der Tür und kam grinsend näher. „Fängst du sofort an?“

John sah sie prüfend an. „Ich stelle dir jetzt die erste Frage. Du beantwortest sie ehrlich und ausführlich. Ungehorsam beinhaltet Konsequenzen. Ausnahmslos!“

Seidenweich flutete erregende Angst ihre Sinne. Die Gewissheit, dass er keine leeren Drohungen aussprach, elektrisierte sie. „Wartet! Was, wenn ich es nicht aushalte? Ihr mich verletzt? Bekomme ich ein Wort oder ein Zeichen, mit dem ich es beenden kann?“

„Nur bei speziellen Sessions erhältst du ein Safeword. Vertrauen stellt einen Teil der Abmachung dar. Nur so können wir deine Barrieren einreißen. Die Spiele hinterlassen keinerlei permanenten Verletzungen, weder auf deinem Körper noch auf deiner Seele. Aber unsere Spuren wirst du dennoch bis in dein Innerstes sehen und fühlen.“

Sie schluckte, biss hart auf die Unterlippe.

„Du verspürst nicht die geringsten Zweifel?“

Wenn sie das nur wüsste! Trotzdem verneinte sie, während sie John fest in die Augen schaute. Woher sie die

Kraft nahm, ihre Stimme dabei so ruhig klingen zu lassen, überraschte sie. Er sah erfreut aus und verdammt selbstsicher. „Gut, tagsüber malst du, es sei denn, ich wünsche, dass du mir zur Verfügung stehst. Abends widmest du dich ganz der Rolle der Schiava. Mit meinen Fragen musst du jederzeit rechnen." Er legte seine Hand um ihren Nacken. „Und mit möglichen Bestrafungen. Du begleitest mich bei der Reise mit all deinen Sinnen. Ich verlange, dass du dich bereitwillig fallen lässt. Tust du es nicht, werde ich Mittel und Wege finden, dich zu überzeugen."

Sie ging willentlich einen Pakt mit einem verführerischen Teufel ein.

„Wenn wir Kleidung auf dein Bett legen, wirst du nur das anziehen, was dort liegt." Er grinste sie an. „Einen kleinen Vorgeschmack auf Ungehorsam hast du heute Morgen erhalten."

Die Männer tauschten einen Blick aus, der nicht männlicher sein konnte. Alles wurde leise um sie herum und sie spürte ihren Körper überdeutlich.

„Deine Reise beginnt jetzt."

Sie wollte hinausposaunen, dass sie nicht so weit war.

John legte eine Hand um ihren Hinterkopf und hinderte sie, auf ihre Knie zu starren. Er stellte die erste Frage.

„Hattest du schon einmal einen vaginalen Orgasmus? Oder kommst du nur bei einer klitoralen Stimulation?"

Eine tiefe Röte überzog ihre Haut. Wie sollte sie es schaffen, etwas dermaßen Intimes zu beantworten? Sie schloss die Augen, suchte krampfhaft nach einer Fluchtmöglichkeit oder einer intelligenten Antwort. Verdammt, in ihrem Kopf herrschte ein Vakuum, ein schwarzes Loch, das sie gleich verschlingen würde.

„Auch wenn du uns nicht siehst, wir stehen hier. Ich werte dein Schweigen als Weigerung." Sie hörte Erheiterung aus seiner Stimme und etwas anderes: Erregung. Die folgenden Worte bestätigten die Befürchtungen. „Zeit für deine Bestrafung. Zehn Schläge müssten ausreichend sein – für den Anfang."

Es fiel ihr schwer, seinen Blick zu treffen. Es verursachte Wut auf ihr eigenes Unvermögen. Sollte sie – ich weiß nicht – sagen? Lügen? Sie schluckte den Kloß in ihrer Kehle hinunter. Es lief überhaupt nicht nach Plan.

„Klitoral", hauchte sie. Zum ersten Mal sprach sie es aus. Nicht einer ihrer Liebhaber hatte daran Interesse gezeigt, trotz der langjährigen Beziehungen. John richtete sich auf, offensichtlich unzufrieden.

„Ich möchte einen ganzen Satz von dir hören. Dieses eine Mal lasse ich es durchgehen und belasse es bei den zehn Schlägen. Du beantwortest die Frage erneut." Gönnerhaft grinste er sie an.

Sie fixierte seine Schulter, starrte Löcher hinein.

„Du wirst mir bei deiner Antwort in die Augen sehen. Noch einmal verwarne ich dich nicht."

Sie schwieg beharrlich.

„Wie du willst."

Sein dominanter Tonfall forderte sie heraus. Am liebsten hätte sie ihn getreten, gebissen, angeschrien, doch ihre Lage ließ es nicht zu.

„Ich kann nur zum Höhepunkt kommen, wenn meine … Klitoris … gereizt wird. Zufrieden?" Das schnippische Wort kam aus ihrem Mund, bevor sie es zurückhalten konnte.

Er kommentierte ihre Erwiderung nicht. Seine Haltung versprach allerdings, dass sie ihre Frechheit bereuen würde. Dass sie ihm in die Hände spielte und es ihn reizte. „Muss dein Partner dich stimulieren? Oder streichelst du dich selbst?"

Oh, Gott. Es entwickelte ein Eigenleben. Sie presste die Lippen aufeinander.

„Ihr provokantes Schweigen erfordert eine entsprechende Reaktion, John. Zehn Schläge erscheinen mir unangemessen. Zehn auf jeder Arschbacke wären weitaus angebrachter."

Oh, dieser süffisante Ausdruck auf den Gesichtern. Es schnürte ihr die Kehle zu.

John sah sie abwägend an. „Vielleicht hast du recht, sie scheint ihre Lage nicht ernst zu nehmen. Wir halten uns die Option offen." John umkreiste sie und sie unterdrückte den Reiz, den Kopf zu drehen. Er blieb schlussendlich hinter ihr stehen und beugte sich zu ihr herunter. „Schau sie dir an. Der Zorn auf ihren Zügen, so gegensätzlich zu der Nässe, die ich von hier aus sehe. Ihre Nippel reagieren auf die zarteste Berührung."

Sie zuckte zusammen, denn er berührte ihre Brüste, stimulierte die empfindlichen Spitzen zwischen Daumen und Zeigefinger, bis das Pulsieren erschreckend schnell ihren Schoß erreichte. Warum konnte sie das nicht abstellen?

„Nach den Schlägen beantwortet sie unsere Frage ausführlich. Falls nicht …" Johns Stimme war eine einzige Drohung. „Du wirst dich über den Tisch beugen und wir führen die Strafe mit der Gerte aus. Du kannst dir aussuchen, wer von uns die Bestrafung durchführt und wer dich festhält." Er malträtierte sie weiter mit seinen geschickten Fingern, während Dean in der verfluchten Schublade kramte. Nach wenigen Sekunden hielt er die Gerte in der Hand, die sie schon gesehen hatte. Spöttisch grinsend sah er sie an.

„Ich weiß es nicht." Beide Vorstellungen erfüllten sie mit erregender Furcht.

„Du entscheidest dich jetzt, sonst verdoppele ich die Anzahl." John umfasste ihre Schultern und die Berührung nahm etwas von der Lähmung.

„Bitte halte du mich. John, bitte." Ihre panische Stimme drang an ihre Ohren.

„Deine Angst erregt dich, so wie wir es beabsichtigen. Du brauchst dich nicht zu sorgen, dass wir dich aus Grausamkeit schlagen. Die Bestrafungen dienen nur dem Lustgewinn, deinem und unserem. Vertrau uns."

Und wenn John log?

„Sieh mich an." Sie legte den Kopf in den Nacken. Tief blickte John in ihre Augen, durchbrach ihre Befürchtungen und sie wollte nicht mehr zurück.

Sie befreiten sie von den Fesseln und dennoch saß sie erstarrt auf dem Stuhl.

„Ausziehen und beug dich über den Tisch“, flüsterte er. John zog sie auf die Füße. War das hier real? Oder hatte sie die blaue Pille geschluckt?

Dean streifte den Kimono von ihren Schultern. Sie wäre dem zarten Stoff fast auf den Boden gefolgt. John bewahrte sie jedoch vor diesem Schicksal. Er presste einen Moment seinen starken Körper an ihren. Erbost spürte sie die Erektion und er drückte sie mit sanfter Bestimmtheit hinunter. Als er seine Hände von ihr löste, hätte sie beinahe gewimmert.

„Streck deine Arme aus. Ich kontrolliere dich auf diese Weise.“ John umschloss ihre Handgelenke und konnte so ihre vor Angst eiskalte Haut fühlen, die dennoch schweißnass war.

Sie hob den Kopf an und sein undurchdringlicher Ausdruck ließ sie schlucken. Viola schloss die Augen wie beim Zahnarzt. Besser nicht sehen, was auf einen zukam.

„Lass sie offen, damit ich deine Reaktionen beobachten kann.“ Nicht einmal das erlaubte er ihr. Wenn sie es nicht tat, würden sie dann ihre Augenlider mit Klebeband fixieren?

„Bitte Kleines. Nur so weiß ich, dass du genießt, was wir dir antun.“

Sie wollte seinen spöttischen Blick nicht treffen. Ihre Lider wogen schwer wie Blei, doch schlussendlich sah sie ihn an. Aber der befürchtete Spot lag nicht in seiner Mimik, stattdessen Zuneigung.

„Dean, stimuliere sie, löse ihre Verkrampfung.“

„Spreiz deine Beine“, verlangte Dean. Ihr Zögern quittierte er mit einem Klaps auf den Po.

„Wir stellen sicher, dass du mit allen Sinnen aufnimmst, was wir dir geben. Wir lassen nicht zu, dass du etwas vor uns verbirgst“, flüsterte John.

Dean drang mit den Fingerspitzen in ihren Schoß und lockte ihre Lust, forderte konsequent ihr Nachgeben.

Fiebergleich überflutete die Stimulation sie. Johns graue Augen verdunkelten sich und waren ein Spiegel seiner Erregung, die Viola mit ihrem Feuer gefangen hielten. Dean reizte sie, bis sie sich schamlos an ihm rieb, nicht weit von einem Orgasmus entfernt. Fast könnte sie die Bestrafung vergessen. Die Maestros dagegen zu keiner Sekunde.

„Jetzt können wir anfangen.“ Johns Stimme besaß etwas Unwiderrufliches.

Könnt ihr nicht, lag es ihr auf der Zunge.

Der Folterknecht trat vor sie und nahm die dunkelbraune Gerte in die Hand. „Ich züchtige dich nur auf den Po. Die Haut errötet unter den Schlägen. Aber nicht mehr.“

Die Sekunden klebten an ihr verlockend wie Honig. „Fang an. Bitte.“ Viola hielt es nicht aus.

Dean biss sich auf die Unterlippe. Unterdrückte er etwa ein Schmunzeln? Es musste eine Täuschung sein.

„Atme ruhig ein und aus.“ Sie warteten, bis sie Johns Worte befolgte.

Dean verschwand aus ihrem Blickfeld. Panisch kämpfte sie gegen Johns Griff an, suchte Halt in seinen Augen, plötzlich froh, sich daran festhalten zu können. Erst hörte sie das Geräusch, gefolgt von Schmerz. Die Empfindung entsprach nicht ihrer Vorstellung, es war nicht grauenvoll und gnadenlos, sondern verstörend verheißungsvoll. Ein leichtes Brennen floss über ihre Haut, prickelnd, nicht scharf.

Zwei weitere Hiebe mit der gleichen Intensität erwischten die Pobacken. Dean schlug nicht zweimal auf dieselbe Stelle. Aus ihrem Körper wich daher die Anspannung und sie begann, den Schmerz zu genießen, ihn sogar herbeizusehnen. Der nächste Schlag traf sie jedoch unvorbereitet. Das Feuer erschütterte sie. Das Prickeln ging in unerbittliche Pein über und verbrannte sie mit seiner Hitze.

„Lass mich los“, stammelte sie, drehte die Hüften reflexartig zur Seite.

Dean legte eine Hand auf ihre Lendenwirbel. Die andere lockte erneut ihre Erregung und sanft strich die Fingerkuppe um die angeschwollene Knospe. Drängender wurde das Reiben, zwang sie entspannt auf die Tischplatte zurück.

„Wir sind noch nicht fertig mit dir. Aber insgeheim hattest du das gehofft, nicht wahr, Viola?" Zum Glück erwartete John diesmal keine gesprochene Antwort. Ihre Augen reichten ihm und er nickte Dean zu. Drei weitere Schläge. Tränen rannen ihre Wangen hinunter. Mit dem Schmerz kam ungeheure Lust. Ihre Verwirrung musste in ihrem Gesicht stehen. „Du genießt es. Lass es zu." Johns Worte umflossen sie wie kühle Seide. Die finalen vier Hiebe trafen sie. Das Brennen kribbelte frisch auf ihrer Haut, als die Brüder ihre Plätze tauschten.

Dean musterte sie kritisch, legte die Fingerspitzen auf ihre Schläfen und schenkte ihr Trost, ehe er ihre Hände in seine nahm und sie mit sicherer Wärme umschloss.

„Beantworte meine Frage." Zwar floss Johns Stimme samtig über sie, trotzdem lauerte Unnachgiebigkeit darin.

„Ich kann mich selbst stimulieren, aber wenn es der Partner tut, steigert es meine Lust." Sie zuckte zusammen, da Kälte zwischen ihre Pobacken tropfte.

„Keine Angst, das ist nur Gleitgel." Er verteilte es erst auf ihrer Scham und dann auf ihrem Anus. Bevor sie protestieren konnte, drang sein Daumen in den Po ein. Das köstliche Gefühl ließ sie zittern. Gleichzeitig stimulierte er ihren Kitzler und fickte sie mit den Händen. „Deine heiße Enge sagt mir zu. Empfindest du es als angenehm?"

„Augenkontakt", ermahnte Dean Viola. Anzüglich schaute er sie an. Eine Drohung lag in der Mimik, schließlich warteten sie nur darauf, dass Viola ihnen Gelegenheit gab, mit der dämlichen Bestrafung fortfahren zu können.

„Verdammt, John, es gefällt mir. Ich kann es kaum aushalten."

„Tatsächlich?" Er zog seinen Daumen zurück, führte stattdessen zwei Finger ein. Er dehnte sie und durchbrach ihre Barrieren. Der intensive Reiz erfasste ihre Klitoris. „Ich möchte, dass du sofort kommst."

Sie wollte ihm nicht gehorchen und auf Befehl den Orgasmus erreichen.

„Mir wurde schon lange nicht mehr das Vergnügen zuteil, einer renitenten Schiava so richtig zu demonstrieren, dass ich über geeignete Mittel und Wege verfüge, um stets zu erzielen, was ich will." Johns Worte klangen noch in ihr nach, als etwas Kühles ihre Klitoris befeuchtete. Wärme löste die Kälte schlagartig ab. Die leicht brennende Stimulanz entwickelte sich zu purem Feuer.

„Die Creme ist mit Ingwer versetzt. Ich weiß, dass du versuchst, dich zu widersetzen. Jetzt wird es dir unmöglich sein. Ich bekomme immer, was ich verlange."

Viola hatte das Gefühl, ihr Kitzler wäre auf die doppelte Größe angewachsen. John umkreiste sie mit den Fingerkuppen in quälend langsamen Bewegungen. Es war so heiß. Die Berührung fast unerträglich.

„Mir scheint, dein Aufbegehren naht sich dem Ende." Er strich über ihre Perle. Die Hitze schwoll auf ein kaum zu ertragenes Maß an. Sie vergaß jeden Gedanken an Widerstand. Sie musste es geschehen lassen, sonst würde sie verbrennen.

„Komm, meine kleine Schiava, komm für uns." John dehnte ihren Anus, die Stimulation entsetzlich intensiv. Er rieb gleichzeitig an der Innenseite ihrer Schamlippen entlang. Seine Worte lockten ihr Bewusstsein wie seine Hände ihren Körper. Ihr Becken zuckte, ihre Beine verloren jegliche Kraft. Weinte sie etwa? Er gönnte ihr keinen Moment der Ruhe. „Magst du es, wenn ein Mann dich von hinten nimmt?"

„Ja."

„Glaubst du, diese Antwort stellt uns zufrieden? Dein Po glüht von den letzten Schlägen. Sollen weitere folgen?"

Bitte nicht.

„Ich mag diese Stellung, da es mich unterwirft. Ich mag dieses Gefühl."

John glitt mit einer fließenden Bewegung in sie hinein. Die Finger verblieben in ihrem Po und Viola erahnte, was es bedeutete, von einem Mann auf diese Weise erobert zu werden. Sie wusste, John würde sie früher oder später so nehmen. Die Wärme der Creme ergriff ihr Inneres und ihre Knospe reagierte derart empfindlich, dass es ihre Vorstellungskraft überstieg. Er hatte sie überlistet. Dieser Orgasmus erfasste sie heftiger als der vorherige. Er zog seine Finger aus ihrem Anus, berührte die Rosette. Seine Stöße waren gierig, genau wie er es brauchte. Seine Haut klatschte auf ihre auf und die Tischkante drückte in die Vorderseite ihrer Oberschenkel. Ihr Po brannte von den Schlägen und die Hitze ihrer Scham erreichte den Rücken. An seinem Stöhnen erkannte sie, dass er kurz vor der Erfüllung stand. Sie bewegte ihr Becken und er schrie seine Lust heraus. Ein Moment der Ruhe, ehe er sich von ihr löste.

Viola befürchtete, dass sie nie wieder stehen könnte, denn ihr Körper war samtweich.

„Umdrehen!"

Sie versuchte, Johns Befehl zu gehorchen, aber es ging nicht. Er fasste sie an den Schultern. Seine Stärke gab ihr den nötigen Halt und er drückte sie auf die Tischplatte zurück. Beide Maestros blickten auf sie herab. Sie sah zur Decke und betrachtete die Stuckelemente.

„Bevor Dean dich vögelt, beantwortest du noch eine Frage. Masturbierst du regelmäßig?"

Schockiert traf sie Johns Blick. Nur der Gedanke an zusätzliche Pein ließ sie die Wahrheit sagen. „Ja."

„Wie?"

„Mit einem Vibrator, manchmal mit den Händen."

„Das ist alles?"

„Ja."

Er umfasste ihr Kinn, sanft, und seufzte.

„Da ich nicht glaube, dass du es wagst, mich absichtlich anzulügen, erhältst du nur fünf Schläge von mir. Hast du nicht die Duschbrause außer Acht gelassen?"

Woher wusste er das? Sie hatte es schlichtweg vergessen.

„Lässt dein Solospiel dich befriedigt zurück?"

Warum genügte ihm ihre Antwort nicht? Sie erkannte, dass sie mehr preisgeben musste, denn er bohrte so lange nach, bis sie ihre Geheimnisse lüftete. „Ich schaffe es, mich zum Höhepunkt zu bringen, aber es befriedigt mich nicht restlos. Mein Körper genießt es, doch meine Seele bleibt unberührt."

„Reicht dir ein Orgasmus? Oder erzielst du einige Male hintereinander den Höhepunkt?" Die Brüder genossen das Interview, sie sah es ihnen an. Ob er sich die Fragen vorher zurechtlegte? Lenkten ihn ihre Reaktionen in die richtige Richtung?

„Einmal. Bis jetzt fehlte mir das Bedürfnis, es seriell zu probieren."

Die Augenbrauen beider Maestros schossen nach oben.

„Seriell?", prustete Dean.

Diese Befragung sprengte ihre Vorstellungskraft. Ausweichend antworten! Wie hatte sie nur so dumm sein können.

„Mit einem Orgasmus geben wir uns selten zufrieden." John beugte sich zu ihr herab und sein Atem streichelte über ihr Gesicht. „Was hast du bei den Orgasmen gefühlt, die wir dir schenkten? Haben sie deine Seele berührt?"

„Ja. Sie nahmen viel von mir und befriedigten nicht nur meinen Körper. Das Gefühl reichte tiefer. Ihr seid zu gründlich vorgedrungen. Es ängstigt mich. Ihr könntet mich zerstören, vor allem du, John." Die Ehrlichkeit entrang ihr ein Keuchen.

Die Brüder tauschten einen Blick aus, den sie leider nicht deuten konnte. John musterte sie lächelnd. Oh verdammt, sie war mehr als verloren. Johns Hand ruhte zwischen ihren Schulterblättern. Sie wusste, was er erwartete und legte ihren Oberkörper auf den Tisch. Die Platte lag kühl unter ihrer Haut. Diesmal umschloss Dean ihre Handgelenke. Er schlug nicht sofort zu. Die Spitze der Gerte folgte den Linien ihres Rückens, bis er ihren Po erreichte.

Die sanfte Berührung wiegte sie in trügerischer Sicherheit. Die harten Schläge kamen unvermittelt und er führte sie schnell aus. Verzweifelt versuchte sie, Deans Umklammerung zu durchbrechen. John zielte hintereinander zweimal auf dieselbe Stelle. Der fünfte Hieb traf beide Pobacken gleichzeitig. Wie konnte er ihr das antun?

Tränen rannen aus ihren Augenwinkeln. Aber das schien ihrem Schoß egal zu sein. Er pulsierte und ignorierte die flammende Pein. John ließ ihr keine Zeit, um Luft zu holen, und zog sie hoch.

„Dreh dich um, damit Dean dich vögeln kann. Die Beine weit spreizen."

Ein warmes Lächeln umspielte seine Mundwinkel. Sein Blick spiegelte die Empfindung und raubte ihr somit die Bedenken.

„Du wirst den Augenkontakt mit Dean halten. Wag es ja nicht, wegzusehen."

Wenn Johns Augen ein stürmisches Grau besaßen, dann waren Deans eindringliches Quecksilber.

John drückte einen Vibrator aus Silikon auf ihre Klitoris. Er vertrieb den nachhallenden Schmerz. Dean packte ihre Hüften und sah sie so liebevoll an, dass ihre Skepsis schwand. Diesmal drang er langsam in sie ein, hielt den Blickkontakt, während er sie fickte. Das kraftvolle Sextoy, zusammen mit dem Schwanz in ihr, ließen sie aufwimmern. John nahm ihre Hand in seine und Viola umfasste sie mit ganzer Kraft. Er bewegte den Lustbringer nicht, sondern beließ ihn ruhig auf ihrer Perle. Sich aufbäumend versuchte sie, dem fordernden Gefühl zu entkommen. Dean ergriff ihre Knie und sie würde sich nirgendwo hinbewegen.

Das Verbot, nicht wegsehen zu dürfen, erregte sie mehr, als jede Fantasie es je könnte. Viola ergab sich dem Höhepunkt, kam kurz vor Dean. Ihr lustvolles Schreien vermischte sich mit seinem Stöhnen. Johns Worte stimmten, es war intensiver als der erste und der zweite Orgasmus, fast nachfordernd schmerzhaft. Dean lächelte sie an und legte eine Hand auf ihren zitternden Bauch. Sein Bruder strich ihr ein paar Haare aus der Stirn. Die beiden Maestros verlangten viel von ihr und bekamen es.

Sie wollte den eindringlichen Blicken entgehen. John drückte sie zurück.

„Ich habe dir nicht erlaubt aufzustehen." Er begehrte doch nicht noch einen Orgasmus? Sie starrte ihn ängstlich an.

„Hat es dir gefallen?"

„Ja, sehr."

„Was hast du bei der Bestrafung gefühlt?"

„Furcht, Lust, Schmerz … und Vertrauen." Das letzte Wort erstaunte sie.

„Beschreibe, was die Qual in dir auslöst."

Zuerst wusste sie nicht, auf welche Weise sie die Frage beantworten sollte.

„Bis zum ersten Hieb empfand ich Angst." Sie sah die Männer vorwurfsvoll an. „Ich dachte, ich halte es nicht aus. Es war eine schreckliche Empfindung und überlagerte alle anderen Eindrücke. Dean hat mir mit den anfänglichen Schlägen dieses entsetzliche Gefühl genommen, gab mir Raum, es zu genießen. Es half mir, dass du mich festgehalten hast. Der Augenkontakt gab mir Kraft wie ein Netz, das mich auffing." Sie konnte nicht glauben, dass es so guttat, das Erlebte in Worte zu fassen. Die Brüder grinsten sie an und sie realisierte, dass sie genau das beabsichtigt hatten. „Zuerst war der Schmerz ein Klang, den ich nicht verstand. Schließlich verwandelte er sich in eine unwiderstehliche Melodie. Manchmal zu laut, aber dann sank sie zu einem Wispern herab, das angenehm meine Sinne füllte."

John zog sie von dem Tisch und sie fiel gegen ihn. Er schenkte ihr einen Moment und sie kostete das beschützende Gefühl aus.

„Wie hast du die Orgasmen empfunden? Beschreib sie uns."

Er wollte sein Fragespiel weiter auskosten – sie sehnte ein wenig Ruhe herbei. Nie hätte sie gedacht, dass ein Interview so erschöpfend war. Bei Scotland Yard konnte es nicht schlimmer zugehen. Wer von den beiden spielte den bösen Cop? Sie sammelte ihre Konzentration, um die Maestros zufriedenzustellen.

„Der erste Orgasmus erinnerte mich an Schokoladeneis. Es ließ mich lustvoll aufseufzen, als es meinen Gaumen berührte. Zart schmelzend hat es meine Klitoris voller Genuss beben lassen." Sie schwelgte in der zur Hälfte von der Künstlerin geprägten Formulierung. Es fiel ihr nicht leicht, die intimen Körperstellen zu betiteln, doch da musste sie jetzt durch. Rosenknospe und Liebesgrotte waren kaum angebracht. „Der zweite Höhepunkt erfasste mich heftiger. Das Eis sahniger, kräftiger im Geschmack. Es blieb fühlbarer auf meiner Zunge, regte eine Geschmacksexplosion an. Seine Kühle wurde zu Hitze, die ausgehend von meiner Klitoris meinen Körper eroberte." Sie seufzte. „Ich fühlte es in meinem Bewusstsein."

Beide Maestros starrten sie fasziniert an.

„Schokoladenstückchen durchzogen den dritten Orgasmus. Sie zerschmolzen nicht, sondern überwältigten meine Sinne mit ihrem sinnlichen Duft, fast schmerzhaft in der Nachhaltigkeit. Ich wollte dem Aroma widerstehen, aber ich konnte nicht. Die bittersüße Erfüllung erreichte den entferntesten Winkel meines Leibs. Mein Tastsinn, mein Fühlen, mein Geruchssinn, alles zerbarst, einfach unglaublich." Sie schloss ihre Augen bei den letzten Worten. Wenn die Brüder damit nicht zufrieden waren, dann wusste Viola auch nicht weiter.

John räusperte sich, strich ihr leicht über die Wangen und Dean küsste sie zart auf die Nasenspitze. „Ich danke dir, Viola. Es war ein sehr schönes Erlebnis." Er zwinkerte ihr zu, bevor er den Raum verließ. Sie spürte Johns Blick auf ihrer Haut und lächelte ihn an. Plötzlich verspürte sie Hemmungen. Idiotisch, nach der Erfahrung.

„Ich erwarte dich morgen zum Abendessen und dann können wir die Gemälde besprechen, die ich mir vorstelle. Ich werde dir das Haus zeigen."

Seine zärtliche Stimme umschmeichelte sie. Der Schmerz, den er ihr zugefügt hatte, verblasste bereits und das demonstrierte ihr deutlich, dass er wirklich nicht feste zugeschlagen hatte, obwohl sie während der Hiebe, anders empfunden hatte. John half ihr in den Kimono. „Du warst wunderbar, Schiava. Zum Essen darfst du legere Kleidung tragen, aber keine Unterwäsche. Als Oberteil kannst du eine der durchsichtigen Tuniken anziehen." Er brachte sie in ihr Zimmer und küsste sie zum Abschied auf die Stirn. Sie legte die Arme um ihn, wollte seine Nähe einen Moment auskosten.

„Ruh dich aus, du siehst müde aus." Leise schloss sich die Tür hinter ihm.

Viola blickte durch das große Fenster in den stillen Garten. Der schöne Frühlingstag passte nicht zu ihrer Verwirrung. Ein Herbststurm, der mit seiner Kraft Baumwipfel bog, würde weitaus besser zu ihrer Stimmung passen Ob sie in Kürze aus einem lebhaften Traum aufwachte? Sie öffnete den Wandschrank und fand ihre Kleidung darin. Tief holte sie Luft, versuchte, ihre Gedanken zu sortieren. Dann gab sie frustriert auf. Vielleicht sollte sie nicht alles hinterfragen und ihre Anwesenheit in diesem Haus als unterhaltsames Abenteuer ansehen.

Die Furcht quoll gleich einem erregenden Laut in ihrem Körper. Ihre Reaktionen waren schwer verständlich. Warum hatte sie den Männern gehorcht? Sie war in den Händen zweier gekonnter Verführer gelandet, zu unerfahren, um ihnen etwas entgegenzusetzen, und hatte sämtliche Verhaltensregeln über Bord geworfen. Sie gab es zu, sie hatte jede Sekunde davon geliebt. Es zu leugnen überstieg ihre Überzeugungskraft.

Wie lange John sie wohl hierbehalten würde? Die Fertigstellung der Bilder brauchte eine Menge Zeit.

Eine bleierne Müdigkeit befiel sie und sie schlief sofort ein.

***

Mit kurzen Unterbrechungen hatte sie den nächsten Tag fast nur geschlafen. Als Viola aufwachte, war sie zu aufgewühlt, um sich lange mit der Kleiderwahl auseinanderzusetzen. Sie wählte eine braune, knielange Hose aus Baumwollstretch und eine grüne Tunika, die dem Ton ihrer Augen entsprach. Sie reichte bis zur Hälfte der Oberschenkel. Im Spiegel sah sie ihre Brüste, die durch den durchsichtigen Stoff schimmerten. Die geschwollenen Nippel verrieten, dass es sie anmachte ohne Unterwäsche herumzulaufen, wenn ein wirklich heißer Kerl auf sie wartete. Obwohl es ihr anrüchig erschien, verzichtete sie auf ein Top. Dann lachte sie trocken. Wem versuchte sie, etwas vorzumachen? Sollte sie wagen, eines anzuziehen, spielte sie der dunklen Seite von John in die Hände. Der Gedanke beschleunigte ihren Puls. Selbst Rotkäppchen konnte nicht aufgeregter sein bei dem Anblick des Wolfes. Bequeme Sandalen ergänzten das Outfit. Sie hasste High Heels und besaß keine. Ein dezenter Lippenstift kombiniert mit blauem Kajal vervollständigte ihr Styling. Was für ein Tag! Gelandet in den Fängen eines Verführers, der ihr gekonnt den Arsch versohlte.

Sie öffnete das bodentiefe Fenster, lauschte dem Rascheln der Blätter und atmete befreit auf. Der Garten reizte sie nach wie vor, denn er steckte voller Statuen und rätselhaften Ecken – wie ihr Dasein, in dem sie heute ein paar geheimnisvolle Stellen entdeckt hatte, verborgene Schubladen, die John gefunden und erkundet hatte.

Als John sie zum Essen abholte, schlug ihr das Herz bis zum Hals hinauf. Er legte einen Arm um ihre Schultern. Ob er sie davon abhielt zu fliehen oder ihr Sicherheit schenken wollte? Er führte sie in das kleine Esszimmer und rückte ihr einen Stuhl zurecht. Dann nahm er gegenüber an dem runden Tisch Platz.

„Du musst ausgehungert sein.“ Er lächelte sie entspannt an. Im Moment zeigte nichts an seiner Körperhaltung, dass ein strenger Maestro jederzeit über sie herfallen konnte. Spielte er nur eine Rolle? Dean brachte das Essen herein und zwinkerte ihr zu. Sie fand ihn attraktiv und mochte ihn, aber ihm fehlte Johns Wirkung. Auf den Tellern lagen hübsch angerichtet Viktoriabarsch, Romanesco und Kartoffelgratin.

Sie trank einen Schluck stilles Wasser. Sogar das wussten sie, Viola verabscheute Kohlensäure. Ihren Blick hielt sie auf den Teller gerichtet, zu verunsichert, um etwas zu sagen. Die Aromen stiegen in ihre Nase und ihr Magen reagierte mit einem lauten Knurren. Viola brach in hysterisches Lachen aus. Hoffentlich stand darauf keine Strafe. Ängstlich sah sie zu John. Beide Maestros starrten sie streng an und ließen sie einen Moment zappeln, dann lachten auch sie. John legte eine Hand auf ihre.

„Verstell dich nicht. Glaub nicht alles, was du über SM gehört hast. Sei einfach du selbst.“

Dean zog sanft ihren Kopf in den Nacken und küsste sie auf die Stirn.

„Der Abend wird dir gefallen.“ Er schenkte ihr einen warmen Blick, bevor er den Raum verließ. Ob sie ihre Körpersprache und den Augenausdruck stundenlang vor Spiegeln übten?

Allein mit John zu sein, steigerte ihre Nervosität. Die Absurdität der Situation kribbelte auf ihrer Haut. Sie erlaubte ihm, dass er sie mit Schlägen in Orgasmen trieb. Eine Schiava, die einem Fremden Rede und Antwort stand, ihm tiefe Einblicke in ihre Seele gewährte. Gefährlich – brüllte die stumme Stimme. Sie musste das Arrangement sofort beenden.

Er griff nach ihrer Hand. Der Kontakt reichte, um die Unsicherheit zu vertreiben. Sie wollte bleiben und trat eine Reise an, deren Ziel sie nicht kannte. Endlich tat sie etwas, ohne hundert Mal nachzudenken, bevor sie den ersten Schritt setzte. Viola aß einen Bissen und atmete wohlig aus.

„Es schmeckt köstlich."

„Dean ist ein begnadeter Koch. Er ist nicht nur ein Maestro im Bett, auch sein Essen zaubert so manches Seufzen auf weibliche Lippen."

Verführer auf der ganzen Linie. Welche Frau konnte dem widerstehen? Sie offensichtlich nicht.

„Was stellst du dir an Bildern vor?"

„Ah, du wünschst, das Gespräch auf vertrautes Terrain zu lenken."

Durchschaute er sie so leicht?

„Mit Leichtigkeit." Er lächelte über ihren Gesichtsausdruck.

„Dein Gesicht zeigt offen, was du fühlst. Ich mag Frauen, die ihre Gefühle nicht verbergen." Erneut griff er nach ihrer Hand. „Du besitzt großes Talent und deiner Kunst sieht man deine leidenschaftliche Seite an."

Sie errötete unter dem Kompliment, stammelte ein verlegenes Danke.

„Ich zeig dir nachher die Räume, die du ausstatten sollst. Mir schwebt einiges vor Augen. Mal sehen, ob du meinen Ideen entsprechen kannst."

„Das hoffe ich doch. Nicht, dass du ein schlechtes Bild zum Anlass nimmst, mich zu bestrafen."

„Wäre das dein Wunsch?"

Sie schüttelte den Kopf. Eine absurde Vorstellung. „In ständiger Furcht zu leben würde mich zerstören." John konnte nicht wissen, dass sie dieser Gedanke ängstigte. Es hatte eine Zeit gegeben, da musste sie ihre Gefühle verbergen.

Er musterte sie eindringlich. „Viola, du sollst nicht von Angst erfüllt sein. Bei unseren Sessions und Spielen verlange ich Gehorsam, aber keinen blinden Gehorsam. Ich will, dass du dich ehrlich verhältst. Ich möchte dich nicht unterdrücken, sondern dich befreien." Er sah sie sonderbar an. Ahnte er etwas? „Du besitzt eine starke Persönlichkeit und es gefällt mir. Nur so kann das Arrangement funktionieren.“ Er änderte seine Haltung, wirkte plötzlich noch präsenter und gefährlicher. „Deine Aufsässigkeit reizt mich besonders, Schiava. Gibst du mir doch die Gelegenheit zur Kreativität.“

Wie schaffte er es, sie dermaßen zu verunsichern? Jede Geste, jedes Wort verwandelte sie in Gelee: nachgiebig, formbar, willig.

Musste er so sexy essen?

„Wie stellst du dir unseren Pakt vor? Wirfst du mich raus, falls ich dir nicht mehr gefalle? Oder nachdem ich den letzten Pinselstrich gemalt habe?“ Das hatte sie nicht fragen wollen. Anscheinend suchte die kühle Viola, die erst nachdachte, bevor sie redete, endgültig das Weite.

„Verspürst du schon den Wunsch, zu gehen? Du bleibst einige Wochen hier. Für die Zukunft kann ich dir Folgeaufträge garantieren. In der nächsten Zeit brauchst du keinen Bürojob anzunehmen.“

Sie starrte ihn mit offenem Mund an.

„Du wirst mir lange ausgeliefert sein, kleine Schiava.“

Seine Worte verursachten ein nachhaltiges Kribbeln, das in ihrem Magen begann und den Weg durch ihren Körper fand. Eine Frage brannte ihr jedoch auf der Seele und sie beschloss, dem Drang nachzugeben. „John.“ Er sah von seinem Teller hoch. Sie sprach weiter, bevor sie feige den Rückzug antrat. „Ist Iris deine … Sklavin?“

„Nein. Sie gehört zu Tom. An dem Tag, als du uns beobachtet hast, war sie zu einer Session bei mir. Tom ist ein enger Freund und Geschäftspartner.“

Viola wusste nicht, was sie davon halten sollte. Sie sah ihm an, dass er sich an ihrer Reaktion weidete und ihr Unbehagen genoss. Er ging so natürlich damit um, dass sie eine leise Sorge beschlich, was geschehen würde, wenn er sie weiterreichte. Er stellte das Dessert vor sie: Himbeeren in Vanillecreme. Diesmal seufzte sie auf, denn die

Aromen der Creme erfassten ihren Gaumen mit dem sinnlichen Genuss.

Er nahm den Löffel und führte ihn an ihre Lippen. Mit Mühe schluckte sie.

„Ich habe in deinem Haus ein paar ganz fantastische Pferdegemälde gesehen. Verkaufst du sie?“

Sie schüttelte den Kopf.

„Von diesen Bildern kann ich mich nicht trennen. Ich habe sie für mich gemalt.“

„Dann musst du mir neue Pferde malen.“ Er lächelte. „Hast du schon mal einen Orgasmus vorgespielt?“

Die Frage kam unvermittelt und riss Viola aus der trügerischen Sicherheit.

Sie keuchte unter dem gemeinen Verhör. Sie hatte, öfter, als sie zugeben wollte. Ein stummes Nicken war alles, wozu sie sich fähig fühlte. Gerade noch saß er entspannt auf seinem Stuhl, im nächsten Moment stand er hinter ihr. Seine Präsenz war eine einzige Drohung. Sie schwor, dass sie es auf der Haut fühlte, bevor es tiefer eindrang. Er verharrte so lange, bis sie bebte. Und das, obwohl er sie nicht einmal berührte.

Mist!

„Deine Vergesslichkeit und Unaufmerksamkeit ziehen Konsequenzen nach sich. Zieh dich aus und leg dich über den Bock. Diesmal erhältst du Strafschläge.“

Viola fiel ihre Rolle nicht leicht und ihre Haltung zeigte ihren Zwiespalt deutlich. Und auf welchen Bock?

Strafschläge!

„Er erwartet dich im Nebenraum.“

Sie versuchte aufzustehen, aber ihre Beine trugen sie nicht. Sie suchte Halt bei John und seine Augen blitzen vergnügt, da er ihre Angst auskostete.

Böser Cop!

„Für jede Sekunde Verzögerung erhöhe ich die Strafe.“

Ein Aufflackern von Trotz.

„Du möchtest aufbegehren?“

Kopfschüttelnd wich sie einen Schritt zurück.

„Ausziehen!"

Viola wäre fast hingefallen bei dem Versuch, die Sandalen und Hose abzustreifen. Es war auch kein Wunder, denn ihre Glieder besaßen ein seltsames Eigenleben.

„Diesmal lieferst du dich mir ganz aus. Ich fessele deine Arme und deine Beine."

Allein die Vorstellung erregte sie und Viola spürte das Prickeln bis in die Fußspitzen. Er öffnete die angrenzende Tür. Ihr Blick fiel auf den Bock. Sie schluckte hart. Instinktiv versuchte sie zurückzutreten, aber er stand hinter ihr, schob sie auf das Möbel zu. In welchem Geschäft konnte man solche Einrichtungsgegenstände kaufen? Jeder Schritt kostete Überwindungskraft. Er zwang sie dennoch unerbittlich weiter. An den Innenseiten ihrer Schenkel haftete Feuchtigkeit, ihr Körper besaß offensichtlich eigene Absichten. Der Bock zog sie an wie die Motte das Licht, jagte ihr Furcht und Vorfreude ein.

„Leg dich über die Querseite, mit dem Kopf zur Tür." Johns Stimme beschwichtigte sie. „Ganz ruhig, Schiava. Ich mute dir nicht mehr zu, als du ertragen kannst." Er drückte ihren Oberkörper auf die lederne Polsterung und befestigte ihre Arme gestreckt nach vorne in weichen Manschetten, die am Boden angebracht waren. Ihre Beine fixierte er in einer leicht gespreizten Haltung. Er löste die Haarklammer und ihre Haare fielen wie ein Vorhang nach unten. Er küsste sie auf den Scheitel. Sobald er einen Schritt zurücktrat, brandete Hilflosigkeit um sie. Sie wollte es nicht, aber sie wimmerte und brach fast in Tränen aus. John hockte sich vor sie. Seine Hände lagen um ihre Wangen und weckten ein Gefühlschaos.

„Du siehst absolut geil aus."

Das mochte sein, dennoch änderte es nichts an ihrer Angst.

„Du darfst so laut brüllen, wie du willst. Jeder in diesem Haus wird Gefallen an deinen Schreien finden. Vielleicht vernascht Dean in diesem Moment unsere Gärtnerin und beide winden sich lustvoll bei deinem Gejammer. Ich züchtige dich so scharf, dass du dich nicht zurückhalten kannst."

Sogar ihr Kinn zitterte unter seiner Berührung. Meinte er es ernst?

„Ich sage dir, was auf dich zukommt. Die Hiebe brennen weitaus mehr im Vergleich zu den Schlägen von vorhin."

Er stand auf und nur diese Bewegung schürte die Furcht. John berührte ihren Po, den Rücken. Der leichte Kontakt war nachdrücklich. „Ich stimuliere dich vorher nicht, erst hinterher." Er blieb vor ihr stehen, zog ihren Kopf an den Haaren hoch, sodass sie ihn ansehen musste. „Du schuldest mir eine Antwort. Stellst du mich nicht zufrieden, erhöhe ich das Strafmaß, außerdem wirst du mir ein paar Fragen zu diesem Thema beantworten."

Viola benötigte einen Moment, bis sie in der Lage war zu sprechen. Er verweilte so dicht neben ihr, dass sie nicht widerstehen konnte, und drückte haltsuchend ihre Wange gegen seine Jeans.

„Ich spiele sehr oft einen Orgasmus vor."

„Aus welchem Grund?"

Er streichelte ihren Nacken, besänftigte die Angst und heizte sie zugleich an.

„Ich … ich weiß es nicht."

„Dann überlege. Du hast während der Schläge genug Zeit."

Beinahe hätte sie gelacht. Denken war schließlich unmöglich, während er sie schlug. John ging in das Esszimmer Richtung Sideboard. Inzwischen hasste sie dieses dämliche Möbel. Viola hob den Kopf an, da sie einfach sehen musste, was er holte. Es war eine kurze Peitsche mit mehreren Riemen. Warum hatte sie hinsehen müssen?

„Versuch, dich zu entspannen." Seine dunkle Stimme war ein einziges Versprechen von Schmerz und Erfüllung. Ihre Glieder verkrampften. Seine Lippen berührten ihre Schultern, strichen eine Spur an ihrer Wirbelsäule hinab. Er knetete ihre Muskeln und zwang sie nachzugeben. „Vertrau mir, ich gebe dir nur, was du immer herbeigesehnt hast. Nicht mehr, aber auch nicht weniger." Er streifte zärtlich ihre Wange. Das Gefühl blieb tröstend auf der Haut, bevor das Leder den Po traf. Die Pein trat sofort ein. Sie schrie lauter, als sie wollte. Flüsternd eroberten die Schnüre ihre Sinne. Flammengleich züngelte die Peitsche über ihren Leib.

John quälte sie nicht länger, die restlichen Schläge kamen in schneller Reihenfolge. Das Flüstern der Geißel geriet zu einem anhaltenden Echo. Ihr Po brannte genauso heftig, wie ihr Schoß pulsierte. Leichtere Hiebe berührten ihre Oberschenkel und ihr pochendes Gesäß bildete eine Einheit mit dem Schmerz auf der Haut.

„Du wirst mir sagen, was du willst."

Sie schloss die Augen, zog sich zurück, sammelte Kraft, um die tief gehende Frage zu beantworten. Er hockte sich vor sie, umfasste ihr Gesicht und die Berührung schenkte ihr die nötige Sicherheit.

„Ich möchte, dass du mich nimmst."

„Das ist alles, was du begehrst? Du verlangst nicht mehr?"

Sie wusste, worauf er hinauswollte. Sie nur zu nehmen, ließ sie nicht zum Orgasmus kommen. Viola holte tief Luft. Konnte sie es aussprechen? Ihre Scham verlangte pochend nach Erfüllung. „Ich will, dass du … meine Klitoris stimulierst."

„Genauer Viola."

„Mit den Händen und der Zunge."

Er rieb über den brennenden Po und der aufflackernde Schmerz züngelte durch ihren Körper.

„Dann sag mir eindeutig, was ich tun soll."

Deutlicher? Sie schluckte hart.

„Du darfst deine Augen schließen und es mir sagen."

Sie hörte ihn leise lachen, denn sie befolgte den Ratschlag.

„Bitte lecke und reibe mich. Bitte John. Bring mich erst zum Orgasmus, bevor du mich fickst." Tränen rollten aus ihren Augenwinkeln. Warum fiel es ihr so schwer, ihre Wünsche zu äußern? Er wischte sie mit den Daumen weg.

„Ich gebe dir jetzt genau das, was du möchtest."

Er löste die Fuß- und Handmanschetten und zog sie hoch. John stand hinter ihr. Sie sank gegen ihn und spürte seine geschwollene Hitze, sehnte den Moment herbei, wenn er sie nahm.

„Ich habe etwas vergessen." Sie drehte den Kopf und sah, dass er ein Lächeln unterdrückte. „Meine Nippel. Heftige Stimulation, an der Grenze zum Schmerz, erregt mich." Sie hielt seinem Blick nicht länger stand und spürte heißes Blut in ihr Gesicht steigen.

„Wirklich, kleine Schiava?" Er lachte leise. Unterschwellige Zärtlichkeit klang hindurch wie eine zauberhafte Melodie. Bei seinen Worten drückte er sie auf die Längsseite des Bocks und diesmal lag sie mit dem Rücken auf. Abermals fesselte er sie. Ihr Po lag auf der Kante und die Arme waren gestreckt über ihrem Kopf, die Beine gespreizt. Die Fesseln erlaubten ein wenig Spielraum.

John legte seine Kleidung ab. Er ließ sie nicht aus den Augen, spielte mit ihrer Unsicherheit. Wie sehr es ihm gefiel, zeigten ihr seine Erektion und der Glanz in seinem Blick. „Womit soll ich anfangen?" Er schien die eigene Frage zu vergessen, da er ihre Klitoris leckte und ihr ein Seufzen stahl. Seine Fingerspitzen nahmen ihre geschwollenen Nippel in Besitz. Er stimulierte sie fordernd, eroberte sie. Seine zwirbelnden Bewegungen wurden intensiver, die Spitzen härter. Er erkundete die zarten Falten ihrer Scham. Viola fühlte seine Zunge nicht nur auf ihrer Perle. Jedes Streicheln ging tiefer und sie fiel immer weiter, bis ihr schwindelte.

Zwei Finger drangen in ihr Geschlecht.

„Heiß wie glühende Seide."

Er schob die zweite Hand unter ihren Po, betastete die brennende Haut. Das Gefühl vermischte sich mit der Reizung der Zunge. Es spülte sie fort und ihr Verlangen gipfelte in einen Schrei. Sie stammelte etwas, das sie selbst nicht verstand, und spürte Johns Blick auf ihrer Seele. Stürmische Intensität blickte auf sie herab. Er lächelte, genauso hatte er gelächelt, als Iris den Orgasmus erreichte. Sein Lächeln wärmte sie und trieb ihr dennoch Tränen in die Augen.

John drückte ihre Schenkel auseinander, rieb seinen Phallus an ihrem Geschlecht, bis sie wimmerte. Ohne Eile drang er ein, kostete ihren Anblick aus, sie sah es ihm an. Er füllte sie mit heißer Verlockung, stieß langsam und tief zu und nahm sich Zeit. Fordernd knetete er ihre Brüste, reizte die Nippel, strich über ihren Bauch und krallte die Fingerspitzen in ihre Hüften. Er fickte sie mit unerträglicher Geduld. Sie wollte mehr, brauchte es härter, aber die Fesseln hielten sie fast unbeweglich.

„So gierig, Sklavin?" Seine Fingerkuppen auf ihrer Klitoris vögelten sie wie sein Schwanz, bedächtig und nachklingend. Seine grauen Augen wurden dunkler. Kurz bevor sie erneut kam, ließ er von ihr ab und befreite sie von den Manschetten und packte ihren bebenden Leib. Und dann küsste er sie, wie noch kein Mann sie zuvor geküsst hatte. Mit nackter Gier eroberte er ihren Mund und seine Zunge tanzte ein wildes Duell mit ihrer. Atemlos hing sie in seinen Armen, als er seine weichen, warmen Lippen von ihren löste.

„Knie dich hin, Kleines." Seine Hand umfasste ihren Hinterkopf. Sie verstand, was er forderte.

„Hast du dich jemals selbst geschmeckt?"

Beinahe hätte sie mit dem Kopf geschüttelt. „Nein."

„Dann wirst du es jetzt." Er schob sein pralles Glied zwischen ihre Lippen. Ihr Duft landete auf ihrer Zunge und der Moment liebkoste sie sinnlich. John behielt die Kontrolle und hielt sie, benutzte sie, drang tief ein und gab ihr keine Möglichkeit des Entkommens. Dann entlud er die Hitze in ihrem Mund. Bis vor wenigen Tagen hätte sie diese Situation für unmöglich gehalten. Nun genoss sie den intimen, schönen Augenblick.

„Die Frage, ob du die Lust eines Mannes in jeder Facette geschmeckt hast, erübrigt sich jetzt.“ Lächelnd zog er sie auf die Beine. Sie sank gegen ihn, überwältigt von ihren Gefühlen. Ihr Körper vibrierte ebenso wie ihr Bewusstsein.

John rang um Ruhe. Er hatte sich zwar nach einer Partnerin gesehnt, aber musste es ihn gleich so heftig erwischen? Hatte Amors Pfeil ihn etwa getroffen? Deutete er zu viel in ihre Reaktionen und in die eigenen hinein? Aber sie war so entzückend! Vorsichtig dehnte er Violas Grenzen aus und sie scheute nicht zurück. Ein gefangener Schmetterling, der erblühte. Ihre Augen schauten ihn so vertrauensvoll an, dass es ihn tief berührte. Dean hatte ihn vorhin gefragt, ob er eine Packung Schokoladeneis mitbringen sollte. Zwei, hatte er geantwortet. John wollte sie dazu bringen, die Entspannung auszuweiten, um völlige Hingabe zu erlangen, doch ihre inneren Barrieren ließen es nicht zu. Noch nicht. Die Gefahr war ihm bewusst. Bei dem falschen Partner barg ein totales Loslassen Risiken, die einen Menschen zerstören konnten. Daher durfte der gewählte Weg nicht allzu leicht sein. Ein paar Stolperfallen musste er einbauen, damit Viola erstarkt aufstehen konnte. Er würde dabei aufpassen, dass sie unverletzt blieb, und hoffte zudem, dass sie ihm bald anvertraute, welch schreckliche Erfahrungen sie so prägten.

Er zog sie hoch und hielt sie in seiner Umarmung. Ihre wunderbaren Brüste drückten gegen ihn. Ihre blaugrünen Augen wirkten im Moment verletzlich, bei Erregung verstärkte sich der Grünton. Er konnte es nicht lassen und seine Handflächen rieben den heißen Po, der bestimmt von den Schlägen brannte. Das Glühen trieb ihn dazu, ihren Körper weiter zu fordern und seine sadistische Ader auszureizen. Er setzte sich auf den übergroßen weinroten Sessel. Sie strampelte zunächst auf seinem Schoß, dann lachte sie sinnlich. Viola lag warm und entspannt in seinen Armen. Erschöpft lehnte sie den Kopf an seine Brust.

Eine trügerische Sicherheit, denn sie schuldete ihm eine detaillierte Antwort.

„Ich erwarte eine ausführliche Aussage."

Ihr vorwurfsvoller Blick demonstrierte den inneren Kampf. Es fiel ihr nicht leicht, über die vorgespielten Orgasmen zu sprechen. Wie von selbst umschlossen seine Lippen einen ihrer reifen Nippel, geschaffen für Brustwarzenklemmen. Nicht bei jeder Frau zeigten sie sich so empfindlich. Sie drückte den Rücken durch, und drängte sich seiner Berührung entgegen.

Er brauchte unbedingt eine Pause, verspürte dennoch den Drang, sie härter zu schlagen, als er es bisher getan hatte. Sie bot noch viel Spielraum, um seinen Sadismus auszuleben, denn ihre Reaktionen steckten voller Überraschungen.

„Ich kenne keine anderen Männer, die einem Vergleich mit dir und deinem Bruder standhalten könnten. Das Interesse meiner bisherigen Sexualpartner lag hauptsächlich auf dem eigenen Vergnügen. Ich vermute, es war ihnen egal, ob ich zum Höhepunkt komme oder nicht. Sie dachten, ihren Schwanz in mich hineinzuschieben, sei Stimulation genug." Mit flammend roten Wangen sah sie ihn an. „Ich kürzte daher den unbefriedigenden Akt des Öfteren ab. Ich habe zwar versucht, meine Wünsche zu äußern, aber sie wollten oder konnten mich nicht verstehen." Sie öffnete ihre Schenkel und seine Fingerkuppen fanden die cremige Nässe.

„Versuch niemals, mir einen Orgasmus vorzuspielen."

Sie stöhnte unter seinen Händen.

„Ich merke es. Dann, Schiava, möchte ich nicht in deinem Körper stecken."

Sie ahnte, dass ihn diese Vorstellung reizte. Er unterdrückte das Lachen nicht, denn purer Vorwurf blitzte in ihren Augen. Er liebte die Textur ihrer Haut, all diese Kurven, diese Hitze und musste sich zusammenreißen, um eine weitere Frage zu stellen. „Ich komme auf deine Masturbation zurück."

Sie versteifte sich in seinen Armen. Wenn sie ihm nicht willig antwortete, hielt er eine angemessene Bestrafung für sie bereit. Er beabsichtigte, dass sie zögerte und sich ihm verweigerte. Sein Spaß würde dann anwachsen, die Antwort lustvoll aus ihr herauszulocken. „Wie oft verwöhnst du deinen Körper mit einem Solospiel?“

„Unterschiedlich.“

Ihre Stimme zitterte und sie starrte auf einen Punkt über seiner Schulter.

„Knie dich auf den Boden und sieh mich an.“

Sie stockte und schon saß sie in der Falle.

Er beförderte sie auf das Bett, genoss jedes Strampeln von ihr. Sie konnte so viel treten und fluchen, wie sie wollte. Ihn mit einem dämlichen Kretin zu vergleichen, würde ihr gleich sehr leidtun. Die Fußgelenksmanschetten lagen parat und er befestigte sie mit zwei Griffen um ihre Knöchel. Sie ahnte nicht, was ihr blühte. Als er den Seilzug betätigte und sie nach oben zog, sodass ihr oberer Rücken auf der Unterlage lag, blieben ihr weitere Schreie in der Kehle stecken.

Er begutachtete sein Werk. Ihr Po zeigte zwar eine deutliche Röte, war dennoch bereit, zusätzliche Schläge aufzunehmen. Ihre leicht gespreizten Beine ermöglichten freien Zugriff. Sie wusste nicht, wie reizvoll sie aussah. Hilflos und geil, genau so wollte er es. Zu lange durfte er sie jedoch nicht in dieser Haltung lassen. Betont langsam ging er zu dem Sideboard und wählte eine kurze Springgerte. In diesem Fall das perfekte Instrument.

Sie drehte den Kopf. „John, bitte.“ Ihre angstgeweiteten Augen bei dem Anblick der dunkelroten Gerte und die feinen Schweißtropfen auf ihrer Haut ließen sein Geschlecht hart werden. Am meisten erregten ihn ihre Gier und Lust, die in ihrem Blick schimmerten.

Die Reitgerte lag gut in seiner Hand. Er streifte an den Innenseiten ihrer Oberschenkel entlang. Obwohl er in ihr Gesicht sah, blieb ihm das Beben ihrer Muskeln nicht verborgen. Es trieb ihm Wonne und Hitze durch den

Körper. Die schnelle Atmung bewegte ihre Brüste. Ganz leicht streichelte er mit der Gertenspitze ihre Schamlippen, folgte der Wölbung ihres Venushügels, teilte die glänzenden Lippen und rieb über die geschwollene Klitoris. Die einzige Bewegung, die ihr möglich war, drängte sie der Gerte entgegen. Sie keuchte auf, denn es erhöhte die Stimulation.

„Du wirst nicht mehr zögern, wenn ich mein Werk beende, Schiava."

Er schlug gezielt und dosiert zu. Unterschiedlich harte Schläge trafen den prallen Po. Das helle Rot nahm eine dunkle Färbung an. Der Sadismus in ihm genoss den Anblick. Ihre Tränen wurden ernsthafter, genauso das Betteln, er möge aufhören.

„Beantworte meine Frage." Er strich federleicht mit der Handfläche über die sicherlich lustvoll pochende Perle. Feuchtigkeit rann an ihr hinunter - vollständige Erregung. Er liebte das Zucken unter seiner Hand. Kurz bevor sie den Höhepunkt erreichte, unterbrach er sein Fingerspiel.

„Du wirst ausführlich antworten. Sonst sehe ich mich gezwungen, die Prozedur zu wiederholen. So oft es mir in den Kram passt."

Verzweifelt sah sie ihn an und bäumte den Körper in der Fesselung auf. Aber es sollte auch nicht leicht für sie sein. Er streichelte ihren Po. Zuerst zuckte sie von dem brennenden Gefühl zurück, letztlich begann sie, es zu genießen. Er sah es in ihren Augen. Ihre Haut glühte vor Hitze. Sie stöhnte, als er die empfindlichen Backen rieb. Er dehnte das Streicheln auf ihre Oberschenkel aus und berührte ihre Perle. Sie versuchte, sich seiner Hand entgegenzustrecken, doch er ließ es nicht zu. Sie sollte erregt bleiben, Schwierigkeiten bekommen, die Gedanken zu sammeln, denn nur dann kostete sie das Spiel zur Gänze aus.

„Vor dir habe ich unregelmäßig masturbiert. Vielleicht zweimal die Woche. In manchen Wochen gar nicht." Keuchend kämpfte sie weiterhin gegen die Fesselung an.

Er nahm den Saftbecher, hob ihren Nacken an und sie trank einen Schluck Saft durch einen Strohhalm. Pure Verwirrung stand auf ihrem Gesicht. Sie versuchte ihn einzuschätzen und versagte gründlich. Er sah es ihr an.

„Aber seit dem Vorfall mit dir und Iris habe ich an einigen Tagen mehrmals am Tag masturbiert." Ihr Kopf sank auf die Unterlage zurück.

Kleines, geiles Luder!

John schob zwei Finger in ihre Spalte und rieb mit dem Daumen ihre Klitoris. Er stimulierte sie behutsam, sodass sie sprechen konnte.

„Erzähl mir, was du dir dabei vorgestellt hast."

„Du warst ständig in meinen Gedanken. Eigentlich habe ich mir erträumt, dass du genau das mit mir anstellst, was du jetzt tust. Mich zwingst, zu kommen, mich züchtigst. Mich zum Stöhnen und Jammern bringst. Du legst mich über deine Knie, versohlst mir so lange den Arsch, bis ich wimmernd nachgebe, nur um mich dann hart zu ficken."

„Ich werde dich ein wenig schreien lassen."

Ihre Augen bettelten ihn an, es nicht zu tun, doch ihr Körper verlangte mehr. Weitere Schläge trafen den Po, und als sie tränenüberströmt war, reichte es, dass er ihre Schamlippen mit den Fingerkuppen spreizte, ihre Klitoris sanft rieb und sie schrie seinen Namen, als der Orgasmus sie überrannte.

„Zieh nur die Tunika an."

Sie sah ihn erschrocken an. „Wenn mich jemand sieht."

„Hast du ein Problem, meinen Willen zu erfüllen?"

Allmählich realisierte Viola, was es bedeutete, Johns Schiava zu sein, seinen Wünschen jederzeit ausgeliefert zu sein. Nie ahnte sie, was als Nächstes kam.

Er nahm ihre Hand in seine, die Zweifel verflogen und sein Gesichtsausdruck zeigte, dass er genau wusste, was in ihr vorging.

„Haarscharf bist du einer nochmaligen Bestrafung entgangen. Die Situation ist neu für dich. Ich werde nachsichtig mit dir sein. Aber solltest du weiter zögern …" Gönnerhaft blickte er sie an und schürte somit ihren Zorn.

Er zog sie an seinen Körper und unterstrich die Worte mit einem Klaps auf ihren Hintern, der, wäre er dazu in der Lage, schmerzend aufgeschrien hätte.

Sie konnte es kaum glauben, doch erneutes Verlangen zog durch ihren Schoß. Wahrscheinlich war das der Neuartigkeit dieser außergewöhnlichen Beziehung geschuldet. Kurz bevor sie abermals einen Höhepunkt erreichte, beendete John seine geschickte Stimulation und seine Drohungen regten ihre Fantasie an. Er verschlang seine Finger mit ihren und zog sie aus dem Zimmer. Sie gingen in ein geräumiges, lichtdurchflutetes Wohnzimmer. Nussholzparkett bot einen Kontrast zu den cremefarbenen und weißen Wänden. Helle Stoffe zierten die großzügigen Sessel und die gemütliche Couch.

„Diesem Raum fehlt Farbe." Vor ihren Augen sah sie die Gemälde. „Ich könnte mir Blumen vorstellen. Einzelne großformatige Blüten."

„Ähnlich der Rosengemälde in deinem Haus?" Er strich über ihren Po, der entsetzlich heiß brannte und erweckte das köstliche Glühen zu neuem Leben.

„Ja, in einer modernen Art gemalt. Genügend Details, um realistisch zu wirken, aber nicht in Life-Size. Sie würden dem Zimmer Pep geben."

Sie umklammerte John und stöhnte unter seinen Berührungen.

„Schwierigkeiten, dich zu konzentrieren, Schiava?"

Seine Lippen zogen eine Spur an ihrem Hals entlang und er schob die Tunika hoch, erlangte Zugriff auf ihre überempfindlichen Nippel.

Er drückte sie über die Rückenlehne der Couch und riss sich schwer atmend von ihr los. Sie grinste ihm ins Gesicht.

„Mir scheint, mein Maestro ist abgelenkt? Vielleicht sollte ich mir doch etwas anziehen?"

Er kam mit einem Holzlineal zurück, das er aber zum Glück nicht einsetzte, aber mit sich herumschleppte. Für sein Schlafzimmer wollte er Erotikbilder. Die Idee mit der nackten Schönheit auf dem Moosbett begeisterte ihn. Selbst die kristalline Venus traf seinen Geschmack. Am meisten überraschte John sie mit seinen Wünschen für die Bibliothek, denn er bestellte mehrere Pferdeporträts. Die Besichtigung des Hauses nahm bereits mehrere Stunden in Anspruch, was auch damit zu tun hatte, dass er ihr auch eine Reihe belangloser Fragen stellte.

„Ich werde deine Farben, Pinsel und weitere Utensilien herbringen lassen. Miles hat deinen Schlüssel genommen und holt die Sachen aus deinem Haus."

„Miles?"

„Er hat dich mit Dean zu mir gebracht und ist dir gefolgt, nachdem du mich beobachtet hast."

Es dauerte einen Moment, bis sie seine Äußerung in ihrer Tragweite begriff. Er musste sie mit dem Sextoy gesehen haben … Wie sollte sie ihm jemals gegenübertreten? Selbst jetzt flammten ihre Wangen heiß auf.

Sie schnaubte stumm. Ihre Sorge galt nicht dem Fremden, der ihre persönlichen Dinge durchsucht hatte. Das Schlimmste hatte er schon entdeckt, den Vibrator, während sie ihn benutzt hatte. Ihr Bewusstsein fixierte die Vorstellung, dass ein Mann ihr zusah, während sie …"

Grundgütiger!

John musterte sie und schien direkt in ihren Kopf zu blicken. Seine Worte bestätigten ihre Vermutung. „An deinem schamhaften Verhalten werde wir mit Freude anknüpfen. Er kann es kaum erwarten, dich tiefer kennenzulernen."

„Schließt mein Arrangement mit dir auch Miles ein?", fragte sie panisch. Tiefer kennenlernen, die Worte hatte er nicht zufällig gewählt. Sein Lächeln sagte ihr mehr als genug.

„Du wirst nie wissen, was ich mit dir vorhabe. Hast du jetzt Angst? Oder überwiegt deine Gier?" Seine Augen funkelten und er zog sie in die Arme, rieb über ihren nackten Po und raubte etwas von der Feuchtigkeit zwischen ihren Schenkeln. Er benutzte sie, um seinen Daumen in ihren Anus zu schieben. Sie liebte dieses Gefühl.

„Antworte mir."

„Ja, es erregt mich sehr", keuchte sie gegen seine Brust. Sie tastete nach seinem Schwanz, bis er pulsierend hart in ihrer Hand lag.

„Ich weiß, Kleines. Ein Blick auf dich hat mir gereicht, um deine Veranlagung zu erkennen." Er lächelte siegessicher. „Du übertriffst meine Erwartungen bei Weitem."

„Wieso?"

„Wenn es dich abgestoßen hätte, wärst du geflüchtet. Stattdessen hast du fotografiert. Es machte dich an, deine Wangen waren gerötet, deine Hände zitterten. Du hast sogar in deine Hose gegriffen." Er kostete ihr Unbehagen aus. „Bei deiner Entführung hast du zwar Angst empfunden, aber dein verräterischer Körper demonstrierte einen eigenen Willen. Deine Scheu konnte deine unterdrückte Begierde nicht verhindern. Gegen deine nasse Pussy warst du machtlos." Ein warmes Lachen schnurrte aus seiner Kehle. „Dass du malst, hat mich jedoch überrascht. Zudem so eine talentierte Künstlerin. Mit einer verdammt verruchten Fantasie."

Es war an der Zeit, ihm etwas von seiner Contenance zu nehmen.

Sie sank auf die Knie, zog seine Jeans hinunter und nahm seinen Schwanz zwischen die Lippen, streichelte ihn mit der Zunge, schmeckte ihn und sich auf der heißen Haut. Dann saugte sie hart an der Eichel, bis ein Aufbäumen ihre Mühen belohnte. Er krallte die Finger in ihre Haare. John hielt sie so, wie er es brauchte. Vorsichtig massierte sie die weichen Hoden und empfing seine Stöße. Er stieß tief zu, seine Lust spritzte in ihren Mund und sie schluckte gierig.

Kapitel 4

Eine Woche später.

„Schließ die Augen."

Viola gehorchte und John öffnete eine Tür, die er ihr bei der Hausbesichtigung vorenthalten hatte. Er umfasste ihre Schultern und schob sie in den Raum. Sie wusste nicht, was sie erwartete. Ein neues Spiel? Neue Fragen? Neue Schmerzen? Bitte keinen neuen Schmerzen. In den letzten sieben Tagen hatte sie sich zwar erholt, aber der Gedanke an die erlittene Pein war aufwühlend. Allerdings hatte sie in dieser Woche einen John kennengerlernt, der in starkem Kontrast zu dem Entführer stand. Er war im Gegensatz zu seinen Brüdern jeden Abend von der Baustelle nach Hause gekommen, während Viola die Zeit genutzt hatte, um detailliere Skizzen anzufertigen.

Jedes Mal wenn sie seinen Wagen in der Einfahrt gehört hatte, hatte sich ihr Herz vor Freude beinahe überschlagen. Einmal hatten sie getanzt, und sogar ein Blues hatte sich mit ihm wie ein Tango angefühlt. Ein anderes Mal hatten sie Filme geschaut. In jeder Sekunde war seine Dominanz unterschwellig spürbar gewesen und daher jeder Augenblick aufregend.

„Schiava." Viola liebte es wirklich, wenn er das zu ihr sagte. John nahm ihre Hände und ließ sie einen Moment schmoren, bevor er vor sie trat. „Du darfst deine Augen jetzt öffnen."

Sie standen in einem Atelier. Mehrere Holzbalken und Pfeiler trugen zu dessen Charme bei. Der lichtdurchflutete Raum bot die perfekten Voraussetzungen, um zu malen. Tränen liefen ihre Wangen hinunter, denn so etwas Schönes hatte noch nie jemand für sie getan. Er hatte an alles gedacht. Drei Staffeleien lehnten an einer Wand, ein großer Tisch mit einer verstellbaren Platte thronte vor einem bodentiefen Fenster. Ein Rollcontainer und Schränke für ihre Farben und Bücher rundeten das Bild ab.

„Es gefällt dir." Er grinste sie an, verunsicherte sie mit dem glücklichen Strahlen, das seine Züge ergriff. Jetzt konnte sie auch deuten, was sie an dem Tag gesehen hatte, als er das Angebot unterbreitet hatte. Eine leichte Sorge, dass sie ablehnen könnte. Viola realisierte, dass er ihre Entführung gründlich vorbereitet und sie genauso reagierte, wie er es erhofft hatte. Er drückte sie gegen einen der Holzpfeiler. Oh Gott, lauter Möglichkeiten, um sie zu züchtigen.

„Ich werde dich genau hier fesseln und dich peitschen, wenn du dich ungehorsam benimmst. Und du wirst ungehorsam sein." Er senkte die Lippen auf ihre. „Wirst du ungehorsam sein, kleine Schiava?" Mit einer Hand griff er in ihre Shorts und führte zwei Finger in ihre Pussy ein, sein Daumen rieb über ihre geschwollene Klitoris. Es dauerte nicht lange, bis sie unter der Stimulation stöhnte.

Abrupt hielt er für ein paar Momente inne. „Damit warten wir bis morgen. Solltest du Hand an dich legen, bestrafe ich dich vor den Augen der Fensterputzer. Verstehst du die Regel? Wage es nicht, zu kommen."

Welche Fensterputzer? Das war bestimmt nur eine leere Drohung, aber sicher konnte sie sich nicht sein. Sie keuchte auf und verkrampfte ihren Körper in dem Versuch, den drängenden Orgasmus aufzuhalten. Er schob ihr T-Shirt nach oben, warf ihr einen sexy Blick zu, biss in ihren Nippel, hart genug, um sie aufschreien zu lassen. Der Reiz schoss direkt in ihren Schritt.

„Bitte", schrie Viola. Sie wusste nicht, was ihr Flehen bedeutete. Nicht kommen zu dürfen, lockte sie. Sich ihm zu widersetzen steigerte die Verlockung. Er hob warnend die Augenbrauen. Sie stöhnte unter den unerbittlichen Berührungen und konnte nicht mehr. Er stoppte die Reizung ihrer Scham, steckte den Finger in ihren Mund. Haltsuchend umklammerte sie seine Schultern.

„Ich würde ein, zwei Sekunden benötigen, dann würdest du deinen Höhepunkt erlangen. Für heute allerdings untersage ich es dir.“ Ein sardonisches Lächeln umspielte seine Mundwinkel, als er in ihre Augen blickte. „Zieh das Oberteil aus.“ Er betrachtete ihre nackten Brüste.

Beschämt sah sie auf den Boden. John krallte seine Hand in ihre Haare.

„Habe ich dir erlaubt, den Blick zu senken?“

„Nein.“

„Für dieses Vergehen bestrafe ich dich morgen. Du wirst es sehr genießen, meine Schöne. Deine bisherigen Erfahrungen werden dir im Vergleich wie ein Spaziergang vorkommen.“

Gegensätze überrollten Viola, denn sie verwandelte sich in die weibliche Version eines zügellosen Lüstlings.

„Beug dich vor, ich möchte deinen erblassten Arsch begutachten.“

Für eine Sekunde spielte sie mit dem Gedanken, es nicht zu tun, aber weitere Züchtigungen erschienen ihr unerträglich und unvereinbar mit dem glücklichen Zustand wegen des Ateliers. Eine normale Begegnung verwandelte sich in fast in eine Session und das war für Viola schwierig zu akzeptieren. Seine Haltung allerdings zeigte ihr deutlich, dass er nur darauf wartete, dass sie sich zickig zeigte. Gehorsam beugte sie sich vor, umschloss mit den Handgelenken ihre Fußknöchel, während sie unter Strom stand.

„Wie demütig du sein kannst“, wisperte seine Stimme über ihre Haut. „Schlagen werde ich dich heute nicht, aber ich kann dich auch anders maßregeln.“

Unter dem Vorwand, dass er noch einmal seine Vorstellungen hinsichtlich der Gemälde mit ihr besprechen wollte, führte John sie nackt erneut durch das Anwesen. Jeder Protest blieb ungesagt. Das Haus zog sie auch dieses Mal in seinen Bann mit den hohen großen Räumen. Großzügige Fenster ließen warmes Licht herein. Knarrender Parkettboden und die Atmosphäre begeisterten sie. Fast hätte sie ihre Nacktheit vergessen.

Vor ihrer Zimmertür küsste er lachend zum Abschied, da ihre Wangen glühten.

„Wenn du zum Frühstück kommst, trägst du nur den Kimono." Morgen war Samstag und das bedeutete, dass auch seine Brüder anwesend sein würden. Völlig erschöpft ging sie ins Badezimmer, drehte das heiße Wasser auf. Es umfloss beruhigend ihren Körper, half ihr, die aufgebrachten Emotionen unter Kontrolle zu bekommen. Das Ganze kam ihr wie ein Traum vor, ein aufregender Traum, zu schön, um wahr zu sein. Sie spürte ein aufkeimendes Gefühl, ahnte, was es bedeutete, schluckte hart, denn sie wanderte auf sehr gefährlichem Terrain. Falls sie nicht aufpasste, würde sie die Oberfläche durchbrechen und ertrinken.

***

Am nächsten Morgen schüttelte Viola die Nachwirkungen des Albtraumes ab. Sie hatte von ihm geträumt, dem Dämon ihrer Jugend. Parker Cormit. Die Träume kamen in unregelmäßigen Abständen und ließen sie wütend zurück. Sie wollte nicht daran erinnert werden. Vielleicht sollte sie über die Geschehnisse sprechen, aber sie wusste nicht mit wem. Ob sie John davon erzählen konnte? Mit Mühe verbannte sie die Erinnerungen, nicht bereit, mit ihnen zu diskutieren. Gründlich vergraben in ihrem Inneren waren sie am besten aufgehoben. Seufzend betrachtete sie den kurzen Kimono. Gestern hatte sie nur Glück gehabt, dass ihr niemand begegnet war, weder die ominösen Fensterputzer noch die angebliche Gärtnerin. Auch nicht Miles.

Was willst du eigentlich, brüllte die Stimme in ihrem Kopf. *Du bist nackt durch das Haus gerannt. Und denk nach, was du Tage vorher alles getrieben hast.*

Schamlose Dirne.

Das war vergangen und ihr Mut wich den üblichen Bedenken. Sie griff nach einem weißen Spitzenslip und zog ihn an. Sie könnte ihn vor dem Esszimmer ausziehen und das wäre ein gelungener Kompromiss. Sie öffnete die Tür, zuckte erschreckt zusammen, da Dean vor der Tür stand.

Verdammt!

Sein Gesichtsausdruck sagte ihr, dass er ahnte, was sie getan hatte.

„Ich wollte dich zum Frühstück abholen.“ Er zog sie in die Arme und seine Hand strich über ihr Gesäß, bestätigte ihre Befürchtung. „Sehr ungehorsam. Mein Bruder wird diese Gelegenheit erfreut aufgreifen.“

Viola sah ihn Hilfe suchend an. „Ich könnte ihn jetzt ausziehen. Er weiß es doch nicht.“

„Allein dieser Gedanke bringt dir zusätzliche Schläge ein.“ Er unterband ihre Versuche, den Slip auszuziehen, indem er sie festhielt und sie einer Beute gleich an den Ort der Verdammnis führte. Mit jedem Schritt wuchs ihr Wunsch, zu flüchten. Sie betraten das Esszimmer. John warf nur einen Blick auf sie, dann stand er mit einem Angst einflößenden Gesichtsausdruck vor ihr. Woher zum Teufel wusste er es? Aber wahrscheinlich war sie die Schuldbewusstheit in Person und sie war noch nie jemand gewesen, der seine Mimik unter Kontrolle hatte. Das war ihr schon oft zum Verhängnis geworden und in diesem Haus war das besonders brisant.

„Du widersetzt dich einem direkten Befehl von mir?“

„Ich wollte ihn …“

„Schweig.“

„Aber …“

Deans Griff in ihrem Nacken ließ sie verstummen. Als John sie auf den Stuhl drückte, traten gemeine Tränen in ihre Augen. Sie würde unmöglich frühstücken können. Allein der Gedanke an Nahrung drehte ihren Magen um. Spöttisch betrachteten die Männer sie, während sie sich einfach nicht mit ihrer Rolle abfinden konnte. War das hier, was sie wirklich wollte?

„Mir scheint, dir ist der Appetit vergangen“, sagte John.

Warum hatte sie nicht gehorcht? Die Antwort erschreckend einfach – weil sie eine Strafe herbeisehnte. Ja, das war das, was sie wirklich wollte. Die inneren Zwiespalte waren nur eine staubige Schicht auf einer Fassade.

John legte seine Hand unter ihr Kinn und hob es an. „Möchtest du es sofort?“

Darüber brauchte sie nicht nachzudenken. „Ich kann es nicht aushalten, zu warten.“ Erneut dieser überlegene Ausdruck, der Zorn in ihre Glieder trieb. Oh, verdammt.

Sie war verrückt und sehnte tatsächlich eine Züchtigung herbei, weil sie einen Slip anhatte. Das war lächerlich. Sie sollte gehen, aber dass Viola es nicht tat, war mehr als aussagekräftig. Stattdessen wiederholte sie die Bitte.

John sah kurz zur Seite, er genoss so verflucht offensichtlich ihre Situation. Immer wieder tappte sie in seine sorgfältig ausgelegten Fallen. „Tatsächlich?“ Er wartete nicht auf ihre Antwort. „Dean, hole ein passendes Instrument. Viola, zieh dich aus und beug dich auf den Tisch.“

Wenn sie wagen würde, es nicht zu tun, versprach seine Haltung Konsequenzen. Ob sie es schaffen könnte zu flüchten? John sah herausfordernd zur Tür, weil sie genau das auch gerade getan hatte. Sie streifte den Kimono und den Slip ab und konnte einen wütenden Blick nicht zurückhalten. Ihre Hände zitterten überdeutlich. Ja, sie hatte das hier provoziert, aber dennoch war es nicht leicht für Viola, es zu akzeptieren.

John sah sie an wie ein Verdurstender, der ein Glas Wasser entdeckte.

Viola lehnte über die Tischplatte, froh, sie unter sich zu spüren, denn wenn sie etwas brauchte, dann war das Halt. Dean legte die Gerte neben sie. Sie besaß an der Spitze eine Klatsche und Viola glaubte daher, dass sie weniger schmerzhaft wäre.

„Du wirst liegenbleiben, bis wir unser Frühstück beendet haben“, teilte John ihr hämisch grinsend mit.

Was?

„Aber du sagtest doch …“

Er trat hinter sie und schlug dermaßen hart mit der Handfläche auf ihr Gesäß, dass sie aufschrie. „Du willst aufbegehren?“ Weiterer Schmerz prasselte auf ihr Hinterteil, erhitzte ihren Po und ihre Wangen. Erregung lief dennoch in Wellen durch ihren Körper und besaß eine eigene Sprache.

„Wag es nicht, die Augen zu schließen, dich aufzurichten oder mich auf eine sonstige Weise zu reizen. Du wartest geduldig auf die Strafe.“ Er berührte ihren Po. Sie sah förmlich, dass er sein Werk begutachtete, abschätzte, was er ihr zumuten durfte.

Sie holte tief Luft und akzeptierte ihr Schicksal. Schließlich hatten sie ihr versprochen, sie nicht ernsthaft zu verletzen. Anders als vor einer Woche würde es nicht werden. Die Fieslinge frühstückten in aller Seelenruhe. Mit jedem Bissen fiel es Viola jedoch schwerer, ruhig liegen zu bleiben. Beinahe hätte sie erneut um die Bestrafung gebettelt. Ein weiteres belangloses Wort der Brüder, dann lag offener Aufstand im Bereich des Möglichen. Wie langsam konnte ein Mensch frühstücken? Johns Blick ruhte herausfordernd auf ihr, denn Schritte ertönten. Der Impuls, sich aufzurichten, lungerte übermächtig in ihr. Die Tür war schräg in ihrem Rücken. Wer immer durch die Tür kam, sah auf ihren Po und die gespreizte Scham. Sie hatten sie nicht zufällig in dieser Stellung positioniert. Wie sie das alles wieder geplant hatten! Und Viola hatte nichts Besseres zu tun, als ihre Erwartungen zu übertreffen.

Diese Mistkerle!

Ihr fiel es schwer, den Drang zu unterdrücken sich aufzurichten. Bevor sie den Gedanken in die Tat umsetzen konnte, lag Johns Handfläche auf ihrer Lende über der Rundung ihres Hinterns. „Du bleibst genau da, wo du dich befindest. Wag es nicht, den Kopf zu drehen.“ Sein Timbre umhüllte sie gefährlich leise, der kurze Körperkontakt voller Nachdruck.

Der Fremde blieb hinter ihr stehen. Ihr Verstand befahl, etwas zu tun, aber ihr Körper wollte es geschehen lassen.

Er legte eine Hand auf ihren Po, wanderte mit ihr weiter und lachte bei ihrem Strampeln, hielt er sie doch mühelos. Die zweite packte ihren Nacken, verhinderte effektiv ein Umdrehen. „Der Tag hat kaum angefangen und schon müsst ihr sie bestrafen?"

Viola kannte diese warme Stimme, sie gehörte zu dem anderen Entführer, Miles. Er hatte sie beim Masturbieren beobachtet. Ihr Innerstes begehrte auf und sie merkte John an, dass er ihre Zwiespältigkeit genoss.

Mieses Stachelschwein. Und doch reckte Viola ihr Geschlecht der fordernden Handfläche entgegen, die unnachgiebig ihren Widerstand brach, gab schlussendlich keuchend auf, denn sie wollte es.

„Sie scheint sich sehr auf das zu freuen, was ihr mit ihr vorhabt. Ihre nasse entspannte Pussy verrät die wahren Bedürfnisse. Auch wenn sie es nicht zugibt, ihr Körper sehnt weitere Berührungen herbei", sagte Miles.

Ihr wütendes Keuchen unterband er mit geschickten Fingerkuppen. Er erkundete ihre Falten, tauchte in die Feuchtigkeit ein und rieb die pochende Knospe. Johns Blick lag brennend auf ihr.

„Ich züchtige sie gleich ordentlich mit der Gerte." Ein diabolischer Zug lag um Johns Mundwinkel.

„Ihr praller Popo stellt eine Versuchung dar, geschaffen für eine eingehende Bestrafung. Wir hatten schon lange keine Schiava mehr mit so einem einladenden Arsch." Miles warme Stimme streichelte über ihren Rücken und seine zärtlichen Hände beruhigten ihre aufgebrachten Nerven.

Sie konnte seiner Stimulation in keiner Weise etwas entgegensetzen.

„Ich werde diesmal meine Aufmerksamkeit ihrem gesamten Körper widmen." Johns Worte fluteten ihre Sinne.

Wenn Miles weiter rieb, würde sie die Beherrschung verlieren, da die Befriedigung in unmittelbarer Nähe lockte. Sie wusste nicht einmal, wie er aussah. Er drang mit zwei

Fingern in ihr Geschlecht und sie atmete schwerer, rang um Fassung und genoss die Stimulierung viel zu sehr.

„Ich erhitze ihre Brüste, sogar ihre Vulva. Viola, ich verbiete dir, zu kommen." Johns Ausdruck in der Stimme sagte deutlich, dass er keinen Ungehorsam tolerierte. „Schließ deine Augen."

Miles zog sie hoch, sodass er ihre Brustwarzen massieren konnte. Seine Fingerspitzen zwirbelten fordernd und nahmen unbarmherzig Besitz.

„Ich habe dich beobachtet, wie du mit ihnen gespielt, sie hart stimuliert hast. Du hast dir ausgemalt, es wäre John, hab ich recht?"

War das jetzt eine von den Fragen, die sie beantworten musste? Der Griff in ihre Haare bestätigte ihre Befürchtung.

„Ja, es stimmt. In meiner Vorstellung berührte John mich und sein Schwanz fickte mich."

„Red weiter." Miles sprach furchtbar sanft. Es wirkte.

„Ich habe mir vorgestellt, dass er mich bestraft. Mich schlägt, mich rücksichtslos vögelt. Meinen Widerstand bricht, damit ich mich ihm willig hingebe." Sie atmete hektisch und er hörte nicht mit der lustvollen Stimulation auf. Wimmernd erlag sie den Berührungen. „John, bitte, ich kann es nicht länger zurückhalten."

„Du bist nicht nur ungehorsam, dir mangelt es an Disziplin." So zärtlich, so grausam war Johns Stimme.

Ihre Klitoris pochte, der Orgasmus wenige Herzschläge entfernt und sie konnte der Verlockung nicht widerstehen. Sie spürte, dass John sie musterte, ihre Lust förmlich aufsog.

„Deine Disziplinierung wird intensiv. Auch für mich. Du darfst dich deiner Gier gleich ergeben, aber es kostet dich etwas." John spielte mit ihren Sinnen, reizte die Angst und ihre Kontrolle aus.

Sie wimmerte. Miles verlangsamte seine gekonnte Reizung, lachte männlich.

„Sieh mich an", verlangte John. Er stand vor ihr, lächelnd und sexy. Sie sah ihm an, dass er eine von den verdammten Fragen bereithielt. „Hast du schon mal wissentlich vor jemandem masturbiert?" John grinste sie an, forderte sie heraus, ungehorsam zu sein.

Miles rieb die geschwollenen Knospen so hart, dass es ihr endgültig die Fassung raubte und Viola die Fähigkeit zum Sprechen nahm.

„Nein." Ein ganzer Satz, sie musste in einem Satz antworten. „Ich könnte das nicht." Niemals!

„Warum nicht?"

„Ich fühle mich zu gehemmt. Mir wäre es unmöglich, zu entspannen."

John legte seine Fingerspitzen gegen ihre Wange. „Schiava, diesen Wunsch wirst du mir mit Freuden erfüllen. Bald werde ich dich darum bitten, dich zwingen, dich fallen zu lassen."

Grundgütiger!

Johns Hand blieb auf ihren zitternden Bauchmuskeln liegen, streichelte sie beruhigend. Er trat zur Seite.

„Miles, jetzt."

Bevor sie realisieren konnte, was er vorhatte, drückte Miles sie vornüber auf die Tischplatte. Er drang mit einem Ruck von hinten in sie ein, rieb über ihre Klitoris, erstickte jeden Widerstand. Willig reckte sie den Po, nahm seine Härte auf.

Sie wurde von einem Fremden genommen. Sie blickte in Johns Augen. Was sie dort sah, provozierte sie, denn es war pures Verlangen und die Erfüllung lief in Wellen durch sie hindurch.

Miles hielt sich nicht zurück. Er nahm sie unbarmherzig und nach kurzer Zeit packte er ihre Hüften. Sein keuchendes Stöhnen kündigte seinen nahenden Höhepunkt an. Ein paar tiefe Stöße, dann spritzte er seine Lust in sie hinein.

Für den Moment dachte sie nicht, sie spürte nur.

„Ich danke dir, Cara.“ Seine Lippen berührten ihren Nacken.

Sanfte Hände wischten seine Spuren mit einem nassen Tuch von den Innenseiten ihrer Schenkel. Ob sie sich erheben durfte?

John nahm die Gerte auf, sie wirkte größer, bedrohlicher in seinem Griff.

„Ich gebe dir einen Vorgeschmack auf das, was dich erwartet. Du überlegst es dir nächstes Mal gründlich, ob du ungehorsam sein möchtest.“

„Kann Dean mich festhalten?“ Sie brauchte sowohl Halt als auch die Sicherheit.

„Natürlich, Kleines.“ Deans Stärke lag beruhigend um ihre Handgelenke. Miles erreichte ihr Gesichtsfeld. Er sah anders aus. In ihrer Vorstellung war er dunkelhaarig, doch er trug seine dunkelblonden Haare raspelkurz und die grünen Augen spendeten Trost.

„Du erhältst von mir fünf Strafhiebe. Wenn du versuchst, dich wegzudrehen, fange ich von vorne an.“

Das würde sie schaffen. Viola spürte den Luftzug, denn John trat an sie heran und sie ballte die Hände zu Fäusten. Er zielte auf ihre rechte Pobacke. Der grelle Schmerz fing nicht mit einem Flüstern an. Sie drehte ihre Hüfte reflexartig zur Seite. Die Agonie blieb, scharf, intensiv, nachbrennend, forderte viel von ihr. Die Klatsche verursachte einen grässlich schmerzenden Widerhall. Damit hatte sie nicht gerechnet.

Verdammt!

Sie holte tief Luft. Er wartete mit dem nächsten Hieb, bis sie in der Ausgangsposition auf dem Tisch lag. „Eins.“ Noch als er die Zahl sagte, prallte die Gerte auf ihren Hintern. Viola schaffte es, diesmal liegen zu bleiben, aber ein halb erstickter Schrei kam aus ihrer Kehle.

„Zwei.“

Sie schrie ihre Pein in den Raum. Die Klatsche landete angrenzend zu dem vorherigen Streich. Ihre gesamte rechte Pobacke loderte. Miles nahm eine Hand und drückte sie.

„Drei." Sie zerquetschte die Finger beider Männer, damit sie standhielt. Die linke Hinterbacke stand in Flammen. Tränen rannen aus ihren Augenwinkeln.

„Vier." Punktgenau neben dem letzten Schlag. Dieses Mal versuchte sie erst gar nicht, den Aufschrei zurückzuhalten.

Sie brüllte die schneidende Qual hinaus. Ihr kompletter Hintern brannte. Miles hielt den Augenkontakt und es gab ihr Kraft. Eine weitere Träne tropfte auf ihre Wange.

„Bereit für den finalen Hieb, Schiava?" John strich erst höllisch leicht über ihren Po und traf die Pobacken, berührte die fünf vorherigen Treffer. Ihr Schrei gellte durch den Raum, riss an ihrer Seele, doch dann zog John sie in seine Arme und schenkte ihr Trost. Seine Hände befühlten den brennenden Po und sie reagierte mit Lust darauf. Gleichzeitig genoss sie die zärtliche Berührung, denn Viola brauchte sie so sehr.

„Geht es dir gut, Kleines?"

Liebevoll legte er seine Lippen auf ihre.

„Es geht mir gut. Ich …" Ein lautes Schluchzen schüttelte sie.

„Es verwirrt dich, dass unsere Behandlung dich erregt. Du denkst, es sei nicht richtig." Er umfasste ihre Wangen. „Wieso empfindest du so?"

Seine Worte brachten ihre Gefühle auf den Punkt.

„Du brauchst jetzt nicht zu antworten. Ich komme später darauf zurück." Dankbar sank sie gegen ihn.

„Bereit für die Fortsetzung deiner Strafe? Oder möchtest du dich über den Tisch legen, solange wir frühstücken?"

Für diesen Vorschlag hätte sie John am liebsten getreten. Ein zaghaftes Lächeln umspielte ihre Mundwinkel. „Bitte sofort."

„Das freut mich, zu hören. Ich fixiere dich so, dass du dich nicht bewegen kannst, während ich dich schlage, dich in die Lust treibe."

Sie spürte tiefes Verlangen. Ein Verlangen auf etwas, das sie nicht näher deuten konnte. Viola hörte auf, ihre Reaktionen zu hinterfragen. Sein fester Griff verhinderte, dass sie zu Boden sank oder flüchtete. Denn beides spukte in ihrem Kopf herum, sobald sie den Nebenraum betraten. Er blieb vor einer gepolsterten Liege mit Halterungen stehen. Sie zögerte und umklammerte ihn.

„Ich gewähre dir keine Wahl, Schiava. Erfülle mir den Wunsch, dich schreien und stöhnen zu lassen. Vertrau mir. Es wird dir gefallen."

Für einen Moment versank sie in seinen Augen. John nahm stützend ihren Arm und half ihr auf den Tisch. „Leg deine Füße hinein."

Die Position steigerte ihre Verwundbarkeit sowie ihre Furcht.

„Ich werde dich weit spreizen, sodass ich ungehinderten Zugriff auf deine Scham erlange."

Viola atmete so heftig, dass Panik sie fast verschluckte. Sie konnte das nicht.

Dean legte seine Hand auf ihre Stirn. „Du kannst uns vertrauen." Er zwinkerte ihr zu. „Ich gebe Acht, dass er dich liebevoll behandelt."

John fixierte ihre Fußgelenke mit Manschetten an den Vorrichtungen. „Ganz ruhig Viola. Deine Zweifel sind unbegründet."

Wirklich?

Er spreizte ihre Beine, bis sie verletzlich offen vor ihnen lag. Jetzt gab es kein Zurück. Drei Männer starrten zwischen ihre Schenkel und sahen mehr von ihr, als sie es jemals gewollt hätte.

„Wunderschön. Dein Körper verspürt keinerlei Unsicherheit und sehnt meine Berührungen herbei. Ich steigere deine Erregung. Du wirst gleich ungeheure Lust empfinden."

Miles stand hinter ihr und umfasste sie an den Schultern.

„Ich bringe dich dazu, dass du dich vollkommen hingibst.“ John blickte auf sie herab. „Ein wenig Stimulation, bevor ich anfange.“

Langsam umkreiste sein Daumen ihre Klitoris. Er benutzte ihre Feuchtigkeit, um den Mittelfinger in ihren Anus zu führen. Sie wusste nicht, wo sie hinsehen sollte. In Johns glühenden Blick? Oder Miles grüne Augen treffen, die nicht minder gefährlich waren? Sie funkelten wie Edelsteine. Und Dean? Sie verspürte den Drang, um eine Augenbinde zu bitten. Sie wollte sich dahinter verstecken, nur spüren und ihre Augenlider flatterten.

„Viola, sieh mich an. Konzentriere dich auf mich“, flüsterte John.

Sein Ausdruck fesselte sie, denn er beinhaltete Entschlossenheit und Geborgenheit. Sie vergaß die anderen Männer. Ihre Atemzüge waren beschleunigt, aber nicht mehr vor Panik.

„Gefällt dir das?“

Wieder eine von diesen verdammten Fragen.

„Ja, ich empfinde es als äußerst angenehm.“

„Möchtest du, dass ich dich anal nehme?“ Er bewegte seinen Daumen und seine zweite Hand rieb über ihren Spalt.

„Ich weiß es nicht. Bitte, ich kann jetzt nicht antworten.“

„Hm, hast du es dir schon einmal vorgestellt?“

„Ja, dennoch habe ich nie den Mut besessen, es zu verlangen.“

Er entzog ihr die Stimulation, nahm stattdessen die Gerte auf.

Furcht drohte sie zu verschlingen.

„Die Schläge, die deine Vulva treffen, führe ich nicht scharf aus, nur so, dass sie in dir nachklingen. Sie werden dich erregen, aber nicht sehr schmerzen. Genieße es, Sklavin.“

Miles Hände umfassten sie beruhigend. John fing mit ihrem angehobenen Po an. Viel sanfter, im Vergleich zu der letzten Züchtigung. Er gab ihr Raum, denn nur so konnte sie loslassen. Die Innenseiten ihrer Oberschenkel behandelte er ebenso vorsichtig wie ihre Brüste. Er hielt sein Versprechen und führte die Schläge nicht fest aus. Erleichtert atmete sie aus. Ihre Angst, dass er sie erbarmungslos bearbeitete, war unbegründet.

„Nicht jede Körperstelle darf scharf geschlagen werden. An den empfindlichen Brüsten und Oberschenkeln soll deine Haut nur leicht brennen, nicht mehr." John verharrte, bevor er weitersprach, schenkte ihr kostbare Zeit, um durchzuatmen. „Dean, stimuliere sie. Aber lass sie nicht kommen."

Sein Bruder nahm einen Vibrator aus rotem Silikon in die Hand. Mühelos eroberte er ihren feuchten Spalt und sie spürte die Vibration tief in ihrem Inneren.

John schlug auf ihren Busen, auf den Bauch, auf die Schenkel. Mit jedem neuen Schlag erwärmte sich ihr Innerstes, streichelte ihre Seele. Lust und Vertrauen wuchsen. Miles berührte ihre Wange. Es schien ihm zu gefallen, ihre Reaktionen in den Augen zu erspähen.

Dean zog das Sextoy aus ihrer Vagina und führte es an ihre Klitoris. Kurz bevor sie kam, zog er es zurück. Die Klatsche der Gerte traf genau auf die empfindlichste Stelle, entriss ihr ein Aufbäumen. Er positionierte den Vibrator auf die pochende Knospe, beruhigte den leichten Schmerz, der in ein starkes verlangendes Ziehen überging. Als er ihn erneut in ihr Geschlecht einführte, erfassten sie hintereinander drei Hiebe. Die Heftigkeit des Höhepunktes überraschte sie, doch die Maestros gewährten ihr keine Zeit der Erholung.

Dean legte sanft eine Hand unter ihren Nacken und schob sein pralles Glied zwischen ihre Lippen. Ihre gespreizten Beine waren eine Einladung. John drang in sie ein und sie vögelten sie, nahmen ihren Körper ohne Rücksicht. Miles pumpte anzüglich seinen geschwollenen Schwanz.

Die Brüder schenkten ihr keinerlei Raum für Bedenken. Sie überzeugten ihren Leib, Begierde zu empfinden. Eroberten unerbittlich, was sie anbot.

John schrie keuchend seinen Orgasmus hinaus. Dean zog seinen Phallus aus ihrem Mund und seine Lust traf ihren Hals und ihre Wange.

Miles kniete über ihr.

„Deine Brüste sind wie geschaffen, um gevögelt zu werden." Er drückte sie zusammen, rieb gierig zwischen ihnen und sein Samen spritzte auf ihre Schulter. Langsam ereilte Viola die Realität. Der euphorische Taumel wich bestürzender Scham. Mit ihr stimmte etwas nicht. Keine Frau konnte diese Behandlung genießen.

„Viola, bleibe ruhig." John sah sie besorgt an.

Tief gehende Kälte vertrieb endgültig die Wärme ihres Körpers. Er nickte seinen Brüdern zu und sie verließen den Raum. Hilflos und von ihren Gefühlen überwältigt, drohte sie in hysterisches Schluchzen auszubrechen. Sie musste ihre aufgebrachten Empfindungen unter Kontrolle bekommen. Umso mehr sie es jedoch versuchte, desto größer wurde der Drang zu weinen, zu schreien oder einfach nur zu leiden. John löste die Fesseln an ihren Beinen. Sie schluchzte so heftig, dass es schmerzte. Endlich war sie frei und sie wollte hektisch vom Tisch springen. Tränen liefen unkontrolliert über ihr Gesicht. Zu viele Emotionen tosten durch sie und zwangen Viola schlussendlich in die Knie.

Er half ihr in eine sitzende Position und hob sie hoch. Ihre Proteste ignorierte er. John platzierte sie auf dem Sofa, zog sie in seine Umarmung und schenkte ihr Zeit. Wartete, bis sie ruhig atmete, das Schluchzen aufhörte.

„Weißt du, warum du weinst?"

„Ich fühle mich gleichzeitig schlecht und gut. Völlig idiotisch."

„Du kannst die Fesseln, die dich so lange einengten, nicht einfach abschütteln. Langsam fängst du an, dich zu öffnen. Dein Mut entsetzt dich."

Sie versuchte, näher an ihn zu rücken, seine beruhigende Wärme wie einen Mantel überzuziehen.

„Horch in dich hinein. Haben wir etwas getan, was dir nicht gefallen hat?"

„Ich habe alles genossen." Und das erschreckte sie mehr, als sie zugeben wollte.

„Wir auch, Viola, du hast uns ein großartiges Geschenk gegeben. Würdige es nicht herab." John legte sie auf das Sofa zurück und stützte die Arme neben ihrem Kopf ab. „Haben wir dir das Gefühl gegeben, dass wir dich nicht respektieren? Dich demütigen oder dir Gewalt antun?"

„Nein, im Gegenteil. Aber es fällt mir nicht leicht, es einzugestehen."

„Du hast uns tiefe Einblicke in deine Seele gewährt. Es erfordert Mut." Seine Lippen berührten ihre. „Möchtest du das Spiel beenden?"

„Auf keinen Fall." Die Antwort kam impulsiv. Viola brauchte nicht nachzudenken. Johns Worte führten ihr vor Augen, dass sie es gewollt und mit allen Sinnen ausgeschöpft hatte. Jetzt sollte sie auch die Courage besitzen, dazu zu stehen. Unentschlossen war sie, aber nicht feige.

„Gut. Ich werde dich duschen und danach frühstücken wir. Du musst ausgehungert sein."

In diesem Moment knurrte ihr Magen laut und sie brach in ein helles befreiendes Lachen aus.

***

Wenig später stand Viola unter dem heißen Wasser in seinem Badezimmer. John schäumte ihren Körper ein, und seine sanften Berührungen beruhigten nachhaltig jeden Zweifel, bis die Anspannung aufhörte. Müde schmiegte sie sich gegen ihn. Mehrere Orgasmen vor dem Frühstück waren verdammt anstrengend. Helle Striemen überzogen ihren Körper. Sie würden bis heute Abend verblasst sein, hatte John versprochen.

„Beug dich über die Brüstung."

Zu erschöpft, um nachzudenken, lehnte sie sich über die hüfthohe Mauer, die eine Seite der großen Dusche abgrenzte. Steinbruchfliesen trennten den Duschbereich vom restlichen Raum ab. John seifte ihren Po ein, knetete ihre Muskeln, bis sie fast schnurrte. Es war angenehm und sie wurde zu Wachs in seinen Händen.

„Ich möchte dich ein wenig anal stimulieren." John lachte leise, denn sie versteifte sich, fragte sich, was er vorhatte. Er konnte doch unmöglich in der Lage sein, eine Erektion zu bekommen. „Bevor ich dich auf diese Reise schicke, muss ich sicher sein, dass du es willst. Es dir Genuss schenkt und keine Qual." Er verteilte die Seife zwischen den Pobacken, kreiste über ihren Anus. „Ohne die richtige Vorbereitung birgt Analverkehr die Gefahr, schmerzhaft und alles andere als befriedigend zu sein." Instinktiv wollte sie sich aufrichten, aber er legte seine Hand auf ihren unteren Rücken.

„Entspann dich." Sein seifiger Zeigefinger glitt hinein und sie hieß ihn mit einem Seufzer willkommen. Er wartete, bis sie nachgab, drang mit einem zweiten Finger ein. Sanft bewegte er sie. Sie blieb ruhig stehen und atmete gleichmäßig, wie er es gesagt hatte. War gespannt und ängstlich zugleich.

„Ich lasse dich jetzt allein. Wenn es soweit ist, möchte ich, dass der Analverkehr eine unvergessliche Erfahrung für dich wird. Du sollst es genießen, dass ich dich auf diese Art ficke. Dich unter mir winden, schreiend vor Lust."

Er küsste sie zärtlich und verließ das Badezimmer. Seine Worte gaben ihr die nötige Geborgenheit. Viola dachte darüber nach, wie sehr sie es ausgekostet hatte, lustvoll geschlagen und benutzt zu werden. Ein weiteres Lachen kam aus ihrer Kehle, denn eigentlich fühlte sie sich verdammt gut.

Als sie in sein Schlafzimmer ging, lag ein Zettel auf seinem Bett.

‚Zieh das zum Frühstück an.'

Kritisch begutachtete sie das durchsichtige Negligé aus schwarzem Voile, welches das Attribut Kleidungsstück nicht verdiente. Sie zog es über, betrachtete ihr Spiegelbild und eine sinnliche Frau blickte ihr entgegen. Zum ersten Mal seit geraumer Zeit war sie im Einklang mit ihrem Bewusstsein. Vielleicht war es doch nicht schlecht, kurvig zu sein?

Das zweite Mal an diesem Tag wartete Dean vor der Tür auf sie. „Du siehst bezaubernd aus." Sein Ausdruck wurde ernster. „Haben wir zu viel von dir verlangt, Kleines?"

Sie schluckte. „Ich wollte vor mir selbst nicht zugeben, dass es mir gefallen hat." Seine Mimik forderte sie auf, weiterzusprechen. „Ich brauchte Mut." Sie lächelte ihn an. „Ihr seid zu geschickt, um euch zu widerstehen."

Er zog sie brüderlich in die Arme und sie liefen zurück ins Frühstückzimmer. Johns Augen leuchteten bei ihrem Anblick auf.

Sie fiel fast auf den Stuhl, denn ihre butterweichen Beine trugen sie nicht länger. Viola schob ihn so nah an die Tischkante heran, wie es ging. Mit Heißhunger aß sie das Frühstück. Knuspriger Toast, fruchtiger Orangensaft und sahniger Tee. Es schmeckte gut, wie niemals zuvor.

„Viola."

Sie schaute von ihrem Teller auf und traf Johns Blick, der sie erhitzte.

„Ich verspüre Erleichterung, dass du dich nicht mit der Tischdecke einwickelst. Was meinst du, Dean, lassen wir ihr das Verhalten durchgehen?"

Der dämonische Bruder seufzte theatralisch.

„Sie war großartig. Daher bemerke ich einen mildtätigen Drang. Dieses eine Mal können wir gnädig sein. Aber nächstes Mal …" Er zog bedeutungsvoll seine Augenbrauen nach oben und ihr Magen reagierte mit einem Sprung.

Am Nachmittag besuchten sie die Ruine von Stafford Castle und erkundigten die Umgebung. Von drei Männern umsorgt und geneckt zu werden, besaß durchaus seinen

Reiz, doch nur einer der drei reizte Viola auf diese ganz spezielle Weise. Sie hatte nicht die geringste Ahnung wohin das führen würde, doch sie griff zu weit in die Zukunft vor, nur das hier und jetzt zählte und das befand sich gerade in Johns Armen, weil er sie von einer zerfallenen Mauer herunterhob und sie dann zart auf den Mund küsste.

Kapitel 5

Drei Tage später lehnte Viola an dem Arbeitstisch in ihrem Atelier. Sie benötigte einen Moment, um ihre Konzentration auf die Arbeit zu richten. Seufzend schob sie die Vorstellung zur Seite, was John noch mit ihr vorhatte. Analverkehr. Wieso hatte sie nicht gesagt, dass sie niemals daran gedacht hatte ihn zu haben? John anzulügen stand jedoch außer Frage. Das wäre nicht fair und im Endeffekt, würde sie sich damit selbst Erfahrungen verwehren, die sie nur hier haben konnte. Der Gedanke so genommen zu werden, sich einem Mann auf diese Weise zu unterwerfen, lockte sie. Innerlich fluchend richtete sie ihre Aufmerksamkeit auf die Malerei. So wurde das nichts mit den Gemälden. Halbherzig malen funktionierte nicht. Viola suchte sie ein paar Fotos von Blumen aus, die sie als Anregung benutzen wollte und betrachtete kritisch ihre Skizzen.

Sie beschloss, eine Iris zu malen. Das passte irgendwie. Satte Blau- und Violetttöne sollten das Bild bestimmen. Der Hintergrund ging ihr leicht von der Hand, die Farben etwas heller als die in der Blüte. Anschließend wusch sie den runden dicken Pinsel mit den kurzen harten Borsten aus und trank Tee und aß ein paar Kekse, während sie darauf wartete, dass die Farbe trocknete. Den Rest Feuchtigkeit, beseitigte sie mit einem Föhn. Das war ein großer Vorteil von Acrylfarben, im Gegensatz zu Ölfarben, die ewig brauchten, um zu trocknen.

Mit einem Aquarellstift begann sie mit der Vorzeichnung. Diese Stifte waren eine göttliche Erfindung. Falsche Linien konnten weggewischt werden, ohne Spuren zu hinterlassen. So wie Johns Schläge. Doch sie erlaubte sich nur diesen einen Gedanken an ihn. Kaum hatte sie den ersten Strich gesetzt, verlor sie sich in der Arbeit. Nachdem die Skizze sie zufriedenstellte, legte sie die Umrisse mit Acrylfarben an. Das Motiv nahm Gestalt an und das platte Ding auf der Leinwand erwachte durch das geschickte Anlegen von Licht und Schatten allmählich zum Leben. Wie immer, wenn Viola malte, verblasste alles andere. Sie trat zwei Schritte von dem Tisch zurück, schrie auf, ließ fast den Pinsel fallen und verkrampfte ihren Körper, weil sie mit etwas Hartem kollidierte.

„Verzeih mir. Ich wollte dich nicht erschrecken."

Verdammt! Noch nach Jahren sprang sie fast aus den Schuhen, sobald sich jemand unbemerkt näherte. John umfasste ihre Schultern und drehte sie zu sich. Sein ernster Blick traf sie. „Gibt es etwas, das du mir erzählen möchtest?"

Sie schüttelte den Kopf. „Ich habe nur nicht bemerkt, dass du den Raum betreten hast, und befand mich in meiner eigenen Welt. Mehr steckt nicht dahinter." Und das war eine schreckliche Lüge.

Sie sah ihm an, dass er ihr die Erklärung nicht abkaufte, befürchtete, er würde tiefer bohren. Ein Teil von ihr hoffte es. Was immer er in ihren Augen sah, veranlasste ihn, das Thema zu wechseln.

„Hmm, das sieht vielversprechend aus. Die Farben strahlen."

„Sie ist nicht fertig, es fehlen die Feinabstimmungen, die Lasuren. Wenn es dir jetzt schon gefällt, wirst du staunen, sobald ich Firnis auftrage. Dann entwickeln die Tonwerte ihre ganze Brillanz."

„Das ist das erste Mal, dass ich einer Künstlerin über die Schulter schauen darf. Beeindruckend. Du weißt wirklich, was du tust. Das Zusammenspiel der Farben ist grandios."

Viola nahm in diesem Moment jedoch eine Änderung in seiner Augenfarbe wahr.

„Ich möchte, dass du in der Zeit, die du hier verbringst, all deine sexuellen Wünsche, und erscheinen sie dir noch so verrucht, ausleben kannst." John lächelte sie an. „Warst du jemals mit einer Frau intim?"

So gut kannte sie ihn bereits. Die Frage war alles andere als harmlos.

„Nein."

„Würdest du dein Geschlecht von einer Gespielin lecken lassen? Und es bei ihr tun?“

„Ich glaube nicht, dass ich das möchte.“

„Deine Antwort stellt mich nicht zufrieden.“

Da saß sie, mitten in seiner Falle.

„Und wenn es mein Wunsch wäre? Würdest du ihn mir erfüllen?“

Die Vorstellung befremdete und reizte sie zugleich. „Ich weiß nicht.“

„Du weißt es nicht? Dann finden wir es heraus, Schiava, und testen währenddessen deinen Gehorsam.“ Er zog sie mit dem Rücken gegen seine Vorderseite, legte seine Fingerspitzen leicht auf ihre Kehle. Sie zuckte zusammen und ihr Herzschlag hämmerte in der Brust, drohte, sie zu verschlingen. Er bohrte doch tiefer, nur nicht mit einer Frage.

„Ruhig, Kleines.“ Wie ein Hauch lagen sie auf ihrem Kehlkopf. Ihre Angst war unbegründet. John würde so etwas nie tun, sie würgen, bis sie fast starb.

Er hielt sie, bis die Anspannung aus ihrem Körper wich. Wartete, bis sie nachgab. Erst jetzt zog er seine Hand zurück, streichelte über ihren Nacken. Die unliebsamen Erinnerungen verblassten, fanden den Weg in ihr Inneres. Dort sollten sie bleiben.

„Wenn du so weit bist, Viola.“

Sie nickte, da sie ihrer Stimme nicht traute.

„Du wirkst verspannt. Hast du dir den ganzen Tag keine Pause gegönnt?“ Er massierte ihre Nackenmuskulatur.

„Ich habe nicht lange gemalt.“

„Es ist Zeit fürs Abendessen.“

Der Tag war wie im Flug vergangen. Nun, wo John es erwähnte, bemerkte sie, dass sie einen Bären verspeisen könnte. „Ich muss die Pinsel auswaschen. Die Farbe trocknet sonst fest und dann sind sie unbrauchbar.“

„Ich hole dich in zwanzig Minuten in deinem Zimmer ab. Ziehe das schwarze Negligé an.“ Ein herausforderndes Lächeln umspielte seine Mundwinkel.

Wie war es möglich, dass er sie nur anzusehen brauchte und ihr Körper reagierte pulsierend und kribbelnd, wie nach einem Sprint. Viola hastete in ihr Zimmer, duschte in Rekordgeschwindigkeit und legte ein dezentes Make-up auf. Abschließend steckte sie die Haare zu einem strubbligen Zopf hoch und befreite ein paar Strähnen. Eine Lord Helmchen Frisur hatte ihr noch nie gefallen.

In dem durchsichtigen Ding wartete sie, dass John sie abholte. Zum vierzigsten Mal umrundete sie den Raum, starrte nach draußen, ohne etwas wahrzunehmen. Pünktlich trat er durch die geöffnete Tür und musterte sie mit Wärme in den Augen. „Schade, fast hatte ich gehofft, dass du dich ungehorsam aufführst." Er zog sie lachend in die Arme und sie zerschmolz.

Verdammt, verdammt! Ihr Herz schlug Purzelbäume. Das konnte nicht gut gehen. Sie beschloss jedoch erneut, das Jetzt zu genießen. In diesem Moment gehörte sie ihm mit Haut und Haaren. Zeit zum Trauern erhielt sie, sobald er sie fortschickte.

John nahm ihre Hand und führte sie Richtung Esszimmer. „Wenn du nicht aufhörst, an dem Saum zu ziehen, werde ich dich auspeitschen, bevor wir essen." Er sagte es zwar lächelnd, aber da lag etwas in seiner Mimik, das sie erhitzte.

Sobald sie den Raum erreichten, blieb Viola wie angewurzelt stehen. Eine junge Frau stand neben Dean und musterte intensiv das Parkett. Scheu blickte sie bei ihrem Näherkommen auf. Sie trug ein weißes Hemdchen, welches die Hälfte ihres kleinen knackigen Hinterns bedeckte. Gegensätzlicher konnten zwei Frauen nicht aussehen, bemerkte Viola irritiert, wobei sie die üblichen Unsicherheiten mit neu erwachter Vehemenz attackierten.

„Kate, darf ich dir Viola vorstellen? Das Prozedere einer Schiava bereitet ihr ähnliche Schwierigkeiten wie dir", sagte John. Er zwang sie auf die Brünette mit dem wilden Lockenkopf zu.

Das Geschlecht einer Frau lecken und sie schmecken.

Dieser Mistkerl, in Kombination mit seinem genauso hinterhältigen Bruder. Kein Pharisäer nahm es mit ihnen auf. Diese Herausforderung in ihren Blicken! Sie brauchte nur Dean anzusehen, und wusste, wie die Mimik des Bruders aussah.

Rehaugen schauten sie an und spiegelten Violas Verlegenheit. Sie verspürte das starke Bedürfnis, ihren Protest in den Raum zu brüllen, beließ es aber bei einem Schnauben. Doch das verschaffte ihr null Befriedigung. Sie sollte die verfluchte Kommode aufsuchen, eine Gerte nehmen und beiden den Arsch versohlen. Das beinhaltete Genugtuung. Da solch eine Maßnahme leider den Rahmen ihrer Möglichkeiten sprengte, musste eben ein lautstark geäußerter Protest genügen.

„Sei still." John verstärkte den Griff in ihrem Nacken, ein Versprechen, dass er darauf lauerte, sie zu bestrafen. Zu allem Überfluss neidete sie der anderen die zierliche Figur. Kate trug das Federtattoo unterhalb ihres rechten Schlüsselbeins. Und wenn schon. Sollte er doch sein albernes Gehorsamspiel eröffnen.

„Beherrsche dich, ansonsten sehe ich mich gezwungen, Kates Hintern zu bearbeiten."

Was?

Viola drehte den Kopf. Sie warf John einen unsicheren Blick zu und verstummte von der stählernen Lust, die ihr entgegenschlug.

Hinterwäldler!

Er drückte sie auf einen Stuhl. Dean tat das Gleiche mit der niedlichen Elfe.

„Möchtest du deine Einwände immer noch kundtun?", fragte John.

Langsam erlangte Viola einen Expertenstatus bei der Verteilung von dunklen Blicken. John lächelte sie an, dermaßen sinnlich, dass sie aufkeuchte.

Die Brüder fingen ein Gespräch über Häuser an, sobald auch sie Platz genommen hatten. Viola wurde erst jetzt richtig bewusst, dass ihre Handschrift in jeder Ecke dieses traumhaften Anwesens steckte. Eine spannende Arbeit, alte Landhäuser zu renovieren. In dieses hier hatten die beiden und Miles sich verliebt und beschlossen, es zu behalten. Viola verstand sie. Sie dachte ungern daran, das Haus zu verlassen. Sie konzentrierte sich auf die Unterhaltung der Brüder, weil sie entspannend wirkte.

Miles servierte das Essen und blieb hinter ihr stehen. Er legte eine Hand auf ihre Stirn und zog ihren Kopf leicht in den Nacken. „Genieß den Abend. Er wird dir gefallen. Wir sehen uns morgen."

Die Tomatensuppe schmeckte köstlich und das Gemüse des Hauptganges besaß Biss. Auch die Elfe entspannte sich unter der beruhigenden Ausstrahlung der Männer. Sie aß mit Appetit. Als Nachtisch gab es sahniges Schokoladeneis durchzogen mit Schokoladenstückchen. Dean betrachtete Viola intensiv. Höchst sinnlich schob er einen Löffel Eis in seinen Mund, leckte ihn ab. Sie spürte seine Zunge fast auf ihrer Klitoris.

„Viola, was stellst du dir gerade vor?", fragte John, just in diesem Moment.

Sie verschluckte sich an dem Eis. Hummerrot traf sie Johns knusprigen Blick, presste dennoch die Lippen aufeinander. Sollte er sie doch bestrafen, sie wollte nicht vor Kate aussprechen, was ihr durch den Sinn ging.

Wenn er es wagen sollte, Kate zu schlagen, weil sie nicht antwortete, würde sie ihm das niemals verzeihen. In ihren Fantasien schleckte Dean Eis von ihrer Scham. John dagegen rieb ihre Nippel mit der kalten Köstlichkeit ein, lutschte es genussvoll von den Spitzen.

Als ob sie Träumereien nötig hätte, da das Hier und Jetzt genügend Stimulation bot. Um es genau zu beschreiben, sogar ein Überangebot davon. Viola leerte das Glas Weißwein in einem Zug und bereute es, weil der Wein ihr zu Kopf stieg. Ein Kichern entschlüpfte ihr. Shit. Sie vertrug doch gar keinen Alkohol. Die Blicke beider Männer lagen auf ihr.

„Mir scheint, es mangelt dir an Ernsthaftigkeit.“ Die Worte kamen dermaßen maskulin, bedrohlich, verheißungsvoll aus Johns Mund, dass ihr ganzer Körper erschauderte. Er zog sie von dem Stuhl hoch. „Zeit, nach nebenan zu gehen. Du schreist geradezu nach einer intensiven Disziplinierung.“ Er legte seine Hände auf ihre Brüste. „Du scheinst es kaum erwarten zu können. Ich bestrafe dich so lange, bis du gehorsam und willig in den Fesseln hängst.“

Oh Gott. Sie konnte es wirklich kaum erwarten.

Dann flüsterte er in ihr Ohr. „Ich weiß genau, was du dir vorstelltest. Du kleines Luder. Noch vor Ende der Woche wird deine Fantasie wahr werden. Mein Bruder hat mehrere Packungen Eis gekauft.“

Schwer atmend umklammerte sie seine Schultern.

Auch Kate schien nicht viel vertragen zu können. Sie hatte ihren Wein genauso schnell wie Viola getrunken. Aus ihrem Mund kam ein Prusten, aber sie verstummte unter dem drohenden Blick von Dean.

John führte sie nach nebenan. Den Bock und den Tisch mit den Beinhalterungen kannte sie. Aber es gab weitere Möbel mit Halterungen, die dazu einluden, Frauen oder Männer in jeder erdenklichen Position zu fixieren. Ob die Maestros sie selbst angefertigt hatten? Sanftes Kerzenlicht erhellte das Zimmer, tauchte es in flackerndes Licht und fungierte als ein Spiegel ihres Zustands. Vor ihrem geistigen Auge erschien ein nackter John, der nur einen Helm und schwere Arbeitsschuhe trug und die Treppe abschliff. Sie musste auf ihre Handfläche beißen, um nicht erneut zu kichern.

Bevor sie Zeit hatte, weiter der reizvollen Vorstellung nachzuhängen, kam Johns Befehl.

„Ausziehen. Alle beide.“

Viola zögerte nicht, sie zog das durchsichtige Ding aus. Es verbarg sowieso nicht viel. Auch Kate legte ihr Kleidungsstück ab. Anschließend blickte sie ebenso zu Boden wie Viola.

„Gibt es dort unten etwas Interessantes?" Amüsement färbte Johns Stimme.

Viola unterdrückte den kindischen Impuls, ihm die Zunge rauszustrecken. Gott, sie hätte lieber Wasser trinken sollen. Sie sah hoch, weil Kate prustete. Dean packte das zarte Wesen um die Taille, entlockte ihr ein Quietschen und sie lachte glockenhell. Viola schloss sie in diesem Moment in ihr Herz. Die Maestros bemühten sich um einen strengen Ausdruck und versagten allerdings kläglich. Viola brach in Lachen aus, so heftig, dass ihr Körper bebte. Ein Räuspern von John und ihre Heiterkeit kam zu einem abrupten Ende.

„Was denkst du, wenn du Kate ansiehst?"

Mist, sie musste die Frage beantworten. „Attraktiv. Die Zierlichkeit passt zu ihr und unterstreicht die Straffheit der Glieder, der kleinen festen Brüste."

Der Wuschelkopf drehte sich auf Deans Wunsch hin.

„Ein knackiger Po."

„Was geht dir durch den Kopf bei dem Anblick von Viola?", fragte John.

„Ein voller Busen ganz ohne Silikon. Die Nippel laden ein, an ihnen zu saugen."

Viola konnte nicht glauben, was sie hörte. Sie hatte befürchtet, Kate würde sie mit einer fetten Kuh vergleichen.

„Sie besitzt einen wunderbar prallen Popo, geschaffen für Strafmaßnahmen. Es muss Spaß bereiten, ihn zu schlagen." Kate lief knallrot an.

John lächelte sinnlich. „Auf die Strafbänke mit euch. Mit den Gesichtern zueinander."

Erst jetzt bemerkte Viola, die beiden niedrigen gepolsterten Bänke. Dean drückte Kate auf die Längsseite einer Bank. John tat das Gleiche mit Viola. In einer knienden Haltung befestigte er ihre gespreizten Beine an Ringen, die im Boden eingelassen waren. Dankbar fühlte Viola die weiche Unterlage unter ihren Knien. Ihre Folterknechte legten Wert auf ein angenehmes Ambiente. Eine Fünf-Sterne-Züchtigung, Minibar und Zimmerservice eingeschlossen. Sie kicherte hysterisch. Ob durch den Wein oder ihre aufgeputschten Nerven, sie wusste es nicht. Wahrscheinlich war es eine Kombination aus mehreren Komponenten. Ihre Handgelenke ereilte das Schicksal ihrer Fußgelenke. Wieder benutzte er Ledermanschetten mit Klettverschlüssen. Viola konnte sich nicht daraus befreien, sollte sie allerdings in Panik geraten, war John in der Lage, sie sofort zu lösen.

„Was für ein Anblick." John leckte über seine Lippen. Kate und Viola starrten sich an und das Kichern verging ihnen endgültig, denn Dean kehrte mit zwei Rohrstöcken zurück. Einen reichte er an seinen Bruder. Irgendwie fand Viola Trost darin, dass Kates Mimik ebenso durchschaubar war wie ihre. Sie betrachtete den Schmerzbringer, ahnend, dass er schneidende Pein verursachte. Die Brüder begnügten sich zunächst damit, ihnen die Popos aufzuwärmen, indem sie fest über die Haut rieben. Sobald sie aufhörten, erstarrte Kate ebenso wie Viola.

Viola konnte zwar John nicht sehen, aber Dean. Er holte aus und ein konzentrierter Ausdruck lag auf seinem Gesicht. John schlug zeitgleich zu. Ein unglaublicher brennender Reiz landete auf der rechten Pobacke, der irgendwie doppelt schmerzte. Sie schrie auf, genau wie Kate, überrascht von der Dimension der Qual. Es stach mit nachhaltiger Intensität. Nach wenigen Hieben brannte ihr gesamtes Gesäß, nahm Besitz von ihrem restlichen Körper, sorgte unnachgiebig dafür, dass sie schrie und stöhnte. Sie sah, dass aus den Augenwinkeln ihrer Leidensgefährtin Tränen tropften, und bemerkte erst jetzt das eigene Weinen.

Sie konnte keinen einzigen Schlag mehr ertragen.

John kniete hinter ihr, beruhigend und tröstend. Er strich an ihrer Spalte entlang, entlockte ihr ein Wimmern.

„Genau so, wie ich es mir vorgestellt habe. Dir gefällt Schmerz. Und Kate?"

Dean hob seine vor Feuchtigkeit glänzende Hand.

„Sehr gut.“ Johns heisere Stimme ließ Viola erschaudern. „Dein Jammern wird in verführerisches Stöhnen übergehen. Dein gestreifter Po sieht unwiderstehlich aus. Ich kann deine Begierde sehen, schmecken und riechen.“

Wie Balsam wirkten die Fingerspitzen, die ihre Lust lockten, denn sie linderten die pochende Ekstase. Dean tat es seinem Bruder gleich. Sie machte die Glut auf dem Gesicht der Elfe aus. Das Leid ihres eigenen brennenden Leibes rückte in den Hintergrund, verklang zu einem dumpfen Pochen, lustvoll und anregend. John intensivierte die Stimulation und ihre geschwollene Knospe pochte im Einklang der erregenden Marter. Abrupt zog ihr Peiniger seine Hände zurück. „Ihr werdet euch gegenseitig lecken“, verkündete er mit einem durchaus triumphierenden Unterton.

Es dauerte einen Moment, bis Viola die Worte begriff. Aber ihr Körper schrie nach Erfüllung, hatte er sie doch bis an den Rand eines Orgasmus gebracht. Er stand auf und nahm den Rohrstock. Vier weitere Male traf er ihr Gesäß und der Schmerz ließ sie fast zum Höhepunkt kommen.

Kate verfügte über mehr Glück, ihr blieben weitere Schläge erspart. Dean befreite sie von den Fesseln und trug sie zu den Unterlagen, groß genug, um sechs Personen aufzunehmen.

John löste Violas Manschetten und half ihr auf. Sie taumelte und er stützte sie, wartete, bis sie ruhiger atmete, während er sie eindringlich musterte. Dean lehnte an der Wand. Die Elfe saß zwischen seinen Schenkeln und er hielt sie umfangen, überstreckte ihren Hals. „Spreiz deine Schenkel. Viola wird dich jetzt lecken.“

Kate zögerte. „Ich habe es mir anders überlegt.“

Viola hörte die Panik in der Stimme.

„Sofort!“ Deans Tonfall ließ die junge Frau erzittern. Emotionen liefen über ihr Gesicht. Sie spreizte ihre Beine. John drückte Viola auf die Matratze. Die rasierte Pussy glänzte feucht, die geschwollene Klitoris lockte sie. Die

Ekstase der Brünetten sah verdammt sexy aus. Viola konnte es kaum erwarten, die zarten Schamlippen zu entfalten, um mehr von ihr zu sehen, sie auch von innen zu erkunden und von ihrer Hitze empfangen zu werden.

Sie kniete vor den bebenden Schenkeln, lächelte Kate zu, die ergeben ihre Augen schloss. John war hinter Viola, hielt ihren Taumel mit geschickten Fingerspitzen konstant. Sie senkte sich über den Schoß, atmete tief den Duft ein. Es roch vertraut, doch gleichzeitig fremd, unglaublich erregend. Die weit gespreizten Beine wirkten verletzlich. Zaghaft tastete sie mit der Zungenspitze an dem Spalt entlang und der Geschmack traf sie.

Nie hätte sie gedacht, dass es so köstlich wäre, so anregend und geil. Sie berührte die Klitoris und ein lautes Stöhnen belohnte ihre Mühen. Kate zuckte unter ihr und Viola nahm ihre Hand zu Hilfe und spreizte die seidigen Schamlippen. Jetzt besaß sie ungehinderten Zugriff. Die geschwollene Knospe lockte, und daher saugte Viola an ihr, leckte sie, bis ihre Geliebte wimmerte. Denn genau das war Kate für sie im Moment. Sie genoss jedes Beben, jedes Geräusch und wollte ihr einen Orgasmus schenken.

Mit Bedacht biss sie in die Perle. Kate drängte ihr das Becken entgegen. Sie benutzte die Nässe und legte ihren Daumen auf die Rosette. Als Kate heftiger stöhnte, drang sie ganz vorsichtig ein.

Viola fühlte die Klitoris, die gegen ihre Zunge tanzte und lutschte stärker, tastete nach Kates Nippeln. Sie waren viel kleiner verglichen mit ihren, prall wie Johannisbeeren, unglaublich erregend.

Viola rieb sie hart. Ihre Gespielin drückte den Rücken durch und sie schob einen Finger in die Scham. Feuchte Hitze umfing sie. Dean übernahm die Stimulierung der Brustwarzen. Ihre Geliebte keuchte von den fordernden Händen. Er streichelte ihren Hals, ihren Bauch. Viola intensivierte die Bemühungen und spürte den Orgasmus. Zuckend lag sie unter ihren Lippen. Die Vaginalmuskeln bebten um ihren Finger. Ein letztes Zittern. Ihre Partnerin stammelte etwas, das sie nicht verstand und Tränen liefen ihr über das Gesicht.

„Danke“, murmelte Kate, von ihren Emotionen überwältigt.

Viola lächelte und küsste sie auf den Mund.

John zog Viola in seine Arme. Jetzt lag sie mit gespreizten Beinen vor der Frau, die sie nicht kannte und doch mit ihr einen der intimsten Erfahrungen teilte, die Viola bisher gemacht hatte. Sie vermutete, dass das auch auf Kate zutraf. Kate begann genauso vorsichtig wie sie. Zaghaft erforschte sie ihre Spalte. Dann wurde sie mutiger, lutschte fordernd an ihrer Klitoris. Das Gefühl war ganz anders als bei den Männern, weicher, zärtlicher.

Kate führte zwei Finger in ihr Geschlecht ein. Behutsam und gekonnt eroberte sie Viola. Dean drang in diesem Augenblick von hinten in seine Partnerin ein. Kate keuchte auf, vergrub ihr Gesicht in Violas Schoß. Er nahm sie hart. Violas Stöhnen kündigte die nahende Erfüllung an und ihre Gespielin saugte intensiver, angetrieben von seinen Stößen. Viola lag inzwischen flach auf dem Rücken. John kniete neben ihr, knetete ihre Brüste und zwickte sie in die Brustwarzen. Bevor sie realisierte, was er vorhatte, brachte er eine Nippelklemme an der rechten Knospe an.

Lustvolles Pochen ersetzte den anfänglichen scharfen Schmerz.

„Gefällt dir das, meine kleine Schiava?“

Ihre Klitoris antwortete mit einem Zittern. In diesem Moment befestigte er den zweiten Clip. Sie schrie und bog die Wirbelsäule durch. Verdammt, fühlte sich das gut an. Viola konnte die Erfüllung nicht zurückhalten. Der Orgasmus brach über sie herein und ihre Gespielin leckte über den Höhepunkt hinaus. John entfernte beide Klemmen und das Blut schoss schmerzhaft zurück. Das Biest biss leicht in ihre Perle, saugte schonungslos. So hart, dass Viola noch einmal kam.

Dean zog den Oberkörper seiner wollüstigen Partnerin nach oben. John drehte Viola herum und vergrub mit einem Stoß den heißen Schwanz tief in ihr. Viola beobachtete, wie Dean Kate vögelte, wie liebevoll und unnachgiebig er Besitz von ihr nahm. Kate stand kurz vor der erneuten Befriedigung, denn ihr Stöhnen klang gieriger und zügelloser. Dean stimulierte die Klitoris mit seinen Fingerkuppen. Er umkreiste die erigierte Spitze und seine Erfüllung vermischte sich mit dem der kleinen Katze. Beide blieben keuchend liegen.

John entlud seine Lust in Viola. Ermattet sank sie auf die Unterlage.

„Wir sind noch nicht fertig, Schiava."

Seine Worte rissen sie augenblicklich aus der Erschöpfung.

„Knie dich hin. Ich möchte dir ein paar Hiebe mit dem Stock verpassen. Du wirst dich nicht bewegen und erdulden, dass ich dich schlage, ohne dass Dean dich festhält oder ich dich fesseln muss."

Das wollte sie nicht. Ihre Mimik zeigte es deutlich, das entnahm sie seiner Reaktion. Ein spöttisches Hochziehen der Augenbrauen, gepaart mit einem stummen Versprechen.

Verdammter Arsch!

Sie warf ihm einen, wie sie hoffte, sehr giftigen Blick zu, kniete dennoch auf der Unterlage. John drückte ihr Gesicht seitlich auf die Matratze und spreizte ihre Schenkel. Er wartete, ließ sie schmoren. Männliches Lachen schlug ihr entgegen, denn es fiel ihr immer schwerer, die Position zu halten. Mist.

„Soll ich dich erlösen?" Federleicht strich er mit dem Stock über ihren Rücken, folgte den Konturen der Pobacken und trat einen Schritt zurück. Sie krampfte ihren Körper zusammen. „Nicht. Entspann deine Muskeln und atme tief durch."

„Ich kann nicht."

„Vertraust du mir nicht?"

„Doch."

„Dann beweise es mir. Falls es dir leichter fällt, schließ deine Augen."

Sie tat es, atmete ruhig ein. Erinnerte sich an einen langen Lauf, wenn Erschöpfung sie packte und sie dennoch weiterlief. Dachte an John, dass er sie einschneidend veränderte, wie gut es ihr tat. Die unangenehme Anspannung wich allmählich und hinterließ eine angenehme, so widersprüchlich sich das auch anhörte.

Er schlug dosiert zu, gab ihr genügend Raum, die Position zu halten, damit sie loslassen konnte. Zwischendurch streichelte John über ihren Rücken, küsste ihren Nacken. Das Brennen flammte neu auf. Viola empfand den Schmerz als pure Lust. Schmetterlinge rasten durch ihren Körper.

Die Schläge hörten auf. Sie spürte Kälte auf ihr Gesäß tropfen und verspürte den Drang, zu sehen, was John tat.

„Bleib genauso. Du siehst wunderschön aus. Das ist nur eine Lotion."

Im ersten Moment glaubte sie, es nicht ertragen zu können. Aber dann linderte das Fluid die Pein. Die Glut auf der Haut verschwand nicht, stattdessen ebbte sie ab, um sie mit kühler Hitze zu umfangen.

Aus den Augenwinkeln sah sie, dass Dean und Kate den Raum verließen. Er trug sie in seinen Armen, flüsterte ihr etwas zu, das sie lachen ließ. John verteilte das Gel zwischen ihren Pobacken und führte langsam einen Finger ein.

„Gefällt dir das?"

„Ja. Sehr sogar." Wie leicht es ihr inzwischen fiel, seine intimen Fragen zu beantworten.

Ein zweiter Finger lockte sie mit kreisenden Bewegungen. „Ich führe dir jetzt einen Plug ein. Bleib ganz ruhig und entspannt." Noch mehr Fluid tropfte auf ihre Rosette. Sie spürte etwas Hartes an ihrem Anus und wich reflexartig aus.

„Viola."

Gehorsam streckte sie den Po nach oben und die Spitze des Eindringlings drängte gegen den Eingang. John rieb ihre Klitoris, erzwang somit ihr Nachgeben. Dann führte er ihn ein.

Oh Gott, was für ein Gefühl.

„Was spürst du?“

„Es füllt mich aus. Zuerst empfand ich es als unangenehm.“ Sie keuchte die Worte.

„Es ist nur ein kleiner Plug und steckt nicht besonders tief in dir.“

Es fühlte sich nicht klein an.

Er stimulierte weiterhin ihre Perle mit den Fingerspitzen.

„Es erhöht die Reizung. Verdammt John, bitte.“

Sie konnte nicht anders und bewegte ihr Becken, köstliche Reibung, die das Verlangen schürte.

„Verboten. Du ungehorsames Biest.“ Er zog ihn fast raus und führte ihn wieder ein.

„Bitte John.“

Er löste seine Hände von ihr. „Ich werde jetzt einen großen Dildo einführen, der dich ausfüllt.“

Sie zuckte zurück, denn er berührte kalt den Eingang ihres feuchten Geschlechts.

Er lachte kehlig. „Er besteht aus Glas und nimmt deine Körpertemperatur an.“ Er drängte den Lustbringer von hinten langsam in ihre Scham. Die Kühle ließ sie aufkeuchen. Gleichzeitig zog er den Plug fast raus und führte beide Sextoys in sie hinein.

Über Violas Körper lief eine Gänsehaut. Das unglaubliche Gefühl, so ausgefüllt zu sein, ließ sie zerschmelzen. Das Material nahm ihre Hitze an.

„Ich verlange, dass du noch einmal kommst.“

Sie wusste, es war besser, ihm zu folgen als dagegen anzukämpfen. Vor ein paar Minuten war ihr das unmöglich erschienen, aber die Schläge hatten ihre Lust neu entfacht. Das Sexspielzeug entlockte ihr ein Stöhnen und sie kreiste ihre Hüften, unfähig, es zurückzuhalten. Er bewegte den

Dildo, rieb ihre Knospe. Streichelte ihren heißen Po. Sie spürte, dass sie innerlich zerfloss.

„Ich möchte, dass du dich völlig gehen lässt. Du hältst dich zurück."

Sie wusste nicht, ob sie es konnte.

Als ob er ihre Gedanken gelesen hätte, sprach er weiter. „Doch, du kannst. Wir lassen uns Zeit. Ich locke dich so lange, bis du es nicht mehr aushältst."

Sie hörte ihn sinnlich lachen. „Die Klemmen haben dir gefallen?"

„Oh ja, das war ein verdammt geiles Gefühl."

„Ich werde sie anbringen, um die Stimulation zu erhöhen. Richte dich auf." Er brachte sie gleichzeitig an. Feuerzungen leckten über ihre Nippel, fanden den Weg in ihre Scham und ihre Klitoris pochte lustvoll auf. Er drückte sie in die knieende Haltung, bewegte den Glasdildo in langsamen Stößen. Sie spürte jede Bewegung, zusammen mit dem Reiz in ihrem Anus. Dann zog er leicht an der Kette, die die Nippelklemmen verband. Scharf atmete sie aus. Auf beiden Seiten so ausgefüllt zu sein, verbunden mit der aufreizenden Position, forderte einen Orgasmus. Sie schrie und weinte, als sie kam. Selbst wenn sie gewollt hätte, sie war unfähig, etwas zurückzuhalten. Er entfernte vorsichtig die Toys und zog sie in seine Arme. „Ich glaube, für heute hast du genug."

Sie horchte in ihr Bewusstsein, denn sie wusste nicht, was sie fühlte. Befreiung? Eine Erkenntnis rammte sie wie ein Zug. Sie liebte John und verspürte das tiefe Bedürfnis, ihm von ihren Emotionen zu erzählen. Aber das durfte sie nicht. Ihr Arrangement beinhaltete keine Liebe. Davon war nie die Rede gewesen. Er hielt ihr ein Glas Apfelsaft vor die Nase und sie trank in großen Schlucken.

„Ist Kate Deans Freundin … Sklavin?"

„Weder noch. Ein befreundeter Maestro hat sie uns ausgeliehen."

„Ausgeliehen", stammelte sie.

Schockiert traf sie seinen Blick.

„Was glaubst du denn? Hat sie dir das Gefühl gegeben, es gefiele ihr nicht?“

„Das nicht, aber …“ Weitergereicht zu werden wie ein Spielzeug verursachte Entsetzen in ihr.

„Sie hat den Wunsch geäußert, einen anderen Maestro auszuprobieren. Ihr Geliebter, ein guter Freund von uns, weiß, dass er uns vertrauen kann.“

Erleichtert atmete sie aus. „Bitte stelle mich nicht vor so eine Situation. Ich brauche dich, John. Und möchte nicht ohne dich …“ Verdammt, die Worte waren ihr einfach entschlüpft.

Er bedachte sie mit einem ernsten Blick. „Hast du dich in mich verliebt?“

Jetzt konnte sie es auch zugeben, obwohl die Gefahr bestand, dass er ihr Arrangement sofort beendete.

„Ich glaube, von Beginn an. Allerdings habe ich es erst gerade begriffen.“

Der Parkettboden lockte und sie betrachtete ihn intensiv. Er umfasste ihr Kinn, schrecklich sanft. Zuneigung floss ihr entgegen.

„Ich weiß. Ich habe es in schon in deinen Augen gesehen, als ich dich das erste Mal gehalten habe.“

„Wirst du mich rausschmeißen?“ Sie wäre fast in Tränen ausgebrochen, diesmal nicht vor Glück.

„Nein, ich habe viel vor mit dir.“ Dann lächelte er. „So leicht kommst du mir nicht davon. Du hast die Peitsche noch nicht gespürt und mein Interview beinhaltet eine Menge weiterer Fragen. Und ich bin nicht bereit dich gehenzulassen. Lass uns weiter erforschen, was das zwischen uns ist.“

Er sagte zwar nicht – ich habe mich auch in dich verliebt – aber wenigstens konnte sie in seiner Nähe bleiben.

„Außerdem sehe ich viel zu viele leere Wände. Mit den Pferdeporträts hast du noch nicht angefangen.“

Mit dem Stichwort Pferde kam ihr ein Gedanke, der ihr die ganze Zeit im Kopf herumspukte und ihr nicht behagte.

Er spürte, dass sie etwas beunruhigte. „Raus damit, Viola.“

„Wirst du mich auf dem Boden herumkriechen lassen? Oder mich wie ein Ponygirl behandeln?“ Schaudernd dachte sie an Fotos, die sie in einem Bildband betrachtet hatte.

John lachte laut auf. „Das brauchst du nicht zu befürchten. Ich stehe nicht auf solche Spiele und werde dich niemals demütigen. Ich ziele auf lustvollen Schmerz ab.“

Sie atmete erleichtert auf. „Dann erwartest du nicht, dass ich deine Schuhe ablecke?“

„Würdest du das wollen?“

„Oh Gott, nein.“ Die schreckliche Vorstellung entlockte ihr ein Schaudern.

Ihre Erleichterung wandelte sich in Anspannung, denn sein ernster Blick ruhte auf ihr. Seine Augen waren voller Versprechungen.

„Aber ich werde das eine oder andere von dir verlangen, was nicht immer einfach für dich sein wird.“

Seine Worte klangen in ihr nach, forderten sie heraus, erregten sie.

„Du wirst bei mir jedoch die ganze Zeit in Sicherheit sein.“ Seine Hand strich über ihren brennenden Po. „Dennoch, meine kleine Schiava, werde ich dir Dinge abverlangen, die du dir bis jetzt nicht vorgestellt hast.“

In diesem Moment löste er die Nippelklemmen und sie keuchte auf, denn das Blut schoss zurück.

„Darf ich dir eine Frage stellen?“

„Warum so schüchtern?“ Zärtlich zog er sie erneut in seine Arme. „Du brauchst dich in keiner Weise zurückzuhalten, weder bei unseren Spielen noch hinterher.“

„Woher wusstest du, dass ich mehr Schläge ertragen konnte? Dean hat Kate nicht weiter bestraft.“

John lächelte bei ihren vorwurfsvollen Worten. „Er hat an ihrer Körpersprache gesehen, dass sie die Grenze erreicht hatte. Sie ist zu unerfahren, um es selbst zu wissen. Genau wie du. Zusätzliche Pein wäre zu viel für sie gewesen. Ein gefährlicher Grad und ein guter Maestro überschreitet ihn nicht."

Sie stach ihm mit einem Finger zwischen die Rippen und er hielt mühelos ihre Handgelenke. „Mein Gefühl hat auch mir gesagt, dass ich genug hätte."

Er lächelte sie so schrecklich warm an. „Deine Körperhaltung hat dich verraten. Auch die Art deines Stöhnens und Wimmerns zeigte mir deutlich, dass du mehr wolltest. Du warst bereit, den nächsten Schritt zu tun und ich danke dir dafür."

Sie hätte alles gegeben, wenn er ihr gesagt hätte, dass er etwas für sie empfand, aber er tat es nicht. Wieso nicht?

Kapitel 6

Viola wachte am nächsten Samstag mit einem Gefühl der Vorfreude auf. Die Tage vergingen rasend schnell. Es war, als ob sie nie woanders als in diesem Haus gelebt hätte, zusammen mit drei Männern. Einen davon liebte sie. Sex hatte sie mit allen gehabt. Noch immer stieg Hitze bei dieser Erinnerung in ihr auf, aber wie eine Hure fühlte sie sich dennoch nicht. In der vergangenen Woche hatte sie John hauptsächlich beim Abendessen gesehen und er hatte, außer sie hin und wieder zu küssen, sie nicht weiter bedrängt. Er ließ ihr genügend Zeit, um die Sessions mit ihm zu verarbeiten. So konnte sie sich mental und körperlich erholen. Falls jemand sie jetzt fragen würde, wie es ihr ging, könnte sie nur mit einem freudigen ‚so gut wie nie zuvor' antworten. Was würde der neue Tag bringen? Was verlangte John heute von ihr? Was wollte er wissen? Sie blieb einen Moment liegen und genoss die sinnliche Stimmung. Das Gefühl der Freude hielt bei der anschließenden Dusche an. Als sie die Seife in ihre Scham massierte, spürte sie ihre Erregung.

„Viola." Sie zuckte zusammen. Miles tauchte im Badezimmer auf.

Bitte nicht!

„Du befriedigst dich doch nicht gerade selbst?" Seine Miene verhieß Unheil.

Sie wusste nicht, wie sie mit der Situation umgehen sollte. Ohne John verspürte sie Überforderung. Schamgefühl und Hemmungen ließen sie erstarren, ihn verzweifelt ansehen. Automatisch bedeckte sie Intimbereich und Brüste. Er zog seine Augenbrauen zusammen. Maestro – gellte ihr entgegen.

„Dreh dich um und leg die Handflächen in Kopfhöhe gegen die Wand."

Sie dachte nicht daran und blieb bewegungslos stehen.

„John hat mir die Erlaubnis erteilt, möglichen Ungehorsam mit der Gerte zu züchtigen. Glaube mir Schätzchen, ich brauche keine zwei Minuten, um dich ans Bett zu fesseln. Ich werde bekommen, was ich will. Wie ich es erreiche, hängt nur von dir ab." Er wartete einen Moment und betrachtete sie intensiv. Sein grüner Blick funkelte, zeigte ihr deutlich, dass er es genoss, sie in dieser Situation zu sehen. Sie wusste nicht, was sie tun sollte. Außerdem fing die Seife an, auf ihrem Intimbereich zu brennen.

Er trat einen Schritt näher und sein weißes Hemd füllte ihr Sichtfeld. Mit Tränen in den Augen stützte sie die zitternden Handflächen gegen den Fliesenspiegel. Er nahm die Handbrause und spülte den Schaum von ihrem Geschlecht. „Du schämst dich vor mir?" Er führte die Brause direkt auf ihre Klitoris.

Sie nickte.

Ein Griff in ihren Nacken erinnerte sie daran, dass sie in ganzen Sätzen antworten musste. Die Regel galt auch bei ihm.

„Ich fühle mich unbehaglich."

„Warum?"

„Weil John nicht dabei ist."

„Der einzige Grund?"

Sie drehte den Kopf und funkelte ihn an. „Es zählt nicht zu meinen Gewohnheiten, mit Fremden zu schlafen."

„Du willst mir doch nicht erzählen, dass du mich als Fremden ansiehst?"

Er hörte sich beinahe beleidigt an.

„Nein, tue ich nicht." Im Gegenteil, sie mochte ihn. Aber das hier war so ungewohnt. Viola spannte frustriert die Muskeln an, hing sie doch an seinem Angelhaken, so wie es ihm gefiel. Sie spürte, dass er siegessicher lächelte, weil er sich sicher war, dass er jeden Widerwillen in ihr genussvoll durchbrechen würde. Sie besaß keine Chance gegen ihn. Er wusste es und sie auch.

Miles verstellte den Strahl. Das Pulsieren auf ihrer Klitoris wurde stärker und er bewegte die Brause an ihrem Spalt entlang.

„Bitte Miles, ich kann es nicht aushalten."

„Was meinst du damit?"

Sie wollte nicht kommen, versuchte, das schreckliche Bedürfnis aus ihrem Bewusstsein zu sperren. Noch immer hegte sie den Drang, im Boden zu versinken, wenn sie daran dachte, dass er sie beim Masturbieren beobachtet hatte.

Er seufzte ziemlich lange und laut. „Viola, ich versichere dir, dass du keinen Grund besitzt, dich vor mir zu genieren. Dein Anblick war aufreizend."

Sie lehnte sich in die Berührung seiner stimulierenden Fingerspitzen, die gekonnt ihre Nippel massierten.

„Du wirst jetzt sofort einen Orgasmus zulassen. Falls du dich sperrst, erhöhe ich die Stimulation. In diesem Fall wird mich ein Höhepunkt nicht zufriedenstellen. John will, dass du durch mich kommst, bevor du frühstückst. Und du möchtest doch nicht ungehorsam sein?" Er löste seine Hand von ihren Brüsten und ihren Versuch, ihm zu entkommen verhinderte sein Finger, der in ihren Po glitt. Sein Lachen vibrierte an ihrem Nacken entlang.

Verdammt!

„Du kannst nichts dagegen tun. Also kannst du es auch genauso gut zulassen."

Seine Logik war einfach umwerfend. Warum nur machte dieses Spiel der Auslieferung sie so an? Ihre Emotionen fuhren Achterbahn, auch weil John das alles geplant hatte. Miles wusste sehr wohl, was er tun musste, um sie zum Stöhnen zu bringen. Sollte das nicht nur John vorbehalten sein? Ein zweiter Eindringling drängte in ihren Anus, er bewegte sich in langsamen Kreisen, forderte ihre Unterwerfung, reizte ihr Nachgeben. Er hielt den Strahl auf ihre Klitoris und sie schrie, als der Orgasmus sie überrollte, unfähig, einen weiteren Moment zu widerstehen.

„Offensichtlich hat es dir gefallen." Triumph und Zärtlichkeit lagen in seiner Stimme. Er drehte sie um. Sie umklammerte ihn keuchend und seine starken Hände stützten sie an der Taille. Und wenn er sie vögeln wollte? Sie wollte es nicht, aber irgendwie doch. Es war nicht richtig.

Miles traf ihren Blick und ein wissendes Lächeln lag auf seinem Gesicht.

„Schäm dich nicht für deine Wünsche, Viola. Deine offen gezeigten Emotionen sind sehr erfrischend. Die Frage ist eigentlich überflüssig, aber ich stelle sie dennoch. War es angenehm für dich?"

Darüber brauchte sie nicht nachzudenken. „Ja, es hat mir gefallen." Verlegen biss sie auf ihrer Unterlippe herum.

„Ich berichte John von deinem Ungehorsam. Er wird dich mit Freude bestrafen." Er lächelte, als er sie betrachtete. Von den drei Männern sah er am vertrauenerweckendsten aus. Er wirkte sanft. Wenn er strafte, bestimmt nur zärtlich. Sie wusste nicht, warum, aber es passte zu seiner dominanten Art.

„Mir scheint, Schiava, du freust dich zu sehr darauf, bestraft zu werden. John muss die Intensität erhöhen." Er gab ihr einen Klaps auf den Po.

„Zur Strafe wirst du mich nackt begleiten." Sie wollte sich auflehnen, aber sein strenger Blick ließ sie verstummen. Er umfasste ihren Nacken und führte sie ins Esszimmer. Sie rechnete damit, dass John sie erwartete, aber Leere floss ihr entgegen. „Du schweigst. Ich möchte kein Wort von dir hören, während wir frühstücken."

Sobald sie sich hingesetzt hatte, rutschte Viola nervös auf dem Stuhl herum. John würde bestimmt gleich kommen. Miles saß ihr gegenüber und biss herzhaft in seinen Toast, äußerst zufrieden mit der Situation, in der sie steckte.

Viola trank einen Schluck Tee und aß einen Toast mit Aprikosenmarmelade, hauptsächlich, um ihren Händen etwas zu tun zu geben. Ihre Unsicherheit stieg. Wo blieb er nur? Sie musste es einfach wissen, egal wie die Konsequenzen aussahen. „Wo ist John?“

Ehe sie ausatmen konnte, saß Miles auf einem Sessel und sie lag über seinem Schoß. Aus seiner Kehle kam ein Geräusch, das sie an einen Löwen erinnerte, der eine Antilope erlegte. Warum hatte sie nicht ihre Klappe gehalten? Sie hatte ihm den Ball zugespielt. Jetzt befand sie sich genau da, wo er sie von Anfang an, hatte haben wollen.

„Wirklich sehr ungehorsam. Ich werde dir eine Lektion erteilen.“

„Ich will das nicht.“ Sie strampelte gegen seinen Griff an und fast gelang es ihr, von seinen Knien zu entkommen. Miles drehte ihr einen Arm auf den Rücken und unterband ihre Gegenwehr.

„Du weißt nicht, was dir blüht.“ Der Tonfall seiner Stimme jagte ein Schaudern über ihren Körper.

Hatte sie gerade gedacht, er wäre sanft?

Sie hatte nicht gewusst, dass Schläge, die mit einer Hand ausgeführt wurden, so schmerzhaft sein konnten. Er versohlte ihr den Arsch, dass ihr Hören und Sehen verging. Er ließ erst von ihr ab, als sie weinte und darum bettelte, dass er aufhören sollte. Ihre Worte kamen verzerrt vor Tränen aus ihrer Kehle.

Dieser Dreckskerl!

Aber anscheinend reichte es ihm nicht. Er nahm eine Tischglocke und läutete sie. Das fröhliche Gebimmel zerrte wirklich an ihren Nerven. Noch immer lag sie über seinen Knien, spürte nicht nur seine harten Muskeln unter ihrem Becken. Ein weiterer Mann betrat das Zimmer. Miles hielt ihren Nacken, unterband ihre Bemühungen, den Kopf zu heben. Er kam näher und blieb hinter ihr stehen. Tätschelte ihren heißen Po. Viola verbiss sich den Protest. Zusätzliche Schläge konnte sie nicht ertragen.

„Bring mir einen Vibrator. Einen von den großen, mit besonders viel Kraft“, sagte Miles.

Der Unbekannte kramte kurz in der Schublade und trat an sie heran.

„Stimuliere sie“, befahl ihr Peiniger, denn sie für nett gehalten hatte.

Nein, aber sie sprach das Wort nicht aus.

„Irgendwelche Einwände, Viola? Dein Ungehorsam hat dich in diese Lage gebracht. Weder würde dein Po so einladend leuchten, noch deine Schamlippen vor Lust glänzen, wenn du mir den nötigen Respekt gezollt hättest. Wenn du dich weiter so benimmst, binde ich dich auf dem Tisch fest. Jeder, der hier reinkommt, kann sich dann nehmen, was er möchte.“

Viola hatte nicht die geringste Ahnung, ob das nur leere Drohungen waren, oder Miles das ernst meinte. Der Fremde schob den Lustbringer zwischen ihre Schenkel. Ihren Widerstand unterband er, indem er ihr eine Hand auf den unteren Rücken legte und sie stärker auf Miles Erektion drückte.

Sie zappelte auf seinen Knien. Dennoch drängte er den Vibrator in ihren Schoß. Das verdammte Ding durchbrach ihre Gegenwehr, lockte sie mit vibrierender Wollust. Viola wurde bewusst, dass sie anscheinend darauf stand, mit Gewalt zu etwas gezwungen zu werden, was sie freiwillig nicht machen würde.

„Er hat keine Mühe, ihn einzuführen. Warum gestehst du es dir nicht ein, Viola?“ Miles nutzte den entsetzlich sanften Tonfall. „Dein Arsch ist gemacht für Schläge. Die harte Züchtigung hat dir gefallen. Ich sehe, spüre und rieche deine Lust.“

Sie wusste, dass er recht hatte. Es steigerte ihre Wut, weckte den Wunsch, ihm in den Schenkel zu beißen. Miles spürte, dass sie ihre Proteste nicht zurückhalten konnte oder vielleicht waren es auch seine Erfahrungen mit anderen Schiavas.

„Wenn du es wagen solltest, mich ins Bein zu beißen, dann wiederhole ich die Bestrafung mit Nachdruck.“

„Du Arschloch. Ich hasse dich.“

Er lachte drohend. „Ist das so?“ Sie hörte und fühlte sein Amüsement. „Hole einen Knebelball. Sie hat Schwierigkeiten mit der Disziplin.“

Miles übernahm den Vibrator. Er zog ihn aus ihrer gierigen Pussy und hielt ihn direkt auf ihre Klitoris. Sie zuckte unter dem verlangenden Reiz.

„Bitte knebele mich nicht.“ Eine Träne lief aus ihrem Augenwinkel. „Ich habe Angst zu ersticken.“

Er berührte zärtlich ihren Po und ein Laut purer Lust kam aus seiner Kehle, als sie wimmerte. „Gut Viola, kein Knebel. Aber du wirst dich nicht gegen einen nochmaligen Orgasmus sperren. Wir werden dir stattdessen eine Augenbinde anlegen. Du legst dich mit gespreizten Beinen auf den Tisch. Willig, nachgiebig, ich erwarte es von dir.“ Er ließ die Worte einen Moment wirken. „Einverstanden?“

„Ja. Ich tu alles, was ihr verlangt.“ Hauptsache kein Knebel.

Hatte John das eingefädelt? Sie hasste ihn genauso wie Miles. Er legte ihr eine breite Binde über die Augen.

Der Fremde half ihr auf. Sie fiel gegen ihn, ihre vom Weinen zugeschwollene Nase verhinderte, dass sie seinen Duft wahrnahm. Starke Hände führten sie zu dem Tisch und er hob sie auf die Tischkante, spürte natürlich dabei das Zittern, das durch ihren Leib lief.

Sie rutschte zurück und sank auf die Tischplatte. Unsicher blieb sie liegen. Was erwarteten sie? Wollte John, dass ein Unbekannter sie vögelte? Arsch!

Würden die Maestros sie zwingen, wenn sie nicht einwilligte? Aber das war ja das Schlimme, sie verzehrte sich danach. Zögernd spreizte sie ihre Schenkel, ein letztes Anzeichen von innerem Widerstand. Er drückte ihre Knie weiter auseinander. Sie lag nicht nur physisch entblößt vor ihnen.

„John hat mir den Auftrag erteilt, dir eine Frage zu stellen. Bei mir gelten die gleichen Regeln wie bei ihm.“ Sie sah Miles’ amüsiert hochgezogene Augenbrauen förmlich vor sich. Er stand hinter ihr, berührte sie an der Schulter. Sie war froh darüber, denn es beruhigte sie. Er schien es zu wissen, denn er ließ sie nicht los. Um sie weiter zu besänftigen, legte er ihr die andere Hand auf die Stirn.

In diesem Moment berührte eine warme Hand ihren Bauch. Der Unbekannte stand zwischen ihren Schenkeln. Viola atmete tief ein und aus. In ihrer Vorstellung berührte John sie und er war es, der sie musterte.

„Hast du jemals von dieser Situation geträumt? Hilflos und mit einer Binde versehen, nicht wissend, wer oder wie dich jemand ficken wird?"

Natürlich musste es etwas Intimes sein. Mit einer ausweichenden oder unaufrichtigen Antwort würde sie sich weiter in das sorgsam ausgelegte Geflecht wickeln. Der Unbekannte glitt mit seinen Fingerspitzen langsam an der Innenseite ihres Oberschenkels hinab. Streichelte ihre Anspannung fort. Warum sagte er nichts?

Mit einem Seufzer antwortete sie. „Ja, ich habe es mir vorgestellt."

„Wann, Viola?"

„Wenn ich masturbiert habe. Der Gedanke, überwältigt zu werden, erregt mich so sehr, dass ich kurz darauf einen Orgasmus bekomme."

„Wie fühlst du dich jetzt?"

„Schrecklich hilflos. Ich schäme mich, dass es mir gefällt, hier zu liegen. Ich möchte, dass ihr mich fickt. Ich will, dass John da ist." Sie hörte selbst, wie flehend sie den letzten Satz sagte. Die fremde Hand lag auf ihrem Venushügel. Instinktiv versuchte sie, ihre Schenkel zu schließen.

„Viola, falls du das noch einmal versuchst, fessle und kneble ich dich." Miles drückte ihre Schulter. „Spreizen!"

Sie gehorchte mit einem Beben.

Der Unbekannte führte einen Finger in ihren Spalt.

„Er verlangt, dass du deine Brüste zusammendrückst und sie ihm präsentierst."

Reichte es denn nicht, dass sie auf diesem dämlichen Tisch lag und ihnen alles gab? Bevor sie den Gedanken zu Ende brachte, presste sie ihren Busen zusammen.

„Es gefällt ihm. Jetzt stimulier deine geschwollenen Knospen. Sie können es kaum erwarten."

In diesem Moment vernahm sie das Brummen des Vibrators. Der Fremde legte ihn auf ihre Klitoris. Das verdammte Ding vibrierte fast schmerzhaft stark. Mit dem lustvollen Reiz sank ihre Hemmschwelle. Sie rieb ihre Nippel und der Lustbringer entlockte ihr ein Aufbäumen.

„Das sieht geil aus."

Sie schluchzte auf, als sie Johns Stimme hörte. Es waren seine Hände, die sie berührten. Er stand zwischen ihren Schenkeln. Dieser Schuft. Es gab keinen Fremden.

„Bitte nimm mich, John. Ich will von dir genommen werden. Jetzt."

Ein heiseres Lachen kam aus seiner Kehle. „Einer Sklavin steht es nicht zu, Wünsche zu äußern. Eigentlich müsste ich dich bestrafen, aber dein Po leuchtet bereits von Miles Schlägen. Er hat keine Gnade gezeigt, aber dass es dir so sehr gefallen hat, eröffnet ganz neue Möglichkeiten." Mit einer kraftvollen Bewegung zog er sie nach vorn und sein Schwanz füllte sie aus, als er hart in sie hineinstieß. Der Vibrator lag auf ihrer Perle und Viola spürte den Orgasmus einen Wimpernschlag entfernt. „Komm, Schiava." Er vögelte sie so schnell, dass ihre Brüste hin und her wippten. „Das sieht verdammt geil aus." Er legte leicht eine Hand auf ihre Kehle. Diesmal protestierte sie nicht. Die andere lag auf ihrem Bauch, hielt sie so, wie er es brauchte. Miles führte jetzt den Vibrator.

Sie weinte bei ihrer Erfüllung. Er entlud seinen Samen in ihr und schwer atmend betrachtete John sie. Viola fühlte es.

Sie hörte, dass Miles den Raum verließ.

„Heb deinen Kopf an." John nahm ihr die Augenbinde ab und betrachtete sie prüfend. Er umfasste ihren zitternden Körper, stützte sie, bewahrte sie davor, zu Boden zu sinken. Ein belustigtes Funkeln trat in seine Augen. Er warf sie über seine Schulter und seine Hand berührte ihren brennenden Po.

„Dein Arsch ist heiß.“ Ein äußerst dominantes Lachen begleitete seine Worte. Er schleppte sie in sein Schlafzimmer, schleuderte sie wie eine Beute auf das große Bett. Ohne etwas zu sagen, bettete er sie vor sich. Von seiner Wärme umhüllt schlief sie ein.

Kapitel 7

John genoss am Montagmorgen die Weichheit, die Viola ausstrahlte. Sie liebte ihn. Auch er musste zugeben, dass er mehr für sie empfand, als nur das Interesse an einer Maestro-Schiava Beziehung. Er erwiderte ihre Gefühle und sie faszinierte ihn wie schon lange keine Frau mehr. Wollte er weiter gehen? Ja, und das war der Knackpunkt.

John verspürte den Wunsch, dass sie bei ihm blieb. Jedoch war es wichtig, ihre Grenzen vorher vorsichtig auszuloten. Noch war alles neu und faszinierend für Viola. Doch die Zeit würde zeigen, ob die übersprudelnden Gefühle auf für die Zukunft Bestand hatten. Er hatte von Anfang an gewusst, dass sie sehr viel für ihn empfand, bereits bevor er sie berührte. Ihre Mimik war wie ein Buch, bedruckt mit riesengroßer Schrift, der Inhalt, unverfälschte Emotionen. Sie gab ihm ein großes Geschenk und wusste es nicht. Ihre Unsicherheit gepaart mit Neugierde erregte und befriedigte ihn zugleich.

Sie beide mussten ein wenig zur Ruhe kommen. Er hatte Besichtigungstermine für ein paar Häuser, die er nicht aufschieben konnte.

Die Termine wollte er mit Dean wahrnehmen. Miles sollte so lange auf sie aufpassen und sie nicht aus den Augen lassen, wenn sie vor die Tür trat. Er besaß das nötige Fingerspitzengefühl, um nicht ihr Misstrauen zu wecken. Viola durfte nicht merken, was sie planten. Sie bereiteten eine Falle vor.

Es war Timothy noch nicht gelungen, etwas aus Violas Vergangenheit herauszufinden, was mit dem Arschloch zu tun hatte, das sie beobachtet hatte. John verspürte Unruhe bei dem Gedanken und daher schlugen sie einen anderen Weg ein.

Außerdem brauchte sie mehr Zeit, um zu malen. So würden die Bilder nie fertig werden. Er legte seine Hände auf ihre vollen Brüste. Sie reagierte mit einem Seufzen.

Das kleine Biest verfügte über einen unersättlichen Hunger. Eigentlich hatte er aufstehen wollen. Aber jetzt musste er sie nehmen, bevor er seine Besichtigungstour mit Dean begann.

Er betrachtete die prallen Nippel und Viola drängte sich ihm entgegen. Er drehte sie auf den Rücken, tastete zwischen ihre Schenkel und lächelte, weil er ihre Feuchtigkeit spürte. Sie spreizte die Beine und sah ihn verdammt lüstern an. Er zog bedächtige Kreise um die Klitoris. Gierig keuchte sie unter seiner Berührung, reckte ihm die Brustwarzen entgegen. Er saugte hart und biss spielerisch in die Fülle.

„Komm für mich, kleine Schiava." Er sah den nahenden Orgasmus in ihren Augen. Bei ihrem Anspannen drang er in sie ein.

„Streichele dich."

Ihre Barrieren ließen es nicht zu, dass sie sich ihm masturbierend hingab, aber das hier konnte er von ihr verlangen. Er nahm ihre Hand und legte sie auf ihre pochende Spitze. Wie erhofft, rieb sie über die Klitoris, erst zögerlich, dann heftiger. Er schob eine Handfläche unter ihre Pobacke und führte einen nassen Finger in ihren Anus. Dieser zusätzliche Reiz reichte und sie kam zuckend.

„Nicht aufhören. Ich will sehen, ob du noch einmal kommen kannst."

Seine langsamen Bewegungen entlockten ihr ein Stöhnen.

„Lass dich fallen, bitte, Viola." Sie trieb fort. Ihre Vaginalmuskeln zuckten um seinen Schwanz. Er hatte seinen Orgasmus hinauszögern wollen, doch das erwies sich als ein sinnloses Unterfangen. Nach Luft ringend lag er nur einige Sekunden später auf ihr und ihre geschlossenen Augen ließen ihn lächeln. John zog sich aus ihr zurück und stützte sich auf den Händen ab. „Ich werde dich für ein bis zwei Wochen in der Obhut von Miles lassen."

Sie erstarrte und sah ihn so ängstlich an, dass er lachte. „Du bist bei ihm gut aufgehoben. Er erhält genaue Anweisungen. Damit du dich wohlfühlst, bekommst du von mir ein Safeword. Falls du etwas nicht möchtest oder es zu viel für dich wird, benutze es. Es ist bindend." Er küsste sie leicht auf den Mund. „Ich hoffe, Viola, dass ich Gelegenheit habe, Ungehorsamkeiten von dir ausreichend und intensiv zu bestrafen, wenn ich zurückkomme."

Diesmal sah sie ihn herausfordernd und erwartungsvoll an, und so vertrauensvoll.

„Ich komme nachher in deinem Atelier vorbei und verabschiede mich." John zwinkerte ihr zu, bevor er sein Schlafzimmer verließ. Das Gefühl der Verlorenheit ließ sie seufzen, der Gedanke zwei Wochen ohne ihn zu sein, schmerzte. Viola drückte ihre Schultern durch. Sie hatte keine Zeit, um in Selbstmitleid und Unsicherheit zu zerfließen. John gab ihr die Gelegenheit, zur Ruhe zu kommen, und sie sollte die Tage nutzen, um über ihre Emotionen Klarheit zu erlangen. Vielleicht war sie nicht verliebt, nur überwältigt. Das Malen half ihr immer, wenn sie grübelte und Probleme sie umringten. Entschlossen lief sie in das Atelier. „Mein Atelier", flüsterte sie. Wenige Minuten später war sie in die Arbeit vertieft.

Die Iris stand kurz vor der Vollendung und sie legte die letzte Lasur an. Die Farben leuchteten wegen der übereinandergelegten Farbtöne und steigerten sowohl die Schattenwirkung als die Lichtflächen.

Kritisch betrachtete sie das Bild, aber es gab nichts mehr zu verbessern. Zum Schluss trug sie ihre Signatur auf. Es fehlten nur Titel und Firnis.

Sweet Blossom.

Viola blickte durch die bodentiefen Fenster und ihre innere Ruhe erstarb, zerbröckelte unter der Erinnerung. Sie sah den Dämon gestochen scharf vor Augen. Eigenartig, wie sie nach all den Jahren genau wusste, wie er aussah. Sogar sein Geruch benetzte ihre Atemwege. In letzter Zeit traten die Albträume gehäuft auf, die unliebsamen Gedanken quälten sie. Ob sie John die Erlebnisse endlich anvertrauen sollte? Aber durfte sie eine Beziehung, die sie nicht richtig einordnen konnte, mit ihren Bürden belasten? Nach wie vor wusste sie nicht genau, woran sie mit John war. Als ob sie nicht genügend Sorgen plagten. Energisch lenkte sie ihr Bewusstsein auf das neue Gemälde, Iris, und zwar die wunderschöne Frau.

Für sie hatte Viola schon den perfekten Titel – *Wild Blossom*. John hatte eines der Fotos gewählt, die sie an diesem verhängnisvollen Tag am See geschossen hatte. Er stand hinter Iris und sie hing in den Fesseln. Sie legte leicht den Kopf zurück und ihr verführerischer Körper und der Gesichtsausdruck waren ein Sinnbild der Lust. Viola wusste genau, wie sie es darstellen wollte.

Sein Gesicht lag geheimnisvoll im Schatten. Eine Hand ruhte zwischen ihren Schenkeln und verdeckte die Scham und die andere hob die rechte Brust an.

„Du bist froh, dass meine Hand Iris' Vulva verhüllt", neckte er sie. Wieder einmal hatte er den Raum betreten, ohne dass sie es bemerkt hatte. Sie streckte ihm die Zunge heraus und rannte mit quietschenden Schreien durch das Atelier.

Er brachte sie zu Fall.

„Gegen deine Schüchternheit werde ich etwas unternehmen, wenn ich zurückkomme." Er lachte auf diese diabolische Weise, die ihren Körper in Schwingungen versetzte. Ein liebevoller Kuss auf die Nasenspitze, folgte dem leidenschaftlichen Kuss auf ihrem Mund. „Auf Wiedersehen, Schiava." Ein letztes Lächeln und dann war er fort. Einsamkeit überfiel sie. Energisch verjagte sie das unwillkommene Gefühl, schließlich wartete Arbeit auf sie. Zeit war zu kostbar, um sie zu verschwenden.

Zuerst hatte sie Eifersucht verspürt, dass er ein Bild von Iris wollte. Was dachte sie nur? Sie hatte kein Anrecht auf John. Iris bot ein wunderschönes Motiv und sie sollte dankbar sein. Außerdem musste sie den starken Gefühlen Einhalt gebieten, denn womöglich rannte sie ungebremst in etwas Fatales. Kaum hatte sie den ersten Strich gesetzt, vergaß sie alles andere. Sie beschloss einen dunklen Hintergrund zu nehmen, um die Leuchtkraft von Iris zu verstärken. Die Natur meinte es gut mit ihr. Iris repräsentierte reine Perfektion, bis zu ihren vollen Lippen.

Blöde Kuh!

Viola lächelte bei dem Gedanken, denn das war nicht bös gemeint. Sie kannte Iris nicht. Dennoch verspürte sie Vertrautheit zu ihr und mochte sie.

„Viola." Miles stand im Türrahmen und sah sie spitzbübisch an. In den Händen hielt er einen Teller mit Sandwiches und eine Flasche Wasser.

„Darf ich dir Gesellschaft leisten? Ich esse nicht gern allein."

„Ich würde mich freuen." Verlegen schaute sie zu Boden. Dann brach sie in Lachen aus.

„Niemals hätte ich es für möglich gehalten, in diese Situation zu geraten."

„Gefällt es dir nicht?"

„Doch, und das ist das Schlimme. Meine Gefühle reißen mich hin und her. Vor euch habe ich nur mit Männern geschlafen, die ich liebte."

Miles nahm ihre Hand. „Du wirst dich daran gewöhnen." Er zwinkerte ihr zu. „Du kannst nicht leugnen, dass du mich unwiderstehlich findest."

Sie schlug ihm spielerisch auf den Hintern.

Er ging zu den Fenstern und reichte ihr gönnerhaft ein Kissen.

Sehr witzig. Gott, ihr Po brannte entsetzlich. Sie warf ihm einen dunklen Blick zu und er verschluckte sich an dem Sandwich.

„Ich habe eine Bitte." Er sah sie Hilfe suchend an. Erst jetzt bemerkte sie den Umschlag, der vor ihm lag. Wortlos gab er in ihr. „Das ist Dara, sie ist vergangenes Jahr gestorben."

Sie blickte auf die Abbildungen der Hündin und kämpfte den eigenen Schmerz zurück. Vino war golden gewesen.

„Ein wunderschönes Tier. Eine Mischung aus schwarzem Labrador und Schäferhund?"

Miles nickte. „Würdest du sie für mich malen? Ich vermisse sie." In seinen Augen standen Tränen und sie verlor die letzte Unsicherheit ihm gegenüber.

„Es wäre mir eine Freude." Begeistert betrachtete sie die Ausdrucke, sie wusste die guten Vorlagen zu schätzen. Gemeinsam suchten sie ein Motiv aus. Ein grün schattierter Hintergrund bot den idealen Rahmen für die dunkle Dara. Sie blickte von den Fotos hoch. Miles sah ihr tief in die Augen, lachte, als sie errötete.

„Du scheinst unruhig zu sein."

„Mir fehlt Bewegung."

„Wir können gern morgen laufen gehen."

Ob sie ihn fragen konnte, ob John etwas über seine Gefühle ihr gegenüber erwähnt hatte? Aber der Mut verließ sie und sie traute sich nicht. Nach dem Essen ließ er sie allein. Sie entspannte unter den beruhigenden Pinselstrichen. Dennoch starrte sie ständig aus dem Fenster. Es gefiel ihr nicht. Parker Cormit war vor Jahren aus ihrem Leben verschwunden. Warum nur dachte sie so viel an ihn in letzter Zeit? Er drohte, an die Oberfläche zu brechen. Sie fasste einen Entschluss. Wenn John zurückkehrte, wollte sie versuchen, es ihm zu erzählen.

***

Eine Routine schlich sich in die Tage ohne John ein und sie frühstückte zusammen mit Miles, ehe sie in ihr Atelier ging. Als sie heute das erste Mal bewusst hochschaute, war es 18 Uhr und Miles betrat gerade das Atelier. Er bewunderte die Fortschritte. „John wird begeistert sein."

Viola biss sich verlegen auf die Unterlippe. Er hob ihr Kinn an und tadelte sie. „Nicht nur schüchtern, sondern viel zu bescheiden. Stehe zu deinen Fähigkeiten. Nur so wirst du es schaffen, deine Kunst angemessen zu verkaufen. Genügsamkeit ist nicht immer angebracht, manchmal muss man arrogant sein oder eine richtige Rampensau." Er betrachtete interessiert ihre Skizze von Wild Blossom, die sich erheblich von dem unterschied, was sich auf der Staffelei befand. „Hast du das fertige Motiv detailliert vor Augen?"

Sie schüttelte den Kopf. „Meistens übernehme ich die Vorlagen nicht. Sie dienen nur als Anregung. Die Gemälde entwickeln während des Malens oft ein Eigenleben. Acrylfarben geben mir die Möglichkeit mich kurzfristig umzuentscheiden und meiner Fantasie freien Lauf zu lassen."

Er grinste sie an. „Du solltest deine Kreativität und deine Neugierde auf dein Leben übertragen. Du besitzt so viel Leidenschaft, es ist ein Jammer, sie zu vergeuden. Du musst mutiger werden." Er lächelte sie herausfordernd an und sie sah den Maestro in ihm durchblitzen. „Möchtest du mir Gesellschaft beim Abendessen leisten?"

Eine harmlose Frage von einem Wolf im Wolfspelz, der nicht vorgab, etwas anderes zu sein. Das Atelier vermittelte ihr ein trügerisches Gefühl von Sicherheit, denn hier war ihr Spielfeld. Was hatte er vor? Nur ein Mahl oder wartete eine Überraschung auf sie? Du hast doch das Safeword, erinnerte sie die frivole Viola. „Ich nehme gern das Abendessen mit dir ein."

Er warf ihr einen Blick zu, der sie verunsicherte. „Ich erwarte dich in zwei Stunden. Du wirst tragen, was auf deinem Bett liegt."

Sie arbeitete an *Iris* weiter. Verdammt, konzentrieren war unmöglich. Ihre Gedanken drehten Kreise um das Abendessen. Miles hatte ausgesehen, als ob er eine neue Prüfung für sie bereithalten würde. Entnervt wusch sie erst die Pinsel aus und deckte dann die Palette mit den Farben luftdicht mit Folie ab, damit sie nicht eintrocknen konnten.

Aufgeregt betrat sie ein paar Minuten später ihr Zimmer, lief zum Bett und schluckte. Es war ein durchsichtiges grünes Kleid mit schmalen Trägern. Dazu passende High

Heels, keine Unterwäsche. Sie duschte ausgiebig. Ihre Nackenmuskeln schmerzten von der langen Malerei.

Anschließend steckte sie ihr Haar hoch, zog die Entschuldigung eines Kleidungsstückes über. Ihre vollen Brüste schimmerten durch das Gewebe. Es umschmiegte ihre Hüften und reichte bis knapp zu den Knien. Viola schlüpfte in die Schuhe. Sie passten, aber nach ein paar unsicheren Schritten zog sie die unbequemen Dinger aus. Miles hatte gesagt, sie durfte nur tragen, was auf dem Bett lag. Das verlangte nicht, dass sie die Sachen zwingend anziehen musste, da hätte er sich präziser ausdrücken müssen. Sie nahm sie gerade in die Hand, als es an der Tür klopfte. Sie riss sie auf und zuckte zurück. Ein unbekannter Hüne stand davor.

„Ich bin Tom und hole dich zum Abendessen ab." Seine braunen Augen musterten sie. „Eine sehr ungehorsame Schiava steht vor mir. John wird einiges zu tun bekommen, wenn er zurückkommt." Er schien ein Lachen kaum zurückhalten zu können. In seiner Hand hielt er ein Halsband. „Ich möchte es dir umlegen."

Sie starrte das grüne Samthalsband an. Die Panik, zu ersticken, gewürgt zu werden, erfasste sie.

Tom beobachtete sie intensiv. „Ich lege es locker an. Vertrau mir." Er wartete geduldig, bis sie zögerlich nickte, und verschloss es nicht. „Falls du es nicht erträgst, löse ich es sofort."

Schweiß brach auf ihrem Körper aus und er entfernte das Halsband. Unsicher schaute Viola ihn an. Was würde er jetzt tun? Was würde Miles tun?

Zu ihrem Erstaunen legte Tom den Arm um ihre Schultern. „Dieses Themas wird John sich annehmen. Deine Angst sitzt tief und wir überschreiten diese Grenze nicht."

Wusste denn jeder, was mit ihr nicht stimmte?

Dann lachte er. „Aber diese Schuhe, die du in den Händen trägst …"

Sie wollte etwas zu ihrer Verteidigung sagen.

„Schweig!“ Das einzelne Wort besaß so viel Nachdruck, dass sie das Bedürfnis verspürte, wegzurennen. Seine Körperhaltung war eine einzige Versuchung. Sie verstummte und wich einen Schritt zurück.

„Stehenbleiben.“ Er lief um sie herum.

„Äußerst pralle Brüste mit wunderschönen Nippeln. Und dein Po …“ Er hob ihr Kinn an. „Ich hoffe, ich erhalte von John die Erlaubnis, mich mit dir ausgiebig zu beschäftigen.“

Das bedeutete, er würde ihr heute nichts antun, oder doch?

Seine Handlungen weckten ein Gefühlschaos in ihrem Inneren. Plante John, sie weiterzureichen? Wenn es geschah, was wäre ihre Reaktion? Auf beide Fragen fand sie keine Antwort. Tom trug seine Haare militärisch kurz. So lenkte nichts von dem klar geschnittenen Gesicht ab. Er umfasste ihre Schultern und führte sie die Treppe hinunter. Mit jeder Stufe hämmerte ihr Herz schneller. Die Schuhe baumelten in ihrer Hand, im Einklang mit ihrem in Erinnerung brennenden Po. Sie hatte ihn im Spiegel betrachtet, damit gerechnet, Miles‘ Handabdrücke vorzufinden, dauerhaft auf ihrer Haut eingebrannt. Der Gedanke kombiniert mit ihrer steigenden Angst ließ ein Kichern aus ihrer Kehle kriechen.

Tom festigte den Griff. „Du hast dich entschieden und jetzt wirst du am Abendessen teilnehmen.“ Sein Tonfall schüchterte sie so ein, dass sie jeden Protest verschluckte. Über seinem Schoß wollte sie nicht landen. Schaufelgroße Tatzen, die auf den wunden Po einhämmerten. Sie blieben vor einer Flügeltür stehen und er öffnete sie. Viola blickte überrascht in das Zimmer.

Ein alter Holztisch, der Platz für zehn Personen bot, stand an einer Längsseite. Iris lächelte ihr zu. Ihr Anblick war ein beruhigender Balsam. Bodentiefe Fenster ermöglichten die Sicht in den von Fackeln beleuchteten Garten und ein Feuer brannte in dem offenen Kamin. Holzbalken zierten den Raum. Inzwischen betrachtete sie Balken mit gemischten Emotionen, stellten sie doch potenzielle Gefahrenquellen dar. Viola sah sich daran gefesselt, während Tom sie mit seinen Pranken bearbeitete. Ihre Gefühle hätten nicht kontrastreicher zu dem Ambiente sein können.

Große Kissen lagen in loser Reihenfolge auf dem Boden. Eine Ansammlung von Peitschen, Stricken und Gerten lag auf einer Anrichte. Sie wäre am liebsten geflüchtet. Iris' Blick traf ihren, die Augen weiteten sich, denn sie starrte auf die Schuhe in ihrer Hand. Miles stand auf, schlich auf sie zu und blieb vor ihr stehen. Belustigung glänzte in seiner Mimik, bevor er es unterdrückte. Er hob den Arm und sie zuckte wimmernd zurück. Er umfasste ihr Kinn und Besorgnis schlug ihr entgegen.

„Du brauchst niemals Angst zu verspüren, dass dich jemand ins Gesicht schlägt. Solche Praktiken führen wir nicht aus. Niemals."

Sie atmete hörbar aus.

„Wieso trägst du die High Heels nicht?"

„Ich trage sie doch."

Iris' helles Lachen ertönte und sie verstummte, da Toms Blick auf sie fiel. Miles umkreiste Viola, berührte ihre Schultern und verharrte vor ihr. Er zog einen Träger nach unten. „Du wünschst anscheinend erneut über meinen Knien zu liegen. Nur so kann ich deinen Ungehorsam erklären. Ich dachte, du hättest nach dem letzten Spanking genug von mir."

Tom trat hinter sie und schob das Kleid nach oben. Ihre abwehrende Bewegung erstarb, denn Miles sah sie warnend an. Die riesige Hand umschloss ihren Po, strich zart über die Haut. „Es reizt mich, diesen wunderbaren Arsch zu züchtigen. Auf ihm meine Zeichnung zu hinterlassen." Sein Atem streichelte ihr Haar. „Diese Option halte ich mir offen."

Die Schuhe fielen auf den Boden und Viola wäre ihnen fast gefolgt. Toms starke Finger lagen auf ihrer Taille, hielten sie sicher. Miles zog den zweiten Träger nach unten, küsste sie auf den Hals, zog eine Spur zu ihren Nippeln und berührte sanft die Spitzen.

„Ich werde John sämtliche Vergehen von dir mitteilen und seien sie noch so gering. Setz dich.“ Er drückte sie auf den Stuhl, der gegenüber von Iris stand.

Tom betrachtete seine Geliebte mit einem Ausdruck, der sie an John erinnerte. Iris sah ihn frech an, provokativ. Sein Blick verschmolz mit dem seiner wollüstigen Beute. Die Brünette errötete, ein leichtes Zittern lief ihren Körper hinab, denn der Maestro schenkte ihr einen Vorgeschmack seiner Begierde und sah sie mit unverhohlener Gier an.

„Aufstehen“, sagte Tom. Seine Schiava trat vor ihn. Ihre Blickrichtung lag auf dem Boden.

Vielleicht sollte Viola die Böden bemalen? Dann hätten die Schiavas wenigstens etwas, dass sie betrachten konnten.

„Jetzt muss ich dich vor dem Abendessen bestrafen. Viola übt einen negativen Einfluss auf dich aus.“

Viola wollte protestieren, aber Miles‘ Mimik erstickte jedes Wort in ihrer Kehle. Tom umkreiste sein Opfer. Ihr hektisches Atmen erfreute ihn. Er blieb vor ihr stehen und seine Augen glänzten wie die eines Löwen.

„Ausziehen und knie dich auf den Tisch.“ Ohne zu zögern, löste Iris den Reißverschluss des engen Rockes. Das knappe rote Spaghettitop folgte. Darunter war sie nackt. Viola bewunderte wieder einmal den makellosen Körper, und neidete der schönen Frau ihre Selbstsicherheit. Iris kletterte mit Toms Hilfe anmutig auf den Tisch.

„Deine Wange auf die Platte. Spreiz deine Beine, so weit es geht.“

„Viola!“

Sie zuckte zusammen. Ängstlich sah sie Miles an. „Du stellst dich hinter Iris, sodass du sehen kannst, wie ihr Arsch behandelt wird. Die Schläge verdankt sie dir, also behindere den Maestro nicht bei seiner Arbeit.“

Sie wollte protestieren. Das stimmte doch gar nicht!

„Du verspürst den Wunsch, uns etwas zu sagen?“ Seine sanfte Stimme konnte sie nicht täuschen. Viola schüttelte den Kopf und er reichte ihr die Hand. Zu ihrem Verdruss zitterten ihre Knie so sehr, dass er sie lachend von dem Stuhl zog und sie besänftigend umarmte. Es war lächerlich, aber seine Umarmung tröstete sie.

„Ich warte.“ Toms Tonfall jagte ein Prickeln über ihre Haut.

„Bitte bestrafe mich. Ich verdiene es“, sagte Iris mit einer beneidenswert festen Stimme.

Die Worte erweckten ein Gefühlschaos in Viola. John hatte noch nicht verlangt, dass sie um eine Züchtigung bat. Früher oder später würde er es fordern. Ob sie es so hinreißend wie Iris schaffte, ohne jegliches Zögern, frei heraus, getränkt mit süßer Furcht? Tom zog seinen Gürtel aus der Hose und das Geräusch verfehlte nicht seine Wirkung auf Viola. Ängstlicher könnte sie auch nicht sein, wenn sie auf dem Tisch knien würde. Es überraschte sie, dass er nicht eine von den Utensilien benutzte, die auf der Anrichte lagen.

Tom nahm beide Enden in die Hand.

Er holte aus und das Leder klatschte auf die rechte Pobacke.

Viola keuchte entsetzt auf. Das Geräusch war schrecklich und zerrte an ihren Nerven. Sie spielte mit dem Gedanken, Tom in den Arm zu fallen, egal, wie die Konsequenzen aussahen.

„Beruhige dich. Sie ist sicher bei ihm.“ Miles stand hinter ihr und umfasste sie an den Schultern. „Du zitterst.“

Tom schlug nur auf den Po und mit jedem Schlag wuchs die Erregung seiner Gespielin. Nässe benetzte die Innenseiten der Schenkel.

Zu ihrer Bestürzung spürte Viola, dass ihr Geschlecht pulsierte. Wie konnte es sein, dass es sie erregte, zu sehen, dass ein Mensch litt? War sie ein Psychopath? Es fehlte nur, dass sie selbst die Peitsche schwang.

Tom hörte auf, denn der Po leuchtete.

„Berühre sie, fühle ihre Hitze“, sagte Miles.

Viola berührte die entsetzlich heiße Haut. Leicht strich sie über die Rundung, fühlte die Gänsehaut, die Iris bekam, während sie ihren Rücken streichelte. Der glühende Arsch lockte sie und diesmal rieb sie fester. Iris wimmerte und sie fasste zärtlich zwischen die Schamlippen und umkreiste die Klitoris.

Tom legte den Gürtel auf die Tischplatte, er führte den Mittelfinger in die nasse Spalte. Gemeinsam steigerten sie die Lust der hübschen Frau. Iris konnte das Becken nicht mehr stillhalten, kreiste schamlos die Hüften.

„Viola, aufhören.“ Miles Stimme ließ keinen Ungehorsam zu. Iris keuchte enttäuscht auf. Viola sank gegen seinen Brustkorb und er reizte beide Brüste durch den dünnen Stoff. Als sie ihren Po an seiner Erektion rieb, packte er ihren Nacken. „Das ist dir verboten.“

Iris stöhnte unter Toms Händen und abrupt beendete er die Stimulation, wobei er wirklich satanisch lächelte.

„Jetzt essen wir zu Abend. Sie verdient es nicht, einen Orgasmus zu bekommen.“ Tom half Iris, aufzustehen. Sie taumelte und er streichelte ihr liebevoll über die Wangen.

„Was meinst du Tom, sollen wir Viola für ihr Vergehen bestrafen?“

Tom nahm den Gürtel auf und strich mit ihm an ihrem Po entlang. Sie bebte von dem Gefühl. „Nein, ihre Disziplinierung wird eine andere sein.“ Dann glitten Toms Fingerspitzen unter ihr Kleid und sie bewegte abwehrend die Schultern.

„Viola!“ Miles dominanter Tonfall ließ sie innehalten. „Tom prüft deine Erregung, nicht mehr. Entspann dich.“ Toms Hand lag auf ihrer Scham. Er wartete, bis sie hörbar ausatmete, und instinktiv ihre Schenkel gierig öffnete, anstatt sie aneinanderzupressen.

„Warum so abweisend? Du bist so nass, so erregt.“ Sein Finger drang in ihr Geschlecht. „Genauso habe ich es mir vorgestellt.“

Wieso hielt sie still? Willigte ein, von einem fremden Mann befingert und betrachtet zu werden? Auch wenn sie wünschte, dass es John wäre, würde sie nicht protestieren, falls Tom weitergehen wollte. Bereitwillig würde sie auf dem Tisch knien und eine Bestrafung erdulden. Sie verstand sich selbst nicht mehr.

„Sieh mich an." Tom zog seine Hand nicht zurück, sein Daumen reizte ihre Klitoris. Zögernd hob sie den Blick und Wärme strahlte ihr entgegen. „Kein Grund, dich zu schämen."

Sie hätte fast aufgelacht, weil sie an die Vorstellung dachte, die sie früher von Peitschen schwingenden Kerlen gehabt hatte. Sie hatte es mit Erniedrigung, Demütigung und Typen, die nur ihre eigenen Bedürfnisse verfolgten, gleichgestellt. Stattdessen gingen diese Maestros auf ihre Partnerinnen ein, wie sie es noch nie erlebt hatte. Einen Orgasmus würde sie ihnen nicht vorspielen können.

„Setz dich hin, Iris." Die Schöne schien ihre Nacktheit nicht im Geringsten zu stören. Sie saß unverkrampft und anmutig auf dem Stuhl. Auch ihr Verhalten widersprach der Meinung, die Viola von devoten Menschen hatte, geprägt durch dämliche Fernsehreportagen oder schreckliche Bücher.

Die Praktiken der Domina aus der Reportage hatten damals Übelkeit bei ihr verursacht. Sie war so kalt gewesen. Die Frau hatte ihrem Opfer mit Wucht gegen den Brustkorb getreten. Mit Stiefeln. Danach musste er eine Treppe hochkriechen, die Sohlen ablecken. Sie brachte ihn mit Beleidigungen zum Weinen. In Violas Kopf war die Vorstellung erwacht, dass Beziehungen zwischen dominanten und unterwürfigen Personen immer so seien.

Was sie erlebte, hielt einem Vergleich mit der Reportage nicht stand. Sie fühlte weder Demütigung noch Erniedrigung oder Überforderung, stattdessen empfand Viola Sicherheit. Hatte John genau das erreichen wollen? Dass sie keine Angst hatte und ihr Selbstvertrauen gestärkt wurde?

Miles Hand auf ihrem Arm holte sie aus ihren Gedanken. „Sehr unaufmerksam. Zudem hast du die Träger nach oben geschoben." Er sah sie herausfordernd an und zog langsam das Kleid nach unten.

„Ein hübscher Anblick", sagte Tom. Er umkreiste sie. Viola atmete hörbar aus, denn er rückte einen Stuhl zurecht.

Sie saß so nah an der Tischkante, dass Bewegungen fast unmöglich waren.

„Möchtest du, dass ich dir die Tischdecke gebe? Du scheinst sie ja sehr zu lieben." Spöttisch sah Miles sie an.

Wieso hatte sie eingewilligt, mit ihnen zu Abend zu essen? Sie hätte es besser wissen müssen. „Darf ich eine Frage stellen?" Sie traf zögernd seinen belustigten Blick. Er amüsierte sich prächtig.

„Nur zu."

„Ist es mir erlaubt, mit Iris zu reden?"

Die hübsche Brünette brach in ein herzerfrischendes Lachen aus. „Wenn wir still sein sollen, hätten die Maestros es uns gesagt."

Dann zwinkerte sie ihr zu. „Sie werden bald ebenso nackt sein wie wir, schäme dich nicht. Dazu gibt es keinerlei Grund. Genieße den Abend und auf keinen Fall geschieht etwas, was du nicht möchtest."

Viola schloss sie in ihr Herz, konnte der sympathischen Frau nur Zuneigung entgegenbringen. Ihre Erleichterung stieg noch weiter an, denn Iris teilte ihr mit, das *Wild Blossom* für sie war.

„Leider darf ich es erst nach seiner Fertigstellung sehen. John hat mir berichtet, dass du sehr talentiert bist."

Das Kompliment freute Viola.

„Bevor du fragst, Tom ist nicht nur mein Maestro." Sie nahm seine Hand in ihre und sah ihn liebevoll an. „Er ist mein Partner und ich liebe ihn. Ab und zu hegt er die Ansicht, dass John mein Temperament zügeln sollte. Du hast bestimmt bemerkt, dass jeder von ihnen anders zuschlägt und straft." Sie sah Tom mit einem Blick an, der nackte Herausforderung ausdrückte. Iris griff nach Violas Arm. „Du brauchst keine Angst zu haben, nur wenn du einwilligst, würdest du alleine bei einem anderen Maestro landen. Nur bei einem, dem John vorbehaltlos vertraut."

Nach dem Abendessen drehte sich das Gespräch um die Häuser, die Dean und John besichtigten. Viola vermisste John so sehr. Ob es ihm auch so erging? Wie ging es weiter mit ihnen? Die Vorstellung, ihn nicht mehr zu sehen, war pure Qual. Nur daran zu denken, trieb ihr Tränen in die Augen, denn die innige Verbundenheit zwischen Iris und Tom verursachte Sehnsucht.

„Aufstehen!" Miles Stimme riss sie aus den Überlegungen. Tom nahm einen der hochlehnigen Stühle und platzierte ihn so, dass er schräg vor einem der großen Kissen stand. Erst jetzt bemerkte sie die im Boden eingelassenen Ringe.

„Du setzt dich hierhin." Er fixierte Viola Handgelenke mit Lederhandschellen hinter der Lehne.

Sie legten ihre Gespielin mit dem Rücken nach unten über die Polsterung. Sie spreizten ihre Beine, die Fußflächen berührten den Fußboden. Tom zog ihre Arme nach hinten und befestigte sie mit Manschetten an Ringen. Ihre Hilflosigkeit wirkte wie ein Aphrodisiakum auf Viola. Die hohe Unterlage wölbte sie erotisierend. Tom kniete neben Iris und teilte die Schamlippen mit den Fingerkuppen. Die erregte Klitoris lockte verführerisch.

„Jetzt schon nass." Tom seufzte theatralisch. „Miles, welche Strafe hältst du für angemessen?"

Miles ging zu der Anrichte, kam mit einem großen Analplug und Gleitcreme zurück. „Eine gute Wahl, mein Freund." Toms Stimme war rau, getränkt von Erregung, die sich in der gewaltigen Beule seiner schwarzen Hose zeigte. Viola schluckte. Er besaß nicht nur riesige Hände.

Miles glich einem Berberhengst. Tom verfügte über die Ausstattung. Viola biss auf ihre Unterlippe, um nicht loszukichern.

Liebevoll bereiteten die Maestros ihr Opfer auf den Akt vor und folterten sie mit ihren Fingerkuppen, bis sie jammerte. Erst dann tropfte Miles Gleitcreme zwischen die wohlgeformten Backen. Er drang vorsichtig mit dem Mittelfinger in den Anus ein, lockte so ihr Nachgeben. Iris stöhnte, liebte den Eindringling, der sie so gekonnt stimulierte. Ein zweiter Finger folgte. Die Männer stellten sicher, dass Viola jede Bewegung von Iris sah. Der Schließmuskel schloss sich reflexartig. Er dehnte sie sehr behutsam. Tom sah ihr tief in die Augen, küsste ihren bebenden Körper, bis er den Venushügel erreichte. Er saugte an der geschwollenen Perle und sie spannte die Muskulatur an, drängte sich Toms Lippen entgegen. Miles führte den Lustbringer bis zum Anschlag ein. Sie atmete hörbar aus, wimmerte anschließend.

Ein Schaudern lief ihren Leib entlang. Tom leckte stärker, wandelte den Schmerz in Lust. Viola hätte sie gern berührt, an ihren Nippeln gesaugt. Miles zog seine Jeans aus und massierte seinen Phallus, sah dabei Viola an. Tom bewegte den Plug vor und zurück und die Sklavin schrie die Erlösung in den Raum. Sie ließen Iris einen Moment liegen, bevor Tom ihre Wange streichelte und die Fesseln löste. Pure Liebe lag auf seinem Gesicht.

„Umdrehen."

Der nach oben gereckte Po der Schiava lockte lustvoll und wartete darauf gezüchtigt zu werden. Viola verstand, dass Männer diesen Anblick mochten. Der Po sah geil aus.

Miles trat an Viola heran. „Es erregt dich, bei einer Züchtigung zuzusehen." Fragend sah er sie an. Er kannte offensichtlich die Antwort, dennoch erwartete er, dass sie es aussprach.

„Ja es reißt mich mit." Sie lächelte ihn an. „Iris ist willig, selbstbewusst und ihr seid großartig." Viola traf seinen Blick. „Ich weiß, dass sie es genauso genießt wie ihr. Sie befindet sich in fähigen Händen."

Tom kam von der Anrichte zurück. Er hielt eine Gerte, einen Rohrstock und eine mehrriemige Peitsche. „Womit sollen wir sie bestrafen?“, fragte er Viola.

Damit hatte sie nicht gerechnet und Unbehagen erfasste sie. Über das Schlaginstrument zu entscheiden, verlangte zu viel von ihr. Viola schüttelte den Kopf, wagte sogar, Miles einen zornigen Blick zuzuwerfen.

Er packte ihre Haare und starrte sie an. Sie widerstand dem Reiz, auf den Boden zu sehen.

„Du solltest dich durchringen oder wir probieren alle drei an dir aus.“ Seine Augen glitzerten diabolisch, versprachen, dass sie es tun würden.

Sie ließen es nicht zu, dass sie den Rückzug antrat. Miles‘ Wangenmuskel zuckte.

„Bitte nehmt die Gerte.“ Wütend zischte sie die Worte, versuchte, Miles niederzustarren. Sinnlos! Ein weißer Hai konnte nicht motivierter aussehen.

Den Rohrstock hatte sie schmerzhaft in Erinnerung und die Peitsche war ihr zu unvertraut. Die beiden Männer hoben ihren Stuhl hoch und setzten sie vor Iris ab.

„Du wirst in ihr Gesicht blicken. Teil uns mit, wenn du glaubst, dass sie genug hat“, sagte Tom.

Ungewollt traten Tränen in ihre Augen. „Das kann ich nicht. Ihr verlangt zu viel von mir.“ Das Safeword lag ihr auf der Zunge.

Miles legte seine Hände auf ihre Schultern, spürte ihr Beben, den Kampf, den sie mit ihren Gefühlen focht. „Keine Angst. Wir wissen, wann es reicht. Solltest du nicht rechtzeitig einschreiten, hören wir vorher auf. Ich verspreche es. Und auch Iris kann jederzeit ihr Wort sagen.“

Iris hob den Kopf und in den blauen Augen lag Zuversicht. „Vertrau ihnen und dir.“

Wie konnte sie in dieser Situation so gefasst sein?

Miles hielt ihr ein Glas Wasser an die Lippen und Iris trank einen Schluck.

Tom strich mit der Gerte über den Po. Sein Opfer wollte noch etwas sagen.

„Schweig." Der strenge Tonfall verlor durch sein Lächeln nicht an Wirkung.

Gebannt starrte Viola auf die Szene.

Tom fing fast zärtlich an. Bereitete die Schiava vor, schenkte ihr Zeit. Sie seufzte leise und entspannt und genoss die Aufmerksamkeiten. Dann ließ Tom den Schmerzbringer in kurzen, harten Hieben auf den Po prasseln. Sie stöhnte lauter, schaffte es nicht mehr, die Pobacken zu entspannen, keuchte gegen den Schmerz an.

„Stopp!", schrie Viola.

Tom hielt inne. „Reicht es dir, Iris?"

„Nein", kam es zu Violas Überraschung aus dem hübschen Mund. „Ich will weitere Schläge."

„Das glaube ich auch. Viola kannst du täuschen, uns nicht. Miles, möchtest du übernehmen?"

Mit einem Gesichtsausdruck, der Viola eine Gänsehaut über den Körper jagte und ihre Scham lustvoll pulsieren ließ, nahm Miles das Schlaginstrument. Er holte aus und die schwarze Gerte sauste auf den Po. Rote Striemen zierten die Backen. Er schlug mehrere Male hintereinander zu und sie bemerkte die Veränderung in Iris. Sie krampfte ihre Hände zusammen und kniff die Augen zu.

„Stopp!"

„Gut erkannt, weitere Schläge wären nur Qual. Jetzt ist es Zeit, sie für ihre Leiden zu belohnen", sagte Miles.

Tom befreite Iris von den Fesseln und trug sie zu der Spielwiese, sprach beruhigend auf sie ein. Der dunkelblonde Dämon löste Violas Handmanschetten und drückte sie auf die Matratzen nieder. Einfach und effektiv fesselte er ihre Handgelenke mit einer ledernen Handfessel, die an der Wand hing.

Tom entledigte sich der schwarzen Jeans und Viola starrte den gewaltigen Schwanz an.

Grundgütiger!

Tom grinste sie an und sie spürte, dass sie knallrot wurde.

Miles bettete Iris‘ Kopf auf seinen Schoß. Zärtlich streichelte er ihre Wangen, ihren Hals. Beruhigte sie mit der Zuneigung, die in seinem Blick glänzte. „Fühlst du dich wohl, Sklavin?“

„Ja, Maestro.“ Die Schiava kicherte, Miles lächelte und Tom schmunzelte.

Ganz ernst nahmen sie ihre Rollen nicht. Violas Anspannung fiel ab.

Tom spreizte Iris‘ Schenkel und er leckte an ihrer Pussy entlang. Seine Zunge spielte mit ihrer Knospe. „Du darfst dich gehen lassen.“ Sanft massierte er die Innenseiten der Oberschenkel und sie bebte unter Toms Berührung.

Iris bewegte ihr Becken und bog den Rücken zu einem Hohlkreuz. Tom verschaffte sich mit den Daumenkuppen besseren Zugriff und stieß seine Zunge in Iris‘ Spalte. Sie stand kurz vor dem Orgasmus, wimmerte leise. Bevor die ersten Zuckungen einsetzten, unterbrach Tom seine lustvolle Tortur. Er tauschte einen Blick mit seinem Kompagnon aus. Miles zog die Schiava auf seinen Schoß. Mit einer Bewegung vergrub er seinen Phallus in ihr. Er zog sie nach vorn, sodass ihr Oberkörper auf seinem lag.

In dem Moment, als Tom den Plug aus ihrem Anus zog, rieb Miles über ihre Knospe. Tom spreizte die Pobacken. Gleitgel tropfte in die Öffnung. Iris seufzte wohlig unter den Berührungen auf.

„Bereit, meine Schöne?“

Viola schluckte hart, denn der gewaltige Penis würde Iris ausfüllen. Sie starrte gebannt auf die heiße Szene. Sie sah zum ersten Mal eine anale Penetration und sie wünschte, sie könnte in ihr Schlafzimmer gehen und ihrer pulsierenden Perle geben, was sie wollte. Sie schlug die Beine übereinander. Das Gefühl brachte Erleichterung.

Leider bemerkte Tom ihr Verhalten. „Viola, das ist dir nicht erlaubt.“ Sein Blick versprach Konsequenzen, falls sie nicht gehorchte. Tom verteilte Gel auf seinem

Schwanz und führte ihn in den Anus ein. Zentimeterweise verschaffte er sich Zutritt. Iris wimmerte unter dem Eindringling, bis er sie ausfüllte.

Was für ein Anblick!

Er unterwarf Iris und sie antwortete mit Wollust. Tom nahm Miles' Rhythmus auf. Miles liebkoste die Klitoris mit dem Gleitgel, verwandelte den Schmerz in Lust. Bei jedem Stoß stöhnte sie lauter, bis sie offensichtlich alles um sich herum vergaß. Mit einem Partner, der nicht das nötige Fingerspitzengefühl besaß, würde Analverkehr schmerzhaft sein. Miles und Tom verfügten über mehr als nur Feingefühl. Deshalb war Viola auf Johns Wunsch hier. Sie sollte die Schönheit und Erfüllung, die Iris erlebte, mit ihren Sinnen spüren. Viola legte eine weitere Barriere ab und sehnte diese Erfahrung herbei. Mit John.

Miles erreichte den Orgasmus zuerst und sein Stöhnen vermischte sich mit dem lustvollen Wimmern der Sklavin. Toms Bewegungen wurden schneller, hemmungsloser. Er erzielte den Höhepunkt gleichzeitig mit Iris. Ihr Schreien ging in Schluchzen über und sie weinte Tränen der Ekstase. Viola fühlte die Faszination bis in die letzte Körperzelle. Sie ahnte, wie die Maestros sich fühlen mussten, einer Frau so viel Genuss zu schenken, die sie mit völliger Hingabe belohnte. Auch ihr hatte es Freude bereitet, Kate und Iris zu erregen, Macht über ihre Begierde zu erlangen. Der Gedanke, einen Menschen zu schlagen, behagte ihr jedoch nicht.

Viola zuckte zusammen, denn Tom streifte sie am Knie. „Was sollen wir mit dieser frechen ungehorsamen Schiava anfangen?"

„Wir schicken sie unbefriedigt schlafen." Diabolisch grinste Miles sie an. „John nimmt sich ihrer an, wenn die Zeit gekommen ist, schmerzhaft und anhaltend. Sie wird Leidenschaft erleben, aber nicht heute."

Er berührte sie federleicht auf der Klitoris. „Falls du es wagen solltest, Hand an dich zu legen, wirst du jede Nacht gefesselt in deinem Schlafzimmer liegen. Glaube nicht, dass du die Duschbrause heimlich nutzen kannst. Ich merke es und in diesem Fall werde ich ihm eine Disziplinierung abnehmen.“

Sie konnte es nicht fassen, sie wollten sie nicht bestrafen, nicht vögeln, sondern sie ins Bett schicken, nach allem, was sie gesehen hatte.

Diese verdammten Mistkerle!

Kapitel 8

Die weiteren Tage bis zu Johns Rückkehr vergingen wie im Flug, gleichzeitig verstrich die Zeit quälend langsam. Doch heute war einer der besseren Tage, denn Miles war mit ihr joggen gegangen. Schwer atmend kam sie an der Haustür an. Miles erwartete sie bereits und ihm lief der Schweiß in Strömen die Stirn herunter. „Beinahe hättest du gewonnen", keuchte er.

Viola musste erst ihre Atmung beruhigen, bevor sie antwortete. „Nächstes Mal." Aber sie wusste, dass bei einem Sprint keine Chance gegen einen Mann besaß, der regelmäßig joggte.

„Hast du dir wehgetan?"

Sie schüttelte den Kopf. Der Schreck saß ihr noch in den Gliedern. „Ich bin nur gestolpert."

Der Kerl vorhin im Wald!

Er konnte nicht das Grauen ihrer Jugend sein. Wahrscheinlich sah sie Gespenster, verursacht von den Albträumen. Außerdem hatte sie den Typen nur kurz von der Seite gesehen und das aus weiter Entfernung. Umso mehr sie darüber nachdachte, desto unwahrscheinlicher kam es ihr vor. Sie lebte nicht an dem gleichen Ort ihres früheren Lebens. Solche Zufälle gab es nicht. Verunsichert sah sie Miles an. Ahnte er etwas?

„Wir möchten nicht, dass du alleine durch die Umgebung streifst. Man weiß nie, was einem passieren kann." Er sagte die Worte neckend, aber sie wusste, er meinte es verdammt ernst. Er trat einen Schritt näher, und sie presste ihren Rücken gegen die Tür. „Ich lasse dir die Lüge durchgehen, aber du solltest mit John reden."

Mist! Sie wich ihm aus und er legte sanft seine Hand unter ihr Kinn. „Viola, du kannst uns alles anvertrauen, was dich belastet."

Sie schluckte den Kloß herunter, der in ihrer Kehle steckte. So gern sie sich ihm jetzt anvertraut hätte, es ging nicht. Zu lange schleppte sie das Schreckliche mit sich herum und es auszusprechen, entfachte im besten Fall nur Beklemmung. Viola senkte den Blick, unfähig, Miles in die Augen zu sehen.

„Schon gut, Kleines, aber Vertrauen ist keine Einbahnstraße. John möchte dir genauso vertrauen können wie du ihm. Das Gleiche gilt für Dean und mich." Zärtlich zog er sie in seine Arme. „Sprich mit John." Er führte sie in die Küche, drückte sie auf einen Stuhl und reichte ihr ein Glas. Mit großen Schlucken trank sie den verdünnten Apfelsaft.

„Komm zurück, wenn du geduscht hast. Ich bereite uns ein paar Sandwiches zu." Sie sah ihn dankbar an, froh, dass er nicht bohrte.

***

Eine halbe Stunde später schnitt Viola Tomaten und Gurken in Scheiben. Miles stellte Dinkelbrot, Schinken und Käse auf den Tisch. Die Küche im modernen Landhausstil mit weiß lasierten Oberflächen beruhigte Viola, denn sie war hier zu Hause. Der Ahorntisch stand an der Terrassentür und sie blickte seufzend in den Garten. Gerade begann es zu regnen, sodass der Duft von nasser Erde in den Raum wehte. „Ich mag Regen." Sie lächelte Miles an. „Danke."

„Du brauchst dich nicht zu bedanken. Ich weiß, wie du dich fühlst. Es ist schwer, schlimme Erlebnisse auszusprechen. Die meisten Menschen möchten solche Geschichten nicht hören. Vergessen wir das Thema für heute."

Woher wusste er genau, was sie empfand? Prägte ihn auch eine schreckliche Erfahrung? Noch besaß sie nicht genügend Mut, um ihn danach zu fragen.

Er schmierte Mayonnaise auf sein Brot und belegte es mit Schinken, der für drei reichte. „Lecker."

Ihre Gedanken kreisten um John. Wie sollte sie ohne ihn leben?

„Du liebst ihn, nicht wahr?"

Sie brach in Tränen aus. Miles strich ihr über die Schläfe und zog sie in eine brüderliche Umarmung.

„Sie kommen morgen zurück. Jetzt hör auf zu weinen. Du willst doch nicht verheult aussehen. Hinterher denkt er, dass ich dich schlecht behandle, und bindet mich womöglich an das Andreaskreuz, um mich auszupeitschen. Er kann sehr grausam sein. Mit mir wird er nicht so zärtlich umgehen wie mit dir." Er sah sie gespielt schockiert an und sie warf ihm ein Geschirrhandtuch an den Kopf. „Mir scheint, die Vorstellung gefällt dir zu gut, Sklavin."

Sie wackelte mit den Augenbrauen. „Verdient hättest du es."

Er legte sein Maestrogesicht auf und zog ein schwarz eingefasstes Notizbuch hervor.

„Was tust du da?"

„Ich bringe dich einer Liaison mit dem Kreuz näher, kleine Schiava." Diabolisch grinsend schrieb er etwas hinein.

Viola nahm einen Schluck Tee. „Ich kann es kaum erwarten." Die mutigen Worte ließen ihren Puls rasen. Ob sie es schaffen würde, ihm das Buch zu entreißen?

Er sah nicht einmal hoch. „Trau dich."

Natürlich hatte sie sich verraten, weil sie darauf gestarrt hatte. Stattdessen räumte Viola das Geschirr in die Spülmaschine und streckte ihm die Zunge raus.

„Vielleicht erlaubt John mir, dich an das Kreuz zu binden?"

Oh!

„Wir sehen uns zum Abendessen." Fluchtartig verließ sie die Küche, verfolgt von seinem schallenden Gelächter und machte sich auf den Weg zu ihrem Atelier. Viola liebte die zwanglosen Mahlzeiten mit ihm. Sie kochten abwechselnd und heute war er dran. Zudem teilten sie eine gemeinsame Leidenschaft: True Blood. Nach dem Essen sahen sie sich meistens zwei Folgen an.

Morgen kommt John zurück. Mit der Freude stellte sich auch Nervosität ein. Ihre Gefühle für ihn waren stärker als vorher. Seine Abwesenheit führte ihr das klar vor Augen. Ob er sie ebenfalls vermisste? Oder wollte er sie schnellstmöglich loswerden? Was würde er ihr antun? Die Aussicht, auf dem Andreaskreuz zu landen, lockte sie. Aber am meisten freute sie sich darauf, mit ihm zu reden, in seinen Armen zu liegen und seine beruhigende Präsenz zu spüren. Viel zu unruhig, um zu schlafen, arbeitete sie bis tief in die Nacht an dem Friesenhengst. Sein kraftvoller schwarzer Körper galoppierte auf den Betrachter zu. Seine lange Mähne und der Schweif wehten im Wind. Viola liebte diese kräftige anmutige Rasse und der satte rote Hintergrund verlieh dem Bild Dramatik.

Erst als ihre Augen brannten, ging sie zu Bett und wälzte sich aufgewühlt von einer Seite auf die andere. Ihre Schmetterlinge erwachten, surrten und tobten durch ihren Leib. Bis zum Morgengrauen lag sie wach. Zu ihrem Verdruss lehnte Miles es am späten Vormittag ab, mit ihr joggen zu gehen.

„Du wirst deine Kräfte benötigen. Warum legst du dich nicht hin und schläfst ein wenig? Du siehst müde aus."

Viola ging zurück ins Atelier und versuchte sich in das Bild zu vertiefen. Nervosität erreichte allerdings jede Körperzelle und frustriert legte sie den Pinsel zurück. Sie konnte sich nicht konzentrieren und hielt es auch nicht mehr aus, allein zu sein. Sie fand Miles in der Bibliothek. Er schrieb gerade in das dämliche Buch.

Viola lief zu den bodentiefen Fenstern und sah zum wiederholten Male in den Garten hinaus. Ein friedlicher Frühlingstag, den sie als blanken Hohn empfand. Prasselnder Regen und heulende Sturmböen passten besser zu ihrer Stimmung.

Wo blieben sie bloß?

„Viola!"

Erschrocken zuckte sie zusammen. Miles nutzte seinen Furcht einflößenden Tonfall. „Wenn du nicht aufhörst, so hektisch hin und her zu rennen, werde ich mir etwas für dich einfallen lassen. Es wird dir nicht gefallen."

Sein Mobiltelefon klingelte und er antwortete mit einem Ja.

Ob es John war? Am liebsten hätte sie ihm das Telefon aus der Hand gerissen. Seine knappen Antworten gaben ihr keinen Hinweis. Ein letztes – das halte ich für angemessen – und er unterbrach die Verbindung. Mit zwei Schritten erreichte er sie und packte sie an den Oberarmen.

„Deine Bestrafung für deine Verfehlungen fängt jetzt an."

Oh Gott, es musste John gewesen sein. Sie konnte ein Lächeln nicht unterdrücken. Vibrierende Freude erfasste sie.

„Dir wird das Lächeln gleich vergehen."

Sie lächelte.

Miles schob sie aus der Bibliothek und führte sie in Johns Badezimmer.

„Ausziehen!"

Und wenn sie nicht gehorchte?

„Du widersetzt dich seinen Wünschen?" Er trat an sie heran, blickte funkelnd auf sie herab. „Ich zähle bis drei, falls du bis dahin deine Kleidung nicht ablegst, wirst du harte Konsequenzen erfahren." Undurchdringlich starrte er sie an. Er sah entschlossen aus.

Bevor er bis zwei gezählt hatte, stand sie nackt vor ihm und warf ihm den giftigsten Blick zu, den sie schaffte. Er quittierte ihr Benehmen mit einem Ausdruck, der sie so sehr an John erinnerte, dass ihr fast schwindelte.

„Stell dich an die Wand und leg die Hände in Kopfhöhe flach gegen die Fliesen."

Sie gehorchte. Ihre Gedanken waren bei John. Gleich würde sie ihn sehen.

Miles' Schlag auf ihren Po brachte sie in die Wirklichkeit zurück. „Du sollst deine Schenkel spreizen." Er drückte sich nackt an ihre Rückseite. Warmes Wasser prasselte auf ihren Körper. „Hör auf, deine Reaktionen immer infrage zu stellen, Schiava. Genieß es einfach." Er zog ihren Kopf leicht in den Nacken und blickte in ihre Augen. Ihre inneren Barrieren schmolzen.

Miles seifte sie ein und zögerte nicht, sogar ihre Ohren zu waschen.

Gleich würde sie John sehen. Sie lächelte.

„Wie ein Honigkuchenpferd."

Seine hochgezogenen Augenbrauen schüchterten sie nicht ein. Ihre Freude war zu groß. Er trocknete sie und sich ab, befestigte einen ledernen Fesselgürtel um ihre Taille. Manschetten verbanden ihre Handgelenke seitlich mit dem Gürtel. „Genauso will er dich. Gefesselt, ängstlich und erregt. Wie hast du uns unter anderem genannt? Verdammte Mistkerle?" Miles legte seine Kleidung wieder an und sie fragte sich, warum er nicht denselben Reiz auf sie ausübte wie John. Das es nicht so war, lag weder an seinem Aussehen noch an seiner Persönlichkeit.

Die Fesselung verhinderte, dass sie ihre Arme um ihn legte. Da sie ihren Beinen nicht traute, suchte sie Halt an der Wand. Er zog sie nach vorn und umfasste ihren Nacken.

Vor drei Tagen hatten sie *Hachiko* mit Richard Gere gesehen und sowohl Miles als auch sie hatten wie die Schlosshunde geheult. Viola war der irrigen Annahme erlegen, dass sie keine Furcht mehr vor ihm verspürte. Dass er es nie wieder schaffen würde, sie mit seiner Dominanz einzuschüchtern.

Dann dieses Grinsen von ihm. Es zeigte sich nicht nur auf seinem Gesicht, sein Körper grinste. „Der Maestro wartet auf seine Schiava. Eines kann ich dir verraten, er ist nicht erfreut über deine Verfehlungen." Dieser Triumph in der Stimme. „Nur zu. Beschimpfe mich. Ich lasse dich jedes Wort spüren, während meine Handfläche auf deinem nackten Po tanzt."

Sie presste die Lippen zusammen.

„Dachte ich es mir doch. Nun komm.“ Er führte sie ins Arbeitszimmer.

John saß an dem Schreibtisch. Das freudige „John“ blieb ihr in der Kehle stecken, als sie seinen gebieterischen Gesichtsausdruck sah. Ihre Freude, ihn zu sehen, wich Unsicherheit. Miles führte sie vor den weißen Tisch.

„Du bleibst dort stehen, bis der Maestro etwas anderes von dir verlangt.“ Er warf ihr einen strengen Blick zu und verließ den Raum.

Das Wiedersehen entsprach nicht ihrer Vorstellung. Sie kämpfte mit ihrer Hilflosigkeit. Rettungslos trieb sie im dunklen Wasser umgeben von Zweifeln. Sie hatte sich nicht nur verliebt, sie liebte John. Es tat weh.

Der Notizblock lag vor ihm und daneben die verfluchten High Heels.

Sie schluchzte erneut auf. John sah von den Notizen auf. Sie durfte nicht heulen.

„Viola.“ Er sprach ihren Namen so zärtlich aus, dass sie endgültig in Tränen ausbrach. Der Stuhl flog zurück und lachend zog er sie in die Arme.

„Cara, beruhige dich. Du sollst vor Lust weinen, nicht vor Traurigkeit.“

Sie sah hoch und versank in seinen Augen. Seine Wärme und sein Duft umflossen sie, streichelten ihre Seele, steigerten ihre Verzweiflung.

„Du hast Angst, dass ich dich fortschicken könnte?“

Wann war sie bloß zu diesem Häufchen Elend geworden?

Er zog sie zu einem der beigefarbenen Sessel, die vor den Fenstern standen. Sie lag hilflos, nicht nur durch die Fesselung, in seiner Umarmung.

„Kleine Schiava, seit zwei Wochen freue ich mich auf dich. Warum sollte ich dich zurückweisen?“ Er strich ihr über den Kopf. „So einfach entkommst du mir nicht. Auch deine Tränen retten dich nicht vor der Bestrafung.“

Er wollte sie nicht wegschicken?

John lächelte bei ihrem Gesichtsausdruck. „Ich glaube, ich habe mich in dich verliebt. Daher werde ich besonders gründlich bei dir vorgehen."

Was sagte er da?

„Du hörst jetzt auf zu weinen, stellst dich vor den Schreibtisch und wartest auf meine Befehle." John stellte sie auf die Füße und zog ein Papiertuch aus der Box, die auf dem Tisch stand. Zärtlich wischte er die Tränenspuren von ihrem Gesicht. Ominös grinsend nahm er das Notizbuch auf.

Sie hätte am liebsten laut gelacht. Er liebte sie.

„Mir scheint, es mangelt dir an Disziplin." Betont langsam stand er auf und blieb hinter ihr stehen. Streichelte mit seinem Atem an ihrem Nacken entlang, legte eine Hand auf ihre Rippen und lachte, da sie zitterte.

„Du legst dich über die Tischplatte. Ich glaube, du benötigst ein paar Schläge, die dich daran erinnern, dass deine Situation ernst ist." Er drückte ihren Oberkörper runter. Effektvoll zog er den Gürtel aus der Jeanshose. Das Geräusch hinterließ ein Kribbeln in ihrem Magen. Es wanderte an ihrem Rückgrat hinauf. Sie hatte es vermisst, bestraft zu werden.

„Hast du mit dem Gedanken gespielt, mich um eine Bestrafung zu bitten, Viola?" John legte seine Handflächen auf ihr Gesäß und zog die Pobacken auseinander.

„Ja, das habe ich."

Ihre Antwort stellte ihn nicht zufrieden, ein scharfer Klaps landete auf der rechten Backe.

„Die Vorstellung dich anzuflehen, erregt mich. Ich genieße es, mich dir zu unterwerfen, mich freiwillig in deine Hände zu begeben. Die Begierde, die du fühlst, wenn du mich züchtigst, trägt zu meiner Lust bei."

„Beschreibe deine Erregung."

„Mein Körper steht unter Strom. Meine Haut ist überempfindlich. Meine Klitoris pocht. Ich spüre deinen Blick bis in mein Innerstes. Er zieht mich an, löst den Drang aus, aufsässig zu sein. Ich fiebere der Strafe entgegen und will, dass du mich zwingst sie zu empfangen. Das Gefühl erfasst mich, nimmt meinen Beinen die Kraft. Selbst meine Füße prickeln."

John leckte über die Pobacke, biss sachte in die Rundung.

„Meine geschwollenen Nippel sehnen deine Berührung herbei. Wenn du sie berührst, pulsiert mein Kitzler heftiger."

Seine Hand strich leicht an ihrer Spalte entlang, gleich einer Verheißung.

„Ich fühle die Feuchtigkeit, die lavagleich an meinen Schenkeln hinabrinnt. Der Wunsch, von dir besessen zu werden, wird unerträglich. Du sollst mir Schmerzen zufügen. Ich lasse mich fallen, denn ich weiß, dass ich dir vertraue. Gott, du liebst mich. Ich …"

Seine Lippen berührten ihren Nacken, sanft wie Schmetterlingsflügel.

„Du wirst dich nicht bewegen. Tust du es doch, fange ich von vorne an. Du erhältst zehn Strafschläge. Jetzt bitte mich darum."

Allein die Tonlage seiner Stimme erweckte die Schmetterlinge in ihrem Körper. Seine Lippen, seine Hände. Sie wollte von ihm ganz genommen werden, bereit, eine neue Grenze zu erreichen.

„Bitte John, bestrafe mich. Ich strotze vor Ungehorsamkeit."

„Das kann ich nur bestätigen, Schiava." Er lachte leise.

Das Leder erreichte die rechte Pobacke. Der Schmerz entsprach nicht ihrer Vorstellung.

„Nicht das, was du erwartest?" Die Worte waren ein einziges Versprechen.

Er wartete ihre Antwort nicht ab. Der Gürtel prallte erneut auf. Ein leichtes Prickeln setzte ein. Sie atmete aus, lockerte die angespannten Muskeln. Auch der dritte Treffer hinterließ ein angenehmes Brennen. Der nächste Schlag fand sein Ziel. Sie keuchte unter der brennenden Qual auf. Schlug er inzwischen mit drei Gürteln gleichzeitig zu? Schneidend, intensiv und nachhallend verblieb die Agonie auf ihrem Po.

Mist, sie hatte instinktiv ihren Hintern zur Seite gedreht. John fasste sich in Geduld, bis Viola in der Ausgangsposition lag. Fünf schnelle Hiebe trafen sie und sie spürte die Pein auf ihrem gesamten Po. Was für ein herrliches Gefühl! Er strich mit der Hand über die Striemen, knetete ihren Po, gab ihr die Zeit, die sie benötigte, um zu entspannen.

Sie wusste, was er erwartete. „Bitte, John, führe die Bestrafung zu Ende aus."

Es folgten drei leichtere Schläge. Die letzten zwei führte er hart aus.

Er zog sie hoch, schaute ihr prüfend ins Gesicht. „Solche Tränen möchte ich bei dir sehen." Er wischte sie mit den Daumen weg. „Was fühlst du jetzt?"

„Ich will mehr. Ich will dich in mir spüren. Ich will, dass du mich zum Schreien bringst, während du mich disziplinierst."

„Du solltest vorsichtig mit deinen Wünschen sein. Zuerst wollen wir uns mit deinen zahlreichen Verfehlungen beschäftigen."

Er saß hinter dem Schreibtisch. Sie musterte den Boden. Was hatte der Verräter alles in dieses Buch geschrieben?

Sie riskierte einen Blick. John zog die dunklen Augenbrauen nach oben und ein belustigter Ausdruck lief über sein Gesicht. Es bereitete ihm Mühe, nicht zu lachen. „Das ist deine Art, Kleidungsstücke zu tragen? In der Hand?" Er blickte hoch. Stürmisches Grau ließ sie seufzen. „Viola, hast du masturbiert?"

Verdammt, was sollte sie sagen? Er merkte es, wenn sie lügen würde. Woher wusste er es überhaupt? Oder hatte er ins Blaue geraten und an ihrer jetzigen Reaktion gemerkt, was sie getan hatte?

„Ja, ich konnte es nicht mehr aushalten. Ich wollte es nicht. Es ist einfach passiert."

„Einfach passiert?"

Sein Tonfall nahm ihren Beinen den Halt. „Du hast dich Tom widersetzt, du hast Miles nicht gehorcht und du hast masturbiert." Bei den letzten Worten blieb er hinter ihr stehen. „Eigentlich hatte ich beabsichtigt, dich auszupeitschen. Aber jetzt verspüre ich das Bedürfnis, dich über meinen Schoß zu legen. Dir so lange den Arsch zu versohlen, bis du weißt, was Disziplin bedeutet. Jede Reaktion werde ich direkt spüren und sehen." Er legte seine Hände um ihre Brüste, knetete sie und reizte ihre Nippel. Rieb sie hart zwischen Daumen und Zeigefinger, bis sie sich unter der Berührung rekelte. Er fasste ihren Nacken und griff in ihre Haare. „Ich werde dich züchtigen, bis du mich anbettelst aufzuhören." Er schob sie auf einen der Sessel zu. „Dreh mir den Rücken zu." Er löste den Fesselgürtel sowie die Handmanschetten und setzte sich hin. „Darüberlegen, meine Schiava."

Für einen Sekundenbruchteil spielte sie mit dem Gedanken, zu flüchten. Spöttisch hochgezogene Augenbrauen hielten sie davon ab. Wo sollte sie auch hin? Einen Moment später lag sie mehr oder weniger freiwillig über seinen Beinen, spürte die starken Muskeln und sein geschwollenes Geschlecht. Viola wollte genau hier sein und freudige Erregung ergriff sie, wusste sie doch, dass er ihr gleich köstlichen Schmerz durch seine Hände schenken würde. Das Gefühl, sich ihm willig auszuliefern, dazu in dieser Haltung, ließ sie vor Sehnsucht aufseufzen.

„Mir scheint, es gefällt dir viel zu sehr." Er senkte die Stimme zu einem Flüstern. „Ich werde dir mehr geben, als du erwartest. Egal, wie es dich quält, du wirst liegen bleiben, bis ich dir erlaube aufzustehen."

Er bewies, dass er zu seinen Worten stand. Miles Schläge waren Streicheleinheiten gewesen, verglichen mit dem, was John ihr antat. Er steigerte die Intensität, schlug schärfer und länger zu. Zudem brannte ihr Po von dem Gürtel. Er behielt recht, schlussendlich bettelte sie ihn an, dass er aufhören sollte. Sie weinte und schrie. Mit jedem Aufprall vibrierte die Begierde durch ihren Körper, sang in ihrem Bewusstsein. Ihre Pobacken tauchten in flüssige Lava ein. Seine Erektion drückte gegen sie, gab ihr eine Ahnung von der Lust, die er dabei empfand, sie zu züchtigen, sie zu disziplinieren. Mit ihr genau das tun zu können, was er wollte.

„Eine Bestrafung mit der Hand ausgeführt ist sehr persönlich", erklärte er, bevor er fortfuhr. Ihr Kopf hing nach unten, jeglicher Wille verschwand, ersetzt von purer Gier. Die Qual wuchs in ein fast unerträgliches Maß. Schwer atmend hielt John inne.

Sie versuchte von seinem Schoß zu springen, aber er zeigte kein Erbarmen und packte sie, streichelte entsetzlich zärtlich über ihren heißen Hintern.

„Ich möchte mein Werk bewundern." Er knetete die brennenden Backen und weckte den Schmerz zu neuem Leben. „Gib nach, lass dich fallen, wehr dich nicht." Seine Worte lösten die Anspannung in ihrem Körper. Seine streichelnden Hände ließen sie stöhnen. „Hast du schon einmal daran gedacht, in einem Kleid in der Öffentlichkeit, ohne Höschen herumzulaufen?"

Viel zu sehr mit sich beschäftigt, begriff sie seine Frage nicht.

Er strich mit den Fingerspitzen an den Schamlippen entlang, berührte leicht ihre Knospe. Sie konnte nicht sprechen, unsicher, was er forderte.

„Entweder antwortest du oder meine Hand wird auf deine glühenden tiefroten Backen treffen."

Kleid, Höschen!

„Stellte ich mir vor." Mehr fiel ihr nicht ein.

„Tatsächlich? Wieso sollte mich diese ausweichende Erwiderung zufriedenstellen?" Seine Stimme besaß diesen gefährlich leisen Tonfall. Weitaus beängstigender, als wenn er sie anschreien würde.

Viola versuchte, ihre Gedanken zu sortieren, die wie ein aufgeregter Vogelschwarm in ihrem Kopf herumschwirrten. Johns Fingerspiel wurde fordernder. Er wusste genau, was er tat.

„Bitte", stöhnte sie.
Feste Hiebe landeten auf ihrem Po. Das Glühen kehrte zurück, bedeutend intensiver. Auch die Fingerspitzen, die sie fast um den Verstand brachten.
„Mir scheint, du bist abgelenkt und unkonzentriert." Er stand auf und nahm sie bei der Bewegung mit. Gründlich starrte er sie an. Er schob sie rückwärts durch den Raum, erinnerte an einen Vampir, der ein Opfer in seinem dunklen Bann hatte. Die Couch berührte ihre Kniekehlen.
„Diesmal, meine kleine widerspenstige Schiava, wirst du dich mit dem Rücken nach unten auf meinen Schoß legen. Ich will in deine Augen sehen, während ich dir schlimme Dinge antue."
Grundgütiger!
Sie lag erneut über seinen Knien, tastete nach Halt, den sie in seinem Blick fand.
„Beantworte meine Frage zufriedenstellend oder das Glühen, was du jetzt auf deinem Po spürst, werde ich mit dem Paddel intensivieren. Ich glaube nicht, dass du das möchtest. Wage es ja nicht, zu kommen."
Viola presste ihre Schenkel zusammen. Sie konnte seine Stimulation nicht ertragen. Ihre einmalige Masturbation war höchst unbefriedigend gewesen und sie brauchte den Orgasmus. Sofort. Johns Griff in ihre Haare belehrte sie eines Besseren. Willig spreizte sie die Beine. Seine Fingerspitzen umkreisten ihre Klitoris und mit einem sadistischen Gesichtsausdruck legte er die andere Hand auf ihre Brust. „Ich warte." Ungeduldiger konnte eine Stimme nicht klingen. Er zwickte die pralle Knospe. Rieb sie zwischen Daumen und Zeigefinger.
Sie atmete hastig, stöhnend suchte sie nach Konzentration, die irgendwo in ihrem Gehirn lauerte. „Ich habe mir vorgestellt, dass ich im Kino sitze. In der hintersten Reihe. Ich trage ein Kleid, das über meine Knie reicht. Auf ein Höschen verzichtete ich."
Er senkte den Kopf. Biss in den Nippel, saugte hart und lachte maskulin bei ihrem Aufbäumen.

„John, bitte."

Wenigstens hörte er auf mit den Fingerspitzen, um ihre Klitoris zu kreisen. Mit einem sardonischen Lächeln führte er stattdessen zwei Finger in ihren Schoß ein und bewegte sie in langsamen kreisenden Bewegungen.

„Deine ultimative Chance zu reden. Ich werde dich ansonsten so bestrafen, dass du dir wünschst, ich wäre heute nicht zurückgekommen."

Verzweifelt sammelte sie ihre Gedanken. Woher zum Teufel kannte er ihre ganzen Fantasien? Sie warf ihm einen misstrauischen Blick zu. „Das Kino ist nicht gut besucht. Ich sitze in der letzten leeren Reihe. Ein Fremder nimmt neben mir Platz. Als der Film beginnt, legt er seine Hand auf mein Knie und ich wehre mich nicht. Er rutscht höher unter mein Kleid. Seine tastenden Finger berühren meine nackte Scham. Seine Fingerspitzen …" Sie unterbrach ihren Wortschwall, spannte die Muskulatur an, versuchte, gegen die Erfüllung anzukämpfen, die nur einen Wimpernschlag entfernt lockte.

Er rieb über die Klitoris. „So etwa?"

Aufbäumend drängte sie sich der Berührung entgegen. Johns Augen funkelten sie silbrig an. Er atmete schwer.

„Ja, er reibt und dringt in mein Geschlecht ein. Es gefällt mir und er hört nicht auf, bis ich gekommen bin. Dann zerrt er mich aus dem Kino. In einer kleinen Gasse schiebt er mein Kleid hoch, befiehlt mir, mich vorzubeugen. Er versohlt mir mit seinem Gürtel den Arsch. Er fickt mich von hinten, hart. Er hört nicht auf, mich zu stimulieren, sein Schwanz hört nicht auf, in mich zu pumpen, bis ich meinen Orgasmus herausschreie. Er spritzt seinen Samen in mich, zieht das Kleid herunter und bringt mich zu meinem Wagen. Ich sehe ihn nie wieder. Kenne auch nicht seinen Namen."

Ihr Po brannte unglaublich. Das köstliche Gefühl berauschte sie. John packte sie und sie landete auf der breiten Couch. Mit einem Stoß pflanzte er seinen Phallus in ihr Geschlecht. Er umklammerte ihre Handgelenke, senkte seine Lippen um ihre Brustwarze und biss leicht zu. Saugte so scharf daran, dass sie aufschrie. John bewegte seine Hüften kreisend. Er berührte mit seinem Becken ihren Kitzler. Langsam und schonungslos stieß er in sie hinein, rieb seinen Schwanz an der Oberfläche ihres Schoßes, nahm sie, bis sie leise zuckte. Der erste fast vaginale Orgasmus ihres Lebens.

John zog den Schwanz aus ihr und drehte sie mit kräftigen Händen um.

„Reck mir den roten Po entgegen."

Sie tat, was er verlangte. Hielt inne, als er vor ihr stand.

„Sieh mich an."

Sie hob den Kopf und keuchte unter dem Blick auf, der sie lockte, ihr zeigte, dass sie ihm gehörte.

„Jetzt, mein Schatz, verlange ich einen weiteren Höhepunkt. Ich werde dich hart von hinten ficken. So wie ich es mir in den letzten zwei Wochen immerzu vorgestellt habe."

Viola kniete auf der Couch. Sie besaß genau die richtige Höhe, dass er sie stehend nehmen konnte.

„Ich möchte, dass du deine Pobacken auseinanderziehst, während ich in dich eindringe, so weit es dir möglich ist."

Sie tat es, ohne zu zögern. „John", schrie sie keuchend. Der Reiz erhöhte sich um ein Vielfaches, obwohl er seinen Schwanz nicht ganz einführte.

„Halt still", murmelte er mit rauer Stimme. Tief drang er ein. Seine Fingerspitzen lagen auf der pulsierenden Perle. Ihr Orgasmus lief in Wellen durch ihren Körper. John umspannte ihre Hüften, nahm sie mit einer Härte, die ihr gefiel. Immer wieder betastete er den Po, erweckte das prickelnde Brennen zu neuem Leben. Mit einem Schrei entlud er seine Lust in ihr, blieb erschöpft auf ihr liegen. Viola wollte sich aufrichten, aber er drückte sie zurück. Er schob ihr ein Kissen unter das Becken. Sie wusste nicht, ob sie zusätzliche Schläge ertragen könnte. Sie wimmerte auf, denn er rieb fordernder über ihren Po.

„Jammere ruhig, Schiava. Ich bin noch nicht fertig mit dir. Die Liste deiner Verfehlungen ist lang.“ Er lachte sinnlich. „Vielleicht sollte ich die Intensität der Befragung erhöhen? Dir weitere Geständnisse herauslocken?“

Beruhigende Leere umfing sie, als ihr erschöpfter Körper ihr Bewusstsein erreichte. Die unbegründete Angst, dass er sie ablehnen könnte, setzte ihr zu, auch die Härte der Strafe. Nie wieder würde sie glauben, dass eine Gerte, Rute oder Rohrstock schmerzhafter wäre. Bei diesen Disziplinierungen hielt er sich zurück.

„Bitte nicht, holder Maestro, ich kann nicht mehr.“

Er kniete vor ihr und sie sah zu ihm hoch, erhaschte einen Blick auf seine zuckenden Mundwinkel. John platzierte seine Hände auf ihren Rippen und kitzelte sie. Was war das für eine neue Folter? Quietschend und schreiend versuchte sie zu entkommen, aber John saß auf ihren Unterschenkeln und hörte erst auf, als sie lachend um Gnade flehte.

John legte sich auf die Couch und zog sie schmunzelnd an seine Seite, betrachtete sie zärtlich, bis sie zu Atem kam. Er reichte ihr Saft. Sie hätte früher nie gedacht, dass Sex so anstrengend sein könnte. Mit großen Schlucken leerte sie das Glas. Seufzend lehnte sie ihren Kopf auf seine Schulter. Müdigkeit lag auf ihren Gliedern, saugte die letzte Kraft aus ihr. Obwohl sie sofort einschlafen könnte, ließ ihr Verstand sie nicht in Frieden.

„John, darf ich dich etwas fragen?“ Sie zog mit der Fingerspitze Kreise um seine Brustwarze.

„Cara, du kannst mich verhören, es sei denn, ich befehle dir, zu schweigen.“

„Wann hast du bemerkt, dass du diese Neigung besitzt?“

„Das wusste ich schon im Kindesalter. Ich habe meine Stofftiere ausgepeitscht und kleine Tiere gequält.“

Sie schluckte sichtlich und er brach in ein herzerfrischendes Lachen aus.

„Viola, du solltest niemals Poker spielen.“ Sie versuchte ihn zu kitzeln, aber ein Griff brachte sie in seine Gewalt. Sie rechnete nicht mit einer Antwort.

„Mit Anfang zwanzig lernte ich eine heiße Frau in einem Pub kennen. Sie war Mitte dreißig, in vieler Hinsicht erfahrener als ich. Ich fand heraus, dass sie ein Switcher war.“

„Ich verstehe nicht.“

„Ein Switcher kann beides. Er sich lässt dominieren oder spielt den dominanten Part.“ Er küsste sie auf die Stirn und sie presste sich gegen ihn, sog seine Wärme und Stärke wie ein Schwamm auf. „Sie nahm mich in ihre Wohnung mit. Dort unterbreitete sie mir ein Angebot. Sie verlangte, dass ich ihr den Hintern mit einer Gerte versohlen sollte. Danach sollte ich sie vögeln. Wenn ich sie allerdings nicht ausreichend schlagen würde, ihr nicht einen Orgasmus bereitete, dürfte sie mich schlagen.“ Er lachte bei der Erinnerung. „Natürlich ließ ich mich darauf ein. Was sollte mir schon passieren, der tolle Hengst, der ich war. Dabei saß ich längst in ihrer Falle. Sie wusste genau, dass ich versagen würde. Ich fesselte sie an ihr Bett. Und ihr Becken lag auf einem großen Kissen. Etwas Geileres hatte ich noch nie gesehen. Die Gerte in meiner Hand erregte mich zusätzlich. Was soll ich sagen? Ich schaffte es, fünf Mal auf ihren Hintern einzuschlagen, bevor ich in sie eindrang. Ein paar Stöße brachten mich zur Ekstase, mit dem Gefühl, Großartiges geleistet zu haben.“

John in dieser Rolle sprengte Violas Vorstellungskraft.

„Um es abzukürzen: Ich enttäuschte sie in zweierlei Hinsicht, die Schläge wärmten sie nicht einmal auf und ich erfuhr zum ersten Mal, dass es Frauen nicht reicht, einen Schwanz in sich zu spüren. Sie klärte mich sehr nachhaltig über den klitoralen Orgasmus auf. Ich kann dir versichern, sie hörte nicht nach fünf Hieben auf. Niemals hatte mir jemand so den Arsch verdroschen.“

„Was tat sie dann?“

„Ich lag wimmernd auf diesem verdammten Kissen. Sie band mich los. Ich fühlte mich gedemütigt. Dachte, ich könnte nie mehr einen Ständer bekommen. Aber damit ließ sie sich nicht abspeisen. Schließlich war sie nicht zum Zug gekommen. Sie verpasste mir einen Blowjob, zwang mich zur Kooperation. Sie ritt mich, zeigte mir, was meine Hände tun sollen. Ihr Klimax war heftig, doch sie hatte längst nicht genug. Danach folgte eine Einweisung, was ich alles mit meiner Zunge und meinem Mund tun sollte." Er lächelte bei der Erinnerung. „Ich brachte sie noch zwei Mal zum Höhepunkt." John streichelte ihren heißen brennenden Po und das Gefühl entlockte ihr einen Seufzer. „Ich erfuhr mehrere Dinge an diesem Abend. Ich fand großen Gefallen daran, eine willige Partnerin zu dominieren. Mir selbst den Arsch versohlen zu lassen, ist eine Erfahrung, die ich niemals wiederholen möchte. Ich will meine Geliebte bis an ihre Grenzen bringen und sie befriedigen, bis sie wimmert."

„Hast du sie jemals wiedergesehen?"

„Ja. Sie lehrte mich eine Menge über Dominanz, eine gute Lehrmeisterin. Durch Susan lernte ich, was es bedeutet, so viel Verantwortung über einen anderen Menschen zu haben. Vor ein paar Jahren ist sie in die Staaten gezogen."

Viola lag schweigend in seinen Armen. Die angenehme Stille ruhte balsamgleich auf ihr.

„Komm, Kleines, wir gehen ins Bett. Du siehst müde aus und mir geht es ebenso. Ich habe dich so schrecklich vermisst."

Viola war ihm die Arme um den Hals und schmiegte sich an ihn. John zog sie auf die Füße und brachte sie in sein Schlafzimmer.

Seufzend lag Viola auf dem Bauch. John zog die Decke tiefer und betrachtete Violas roten Po. Zwei Wochen lang hatte ihm dieses Bild vor Augen geschwebt. Er hatte es sich immerzu vorgestellt, während er masturbierte. Die unglaubliche Befriedigung, ihr den Hintern zu verdreschen, kam jedoch nicht nur von seiner sadistischen Ader. Es hatte ihn wie ein Schlag getroffen, als sie endlich vor ihm stand. Die kleine Hexe verzauberte ihn. Es waren die schrecklichsten Tage seines Lebens gewesen. Gott, hatte er sie vermisst. Das Gefühl ihrer Unterwerfung, dass sie ihm bedingungslos vertraute. Liebe steigerte die Lust an den Spielen erheblich. Mit Viola war es persönlicher, nicht zu vergleichen mit seinen letzten Gespielinnen. Wieder hatte sie ein Stück weit losgelassen, eine erneute Grenze erfahren, während sie den Kick des Schmerzes und des Vertrauens ausgedehnt hatte.

In ein paar Tagen hielt er eine andere Art Prüfung für sie bereit. Sie musste einen neuen Schritt nehmen, der durch einen weiten Graben führen würde. Er war verpflichtet sie zu zwingen, ihren eigenen Schatten abzuwerfen. Der wichtige Test verriet ihm und ihr viel über sie und würde sie in ihrer Rolle einer Schiava und seiner Partnerin stärken. Er wollte nicht nur Sex von ihr.

„Susan hätte dich gemocht."

Viola murmelte etwas, halb gefangen im Schlaf.

Das ließ ihm genügend Zeit um über das Monster aus ihrem Leben nachzudenken, dass sie endlich aus dem Bau gelockt hatte. Er lauerte in den Wäldern neben Violas Haus.

„Du hättest sie sehen sollen. Nur die Vermutung, dass er es sein könnte, reißt ihr den Boden unter den Füßen weg." Miles grüne Augen hatten diesen harten Ausdruck angenommen. „Das Schwein wird es bereuen, dass er unsere Aufmerksamkeit erlangt hat. Timothy ist ihm gefolgt."

Jetzt war aus dem Jäger eine Beute geworden. Timothys Detektei arbeitete mit Nachdruck daran, alles über das Arschloch herauszufinden.

„Sie brachte es nicht einmal über die Lippen mir zu sagen, was er ihr angetan hat, oder dass er es sein könnte, den sie im Wald gesehen hat. Du musst sie dazu bringen, sich dir anzuvertrauen sonst zerbricht es sie eines Tages." Miles hatte ihn angelächelt. „Ich weiß, dass du sie liebst und Viola ist beinahe vor Sehnsucht zu dir vergangen. Hilf ihr."

John würde mehr als das tun. Er wollte Viola, und zwar mit allem, was sie zu bieten hatte. Auf diese Weise hatte er noch nie gefühlt, das war ihm in den letzten beiden Wochen sehr bewusst geworden. Aber jetzt brauchte er auch ein wenig Schlaf.

Kapitel 9

Ein paar Tage später, trat Viola einen Schritt von dem Arbeitstisch zurück, um den Friesen zu betrachten. Ganz still fühlte sie sich. Nicht immer gelangen Bilder auf Anhieb, aber dieses ging ihr leicht von der Hand. Der Rappe schimmerte auf der Leinwand, geheimnisvoll kam er aus dem dunklen Hintergrund. Eine Seite des Kopfes lag im Schatten, nur das Auge und die samtige Nüster glänzten.

In ihrer Jugend hatte sie jede freie Minute im Pferdestall verbracht, mistete Ställe aus und versorgte die Tiere. Als Gegenleistung durfte sie reiten, so viel sie wollte. Es war ihr einziger Zufluchtsort gewesen und einer der wenigen guten Erinnerungen. Sie konnte noch das Heu und die Pferde riechen. Oft hatte sie in einer Box gestanden, ihre Wange gegen einen seidigen Hals geschmiegt und Rotz und Wasser geheult. Schon damals war sie am liebsten allein. Sie kam zur Ruhe bei den Ausritten und die Verbundenheit mit einem warmen Lebewesen gab ihr die nötige Kraft, um durchzuhalten. Sie war nicht zerbrochen, egal, was er ihr angetan hatte.

Viola legte ein wenig Schimmer auf den schwarzen Körper. Dann signierte sie es. *Gentle Wind*, ein passender Name für das kraftvolle Tier und sie hoffte, dass John das Bild mochte. Viola lächelte bei der Erinnerung an gestern. Sie waren wandern gewesen und hatten ein Picknick gemacht. Es war ein perfekter Tag gewesen und sie hätte ihm beinahe ihr Herz ausgeschüttet, hatte sich dann aber im letzten Moment zurückgehalten, denn ihre tiefdunklen Erinnerungen hätten den Ausflug zerstört. Inzwischen fühlte sie sich etwas ruhelos, denn sie sehnte sich nach seiner harten Hand. Für ihren Geschmack ließ er manchmal zu viel Zeit zwischen den Sessions vergehen.

Schritte ertönten, die Richtung ihres Ateliers kamen. Das war John, der sogleich in das Atelier eintrat. Sie grinste, weil er sie nicht hatte erschrecken wollen. Wenn er es darauf anlegte, bewegte er sich lautlos.

John zog sie in seine Arme und ein brüderlicher Kuss traf ihre Wangen. Ein anerkennender Pfiff zeigte ihr, dass ihm das Pferd gefiel.

„Eine Schiava mit vielen Talenten." Unvermittelt änderte er den Tonfall. „Runter mit der Hose. Präsentiere mir deinen Hintern."

Oh, verdammt! Man sollte sich wirklich vor seinen Wünschen hüte. Wenn sie nicht gehorchte, würde er sie an Ort und Stelle bestrafen. Er liebäugelte mit dem auf dem Arbeitstisch liegenden Holzlineal, blickte abschätzend auf den Hocker, der offensichtlich die perfekte Unterlage für sein Unterfangen bot.

Viola zog die farbenbeschmierte Jogginghose nach unten, wobei sie sich ziemlich freute.

„Vorbeugen!" Er tastete über ihre Pobacken, die zugegebenermaßen noch leicht brannten. „Gut." Er gönnte ihr einen von diesen Blicken, die sie in einen zitternden Haufen verwandelten, ehe er sie einfach stehen ließ.

Sein Duft hing noch in der Luft, als er die Tür hinter sich schloss. Ratlos blieb sie mitten in Raum stehen und war jetzt viel zu nervös, um zu malen. Genau darauf zielte John ab, der miese Schiavaquäler. Viola trank einen Schluck Wasser, ihr Mund so trocken, als hätte sie in eine Zitrone gebissen. Einem Teil von ihr missfiel, dass er ihre Reaktionen voraussah. Sie betrachtete ihre bebende Hand. Dann lachte sie, denn sie reagierte ganz, wie es der Maestro wollte. Es hatte heute sowieso keinen Sinn mehr weiterzumalen, daher wusch sie die Pinsel aus und wickelte die Palette mit Folie ein. Eine Dusche wäre jetzt genau richtig.

Als sie aus dem Badezimmer kam, lag ein Zettel mit Johns Handschrift auf dem Bett. Aufgeregt las sie ihn und die Erregung kam nicht langsam, sondern überrollte sie förmlich.

Du wirst nackt in die Bibliothek kommen.

Na gut!

Sie entledigte sich des Handtuchs und brachte es am besten schnell hinter sich. Viola hielt ihre Brüste, joggte so rasch sie es wagte, durch das Haus und erstarrte bei jedem Geräusch. Halbherzig verfluchte sie ihn. Falls sie einen von den Fensterputzern traf, würde sie sterben, nachdem ihre roten Wangen sie verbrannt hatten. Denn es gab sie wirklich! Sie waren vorhin noch hier gewesen und Viola wusste nicht, ob sie inzwischen gegangen waren.

Halte endlich die Klappe, raunzte sie der Viola zu, die mahnend den Finger hob. *Ich vertraue ihm und genieße es mit allen Sinnen, hole nach, was ich all die Jahre vermisst habe. Außerdem ist er verliebt. In mich!*

Das breite Grinsen lag inzwischen auf ihrem Gesicht, sie konnte es einfach nicht zurückhalten. Vor der Bibliothek blieb Viola stehen, um ihre Atmung zu beruhigen. Sie hätte langsamer gehen sollen, da ihr Körper förmlich glühte. Viola fasste zwischen ihre Schenkel und cremige Feuchtigkeit begrüßte sie. Ihre Nippel pulsierten. Wann war sie zu dieser gierigen Person geworden?

Sie nahm ein paar tiefe Atemzüge und öffnete die Tür. John saß in einem der grünen Sessel. Die Filmmusik von Bram Stokers Dracula flutete den Raum. Sie liebte den Film von Francis Ford Copolla. Die Töne passten, denn John lauerte auf ein williges Opfer. Er blickte bei ihrem Eintreten auf. Sein Blick forderte sie auf, vor ihn zu treten. Kühl betrachtete er sie. Seinem Ausdruck fehlte jegliche Wärme, sodass Unsicherheit Viola überwältigte.

Er berührte mit der Handfläche ihren Po. „Ich sehe, dein praller Popo hat sich vortrefflich von meiner Behandlung erholt. Bereit für eine neue Session, Viola?“ Herausfordernd sah er sie an. Er verunsicherte sie durch die abschätzende Mimik. Diese Seite kannte sie nicht. John drehte die Musik aus.

„Ich erwarte absoluten Gehorsam. Du kennst das Safeword?“

Das Safeword! Angst ergriff sie.

„Das Wort, das du mir vor deiner Abreise gegeben hast?“

Er nickte. Die Unsicherheit ließ sie einen Schritt nach vorne treten und sie bekam eine Gänsehaut, die unangenehm über ihre Wirbelsäule rannte.

„Bleib stehen!“

Sie erstarrte förmlich, hielt den Atem an, spürte Tränen.

Er zog ihre Handgelenke nach hinten und mit einem Klicken schnappten Handschellen zu, die kalt ihre Haut umschlossen.

„Wir bekommen Besuch. Du wirst das Safeword nur benutzen, wenn du nicht mehr aushältst, was er dir antut.“

Er!!!

John unterband ihre Versuche, in sein Gesicht zu sehen. Unterband die Hoffnung, etwas zu finden, das die Worte milderte und die Atmosphäre vertrieb, die sich ihrer bemächtigte. Seine Hände auf ihren Schultern wogen schwer wie Blei. Er schob sie in die Mitte des Raums, wobei er Druck ausüben musste, sonst hätte Viola sich nicht gerührt.

„Du wahrst die Position, so wie ich es von dir verlange und benimmst dich angemessen.“ Sein eisiger Tonfall schmerzte. Die näher kommenden Schritte verschärften die Unsicherheit. Der Wunsch, ihren Rücken gegen eine sichere Wand zu drücken, lauerte übermächtig in ihr. Sie wünschte sich, dass John ihr Halt schenken würde. Ihr Blick hing gebannt an der Türklinke. John lief um sie herum und blieb in einigem Abstand vor ihr stehen. Sein Handeln vergrößerte ihre Unruhe, sodass sie an fing zu zittern und kaum noch stillhalten konnte.

Fassungslos blickte sie auf den schwarz gekleideten Kerl mit der Sturmhaube, der die Bibliothek betrat. In der Hand hielt er mehrere Lederriemen. Hilfe suchend sah sie zu John. Der Mann kam schnell näher. Ungewollt wimmerte sie. Angst biss tief in sie hinein, sie wollte nur weg von dem Typ.

Er versuchte, ihr Kinn zu greifen, und sie drehte den Kopf, wich der Berührung aus. Mit zwei Schritten stand John hinter ihr. Stoppte sie mit eisernem Griff. Der Maskierte fasste ihr Kinn. Entsetzen fuhr durch ihre Glieder, summend und brennend, bevor es kalt über ihr lag. Eine Schicht, die sie zu ersticken drohte.

„Sie ist sehr ungehorsam, John. Du hast die Zügel schleifen lassen."

Seine Stimme besaß einen Unterton, der ihr unnachgiebig den Halt nahm.

„Knie dich hin, wenn du weißt, was gut für dich ist." Bei seinen Worten umfasste er ihre Schultern. Sie fühlte sich in doppelter Hinsicht allein. Viola kniete langsam auf den Boden und wäre beinahe auf das Parkett gekippt. Sie fiel gegen das Bein des unheimlichen Kerls. Schutz suchend blickte sie zu John, aber er beobachtete sie mit steinerner Miene. Er erlaubte ihr keinen Einblick in seine Gefühle.

„Du wirst herumkriechen, mir beweisen, dass du es verdienst, meine Aufmerksamkeiten zu erhalten."

Der Grund unter ihren Knien verwandelte sich in ein bodenloses Loch. Warum tat John ihr das an? Sie hatte ihm anvertraut, dass sie nicht auf diese Weise gedemütigt werden wollte. Ungewollte Tränen rannen ihre Wangen hinunter. Das konnte und wollte sie nicht tun.

„Meine Züchtigung wird erkennbare Spuren auf deiner Haut hinterlassen. Vielleicht blutest du sogar."

Jetzt reichte es!

Erst murmelte sie es leise und dann schrie sie das Safeword in den Raum.

Sie ließ den Kopf hängen und brach vollends in Schluchzen aus. Am liebsten hätte sie sich auf dem Boden zusammengerollt. Starke Hände zogen sie auf die Füße und John löste die Handschellen, rieb ihre Handgelenke. Er zog sie murmelnd in seine Umarmung. Als sie aufblickte, war der Fremde verschwunden. John zog sie auf seinen Schoß. Doch sie strampelte und wollte nur weg von ihm.

„Warum weinst du?"

„Ich habe versagt." Und er hatte ihr Vertrauen missbraucht und sie verraten.

„Kleines. Ich habe dich vor diese Situation gestellt, damit du das Safeword anwendest."

Wie konnte er nur! Er ließ es zu, dass sie mit den Fäusten gegen seine Brust trommelte. „Ich verstehe nicht."

„Du darfst niemals zögern, das Wort zu benutzen. Nicht du versagst, sondern dein Maestro geht zu weit."

Sie hob zögernd den Blick und Wärme schlug ihr entgegen.

„Ein Test?" Sie verspürte Empörung und gleichzeitige Erleichterung. Am liebsten hätte sie ihn getreten.

„Ja, Cara. Ich wollte herausfinden, ob du es benutzt. Wenn unsere Beziehung eine Zukunft haben soll, ist es wichtig, dass du dich nicht scheust, es anzuwenden. Ich will eine selbstbewusste Schiava. Nicht eine, die zerbrochen wird. Denn auch ich könnte zu weit gehen."

„Du Mistkerl."

Dieses Arschloch!

Aber irgendwie verstand Viola, warum John ihr das angetan hatte. Er wollte nicht, dass sie sich alles gefallen ließ und still jede seiner Handlungen ertrug. Sie hatte eine Stimme und John verlangte, dass sie diese auch benutzte.

„Das, mein Kleines, ist ein Wort, welches ich dir nicht erlaube." Zärtlich lagen seine Lippen auf ihren und verjagten die Unsicherheit. „Was hast du bei seiner Berührung empfunden?"

„Das war nicht das Schlimmste, am meisten hat es mit verletzt, dass du mein Vertrauen missbraucht hast." Sie sah ihn an, versuchte, seine Mimik zu deuten. „Ich konnte einfach nicht glauben, dass du es zulassen würdest, dass er mich zerstört."

Sie umklammerte seine Schultern und realisierte langsam die Tragweite des Tests. Falls John es wirklich darauf anlegte, könnte er sie innerhalb von Sekunden zerstören. Schwindel erfasste sie. „Ich verspürte auch Angst vor mir selbst. Furcht, dass ich etwas tun könnte, nur um dir zu gefallen."

Sie schmiegte sich gegen ihn. „Kaum hatte ich das Safeword gesagt, fühlte ich mich verloren. Mir war, als wenn ein Teil von mir gestorben wäre."

Er strich beruhigend an ihrem Rücken entlang. Die Berührung sanft und zärtlich. „Du hast heute eine wichtige Lektion gelernt." Seidig lief das Timbre seiner Stimme über ihre Haut.

Viola drückte ihre Nase in seine Halsbeuge. Das Auf und Ab ihrer Gefühle erweckte den Wunsch, John in sich zu spüren.

„Lüstern bis in die Fußspitzen. Bevor ich dein sündiges Verlangen in die Tat umsetze, stelle ich dir eine Frage. Ich rate dir, sie ausführlich zu beantworten. Deine Bestrafung wird von ihr geprägt sein."

Die Schmetterlinge kehrten zurück und sie lachte zaghaft.

„Hast du schon einmal davon geträumt, gejagt zu werden?"

Er legte ihr einen Finger auf die Lippen. „Ehe du mir antwortest, setz dich rittlings auf meinen Schoß und sieh mich an."

Sein Phallus drückte gegen seine Jeanshose und ihre Scham. Sie hätte ihm gern die Hose aufgeknöpft, seinen prallen Schwanz befreit und ihn geritten.

„Viola, konzentriere dich gefälligst. Du bist nah dran, meine Hand erneut auf deinem Po zu spüren."

„Vielleicht würde mir das behagen?" Frech grinste sie ihn an.

„Das finden wir gleich heraus. Jetzt beantworte meine Frage, und zwar ausführlich." Seine stürmisch grauen Augen versprachen Erfüllung.

„Drei Männer nehmen mich gefangen und lassen mich im Wald frei. Falls ich den Waldrand erreiche, komme ich ungeschoren davon. Wenn ich es nicht schaffe, muss ich mich ihnen unterwerfen, willig erdulden, was sie mir antun." Sie leckte über ihre Lippen und bewegte das Becken, stahl John mit den aufreizenden Kreisen ein Stöhnen. Er saugte abwechselnd an ihren Brustwarzen und sie warf den Kopf zurück, vergaß, was sie sagen wollte.

„Weiter, Viola."

„Ich renne los. Hin- und hergerissen in meiner Angst. Einerseits möchte ich entkommen, aber andererseits will ich benutzt und gevögelt werden. Sie fangen mich. Zwei halten mich, solange der Dritte mich leckt, mich in einen Orgasmus zwingt."

„Ich ficke dich, während du redest. Zieh mir die Hose aus und reite mich, meine hübsche Schiava."

Sie beeilte sich, seinem Wunsch nachzukommen, und knöpfte die Jeans auf. Zog sie dann einschließlich der engen Boxershorts nach unten. Feinrippware mit Eingriff befand sich nicht in Johns Besitz. Sie konnte dem Reiz nicht widerstehen und umfasste mit dem Mund langsam sein pralles Glied.

„Das solltest … du … nicht …" Ihre Lippen saugten an der Spitze. Der Schwanz zuckte gegen ihren Gaumen. Er legte die Fingerspitzen um ihre Wangen und lächelte sie warm an.

Sie konzentrierte ihre Bemühungen auf die empfindliche Eichel. Ließ ihn die raue Zunge spüren. Dann kam ihr eine Idee. Sie lehnte über ihn, sodass ihre Nippel an den Hoden entlangstrichen. Sein lautes Stöhnen belohnte sie. Mutig spreizte sie seine Schenkel und massierte seinen Schaft, spürte die Hitze seines Phallus. Sie nahm einen der rasierten Hoden in den Mund. Er krallte aufstöhnend die Hände in ihr Haar. Ihre Scham bebte gierig. Vorsichtig lutschte sie an der sensitiven Körperstelle. Viola umfasste die Härte, sah zu ihm auf, tauchte in seinen Blick, und fühlte sich lasziv. Erneut nahm sie seinen Schwanz auf, saugte, leckte und reizte ihn. John keuchte heftiger, stand kurz vor seiner Ekstase.

Mit einem Grinsen ließ sie von ihm ab, setzte sich auf seinen Schoß und mit einem Ruck vergrub er seine Fülle in ihr.

„Ausgesprochen keck.“

Viola sah ihm an, dass ihm ihre Keckheit gefiel. „Dann bestrafe mich.“

Sie stoppte in der Bewegung. Er legte seine Lippen auf ihre. Seine Zunge strich an ihrer Unterlippe entlang, forderte Einlass. Sie wollte die Kontrolle behalten und unterbrach den Kuss. Kreisend bewegte sie ihr Becken und plante, seine Erfüllung sehr lange hinauszuzögern. Er verdiente es.

Unbemerkt von ihr hatte ein weiterer Spieler den Raum betreten. Eine Binde umschloss plötzlich ihre Augen. Ob es Dean oder Miles war? Der unheimliche Kerl sicher nicht.

John hielt ihre Hüften. „Leg deine Hände auf den Rücken.“

Ohne zu zögern, erfüllte sie seinen Wunsch und lederne Handschellen verbanden ihre Handgelenke.

Starke Arme zogen sie nach hinten. Ihr Kopf lehnte gegen den Fremden. Hoffentlich sagte er endlich etwas. Er folgte sanft ihren Wangenknochen, ließ sie an seinem Finger saugen. John packte härter zu und übernahm die Kontrolle, bestimmte über ihren Orgasmus. Die warmen Fingerspitzen des Unbekannten kneteten zärtlich ihre Brüste, reizten die Spitzen. Die Berührungen fluteten ihre Sinne. Er legte seine Lippen auf ihren Hals und leckte die zarte Haut.

„Nun, kleine Subbie, jetzt erweist du dich williger.“ Die Stimme des fremden Unheimlichen verlor alles Unheimliche. Seine Wortwahl ließ sie lächeln. Sie entspannte sich. Er tat nur, was sie wollte. Ihr ungebrochenes Vertrauen in John wärmte sie.

„Du lächelst?“ Sein Timbre war ein Versprechen. Ein Kniff in ihre Brustwarze entlockte ihr ein wolliges Stöhnen. „Ihre Nippel sind so empfindlich, wie du es beschrieben hast."

„Sie war äußerst ungehorsam. Ich hoffe, du wirst sie gleich gebührend behandeln. Hast du dein Werkzeug mitgebracht?" Johns Worte erweckten jetzt wohlige Fantasien in ihr, genauso beabsichtigte er es. Ihre pochende Klitoris verlangte Aufmerksamkeit. Der Unbekannte drückte ihren Oberkörper nach vorn, spreizte dabei ihre Pobacken.

Was plante er? Er würde doch nicht in sie eindringen? Sie bewegte ihre Hüften in dem Versuch, seiner Berührung zu entkommen. Ein scharfer Klaps ließ sie stillhalten. Gleitgel tropfte zwischen die Backen. Er presste langsam einen Finger in ihren Anus.

John bewegte sich unter ihr und ein zweiter Finger dehnte sie vorsichtig, dennoch verkrampfte sie.

„Ganz ruhig, Cara, entspanne dich." Johns Fingerkuppen strichen über ihre pochende Perle und jeglicher Widerstand schmolz mit seinen massierenden Fingerspitzen. Sie wollte mehr. Der Unbekannte zog die Hand zurück.

Stattdessen führte er einen Plug ein, einen viel größeren als den letzten, den John bei ihr benutzt hatte. Die verjüngende Spitze nahm leicht Besitz von ihr. Er schob ihn unerbittlich bis zum Anschlag hinein und sie ausfüllte.

Der Fremde zog ihren Oberkörper nach hinten, bis sie gegen ihn lehnte. Um nicht das Gleichgewicht zu verlieren, benötigte sie den Halt der Männer. Nicht zu sehen, was vorging und nicht zu wissen, wer er war, fachte die Erregung weiter an.

„Gefügig und willig. Deine Frechheit ist aber nicht vergessen, Sklavin." Seine tiefe Stimme regte ihre Fantasie obendrein an. „Ich werde dich gleich liebevoll schlagen, so lange, bis du feucht und weinend in den Fesseln hängst. Einen erneuten Orgasmus herbeisehnst."

John krallte seine Hände in ihre Hüften, während seine Oberschenkel den Takt angaben. Sie hatte John vorhin so gereizt, dass es nicht lange dauerte, bis er zuckend zum Höhepunkt kam. Sie war zwar aufgeputscht, doch John stimulierte sie nicht zusätzlich. Erfüllung lockte einen Flügelschlag entfernt.

Die starken Arme des Unbekannten zogen sie von ihrem Geliebten und ihr Zittern blieb nicht unbemerkt.

„Genauso mag ich es, eine zitternde, aufsässige Schiava. Ich habe Miles Aufzeichnungen gelesen."

Das Rascheln von Stoff verriet ihr, dass John seine Hose anzog und sich dann vor sie stellte. „Sie besitzt eine eigene Art, Schuhe zu tragen."

„Möchtest du, dass ich besonders diese Ungehorsamkeit bei ihrer Bestrafung berücksichtige?"

„Wir hätten da auch ihre Masturbation."

„Von ihr steht nichts in den Notizen."

Viola sah das Grinsen auf Johns Gesicht förmlich vor sich. Er hatte sie reingelegt. „Sie hat ein Geständnis abgelegt."

„Hat sie das? Das könnte strafmildernd ausgelegt werden. Aber ihre anderen Verfehlungen wiegen zu schwer." Der Unbekannte senkte die Stimme zu einem Flüstern. Erotisierend flossen die Worte durch ihr Bewusstsein, riefen eine starke Reaktion hervor. Die Art, wie sie zwischen den beiden Männern stand, ihre gefesselten Hände, die Augenbinde und ihr Vertrauen verwandelten ihre Beine in Gelee. Die Erregung erreichte einen neuen Punkt. Lustvolle Furcht hatte sie früher niemals für möglich gehalten. Angst, die ohne Vertrauen grauenvoll wäre. Und die Liebe, die sie empfand, versüßte das Spiel noch obendrein.

„Deine Züchtigung fällt härter aus. Dazu müssen wir dich gründlich vorbereiten." John küsste sie auf die Stirn. „Wir wärmen deinen Po mit Schlägen auf. Eine sehr intensive Erfahrung erwartet dich." Er berührte ihre Scham. „Nass, gefügig, unerfüllt und so ungezogen."

„Bring sie zu der Liege, der perfekte Ort, um mit ihrer ausgiebigen Bestrafung zu beginnen."

John führte sie ein paar Schritte und hob sie auf die Polsterung. „Mit dem Bauch nach unten", befahl er ihr. Ihre

Fesselung raubte ihr die Kontrolle über ihre Gliedmaßen. John und der Fremde stützten sie, bis sie lag. Sie betteten ihr Becken auf einem Kissen. Vor ihrem geistigen Auge sah sie ihren Po hilflos und verführerisch nach oben gereckt, bereit, die Disziplinierung der Männer aufzunehmen. Einer von ihnen entfernte die ledernen Handschellen. Sie befestigten ihre Arme an den Beinen der Liege und das Gleiche wurde ihren Fußknöcheln zuteil. Sie streichelten an ihrem Leib entlang, erhöhten die Anspannung und ihre Glieder zitterten mittlerweile unkontrolliert.

„So groß ist deine Furcht, Sklavin? Du ahnst nicht, wie sehr mich dieser Anblick erfreut. Jedes Beben von dir gleicht einer Versuchung." Er lachte sinnlich. „Führe mich in Versuchung, kleine Subbie."

Die Schläge begannen. Viola lächelte. So schlimm war es nicht. Beide behandelten jeweils eine Pobacke. Leicht klatschten die Handflächen auf ihren Po.

„Dir vergeht bald das Lachen." Johns Stimme rief eine starke Reaktion in ihr hervor. Ihre Scham pulsierte so heftig, dass sie ihr Becken bewegte.

Sie wollte härtere Hiebe. Die Intensität blieb jedoch konstant, erwärmte ihren Po, entspannte sie. Ein leises Brennen ließ sie wohlig aufseufzen.

Sie mussten ein Signal ausgetauscht haben, denn sie schlugen fester zu. Noch immer fehlte der Biss, aber die Häufigkeit erhitzte ihr Fleisch. Die Handflächen prallten stechend auf die Haut, schmerzhafter als die Schläge eigentlich waren.

Viola dachte inzwischen nicht mehr daran, zu lächeln. Brennendes Prickeln erfasste sie. Bei den nächsten Treffern führte John den Plug ein und aus, beruhigte sie mit einem gemurmelten „Ganz ruhig". Der fremde Maestro tastete zwischen ihre Beine. Er rieb mit erfahrener Hand die Klitoris und das Glühen auf dem Po nahm zu, auf ein fast unerträgliches Maß.

„Bitte aufhören." Sie konnte es nicht länger ertragen.

„Ich denke nicht, meine kleine Schiava. So viel Gnade verdienst du nicht." Johns Stimme besaß einen triumphierenden Unterton.

Sie beschleunigten die Tortur. Schweiß badete Viola. Nie wieder würde sie über leichte Schläge lächeln und sie nicht ernst nehmen. Nasse Spuren rannen ihre Wangen herab und sie merkte erst jetzt, dass sie weinte. Die starre Haltung raubte ihr das Gefühl in den Muskeln. Ihr Po brannte, als würde ein Trupp Feuerameisen auf ihrer Haut eine Polka tanzen. Aber ihre Seele liebte den Schmerz und verlangte Erfüllung. Viola forderte mehr und gleichzeitig sehnte sie das Ende herbei.

„Bitte ... bitte ... oh bitte." Sie wusste nicht, was sie eigentlich wollte.

Endlich zeigten die Maestros Erbarmen.

„Nun, wo deinem Po eine ausreichende Vorbereitung zuteilwurde, werde ich dich auspeitschen." Die Stimme des Unbekannten lief wellengleich über ihren Körper und heizte ihre ängstliche Erregung zusätzlich an.

Viola konnte unmöglich weitere Schläge ertragen. Wie lange hatten sie ihren Po bearbeitet? Sie hatte jegliches Zeitgefühl verloren. Stunden? Minuten? Sie lösten die Fesseln und John hob sie von der Liege. Seinen Geruch hätte sie immer erkannt. Erholung gönnten sie ihr jedoch nicht.

„Brennt dein Po schön?", fragte der fremde Maestro.

John führte sie ein paar Schritte. Sie wollte nicht mehr geschlagen werden. Doch, sie wollte es. Instinktiv kämpfte Viola gegen das Anlegen der Fesselung an. Aber John zeigte kein Erbarmen. Ein Griff und lederne Handfesseln hielten sie gefangen. Das klirrende Geräusch einer Kette und ihre Arme wurden nach oben gezogen. Sie fixierten Violas Beine in leicht gespreizter Haltung. Dann zogen sie die Kette an, sodass sie auf den Fußflächen stehen konnte.

„Sie steht sicher und kann nicht ausweichen. Vertraue mir. Du wirst es genießen. Du schenkst uns viel Vergnügen. Lass es geschehen. Hinterfrag deine körperlichen

Reaktionen nicht. Dazu hast du später Zeit." Johns Stimme verblasste in den Hintergrund.

Viola seufzte ergeben. Wahrscheinlich musste sie ihm später zu der Erfahrung tief gehende Fragen beantworten. An ihm ging ein FBI-Agent verloren. Sie bebte in den Fesseln und diesen Anblick sahen die Maestros sicherlich mit Freude.

„Nur die Schläge auf deinen Po führe ich härter aus. Schiava, sei bereit für eine neue Art des Schmerzes." Der Maestro berührte ihre zitternden Lippen. „Dein Vertrauen ehrt mich und ich danke dir."

Sie spürte Johns Atem an ihrer Stirn. Dann war die beruhigende Wärme seines Körpers fort. Aber sie wusste, er beobachtete sie genau. Oder führte er doch selbst die Peitsche? Sie wusste es nicht und die Männer beließen es auch dabei.

Die Peitsche knallte und sie schrie von dem Geräusch auf. Das Blut rauschte in ihren Ohren, Schweiß tropfte ihren Nacken hinab. Erregung und Angst überwältigten sie so intensiv, dass ihr schwindelte.

„Jetzt fang doch endlich an, verdammt noch mal."

Der Riemen erwischte ihren Po. Sanft küsste er die brennende Haut, flammengleich zuckte die Qual durch sie. Er schenkte ihr ein wenig Zeit, sich auf das unbekannte Gefühl einzustellen. Leichte Schläge trafen ihre Oberschenkel, sogar ihre Waden.

Dann kam der erste schärfere Hieb. Er züngelte auf ihrer rechten Pobacke, schneidend und verlangend. Sie hörte auf zu denken, nur der übermächtige Lustschmerz existierte. Er wusste genau, was er tat. Feste und sachte Treffer im Wechsel. Die Peitschenschnur umschmeichelte ihre Hüfte, flackerte über den Bauch. Schweiß, vermischt mit Tränen, tropfte von ihrer Haut. Nässe benetzte ihre Schenkel. Ihr gesamtes Dasein tobte, brannte. Die schmerzhafte Gier raubte ihr den Atem.

„Ich werde dich jetzt belohnen." Der fremde Maestro kniete vor ihr und seine Zunge leckte ihre Knospe. Seine saugenden Lippen ließen sie zum Höhepunkt gelangen. Nicht eine Sekunde länger konnte sie ihn zurückhalten.

John löste ihre Fesseln und sie sackte nach vorn, direkt auf die Schulter des Maestros. Sie würden jetzt bestimmt die Binde lösen. Aber sie taten es nicht. Stattdessen warfen sie Viola auf eine weiche Unterlage, drehten sie herum und der Maestro bediente sich an ihrem Körper, zwang sie auf die Knie. Der Plug steckte noch immer in ihr und er füllte sie aus.

Die Matratze gab unter Johns Gewicht nach, er war vor ihr, das konnte sie riechen. Seine Eichel presste sich an ihre Lippen. Sie kam nur zu gern der Aufforderung nach. Er schmeckte nach ihr und sich selbst und sie nahm ihn tief in den Mund. Der Fremde stieß fordernd zu, drückte dabei ihre Schenkel auseinander. Ein surrendes Geräusch und ein flacher Vibrator drängte gegen ihre Klitoris.

„Ein neues Spielzeug. Deiner Schiava gefällt es. Sie wird brav sein und uns einen Orgasmus schenken."

Er strich über den brennenden Po.

John berührte ihre Wangen. Seine Berührung war so zart.

Der Maestro intensivierte seine Stöße und der Vibrator umschmeichelte ihre Knospe. Der Analplug vergrößerte den Reiz. Sie erreichte das Ende ihrer Kräfte. Die Maestros trugen ihren Körper und Verstand fort. Als sie zurückkehrte, fing John sie auf. Die Höhepunkte der beiden Männer gingen in ihrer eigenen Erfüllung unter. Sie sackte auf die Unterlage und ihr Kopf lag seitlich auf Johns Schoß.

„Ich danke dir." Der andere Maestro hauchte einen Kuss auf ihren Nacken, ließ sie allein mit ihrem Geliebten.

John löste die Binde.

„Fühlst du dich wohl?"

Sie war unfähig zu antworten.

Er entfernte den Plug und drehte sie um. Prüfend sah er ihr in die Augen.

„Das war wunderschön, John. Aber ich bin fix und fertig."

„Ich lasse dir ein Bad ein. Danach creme ich dich ein. Dein Po benötigt eine kühlende Salbe."

„Wer war der Maestro?"

„Wir erwarten in den nächsten Tagen Gäste zum Abendessen. Du wirst nicht wissen, wer von ihnen dich gezüchtigt und gevögelt hat. Wenn du es errätst, erhältst du eine Belohnung. Falls nicht …"

Die dunkle Versuchung lächelte sie verheißungsvoll an.

Kapitel 10

„Bereit für einen kleinen Lauf?" John zog Viola die Bettdecke von dem verführerischen Körper. Murmeltierschläfrig blinzelte sie ihn an. „Solltest du länger durchhalten als ich, bekommst du eine Massage von mir." Bei seinen Worten wurde sie sichtlich munterer, aber auch misstrauisch. Er unterdrückte das Lächeln, das sich auf sein Gesicht schleichen wollte. „Ganz ohne Hintergedanken. Maestroehrenwort."

Hellwach sprang sie aus dem Bett. „Ein Kräftemessen?" Der Schalk blitzte in ihrer Mimik. Sie verschwand im Bad. Er besaß den Sieg schon, denn er joggte jede Woche. Viola verfügte kaum über mehr Kondition als er.

Sie kam aus dem Bad gestürmt. „Was bekomme ich, wenn ich verliere?"

Es verwunderte ihn, dass sie die Frage nicht sofort gestellt hatte. Die Aussicht auf eine Belohnung ließ sie übermütig werden.

„Dann, mein Schatz, bestrafe ich dich. Dean assistiert mir. Wir nehmen uns viel Zeit für dich." Ihre Augen weiteten sich bei seinen Worten und er konnte sehen, dass ihre Fantasie Purzelbäume schlug.

„Ich möchte Wasser mitnehmen. Bei längeren Läufen muss ich etwas trinken."

„Wie du es wünschst, Sklavin."

Sie gingen in die Küche und mit einem herausfordernden Lächeln band Viola den Gurt mit den kleinen gefüllten Trinkflaschen um. „Darf ich das Tempo bestimmen?"

„Selbstverständlich", verkündete er großzügig. Der Schwächere bestimmte immer die Geschwindigkeit.

„Danke", zwitscherte sie. Sie drückte ihm einen Kuss auf die Wange, ehe sie ein großes Glas mit verdünntem Apfelsaft in sich hineinschüttete. „Können wir los?"

John aktivierte die Stoppuhr. Es interessierte ihn, wie lange sie durchhalten würde. Nachdem sie losgelaufen waren, stellte er fest, dass Viola über einen ruhigen, gleichmäßigen Laufstil verfügte. Unerfahrene Läufer stürmten oft an der Startlinie viel zu schnell los. Es überraschte ihn auch, dass sie nicht redete. Ihre Konzentration lag vollkommen auf dem Lauf. Seine Fragen beantworte sie einsilbig oder nur mit einem Kopfnicken. Er hätte es wissen müssen! Sie war schüchtern, zu bescheiden und unsicher, aber wenn sie etwas tat, dann erledigte sie die Aufgabe mit Leidenschaft, ihrer Seele und vollem Körpereinsatz. Ihr Wunsch nach Wasser hätte seinen Argwohn wecken sollen. Nach einiger Zeit wollte er es nicht zugeben, jedoch bekam er langsam bleierne Glieder. Sie rannten bereits länger, als er es für gewöhnlich tat. Viola dagegen rannte in einem konstanten Tempo. Sie verlangsamte nicht einmal den Schritt beim Trinken. Das schafften nur erfahrene Sportler. In diesem Moment, sprang sie leichtfüßig über den Bach, der vor ihnen auftauchte. Sein Sprung dagegen glich einem Bären, der die besten Jahre hinter sich hatte.

„Schwere Beine?" Ein herzerfrischendes Lachen begleitete ihre Worte. Sie lief vor ihm und John konnte den Blick nicht von ihren prallen Pobacken nehmen. Nur nackt wäre der Anblick verführerischer. Wo versteckte sie diese Kondition? Wer hätte vermutet, dass in diesem samtigen Körper so viel Kraft steckte? Eine Steigung lag direkt vor ihnen. Jetzt musste sie doch verlangsamen! Allerdings dachte Viola anscheinend nicht daran, sondern joggte gleichmäßig wie ein verdammter Tempomat. Er ahnte, dass sie ihre Belohnung bekommen würde und sie hatte es von Anfang an gewusst, dieses kleine Luder. Verflucht, ein beginnender Wadenkrampf zwang ihn, stehen zu bleiben. Sie sah ihn so triumphierend an, dass er sie am liebsten sofort über seine Knie gelegt hätte. Zwei Stunden und fünfundvierzig Minuten. Sein längster Lauf war neunzig Minuten gewesen.

Erbost funkelte sie ihn an, denn anscheinend ahnte Viola, was er gerade gedacht hatte. „Denk nicht einmal dran. Spielschulden sind Ehrenschulden. Übrigens bin ich letztes Jahr den Londoner Marathon gelaufen. Unter vier Stunden!“

Diese Information würde sie einiges kosten. Morgen war schließlich auch noch ein Tag. Zu Hause angekommen duschten sie ausgiebig. So erschöpft hatte sich John lange nicht gefühlt. Nach einem leichten Mahl bekam Viola die versprochene Massage, die er ehrlich gesagt gut gebrauchen könnte. John tröpfelte Mandelöl auf ihre Haut und fing bei den Schultern an. Sobald er bei ihrem Po ankam, reckte sie ihm ihre Hinterbacken aufreizend entgegen.

„Sehr ungehorsam, Schiava. Du bekommst eine Massage, nicht mehr.“ Sie quietschte unter seinen Händen auf, als er ihre Füße knetete. „Muss ich dich fesseln?“, fragte er streng.

„Würdest du das schaffen, bei deiner Erschöpfung?“ Genugtuung klang in jeder Silbe.

„Du wähnst dich in trügerischer Sicherheit, Sklavin. Ich verfüge über ein gutes Gedächtnis. Jetzt dreh dich um.“

Rekelnd lag sie auf dem großen Handtuch, das auf dem Bett lag.

Er unterdrückte sein Verlangen, denn ihre Brüste mit dem Öl einzureiben, war zu viel des Guten. Als er ihre Nippel berührte, stöhnte sie wohlig auf. Sie spreizte die Beine und lag vor ihm, bereit, genommen zu werden. Er dachte nicht daran. Eventuell später. Behutsam tropfte er Öl auf ihren zitternden Bauch, zielte auf ihren Nabel und hinterließ eine Tropfspur auf ihrer Vulva. Sorgsam begann er, das Öl in ihre Haut zu massieren. Er strich an den Innenseiten ihrer Schenkel entlang und streichelte die äußeren Schamlippen.

„Bitte John.“ Kreisend umstrich er die Klitoris, aber sparte sie aus.

Mit einem sadistisch geprägten Lächeln arbeitete er sich zu ihren Schienbeinen vor und schenkte dann den empfindlichen Füßen seine ganze Aufmerksamkeit.

„Jetzt, du kleines ungehorsames Biest, ruhen wir uns aus. Vielleicht widme ich mich nachher den ausgelassenen Körperstellen."

Sie sah ihn so entrüstet an, dass er das Lachen nicht mehr zurückhielt.

Er war so müde und fiel sofort in einen tiefen Schlaf.

***

John erwachte, denn er spürte Kälte auf seinem Bauch. Instinktiv wollte er danach tasten, jedoch ging es nicht. Was zum Teufel! Seine Augen bestätigten seine Befürchtungen. Gottverdammte Frotteegürtel fesselten seine Handgelenke an dem Bettrahmen. Er zerrte daran, doch die Knoten hielten. Erst jetzt bemerkte er, dass auch seine Fußgelenke in Fesseln steckten. Viola legte ein weiteres Stück Honigmelone auf seinen Körper. Seinen Versuch zu reden, nutzte sie aus, indem sie ihm Melone in den Mund schob. Sie aß die Frucht von seiner Haut und leckte lüstern den Saft ab. Triumphierend grinsend setzte sie sich auf seine Oberschenkel. Er bäumte seine Hüften auf und sie lachte über die Bemühung, sie abzuwerfen.

Viola schüttelte den Kopf. „Habe ich erwähnt, dass ich reiten kann? Ich zähme mit Vorliebe wilde Hengste."

Er zog wütend an den Frotteegürteln.

„Du möchtest doch nicht, dass ich die da benutze?"

Er folgte ihrer Kopfbewegung und sah seine schwarze Gerte auf der Kommode liegen. Daneben lagen eine Schere und ein Analplug. Was plante dieses Biest? Falls sie es wagen sollte, die Utensilien an ihm auszuprobieren, würde er ihr so den Arsch versohlen, dass sie mindestens eine Woche nicht mehr sitzen konnte. Besser zwei.

„Du weißt nicht, was dir blüht, wenn du mich nicht sofort losbindest."

Ob er nach Hilfe rufen sollte? Dean und Miles mussten im Haus sein.

Viola sah diese Handlungsweise voraus, und bevor er den Gedanken in die Tat umsetzen konnte, knebelte sie ihn mit einem Seidentuch.

„Ich habe noch nicht angefangen." Sie grinste ihn zuckersüß an. Dann legte sie Melonenstücke auf ihn, ein paar direkt auf seine Brustwarzen. Sie ließ sich Zeit, sie gründlich abzulecken, rutschte dann tiefer, bis sie seinen Bauchnabel erreichte. Ihre Zunge tauchte hinein und das Schlecken ging weiter, bis sie sein Glied erreichte.

„Dein Schwanz ist wunderschön." Sie betrachtete seine Erektion ausgiebig. „Ich sehe mich gezwungen, deine Erregung zu bestrafen." Sie lächelte ihn spitzbübisch an. „Irgendwelche Einwände? Nein?" Sie küsste ihn auf den Bauch, sah ihn so frivol an, dass ihm sprichwörtlich der Atem wegblieb. Dann führte sie die Spitze in ihren heißen, feuchten Mund ein. Dabei sah sie in seine Augen. Das Biest konzentrierte ihr Saugen auf die Eichel und ihre Hände streichelten gekonnt seine Hoden.

Die Frau liebte wirklich Oralverkehr. Sie leckte rau, neckte die Spitze, strich mit Kraft an der Eichel entlang, während sie seinen Phallus massierte. Viola suchte seinen Blick und sah verrucht zu ihm hoch.

Seine Versuche, sich der Gefühle zu erwehren, gab er auf. Endlich nahm sie ihn tiefer auf und er bäumte sich ihr entgegen.

„Wage es ja nicht, jetzt schon zu kommen." Streng sah sie ihn an. Seinen wütenden Laut quittierte sie, indem sie abwechselnd an den Hoden lutschte. Er hielt den Reiz kaum aus. Sie wusste es ganz genau und lachte sinnlich über sein Stöhnen. Ihre weichen Lippen umschlossen seinen Schwanz und sie saugte und leckte so lange, bis er einen Zungenschlag von seinem Orgasmus entfernt war. Doch Viola entzog ihm die Reizung, und besaß die Frechheit, ihn zuckersüß anzulächeln. Er keuchte frustriert in den dämlichen Knebel. Sie würde drei Wochen nicht sitzen können, mindestens. Wenn sie es wagte, ihn mit der Gerte zu schlagen und Gott bewahre, den

Analplug zu benutzen, würde sie nie wieder sitzen können.

Mit einem engelhaften Augenaufschlag platzierte sie sich über seine Erektion und führte seine Fülle in ihren Schoß. Sie war so nass und erregt, dass er keinen Widerstand verspürte, nur lockende enge Hitze. Dann begann sie, ihn zu reiten. Langsam kreiste sie ihr Becken, verhinderte, dass er die Führung übernahm. „Verboten, Sklave", hauchte sie, wie die Verführerin, die sie war.

Sie bewegte ihre Hüften schneller. Erneut stand er vor seiner Erfüllung und mit einem Keuchen hielt sie inne und löste sich von ihm.

Was plante die kleine Hexe?

Kaum formte er das letzte Wort, nahm sie ihn in den Mund. Diesmal zeigte sie Erbarmen, sie leckte und saugte so lange, bis John seinen Orgasmus in das blöde Tuch schrie.

Zuerst den Knebel oder die Fesseln? Wäre sie an Johns Stelle, hätte der Knebel Priorität. Und wenn er sie anschrie? Unsicher blickte sie in seine Augen, doch jetzt verbarg er meisterhaft seine Gefühle und Absichten.

Sollte sie Dean oder Miles bitten, ihn zu entfesseln? Lieber nicht! Wer wusste schon, was die Brüder ihr dann antun würden? Ob es in dem Haus einen Platz gab, der ihr eine Versteckmöglichkeit bot? Aber nein, sie war so weit gegangen, jetzt musste sie mutig den Rest zu Ende gehen. „Ich löse das Tuch, doch du darfst mich nicht anschreien."

Seine dunklen Augenbrauen schossen nach oben.

Ihre Hände zitterten so sehr, dass sie drei Anläufe benötigte, bis sie den Knoten gelöst hatte. Sie steckte ihm ein Stück Melone in den Mund. Falls er schreien wollte, nun konnte er es nicht. Viola beschloss, zuerst seine Beine loszubinden. Auch hier brauchte sie mehrere Versuche. Die Knoten der Handgelenksfesseln saßen so fest, dass sie die Verbandsschere zu Hilfe nehmen musste und die gesamte Zeit bewegte er nicht einen Muskel. Stille quoll ihr entgegen. Mit weichen Knien ging sie zu der Kommode. Dann nahm sie die Gerte und den Plug und legte sie neben John auf das Bett. Sie sank auf die Knie, senkte den Kopf, und fand Halt bei der inneren Stimme, die ihr Mut zusprach.

„Bitte bestrafe mich."

Er zeigte keine Reaktion. Sie riskierte einen kurzen Blick. Unterdrückte er etwa ein Lächeln?

„Ich war sehr ungehorsam. Genau genommen war ich …"

„Schweig!" Er blieb hinter ihr stehen und sie reagierte mit einem leichten Zittern. Er berührte sie an der Schulter, lachte über das deutliche Beben.

„Die Gerte stellt dein Mittel der Wahl dar? In der Hoffnung, dass ich nicht meine Hand benutze?" Seine Handfläche strich über ihren schweißnassen Nacken. Er sank auf die Knie und zog ihren Oberkörper zurück.

„Nun kniest du hier auf dem Boden, unterwürfig, geil und unbefriedigt. Um meine Aufmerksamkeit heischend, und kannst es kaum erwarten, dass ich mich dir annehme." John überstreckte sie so weit, dass ihr Kopf auf seinem Schoß lag. Er blickte ihr in die Augen. „Ich muss zugeben, so eine Schiava ist mir noch nicht untergekommen. Die Gerte reicht nicht annähernd aus." Sein gebieterischer Tonfall ließ sie aufgeregt keuchen. Was plante er?

„Du wirst es selbst tun."

„Was?" Sie verstand im ersten Moment nicht, was er meinte. Dann dämmerte er es ihr. Er verlangte, dass sie masturbierte. Vor ihm. Das konnte sie nicht. Sie lag in seinen Armen, vollständig von ihm kontrolliert.

„Du kannst und ich will es. Ich bestehe darauf."

Vergeblich versuchte sie, seinen Halt zu sprengen.

„Ich werde dir helfen. Du bist jetzt schon so geil, dass du nur ein wenig Anregung benötigst, um die nächste Klippe zu überwinden. Knie dich auf das Bett, sodass ich dir deinen Arsch versohlen kann."

Sie war hin- und hergerissen, wollte, dass das Spiel weiterging, deshalb kniete Viola sich auf dem Bettrand, legte ihre Wange auf die Bettdecke.

Er nahm jedoch nicht die Gerte, kramte stattdessen in der Kommode.

„Du wirst dich nicht umdrehen."

Was konnte er dort rausholen? Was gab es außer einer Gerte, Rohrstock oder einer Peitsche?

Wieso war das ganze Haus mit Foltergeräten bestückt? In jeder Schublade lauerte Gefahr. Mehrere Riemen, die an ihrem Rücken entlangglitten, beantworteten ihre stumme Frage.

„Weißt du, mein Schatz …" Die Art, wie er *Schatz* hauchte, ließ sie aufseufzen, so verheißungsvoll, so bedrohlich. Die Schnüre streichelten ihren Po. Viola zitterte zwar unter der Berührung, aber sehnte die Qual auch herbei. Wollte, dass das Spiel begann.

„Ich verspüre einen starken Drang, deine Ungehorsamkeiten hart zu bestrafen. Mit diesen Flogger kann ich mich an dir austoben."

Zuerst umschmeichelte das Leder ihre Haut, wärmte sie auf und hinterließ Sehnsucht. Die Pein setzte mit der Häufigkeit der Schläge ein. Vor allem, wenn John ein paar Mal hintereinander auf dieselbe Stelle schlug. Der Schmerz loderte nachhaltig glühend auf. Sie hatte mittlerweile Mühe, die Position zu halten, denn längst war das weiche Schmerzgefühl in eine intensive Tortur übergegangen, die eindringlich ihre Sinne eroberte. Ermattet wollte sie auf den Bauch fallen. Aber seine Hände hinderten sie.

„Ich bin noch nicht fertig mit dir, Schiava." Hart rieb er die pulsierende Perle. Er reizte, strich und zupfte, bis sie fast kam. „Leg dich auf den Rücken, weit gespreizt. Ich will eine Solovorstellung, die nichts verbirgt."

John warf sie auf die Matratze. Atemlos und beinahe gelähmt verharrte sie.

„Spreizen!" Er half nach, indem er ihre Beine an den Knien auseinanderdrückte, und blieb zwischen ihren

Schenkeln sitzen. Er betrachtete ihre Vulva, verbrannte sie mit der Intensität. „Sei nicht so schüchtern, ich sehe deine Erregung. Schenk mir deine Erfüllung."

Er nahm ihre Hand, legte sie auf die pulsierende Knospe. „Tauche in deine Feuchtigkeit hinein. Reibe sie über die Klitoris."

Zögernd tastete sie in die nasse Spalte. Ob sie ihm einen Orgasmus vorspielen konnte?

„Denk nicht einmal dran." Seine gebieterische, gefährliche Stimme riss sie aus ihren Überlegungen. „Stimulier deine Nippel. Ich weiß, dass du das magst." Er führte ihre Fingerspitzen an die Brustwarze. Sie rieb sie zwischen Daumen und Zeigefinger. „Vergiss deinen Kitzler nicht. Ich will, dass du dich richtig geil machst und sie mit zwei Fingern massierst." John platzierte seine Handfläche auf ihren Bauch und ließ sie besitzergreifend liegen. „Du darfst diesmal die Augen schließen, falls es dir so leichter fällt."

Viola schüttelte den Kopf, weil sie ihn sehen wollte. Es machte sie an. Überrascht von dem eigenen Mut, wurde ihre Selbstmassage intensiver. Ihre Hemmungen verschwanden. Die nackte Gier in seinem Blick half ihr. Es war fast so, als wenn er sie berühren würde und der heftige Orgasmus erstaunte sie. Masturbation hatte sie niemals so erfüllt, erregt, und ihre Seele erreicht.

„Anscheinend hat es dir gefallen."

„Ja." Sie lächelte ihn an. „Du hast mich dazu gebracht, es zu genießen."

John streckte sich neben ihr aus und zog sie in die Arme. Es war so angenehm, bei ihm zu liegen, und sie kostete das Gefühl restlos aus.

„Da wir diese Hürde gemeinsam überwunden haben und du mir dein Vertrauen schenkst, möchte ich dir eine Frage stellen."

Der ernste Tonfall beunruhigte sie.

„Was ist dir passiert?" Er legte eine Hand auf ihre Kehle und sie erstarrte, obwohl sie es nicht wollte. „Du trägst nie

Halsketten. In deinem Kleiderschrank befindet sich weder ein Schal noch ein Rollkragenpullover."

Sie starrte gegen die Wand, suchte nach den richtigen Worten und ahnte, dass er diesmal kein Ausweichen zuließ. „Mein Vater ist früh gestorben. Ich kannte ihn kaum. Meine Mutter heiratete ein zweites Mal, als ich zwölf war. Sie hat verlangt, dass ich das Arschloch wie einen Vater behandelte. Das Problem war nur, er sah mich nicht wie eine Tochter an." Selbst nach all den Jahren rann eine Gänsehaut über ihren Körper.

„Schon bei unserem allerersten Treffen wusste ich, dass von ihm Gefahr ausging. Dabei war ich ein Kind. Ich versuchte, ihn zu meiden, wo es ging." Sie lachte trocken. „Kein einfaches Unterfangen, zumal meine Mutter Druck ausübte. Er tyrannisierte mich, liebte es, mich zum Weinen zu bringen. Als ich siebzehn war, kam er eines Abends angetrunken in mein Zimmer. Ich versuchte ihn mit allen Mitteln abzuwehren Er würgte mich bis zur Bewusstlosigkeit." Als die Worte raus waren, fiel sie in ein Loch und John zog sie sofort an die Oberfläche.

„Viola, ich liebe dich." Zärtlich strich er mit seinen Händen an ihrem Körper entlang und wartete geduldig, dass sie weitersprach.

„Ich bin zu meiner Tante geflüchtet."

Er blickte tief in ihre Augen. „Was unternahm deine Mutter? Hast sie dir nicht geholfen?"

„Nein … sie …" Viola nahm ihren Mut zusammen. „Sie verlangte sogar, dass ich mich bei ihm entschuldige. Ich hätte ihn gereizt und es wäre meine Schuld gewesen. Das war irgendwie noch abscheulicher, als das, was er getan hatte. Ich habe sie nie wiedergesehen. Sie ist vor ein paar Jahren verstorben und weißt du was, es ging mir am Arsch vorbei."

„Belastet dich das?"

Viola schüttelte den Kopf. „Ich habe vor langer Zeit aufgehört, sie zu lieben." Sie brach in Tränen aus. Erleichterung und Schmerz überrannten sie.

John hielt sie und wartete, bis sie leise schniefte. Er stand auf, kehrte mit Wein und Taschentüchern zurück. „Hier, trink das.“

Dankbar lächelte sie ihn an, froh, dass er nicht nachhakte.

Sie nahm einen Schluck und putzte ihre Nase, jedoch hatte Viola ihm nicht alles erzählt, das konnte sie nicht. Noch nicht. Sie schlief in Johns Armen ein, mit dem Gefühl, so sicher zu sein wie nie in ihrem Leben.

Kapitel 11

Nachdenklich betrachtete Viola die Rose, weil etwas dem Bild fehlte. Die Blüte leuchtete in einem tiefen Rot. Die Schatten stimmten. Auch an der Plastizität lag es nicht. Dennoch vermisste sie das Besondere. Sie ging zu den Fenstern und blickte in den verregneten Tag hinaus. Viola mochte Regen, denn er trug zu der Atmosphäre in dem Atelier bei und sie beobachtete die Regentropfen, die kleinen Perlen gleich an den Fensterscheiben herabliefen. Erleichtert atmete sie auf.

Wassertropfen!

Das würde der Rose das Spezielle geben, nicht nur vereinzelte, sondern viele. Als sie die ersten Tropfen malte, wusste sie, dass sie die richtige Entscheidung getroffen hatte. Dennoch wanderten ihre Gedanken zu John. Zwei Wochen war es jetzt her, dass sie mit ihm über das Schreckliche geredet hatte. Mit John die grauenvollen Erlebnisse zu teilen war eine Erleichterung, die noch immer anhielt. Ihre Befürchtung eines Seelenstriptease hinlegen zu müssen, war unbegründet gewesen. John stellte nach wie vor nichts infrage, äußerte keine Vorwürfe und er glaubte ihr. Er vertraute ihr. Das Gefühl umhüllte sie liebkosend. Die Zeit danach hatte sie enger zusammengeschweißt und ihre gemeinsamen Wanderungen waren längst zu einem lieb gewonnenen Ritual geworden. Manchmal begleiteten sie seine Brüder und auch sie vermittelten Viola Sicherheit.

„Schiava!“ John kam mit schnellen Schritten auf sie zu. Sein jetziger Gesichtsausdruck reichte, um sie zu erregen. Seine Körperhaltung, so drohend, so sexy, veranlasste sie zurückweichen. Nie ahnte sie, was er vorhatte.

„Knie dich hin.“

Sie sank auf den Boden und betrachtete intensiv das Muster des Parkettbodens. Wieder einmal.

Er stoppte vor ihr. „Zieh das Oberteil aus. Präsentier mir deine Brüste. Und gib dir Mühe."

Sie zog das farbenbeschmierte T-Shirt aus. Sein amüsiert zorniger Blick fiel auf ihren BH, den sie aus dem alleinigen Grund angezogen hatte, um ihn zu reizen. Irgendwie hatte sie heute Morgen geahnt, dass er eine Session für sie plante. Sie konnte sich das Lächeln nicht verkneifen, in Erwartung der herrlichen Bestrafung.

„Du lächelst?" Er blieb hinter ihr stehen und zog ihren Kopf zurück. „Mir scheint, dass ich die Intensität erhöhen muss. Du kleines gieriges Luder."

Er zog etwas aus seiner Hosentasche, das sich als ein Springmesser entpuppte und drückte auf den Mechanismus. John überstreckte ihren Hals und schob den Stahl unter den Steg des BHs. Viola traute sich nicht, zu atmen. Die scharfe Klinge durchtrennte den Stoff. Mit der stumpfen Seite folgte er den Konturen ihres Busens. Eigentlich müsste ihr Herz stehenbleiben, doch auch jetzt vertraute sie ihm und so schlug es weiter, zwar erheblich schneller, aber regelmäßig.

„So viel Zuversicht hast du? Obwohl du mich gereizt hast und nicht weißt, was dir blüht?" Er zerschnitt den rechten Träger. „Hast du vergessen, dass du mir antworten sollst?" Er zerteilte den zweiten Träger und der BH fiel zu Boden.

„Vielleicht sollte ich dich zur Strafe schneiden? Dir ganz leichte Schnitte zufügen, die kaum Narben hinterlassen."

Sie wagte endlich, auszuatmen, und musste zweimal ansetzen, bevor sie sprechen konnte. „Ich vertraue dir, Maestro. Meine Bestrafung liegt in deinem Ermessen und ich weiß, dass sie angemessen sein wird."

John legte das Messer aus der Hand. Er knetete zwar ihre Brüste, die Nippel blieben jedoch unberührt. Dennoch waren sie hart und sehnten seine Berührung herbei.

„Hast du meinen Wunsch schon vergessen?"

Viola kramte in ihrem Gedächtnis herum und erleichtert fiel ihr ein, was er gewollt hatte. Sie sollte ihre Brüste präsentieren. Zögernd presste sie ihren Busen zusammen und reizte zaghaft die Spitzen.

„Zieh die Hose aus, und gnade dir Gott, falls du ein Höschen anhast."

Natürlich trug sie eines.

Sie versuchte, die beiden Kleidungsstücke zusammen auszuziehen, in der Hoffnung, dass John ihr Vergehen nicht bemerkte. Inzwischen bereute sie ihren Leichtsinn. Natürlich misslang dieses Ansinnen und John beherrscht vielerlei Arten von einschüchternden Blicken.

„So gehst du mit den Befehlen deines Herrn um?" Er lief um sie herum und sie spürte den Luftzug streichelnd auf ihrer Haut. „Ich gewähre dir fünf Minuten, um mich zum Orgasmus zu bringen. Versagst du, werde ich vielleicht nicht den Stock benutzen, sondern sogar die Peitsche." Er zog eine Stoppuhr aus seiner Tasche. Triumphierend grinsend drückte er auf den Knopf.

Viola konnte es nicht fassen und starrte die Uhr an, wobei sie wertvolle Sekunden verschenkte. Weitere Zeit verstrich, da sie mehrere Anläufe benötigte, um seine Jeanshose aufzuknöpfen. Sie hätte wirklich einen Reißverschluss bevorzugt. Sein erigiertes Glied sprang ihr entgegen, als sie die Boxershorts herunterzog.

„Vier Minuten", sagte er.

Viola wusste, dass sie es nicht schaffen konnte. Ein wenig schockiert realisierte sie, wie sehr der Gedanke ihr gefiel, denn der unangenehme Rohrstock lag vor ihr auf dem Boden. Er verursachte einen deutlichen scharfen Schmerz, den sie herbeisehnte. Und das war nicht alles, auch die Peitsche war inzwischen längst nicht mehr nur mit Negativem für Viola behaftet. Sie nahm seinen Schwanz in den Mund. John spannte seine Gesäßmuskeln an und hielt sein Stöhnen nicht zurück. Ihr Körper stand unter Strom. Die Schmetterlinge verlangten Freiheit. Neckend glitt ihre Zunge über seine Hoden und sie lutschte fordernd.

Ihr kam ihre Idee in den Sinn und sie nutzte ihren Speichel, tauchte mit der Fingerspitze in seinen Anus. Er ruckte nach vorn.

„Viola!“ Aber sein Keuchen verriet ihn, sodass sie etwas tiefer eindrang. Falls er sie dafür bestrafen wollte, konnte er das auch später tun. Er krallte die Hände in ihr Haar und übernahm den Takt. Die Stoppuhr piepte nachdrücklich. Fluchend schaltete er sie aus und sie schlug auf dem Boden auf. Langsam bewegte sie ihren Kopf, wurde erst schneller, als sie merkte, dass John kurz vor dem Höhepunkt stand. John schrie ihren Namen, während die Lust ihn überrannte. Sie saugte weiter, bis er sich schwer atmend von ihr löste. Triumphierend stellte sie fest, dass es ihm nicht einfach fiel.

Diese Erfahrung hatte sie schon immer gereizt. Zitternd berührte er ihre Wange. Schweiß stand auf seiner Stirn. Er sah aus wie die pure Sünde. „Mein Gott, Viola.“

Sie lehnte ihre Stirn gegen seine Scham. „Möchtest du mir dazu ein paar Fragen stellen?“ Sie sah zu ihm hoch. „Oder fällt dir keine passende ein?“

Er warf den Kopf zurück, lachte, erinnerte sie an einen Gladiator, der einen Sieg erzielt hatte. „Deinen Po werden heute Male zieren, die nicht schnell verblassen.“ Seine Worte waren bedrohlich, aber seine Hände strichen ihr zärtlich die Haare aus dem Gesicht. „Da ich weiß, dass du Aufschübe nicht magst, lassen wir uns Zeit.“

Bitte bloß das nicht! Warten stellte eine ganz eigene Art der Folter dar.

Er grinste sie dreist an. „Ich erwarte dich in fünf Minuten in meinem Badezimmer.“ Er drückte auf die Stoppuhr und sie wusste, dass jede Sekunde Verzögerung die Strafe erhöhen würde.

Viola blickte ihm nach, bis sie endlich die Starre überwand. So schnell wie nie zuvor wusch sie die Pinsel aus. Danach rannte sie den Gang entlang, stolperte fast, vergaß sogar, sich zu sorgen, ob sie jemandem im Haus begegnete, nackt, wie sie war. Die Uhr piepte in dem Moment, als sie das Badezimmer erreichte. Atemlos blieb sie vor ihm stehen.

„Umdrehen!“ Er umfasste ihre Taille, berührte leicht mit den Lippen ihren Hals. „Es war eine geile Erfahrung. Die sollten wir bei Gelegenheit vertiefen.“ Dann lachte er. „Du kleines Biest.“ Er atmete gegen ihren Nacken und verursachte eine Gänsehaut, die ihre Haut entlanglief. „Du legst dich über die Brüstung.“

Sie wusste sofort, was das bedeutete: Analverkehr! Wollte sie es wirklich erleben? Ihr Zögern unterband John, indem er sie mit sanfter Gewalt in Position brachte. Mit einer Hand spreizte er ihre Pobacken. Gleitgel tropfte auf ihren Anus und zärtlich massierte er die Rosette. „Bleib ganz entspannt. Ich verspreche dir, dass es dir gefallen wird.“ Er wartete, bis sie leise aufstöhnte und ihr Körper seidengleich nachgab. „Wusste ich es doch.“ Langsam aber nachdrücklich führte er einen zweiten Finger ein und berührte mit der anderen Hand ihre Klitoris. „Nass und geil, genau so, wie ich es verlange.“ Kreisende Bewegungen umschmeichelten ihre Perle, bis die Hemmungen von ihr perlten, fortgespült durch Begierde.

Er spreizte die Pobacken und schob den Daumen behutsam hinein, reizte sie vorsichtig, bis sie sich gierig unter den erfahrenen Händen rekelte. Als sie keuchend über der Brüstung lag, bereit, ihn aufzunehmen, zog er sie auf die Füße. „Ich erwarte, dass du nachdenkst, ob du wirklich auf diese Weise gefickt werden willst. Ich gewähre dir fünf Minuten. Lass deinen Vorstellungen freien Lauf. Falls du einwilligst, wirst du mich von einer Seite kennenlernen, die dir bis jetzt unbekannt ist.“

Fühlte sie Scham? Immerhin berührte er sie an Stellen, die zu den intimsten Körperstellen gehörten. Die schamlose Viola meldete sich zu Wort.

Du möchtest, dass diese sexuelle Fantasie wahr wird. Wenn nicht mit ihm, mit wem dann? Die Zeit erschien ihr wie eine Ewigkeit. John betrachtete sie prüfend.

„Ich sehe eine leichte Schamröte in deinem Gesicht. Warum genierst du dich?"

„Vielleicht, weil es ein gesellschaftliches und auch ein persönliches Tabu darstellt. Ich kann das Gefühl der Peinlichkeit nicht abstellen." Sie sah ihn unsicher an. „Ich begehre, dass du mich auf diese Art nimmst, auch, dass du mich bestrafst, bis ich vor Schmerz und Lust schreie."

„Wie soll ich dich nehmen, Viola?" Zärtlich flüsterte er ihren Namen. Er verlangte deutliche Worte.

Sie schluckte mehrere Male, bis sie es sagen konnte. „Analverkehr, ich möchte von dir auf diese Weise erobert werden. Ich will, dass du mich fickst, mich unterwirfst."

„Ich erfülle deine Wünsche vielleicht nicht, wie du denkst."

Ihrer Fantasie waren keine Grenzen gesetzt. Was plante er?

„Leg dich mit gespreizten Beinen auf die Brüstung, damit ich dich rasieren kann. Alleine schaffst du nicht die Gründlichkeit, die ich erwarte. Außerdem wirst du still sein." Herausforderung lag in seinem Blick. Er hob sie auf die Brüstung und sie legte sich hin. „Unsere Gäste wissen eine blanke Pussy zu schätzen. Zieh deine Pobacken auseinander."

Gäste?

Er legte eine Hand auf ihren Bauch, lachte leise, denn sie atmete sehr schnell. „Nervös? Bereust du es, dass du dich mir willig hingibst? Unverzagt, nicht wissend, was ich dir antue." Er beugte sich zu ihr herab, berührte fast ihre Nasenspitze. „Verschlägt es dir die Sprache?"

Er hatte ihr doch verboten zu reden!

John lächelte sie auf diese sinnliche Weise an. „Deine Mimik sagt mir genug." Er küsste die Nasenspitze. „Funkel ruhig, es hält keinen der Maestros ab, mit dir zu tun, was immer er will." Er hob mahnend die Augenbrauen, wusste er doch, dass sie ihm gern eine passende Bemerkung an den Kopf geworfen hätte. Er verteilte den Schaum auf ihrer Haut und der Nassrasierer glitt über ihren Venushügel. John ging sehr gründlich vor, ganz wie es seine Art war. Anschließend seifte er sie ein, ließ selbst die Zehen nicht aus und sie rekelte sich unter den Händen.

„Meine Gäste verlangen eine Schiava, die leicht zum Orgasmus kommt. Du wirst sie nicht enttäuschen. Du wirst sie nicht zurückweisen. Egal wo sie dich berühren." Die Worte fachten das Feuer an. Seine Körpersprache und die sinnliche Reinigung taten das Übrige. „Zieh das Kleid und die Schuhe an, die du auf deinem Bett findest. Wir erwarten dich im Esszimmer." John trocknete sie ab und er ließ ihr das Handtuch. Sie wickelte sich darin ein und hörte ihn lachen, als sie den Flur entlang in ihr Zimmer hastete. Ihre Körpertemperatur musste bei vierzig Grad liegen.

Der Mistkerl verunsicherte sie bis ins Mark.

Viola zog das rote Jerseykleid mit dem tiefen Ausschnitt an. Es umschmeichelte ihre Konturen. Unter der Brust lag es eng an und wurde darunter etwas weiter. Es reichte bis knapp über ihre Knie. Daneben lagen verfluchte High Heels. Sie steckte ihre Haare hoch und diesmal verfügte sie nicht über den Mut, die Schuhe in den Händen zu tragen. Fluchend stolperte sie zum Spiegel im Badezimmer.

Das Kleid unterstrich ihre Formen. John hatte es gut ausgesucht. Die High Heels streckten ihre Beine. Ihre Wangen waren gerötet, ihre Augen funkelten. Sie grinste ihr Spiegelbild an. Ein kleines geiles Luder lächelte zurück, bereit, gefickt zu werden. Viola hatte nicht die geringste Ahnung, was sie erwartete. Aber eines wusste sie, John würde sie testen, reizen, bis sie ihm freiwillig gab, was er begehrte.

Ihr Mut verließ sie, ehe sie das Esszimmer betrat, daher blieb sie einen Moment vor der geschlossenen Flügeltür stehen. Sie hörte Stimmenwirrwarr und weibliches Gelächter unterbrach das männliche Gemurmel. Plötzlich überfiel sie eine große Unsicherheit. Forderte John zu viel von ihr? Dann drückte sie die Schultern durch und legte entschlossen ihre Hand auf die Türklinke. Viola drückte sie runter und betrat den Raum. John lief ihr entgegen, als er sie bemerkte, und das war auch gut so, weil sie stolperte. Mit starken Händen bewahrte er sie vor einem Sturz. Seine spöttisch hochgezogenen Augenbrauen bestätigten, dass er gewusst hatte, dass sie in den Schuhen nicht laufen konnte.

„Warum so nervös, Schiava? Nimmt deine Angst dir die Kraft, weil du nicht weißt, was ich dir antun werde? Was du gleich spüren wirst?"

Verlegen bemerkte sie, dass alle sie anstarrten. Außerdem fiel ihr auf, dass John anders roch als sonst, nach einem leichten Aftershave, das mit seinem herben Duft seine dunkle Ausstrahlung unterstrich. Sie blickte zu den Anwesenden, die um den Tisch saßen und erleichtert lächelte sie Iris und Kate zu. Dean und Miles bedachten Viola mit einem strengen Blick, ganz die Maestros, die sie waren. Tom thronte neben Iris, knetete schamlos ihre Nippel, die gegen das leuchtend blaue Kleid drängten. Er schaute kurz zu ihr. Drei weitere Männer starrten sie an. Sie wusste, dass einer von ihnen der fremde Maestro war, der sie wahrscheinlich gepeitscht, aber mit tödlicher Sicherheit gevögelt hatte. Hitze rann über ihre Wirbelsäule und sie atmete aufgeregt.

„Nun Viola, wer von den Dreien hat dich gefickt? Hat dich vor Lust schreien lassen?"

Sie blickte John Hilfe suchend an, unschlüssig, was er von ihr erwartete.

„Wenn du es weißt, darfst du dir aussuchen, wer von uns sich mit dir beschäftigt. Wessen Hände dich züchtigen."

Deswegen sprachen die fremden Männer nicht mehr, denn sie hätte ihn an seiner Stimme erkannt.

„Nur zu." John schob sie Richtung Tisch. Sie holte tief Luft, beugte den Kopf und schnupperte an dem Hals des ersten Maestros. Erbost keuchte sie auf, da er das gleiche Aftershave wie John trug.

Diese Mistkerle!

Ihre Befürchtung bestätigte sich bei dem zweiten und dann bei dem dritten. Nie im Leben konnte sie erraten, welcher von ihnen es war. Der Kräftige mit den dunkelblonden Haaren? Oder doch der mit der Glatze, der ihr einen Schauder über den Rücken jagte. Es könnte aber auch der Südländer mit dem klassisch römischen Profil sein, der frisch aus einer Gladiatorenfantasie entstiegen schein. Sie wollte nicht die Hände der fremden Kerle auf sich spüren. Verletzt warf sie John einen Blick zu. Pure Dominanz strahlte ihr entgegen, unterstrichen durch die verschränkten Arme.

„Du weißt es nicht?"

Sie kämpfte mit ihrer Unsicherheit. Und wenn einer dieser Typen sie anal nahm? Bestürzt schaute sie zu Kate und Iris, die allerdings intensiv ihre Teller musterten.

John überbrückte die Distanz. Zu ihrer Bestürzung keuchte sie auf. Er ragte vor ihr auf, trank förmlich ihr Unwohlsein und durchlöcherte sie mit diesen Laseraugen. „Von den beiden brauchst du keine Hilfe zu erwarten. Sie wissen, was ihnen blüht, falls sie es wagen, dich anzusehen. Ihr drei werdet heute besonders bestraft werden."

Auf den Gesichtern aller Maestros lag der gleiche herrische, strenge Ausdruck.

Er zwang sie auf einen Stuhl und umfasste ihre zitternden Schultern.

„Vertrau mir." Plötzlich verflog die Unsicherheit. Wenn er den Männern vertraute, dann konnte sie es auch. Ausgerechnet der Glatzköpfige stand auf und blieb hinter ihr stehen. Sein Atem streichelte an ihrem Nacken entlang. Sanft lag die Handfläche auf ihrer Stirn und er sah auf sie herab. Karamellfarbene Augen, die sie amüsiert anzwinkerten. Leicht strich er über ihre Wangenknochen, hinunter bis zu dem Ausschnitt des Kleides, lachte, als sie versteifte. Ein Tattoo zierte seinen muskulösen Unterarm, kyrillische Schriftzeichen, die sich um den Arm schlängelten. Sie verkrampfte die Hände um die Sitzfläche. Der drohende Blick von John ließ sie aufwimmern. Sie wollte nicht von diesem Kerl berührt werden. Aber ihr Körper demonstrierte seine eigene Sprache. Ihr Nippel lag erregt zwischen den fordernden Fingern und sie legte den Kopf zurück, wünschte, er würde tiefer gleiten, und das, obwohl er ihr Angst einjagte.

„Nun, kleine Subbie, zeigst du dich heute von deiner renitenten Seite? Oder möchtest du willig in meinen Armen liegen?“ Er war es an dem Tag gewesen!

Seine Worte entlockten ihr ein erleichtertes Kichern. Die Frauen fielen in das Lachen ein. Viola stand so unter Strom, dass sie ein weiteres nicht zurückhalten konnte. Die ganze Anspannung glitt von ihr, gleich einem seidenen Kleid, das von den Schultern floss.

„Ich bin Roger. Kates Maestro und Geliebter. Es freut mich dich kennenzulernen, Viola.“ Da war nichts Respektloses an ihm. Roger ließ von ihr ab und setzte sich.

Die Männer unterhielten sich entspannt. Das Abendessen dauerte gefühlte Ewigkeiten und Violas Leidensgenossinnen rutschten ebenso nervös auf den Stühlen herum, wie sie. Ihnen war es untersagt worden zu reden und sie sah die freudige Erregung in den Augen. Viola schüttete das Glas Wein in einem Schluck hinunter, um das Flattern in ihrem Magen zu beruhigen.

John fachte ihre Nervosität zusätzlich an, denn er beobachtete sie, bemerkte das Zittern ihres Körpers, wie sie die Männer verstohlen musterte, sich ausmalte, was sie ihr antun würden. Heizte sie auf mit seinem stürmischen Blick. Miles und Dean steckten mit ihm unter einer Decke. Amüsement lag in den Mienen.

„Steht auf.“ Die Stimme ihres Maestros ließ sie beben, war sie doch mit Samt und Stahl getränkt. Viola schwankte auf den hohen Absätzen.

„Stell dich an den Tisch und stütz die Hände auf die Tischplatte.“

Viola blieb zurück mit John, Roger und Dean. Die Brüder lehnten an der Wand, ihre Augen schwer auf ihr. Arrogant grinsend sah Roger sie an, bevor er hinter ihr verweilte. Viola unterdrückte den Impuls einer Gegenwehr, wusste sie doch, dass sie nur darauf warteten. Sie spürte seine Körperwärme und er schob das Kleid nach oben, kostete die Berührung aus. Es streichelte über ihre Haut, bis ihr Po entblößt vor ihm lag.

Flatternd schloss sie die Augenlider.

„Viola", ermahnte sie John.

Natürlich gönnte er es ihr nicht. Wütend sah sie ihn an, keuchte auf bei dem Feuer, das sie erfasste. Ein kurzes Lächeln unterbrach den strengen Ausdruck. Roger folgte den Konturen ihres Hinterns und er näherte sich ihrem Anus. Mühsam hielt sie still, wo alles in ihr verlangte, der Hand auszuweichen. Das erwartungsvolle Beben konnte sie jedoch nicht abstellen und es verriet es ihre Lust, machte sie sichtbar für die Maestros.

„Sie zittert und erschauert unter der leichtesten Empfindung." Rogers Stimme war sanft und bedrohlich, beides zugleich. „Du hast es dir selbst zuzuschreiben, dass nicht John dich liebkost. Ich toleriere deine gespielte Abscheu mir gegenüber nicht." Fordernd drangen zwei Finger in ihre Spalte.

„Wie ich vermutet habe, pure Begierde. Wir werden sie heute hart rannehmen. Wimmer für mich."

Sie wollte nicht, doch die Fingerspitzen stahlen es von ihr.

„Ich mag es, wenn meine Frauen tun, was ich ihnen auftrage." Sein Lachen vibrierte ihren Rücken entlang und dann löste er sich von ihr.

Viola wagte es dennoch nicht, sich von der Stelle zu rühren, auch nicht, als Dean und Roger den Raum verließen.

„Weißt du eigentlich, wie geil du aussiehst? Wie du dort stehst in dieser Pose, mit erregender Angst in deinen Augen." Ganz leicht berührte John ihre Kehle. Vertrauensvoll gab sie nach, und legte den Kopf in den Nacken. Jetzt konnte sie nicht mehr ausweichen. John erhöhte nicht den Druck, wartete, bis sie hörbar ausatmete, sich seidengleich an ihn schmiegte. Er glitt mit der Hand in das Kleid.

„Deine Nippel drängen meiner Berührung entgegen. Dir hat die Liebkosung durch Roger gefallen, mein kleines Luder.“ Flüssig lief seine Stimme über ihren Leib. „Zeit, dich an den Ort deiner Bestrafung zu bringen. Eine neue Klippe erwartet dich.“ John richtete Viola auf und musterte sie prüfend. „Du weißt das Safeword? Aber vermutlich wirst du es nicht benutzen, egal, was wir dir antun. Sag es mir jetzt.“

„Rot.“

„Sehr schön. Und jetzt komm.“ Er führte sie den Flur hinunter, bis sie eine Flügeltür erreichten. John öffnete die Tür und ihr stockte der Atem. Prickelnde Atmosphäre strömte ihr entgegen. Iris und Kate standen gefesselt mitten im Raum. Ihre nackten Körper schimmerten im flackernden Licht der Kerzen. Schmeichelnd tauchte es ihre Konturen in geheimnisvolle Schatten. Samtvorhänge bedeckten die hohen Fenster. Seile befestigten die Arme an Ringen in der Decke. Es lag kein Zug auf den Fesselungen.

Es gab mehrere Tische, Böcke und zwei Kreuze in dem weiträumigen Zimmer. In der hinteren Ecke thronte ein großzügiges Bett. Seine Pfosten und Querverstrebungen warteten darauf, eine Schiava daran zu fesseln, sie in die Lust zu zwingen. John führte Viola zu einer Kommode, zeigte ihr die Ansammlung von Peitschen, Gerten und Stöcken. Dildos, Plugs und Vibratoren, die aufgereiht nebeneinanderlagen. Ihr Blick blieb an einem Rohrstock hängen. Der rote Griff unterstrich die bedrohliche Ausstrahlung. Darunter lag ein Paddel, bestückt mit Noppen. Es schien sie höhnisch anzublinken. Plötzlich wurden ihre Knie weich. Ihr Geliebter umfing ihren Körper, seine Hände schoben den Stoff hoch.

„So versessen, mit der Session anzufangen?“

Die anderen Maestros standen mit verschränkten Armen an einer Seite des Raumes: Ein Rudel Löwen, begierig, die Beute zu reißen. John führte sie auf ihre Ausgangsposition. Zu ihrem Erstaunen zog er ihr nicht das Kleid aus, sie sollte nur die Schuhe ablegen. Erleichtert schlüpfte sie aus den Folterdingern. Die Frauen bildeten einen losen Kreis und in ihren Augen sah sie die eigene Emotion: ängstliche Lust.

Dean half John, Viola zu fesseln. Sie fixierten die Fußgelenke mit Manschetten an Ringen, die im Parkettboden eingelassen waren.

„Du zitterst wie Espenlaub." Deans Stimme umhüllte sie wie Balsam.

John überprüfte den Sitz der ledernen Handgelenksfessel, bevor er das Seil mit einem Karabinerhaken an der Öse der Fessel befestigte. Sein Bruder zog es an, bis sie gerade so eben auf den Fußflächen stehen konnte.

Das Letzte, was sie sah, war, dass Iris und Kate das gleiche Schicksal widerfuhr. Dean legte eine breite Binde über ihre Augen. John drückte seine Lippen kurz auf ihre, dann war sie allein. Verschämt hörte sie, dass sie aufwimmerte.

Sofort wurde ihr Gehör schärfer, genau wie ihr Geruchssinn. Nur nutzte es nicht viel, denn sie roch nur Aftershave. Die Schritte der Maestros erstarben. Viola hatte keine Ahnung, wer sich wo platzierte. Das einzige Geräusch war die schnelle Atmung der Frauen und sie fand Trost darin, dass es ihnen nicht besser erging.

Er berührte sie nicht. Dennoch wusste sie, dass ein Maestro hinter ihr stand.

War es Roger? Oder der kräftige Blonde? Der Italiener?

Ein leises Seufzen unterbrach die Stille. Kate oder Iris? Es ging in ein Stöhnen über. Der sinnliche lustvolle Klang heizte Viola an. Ihre Scham pochte, obwohl niemand sie anfasste. Im Geist sah sie Tom vor Iris knien. Er spreizte die Schamlippen, saugte an der geschwollenen Knospe. Miles hielt ihre Hüften und hinderte sie daran, ihr Becken zu bewegen.

Der sanfte Laut verstummte. Urplötzlich durchschnitt das Geräusch eines Gürtels, der aus einer Hose gezogen wurde, die Ruhe. Violas Körper bebte erwartungsvoll und sie spürte die Erregung bis in die Ohrläppchen. Sie atmete schneller, das Gefühl der Anspannung und Sehnsucht unerträglich. Würde sie der Riemen treffen? Wer führte die Schläge aus?

Sie hätte am liebsten gebettelt, dass jemand sie von der Augenbinde befreite. In dem Moment, als das Leder auf den Leib einer der Frauen aufschlug, legte der Maestro, der hinter ihr stand, seine Fingerspitzen auf Violas Brüste. Sanft neckte er die Nippel durch den Stoff und sie seufzte unter der leichten Empfindung. War es John, der sie so zärtlich liebkoste? Oder einer der Fremden?

Ein weiterer Mann trat an sie heran. Sie spürte etwas Kaltes an ihrer Haut und verbiss sich den Schrei. Es war eine Schere. Er setze sie an dem Ausschnitt an, schnitt zweimal hinein, dann umfasste er den Ausschnitt des Kleides. Mit einem Ruck zerriss der dünne Jerseystoff. Sie reagierte heftig auf die Geste, dürstete nach der Berührung, sehnte Hände herbei, die ihre Brustwarzen hart und kraftvoll stimulierten. Er ging vor ihr in die Hocke. Viola spürte seine Handflächen auf ihrem Po und sein Atem streichelte über ihren Bauch. Sehnsuchtsvoll erwartete sie die Reizung.

Eine der Schiava stöhnte laut vor Wollust. Die Zweite schrie unter den Gürtelschlägen auf. Immer wieder klatschte das Leder auf den Körper der Frau. Ob es Iris war? Kate war doch so zierlich, sie würden sie nicht so fest schlagen.

Die Stimulation ihrer Nippel blieb sanft. Viola drückte den Rücken durch, um die Reibung zu erhöhen. Aber er ließ sich nicht darauf ein, behielt die behutsame Folter bei. Finger spreizten ihre Schamlippen. Sie keuchte, bevor die heiße Zunge sie berührte. Leicht leckte die Zungenspitze über die Perle, genauso zärtlich wie die folternden Fingerspitzen.

Er schlug härter mit dem Gürtel zu. Das Opfer schrie auf, gequält. Das Geräusch steigerte Violas Lust.

„Bitte … oh … bitte. Nein.“ Es war Iris und sie meinte nicht nein, sondern ja.

Die beiden Männer führten ihre sanfte Folterung weiter aus. Viola wand sich in den Fesseln, soweit es ging. Sie wollte mehr. Aber so sehr sie es herbeisehnte, ihr Flehen erweichte sie nicht. Die Gürtelschläge stoppten. Iris wimmerte, denn ein Maestro musste sie von hinten ficken, Viola hörte, dass sein Becken auf den Po klatschte.

Kates Stöhnen wurde zu einem Jammern. Was taten sie ihr an? Vielleicht Nippelklemmen? Die Elfe verstummte. Stattdessen traktierten sie Kate mit lustvollen Schlägen. Viola vermutete, dass die mehrriemige kurze Peitsche, die nicht so schneidend war, zum Einsatz kam. Kate kämpfte tapfer, sie stöhnte ab und zu leise, bis es in kleine spitze Schreie überging. Der Kerl, der Iris vögelte, schrie seinen Orgasmus in den Raum. Sie erkannte, dass es Tom war. Iris' gekeuchtes „Tom“ ging in einen lauten Schluchzer über.

„Leck sie“, befahl Tom einem weiteren Dom. Iris' Jammern nach, tat der andere es gekonnt, denn es dauerte nicht lange, bis Iris ihren Höhepunkt in den Raum schrie.

Ein drittes Paar Hände legte sich auf Violas Körper. Sie streichelten an ihrem zitternden Bauch entlang, kneteten die Pobacken. Ein klirrendes Geräusch und Fußfesseln lösten sich. Ein erschrecktes Aufkeuchen entwich Kate. Anscheinend wurde sie hochgehoben und einer der Maestros hielt sie in Position, während der andere sie vögelte. Viola hatte das Bild vor Augen. Kate umschlang mit den Beinen seine Hüften und er brachte sich in Stellung. Der Maestro hinter ihr umfasste sie mit unerbittlicher Kraft, erzwang ihren Gehorsam. Noch immer reizten Viola die Fingerspitzen und die Zunge auf diese unerfüllte aufreizende Weise.

Sie ertrug es nicht mehr.

„Verdammt, ich will geschlagen und gevögelt werden.“

Hatte sie das wirklich gerade gesagt? Ein harter Schlag landete auf ihrer Pobacke, ließ sie nach Atem ringen.

Endlich!

Aber dann beließen sie es bei den qualvollen, hauchzarten Berührungen. Iris schrie unter einem weiteren Orgasmus auf und auch Kate schien nicht weit vom Höhepunkt entfernt zu sein. Einzig Viola kam nicht zum Zug. Sie keuchte gierig, fühlte etwas Kaltes an ihrem Bauch hinabgleiten. Ein Messer. Es folgte den Konturen ihres Körpers. Sie verharrte regungslos, versuchte verzweifelt, das Beben zu unterdrücken. Es nutzte nichts, stattdessen zitterte sie stärker. Die Klinge fuhr an den Trägern des Kleides entlang und der Stoff fiel zu Boden. Jemand leckte über ihren Busen, erreichte ihren Hals. Lachen vibrierte gegen ihre Haut, da er ihre Furcht auskostete. Die Hände des dritten Maestros verschwanden. Sie hörte die Frauen nicht mehr. Waren sie geknebelt? Oder hatte man sie aus dem Raum gebracht? Und wo standen die anderen Männer? Wurde sie von allen beobachtet?

Ungewollt wimmerte sie.

Mit einem Griff in ihr Haar zog einer der Männer ihren Kopf zurück. „Du beschwerst dich?“ Erleichtert schluchzte sie auf, denn John befand sich hinter ihr. „Du nimmersattes Luder willst mehr?“

Die Zunge leckte fester über ihre Perle und Viola drängte ihr, gierig und schamlos, das Becken entgegen.

John lief mit energischen Schritten zur Kommode, sodass sie es hörte. Sie konnte kaum klar denken durch die Liebkosungen des Kerls, der vor ihr kniete. Dennoch war sie gedanklich bei John. Was holte er? Die Gerte? Das Paddel? Oder gar den Rohrstock?

Ein Klaps auf den Po, dann entfernte sich der Maestro, offenbar um John genügend Platz für ihre Züchtigung zu geben. Sie atmete heftiger bei den näherkommenden Schritten, ahnte sie doch, welcher Schmerz sie erwartete.

Sanft strich die Spitze des Schlaginstruments an ihrer Wirbelsäule entlang, erzwang den Zugriff zu ihrer Scham, kratzte über die Schamlippen. Es musste der Stock sein. Ein nahezu zärtlicher Hieb traf den Po und bestätigte die Befürchtung. Er wärmte ihre Haut auf, bis ihr Hintern in

Flammen stand. Leichte Treffer auf die Oberschenkel, den Bauch, die Vorderseite ihrer Schenkel. Er gab ihr keine Zeit, sich darauf einzustellen. Sie wusste nicht, von welcher Seite er zuschlug.

„Geht es dir gut, Viola?“, fragte John.

Bevor sie antworten konnte, erhöhte er die Intensität. Schneidende Qual küsste den Po. Ihr Wimmern wurde ernsthafter und bei dem letzten Schlag schrie sie, fiel stärker in die Fesselung, bot sie doch den einzigen Halt. Sofort lehnte John sich gegen ihren Rücken.

„Lös die Fesseln. Sie hat genug und ist bereit für die nächste Behandlung.“ Er umfasste sie mit kräftigen Armen, als das Seil seinen Zug verlor. Der zweite Maestro entfernte die Fußgelenksmanschetten, streichelte ihre Beine, bis er ihre Scham berührte.

„Nun, Schiava, möchtest du den ersten Orgasmus?“ Es war Dean und Viola war so froh, dass sie schluchzend etwas stammelte. Sie musste endlich wissen, wo die anderen sich aufhielten, da sie die Ungewissheit nicht länger aushielt.

„Du wirst schweigen.“ John ahnte ihre Gedanken. Nein, er ahnte sie nicht, er kannte sie. Schließlich hatte er das Szenario geschickt arrangiert und spielte mit ihr.

„Aber …“

„Meine letzte Warnung. Noch einen Ton und ein Knebel wird dich zur Stille zwingen.“ Der Griff um ihr Kinn unterstrich die Forderung. Sie kniff die Augen zusammen, biss auf ihre Zunge in dem Versuch, die Worte zurückzuhalten. Er kannte ihre Panik, dennoch – wenn sie nicht gehorchte, würde er es tun.

Ihre Panik ebbte ab, weil Dean die Innenseiten ihrer Schenkel streichelte.

Bitte, bitte, lass ihn die Reizung erhöhen. Sie spürte ihre Erregung in jedem Winkel ihres Bewusstseins. John berührte ihren Nacken und Hals. Ein Arm umschlang ihren Oberkörper und Dean leckte eine Spur an ihren Brüsten entlang. Sie hielt es nicht mehr aus, wand sich unter der Tortur.

„Wie nass du bist, meine kleine geile Schiava." Johns Fingerspitzen strichen fest über die Klitoris. Unvermittelt packte er sie um die Taille. Als er sie hochhob, konnte Viola ein erschrecktes Quieken nicht unterdrücken.

„Du sollst ruhig sein." Sie hörte Johns Stimme an, dass er grinste. Er warf sie auf das weiche Bett, das in der Ecke des Raumes stand und sie blieb auf dem Rücken liegen.

„Halt sie, während ich sie ficke." John drängte ihre Beine auseinander. Sein Bruder ergriff ihre Arme und streckte sie nach oben. Mit einem Stoß vergrub John seine Fülle in ihr, lachte über ihr wollüstiges Keuchen. Er schob die Handflächen unter ihren Po und stieß gierig in ihr Geschlecht. „Ist es dir hart genug?"

Dean umklammerte mit einer Hand ihre Handgelenke, mit der zweiten reizte er abwechselnd ihre Nippel. Diesmal war an seinen Berührungen nichts Zärtliches. Fordernd und unerbittlich stimulierte er sie. John ließ von ihr ab, ohne sich oder sie zum Orgasmus zu bringen.

Ein vibrierendes Geräusch ertönte und John presste einen Vibrator auf ihre Knospe. Viola schrie auf, da das Gefühl kaum zum Aushalten war. Sie war so aufgeputscht, dass sie sofort kam. Nach Luft ringend lag sie auf dem Rücken, unersättlich vibrierten ihre Vaginalmuskeln. John beließ den Lustbringer auf ihrer Klitoris, und kurz bevor sie erneut Erfüllung fand, zog er ihn zurück. „Macht es dich an, wenn sie dich beobachten? Lass und an deinen Fantasien teilhaben."

Verdammt, bitte jetzt keine Frage.

„Ja, es regt mich an."

Er legte besitzergreifend eine Hand auf ihren Bauch. „Du glaubst doch nicht, dass diese Antwort uns zufriedenstellt." Sein Tonfall nahm an Schärfe zu. „Dean, versohle ihr gründlich den Arsch."

Das wollte sie nicht, ihre Haut schmerzte von den Stockschlägen. Sie versuchte aufzuspringen, aber darauf hatten sie nur gewartet.

„Es existiert kaum etwas Erregenderes als eine Schiava, die sich tüchtig wehrt. Findest du nicht, Dean?“ John umklammerte ihre Hüfte und Dean hielt sie an den Schultern.

„Ich stimme dir zu. Gleich liegt ihr strampelnder Po auf meinem Schoß. Ich bearbeite so lange die prallen Pobacken, bis sie um Gnade wimmert.“

„Das wird ihr eine Lehre sein. Nächstes Mal gibt sie sich mehr Mühe beim Beantworten der Fragen.“

Mit allen ihr zur Verfügung stehenden Mitteln, leistete Viola Widerstand, versuchte sogar zu beißen, aber es war sinnlos. Schlussendlich lag sie schluchzend auf den Beinen von beiden Maestros.

„Entweder hältst du still oder du weißt nicht, was dir blüht.“ Johns Stimme floss über ihren Körper. Sie fachte ihre Erregung auf ein unerträgliches Maß an. Die Gegenwehr und der Genuss, von ihnen überwältigt zu werden, waren stimulierend. Es war bereits prickelnd gewesen, als sie das Kleid zerrissen hatten. John packte ihre Handgelenke und drückte sie auf ihren Rücken. Deans große Handfläche presste ihr Becken auf seine Schenkel. Seine Hand rutschte höher. Jetzt war es ihr egal, ob der Knebel drohte. Sie schrie voller Wut und dachte, sie hätte „Arschlöcher“ nicht laut ausgesprochen, aber sie hatte es offensichtlich doch getan.

Dean äffte sie nach und bedrohlich hing das Wort in der Luft. Seine Handfläche klatschte laut auf ihr Gesäß und ihr geschundener Po erwachte mit einem Brennen, dass ihr Hören und Sehen verging.

Dean griff zwischen ihre Schenkel. „Sie schreit, weint und jammert und ihre kleine Pussy ist triefnass.“ Er stimulierte ihre Perle und zupfte an ihr. Zeitgleich führte er den wilden Ritt auf ihrem Po weiter aus. Die demütigende Haltung, die Hände beider Maestros, ihre harte Oberschenkelmuskulatur und die pure Kraft der Männer aktivierten etwas in Viola, dass sie fast einen Orgasmus bekommen hätte. Dann die Vorstellung, dass die anderen sie beobachteten … Viola schrie, diesmal nicht vor Schmerz, sondern überwältigt von ihren Gefühlen. Sie würde mindestens eine Woche nicht mehr sitzen können. Dean knetete die wunde Haut, kostete es aus, dass sie wimmerte und sich gleichzeitig an Johns Fingerspitzen rieb.

„Umdrehen." Johns Stimme riss sie aus der Starre. Sie lag mit dem Rücken über ihren Beinen und John löste die Augenbinde. Kaum entfernte er die Binde, wünschte sie sie wieder zurück, denn jetzt war sie doch ihren Blicken hilflos ausgeliefert. Er berührte zärtlich ihre Wangen, wischte die Tränen mit den Daumen weg. Viola sah in ihren Gesichtern, dass sie die Situation genossen. Deans Hand lag auf ihrer Scham, aber er bewegte sie nicht.

„Wir warten", sagte John und verkniff sich das breite Grinsen nicht. „Stell uns zufrieden, sonst wiederholen wir die Prozedur so lange, bis du dich konzentrierst und uns wirklich an deinen Träumen teilhaben lässt." Er räusperte sich. „Ich kann die Hitze deiner Pobacken spüren. Sie glühen wie Feuer."

Dean streichelte über ihren Bauch. „Und da du die Augenbinde so gern loswerden wolltest, erlauben wir dir nicht, deine Lider zu schließen."

Oh, bitte!

Viola betrachtete den Raum. Sie war alleine mit ihnen. Aber wie lange, wusste sie beim besten Willen nicht zu sagen. John hob ihren Kopf an und sie trank etwas verdünnten Saft. Sie nutzte den Moment, um ihre Gedanken zu sammeln, und war sicher, sie könnte keinen einzigen Hieb mehr auf ihrem Po ertragen. Das Wort Brennen bekam fortwährend eine immerzu neue Bedeutung, doch sie musste die Wünsche ihres Maestros erfüllen und ihm Rede und Antwort stehen.

„Der Südländer lehnt an einem Pfeiler, beobachtet, wie John mich mit dem Rohrstock züchtigt. Mit jedem Schlag steigt seine Erregung. Er steht hinter mir, als John von mir ablässt und er …"

Deans Fingerkuppen strichen um ihre Klitoris. John legte Daumen und Zeigefinger um ihren rechten Nippel und zupfte hart an der empfindlichen Spitze. „Dieses eine Mal lassen wir es dir durchgehen. Eine weitere Unterbrechung zwingt uns, mit deiner Disziplinierung fortzufahren. Dass du keinen Orgasmus haben darfst, brauchen wir nicht zu erwähnen."

Fassungslosigkeit erfasste sie. Wie sollte sie sich konzentrieren? Unmöglich! Sie biss die Zähne zusammen und spannte die Muskulatur an. Dean quittierte ihr Benehmen, indem er seinen Zeigefinger in ihre Vagina gleiten ließ. Die Daumenkuppe reizte ihre Knospe. Sie musste mehrere tiefe Atemzüge nehmen, bevor sie weitersprechen konnte. „Er tritt hinter mich und befühlt meine Schamlippen. Meine Erregung facht seine Lust an. Er findet meine großen Brüste anregend und legt seine Fingerspitzen … oh Gott!"

John folterte den linken Nippel. Sie brauchte ihre ganze Willenskraft, um den Orgasmus zu verhindern, und versuchte mit neu erwachter Inbrunst, von den Knien der Männer zu springen. Johns Griff um ihre Schulter hinderte sie jedoch, auch nur einen Millimeter Abstand zu erzielen. Starke Hände drehten sie auf den Bauch. Er drückte sie auf die Matratze. Viola wollte überall sein, nur nicht dort. Dean presste ihre Handgelenke auf den Rücken. John saß auf ihren Unterschenkeln. Sie würde nirgendwo hingehen.

Er fackelte nicht lange und widmete sich abwechselnd beiden Backen und hörte erst auf, als Violas Schreie in ein leises Wimmern übergingen.

„Knie dich hin." Schniefend kam sie Johns Befehl nach.

Dean stützte sie an den Schultern, lachte über ihren Versuch, seine Hände abzuschütteln. Sein Ausdruck versprach ihr Konsequenzen, falls sie nicht gehorchte. Der Höllenfürst verteilte Gleitgel zwischen ihren Pobacken.

John beabsichtigte doch nicht, sie zu nehmen, während sie sprechen musste? Das würde sie nicht aushalten. Deans spöttisch hochgezogene Augenbrauen erweckten den Wunsch, ihn zu schlagen. Ein leichter Klaps, der dennoch über ihren Körper flackerte, erinnerte sie daran, dass sie weiterreden sollte … musste … wollte.

„Er knetet meine Brustwarzen, indessen kniet der Blonde vor mir und seine Zunge spielt mit mir." Johns Daumen drang in ihren Anus.

„Verdammt, ich kann nicht mehr."

„Dann müssen wir deinen Mund wohl stopfen. Ein Schwanz zwischen deinen Lippen würde die Aufgabe erfüllen." Dean funkelte sie an. Sie hätte nur zu gern an seinem prallen Phallus gesaugt, um der Befragung zu entgehen.

„So sehr willst du das, kleine Schiava?" John dehnte ihren Anus und sie wollte, dass er sie nahm, doch Angst ließ sie die Luft anhalten. „Ganz ruhig, Viola, vertraue uns. Ich werde vorsichtig sein. Leg deinen Kopf auf Deans Schenkel." Seine Stimme war so zärtlich. Sie sank entspannt auf Dean und in diesem Moment presste Dean einen Vibrator aus Silikon auf ihre Klitoris. Johns Fülle drückte gegen ihre Rosette. Instinktiv versuchte sie auszuweichen, aber der vibrierende Lustbringer hielt sie in Position.

Behutsam erlangte er Zugriff. Umso weiter er vordrang, desto heftiger brannte es, abgelöst von dem Pulsieren auf ihrem Kitzler. Ein unglaublicher Reiz packte sie. Sein Schwanz intensivierte die Stimulation des Sextoys, es vibrierte so stark, dass ihr eine Gänsehaut über den Körper lief. Dean streichelte ihren Nacken. Tief in ihr vergraben verharrte John.

„Fühlst du dich wohl?" Sie fühlte sich mehr als wohl. Langsame Stöße erfassten ihren Leib. Nie hätte sie gedacht, dass es so intensiv, so schön sein könnte. Die Schwingungen fuhren durch ihren Unterleib.

Von allein kreiste sie ihr Becken, bereit, härtere Stöße zu empfangen. Er gab ihr, was sie verlangte und sie explodierte förmlich vor Lust. Als ihre Klitoris ein letztes Mal zuckte, nahm sie Deans Schwanz in den Mund. Er übernahm die Führung, stieß in sie hinein. Eine Hand krallte er in ihre Haare, die zweite strich zärtlich über ihre Wangen. Johns Bewegungen wurden schneller und er ergoss sich in ihr, zog sich dann vorsichtig aus ihr zurück. Tränen schossen in ihre Augen. Dean zog sie rittlings auf seinen Schoß, fickte sie und keuchte nur Sekunden später seinen Orgasmus heraus.

Sie sackte auf ihn.

Wenn sie jetzt ihr Verhör fortführen wollten, mussten sie es ohne Viola tun. Sie war nicht in der Lage zu reden oder irgendetwas anderes zu tun, außer an Ort und Stelle herumzuliegen.

Dean grinste sie an und küsste sie auf die Stirn. „Ich glaube, heute haben wir unserer Schiava genug abverlangt."

John half ihr hoch, er fiel auf das Bett und zog sie in seine Arme. Sein Bruder gab ihr einen Klaps auf den Po, bevor er den Raum verließ.

„Hättest du Lust auf ein entspannendes Bad, meine Kleine?" Sie wusste nicht, ob sie die Energie aufbringen könnte. „Es ist ein Whirlpool." Seine Stimme klang lockend. Sie schaute ihn offensichtlich so misstrauisch und vorwurfsvoll an, dass er in lautes Lachen ausbrach.

„Du sollst dich nur erholen. Gib nicht mir die Schuld für deinen brennenden Arsch, das hast du dir selbst zuzuschreiben." Er drehte sie auf den Bauch und ignorierte ihre Proteste. „Lass mich sehen." Sanfte Küsse, leicht wie Schmetterlingsflügel, berührten ihren Po. „Nach dem Bad werde ich ihn mit einer kühlenden Lotion eincremen."

Eine Viertelstunde später, lag Viola wohlig seufzend in dem blubbernden Wasser. Im ersten Moment hatte die Hitze das Glühen auf ihrem Po intensiviert, aber jetzt war es herrlich. John saß in einer halb liegenden Position hinter ihr. Sie verspürte den Drang, ihr Glück in die Welt hinauszuschreien. Für nichts wollte sie die Erlebnisse mit ihm missen. Sie konnte nicht genug von ihm bekommen und liebte einen Peitsche schwingenden Kerl, der sie durchschaute wie kein Mann zuvor.

„Hat es dir gefallen, Viola?"

Sie drehte den Kopf, traf seinen warmen Blick und lächelte ihn an, sogar Tränen traten in ihre Augen. „Das hat es, mein Maestro. Ich danke dir für diese wunderbare Erfahrung." Sie biss auf ihrer Unterlippe herum. „Auf eine so intensive Bestrafung kann ich allerdings zukünftig verzichten. Mein Po brennt unglaublich. Ihr habt heute meine Grenzen erreicht."

„Bist du sicher?" Er sprach die Worte neckend, aber seine Mimik forderte sie heraus. Sie sank gegen ihn. Im Augenblick hinderte sie ihre Erschöpfung, zu reagieren.

„Und der Analverkehr? Wie hast du ihn empfunden?"

„Ich habe es mir anders vorgestellt. Ich dachte, ich würde mich schämen, gehemmt sein. Nie hätte ich es für möglich gehalten, dass mich ein zweiter Mann dabei umarmt."

„Und der physische Aspekt?"

„Jeder Stoß von dir, hat sich direkt auf meine Klitoris übertragen. Ich spürte es heftig in meinem Körper. Es war einer der intimsten Momente mit dir. So genommen zu werden, war auf eine geile Art demütigend. Es erregte mich unheimlich. Dazu die verstärkten Reize. Du hast mir versprochen, dass es mir gefallen würde und es hat meine Vorstellung übertroffen." Sie verspürte Neugierde. „Wie hat es sich für dich angefühlt?"

„Es ist immer etwas Besonderes, eine Frau anal zu nehmen. Für viele stellt es ein unvorstellbares Tabu dar. Du hast neugierig auf meine ersten Avancen in dieser Hinsicht reagiert. Und um deine Frage zu beantworten, es ist sehr eng und unglaublich befriedigend."

Sie lagen eine Weile schweigend im Wasser und Viola driftete in den Schlaf.

„Der Mann, der dich gewürgt hat, hast du ihn jemals wiedergesehen?"

„Nein." Panisch zischte sie das Wort, denn tief in ihrem Inneren wusste sie es. Oh Gott. Miles hatte ihm von ihrer Reaktion im Wald erzählt.

„Bist du dir sicher?"

„Das weißt du doch längst." Sie hörte die Bitterkeit in ihrer Stimme, denn sie fühlte sich von ihm mit dem Rücken an die Wand gedrängt.

„Ist er dir vorher schon einmal aufgefallen?" Für John stand es fest, dass er es war.

„Nein, und ich muss mich irren. Ich habe mehrere Male den Wohnort gewechselt. Es ist unmöglich, dass er mich aufgespürt hat." Ihr war bewusst, dass sie ihm keinen Namen gab. Plötzlich spürte sie grauenvolle Panik, die sie vollkommen überwältigte und hilflos zurückließ. „John, bitte. Ich will mir nicht vorstellen, dass Parker Cormit mich verfolgt. Wenn ich ihm Zugang zu mir gewähre, werde ich zerbrechen. Ich möchte das nicht." Jetzt wusste John, wie das Arschloch hieß. Sie kämpfte gegen seine Arme an, aber er ließ es nicht zu.

„Du kannst nicht vor allen Schwierigkeiten davonlaufen."

„Lass mich zufrieden."

„Ist das wirklich dein Wunsch?"

Sie verbiss sich eine Antwort, schluckte die Tränen hinunter und hörte auf, gegen seinen Griff anzugehen. „Mir fehlt die Kraft, um deine dämlichen Fragen zu beantworten. Ich will das jetzt nicht." Mit ihm zu streiten war ungewohnt. Er schreckte nicht zurück, wich ihr nicht aus. Mit Ausflüchten kam sie nicht weiter, ebenso wenig mit Zorn.

„Schweige mich ruhig an, Kleines. Ich erlaube dir nicht, aus dem Raum zu stürmen wie ein trotziges Gör. Für den Moment lasse ich das Thema ruhen. Aber du bleibst hier."

„Das werde ich nicht."

„Du weißt, was man mit zornigen Kindern tut? Steh auf." Zum Glück half er ihr aus der Wanne, denn in ihrem jetzigen Zustand konnte sie kaum stehen. Bebend und tropfend nass stand vor ihm und forderte ihn heraus. „Ich will in mein Zimmer."

„Nein!"

Ein Laut purer Frustration kam aus ihrer Kehle. John besaß keine Skrupel, sich mit körperlichem Einsatz durchzusetzen. Sie wusste es. In der Vergangenheit hatte sie sich immer so aus der Affäre gezogen, war offenen Konfrontationen ausgewichen, aber diesmal hatte sie keine Chance dazu.

Viola warf ihm einen lodernden Blick zu, spielte mit dem Gedanken, ihm die Seife an den Kopf zu werfen. Er sah es ihr an. Ihre Wut war ihm allerdings lieber als die Verzweiflung. Er musste seine Vorgehensweise überdenken. Ursprünglich wollte er Viola in den Plan einweihen. Sie sollte kein unwissender Lockvogel sein. Ihre heftige Reaktion belehrte ihn eines Besseren. Was hatte das Arschloch ihr noch angetan? John musste sich in Geduld üben und darauf vertrauen, dass sie sich ihm schlussendlich freiwillig anvertraute.

„Na komm, Kleines, lass uns nicht streiten."

„Es tut mir leid." Sie umklammerte seinen Hals und weinte, dass es ihm das Herz zerriss.

„John, ich verspreche dir, ich erzähle dir die ganze Geschichte, wenn ich so weit bin. Aber noch kann ich es nicht. Es fordert zu viel von mir." Mit einer Hand zog er einen Morgenmantel vom Haken und half ihr hinein. Dann legte er sie in sein Bett und schuttete ihr anschließend ein Glas Wein ein. Mit großen Schlucken trank sie es leer und schlief sofort ein.

Die innere Unruhe vertrieb jedoch seine Müdigkeit. Er suchte Miles und Dean und fand sie in der Bibliothek vor. Sie saßen vor dem Kamin und hielten Gläser mit Scotch in den Händen. John genehmigte sich auch einen Drink und schweigend starrten sie in die Flammen.

„Was ist los, Bruder?", fragte Miles.

Er erzählte ihnen von Violas Reaktion. „Ich weiß, es ist ungerecht, aber ich verspüre Enttäuschung, dass sie mir nicht vertraut."

Miles Blick lag ernst auf ihm. „Sie vertraut dir, John. Gott, sie liebt dich. Ihr Gesicht leuchtet auf, sobald sie an dich denkt. Und sie leuchtet ständig."

„Und wenn es nicht reicht?"

„Glaub mir, mein Freund, es ist mehr als ausreichend. Du erwartest zu viel von ihr. Ihr ganzes Leben gerät aus den Fugen. Du bist gleich einer Naturgewalt über sie hergefallen. Eine Frau mit weniger Courage hätte längst das Weite gesucht. Sie besitzt Stärke." Miles kippte den Scotch herunter.

„Du musst ihr vertrauen. Und John, hindere sie daran, alleine das Grundstück zu verlassen."

„Gibt es Neuigkeiten?"

Dean nickte. „Es wird dir nicht gefallen. Timothy hat ein paar sehr beunruhigende Dinge herausgefunden, die er mir gerade per email geschickt hat." Er stand auf, ging zum Sideboard und kehrte mit ein paar Ausdrucken zurück. Sein Bruder hielt ihm Fotos vor die Nase. John spürte förmlich, dass er erbleichte und er musste Viola auf der Stelle in den Armen halten.

„Geh nur", sagte Miles. „Wir sprechen morgen darüber."

Viola war wach und lächelte ihn an, als er in sein Schlafzimmer eintrat. Sie setzte sich auf und wimmerte. „Es tut mir leid, John. Ich verspreche dir …"

„Es ist schon gut, Kleines. Ich war zu ungeduldig und auch zu streng. Mir tut es leid. Ich hatte kein Recht, dich derart zu bedrängen."

„Ich bin zu feige, um …"

Er legte einen Finger auf ihre Lippen. „Keine Selbstvorwürfe. Wir schaffen diese Hürde aus der Welt." Und wie sie das tun würden. Die Drecksau würde sich nicht mehr lange seines Lebens erfreuen. Aber jetzt gab es erst einmal akute Schmerzen, die gelindert werden mussten. „Soll ich nachsehen? Dreh dich auf den Bauch."

Viola ließ sich grunzend auf die Matratze fallen und er betrachtete den roten Po. Sie hatte ihn für alle Zeiten verdorben. Sie war ein kurviges Luder, an den richtigen Stellen gerundet und er bekam nicht genug von ihr. Sie drehte ihm das Gesicht zu und John erkannte, dass sie kaum in der Lage war, die Augen aufzuhalten. John tröpfelte Lotion auf ihren Po. Die kalten Tropfen entlockten ihr ein Quietschen und ihr erleichtertes Ächzen lockte ein breites Grinsen auf sein Gesicht. Mit leichten Berührungen verteilte er die Creme und sie kicherte unter seinen Händen. Er konnte es nicht lassen und tauchte einen Daumen in ihren Anus, denn auch er brauchte Zuwendungen. Ein nochmaliges wohliges Seufzen.

„Viola."

„Mhmm."

„Ich möchte nicht, dass du alleine im Wald herumspazierst."

„Geht das nicht zu weit? Jetzt sperrst du mich ein."

Mit dieser Reaktion hatte er gerechnet.

„Letzte Woche wurde eine Frau überfallen, nicht weit von hier." Es behagte ihm nicht sie anzulügen, aber er wollte sie nicht mit seinem Wissen beunruhigen. Das Monster befand sich mitten in ihrem Leben, obwohl sie es leugnete.

„Gut, mein Besorgter. Ich werde das Grundstück nicht verlassen. Ich schwöre es." Aber sie wirkte nicht überzeugend.

Er packte sie an den Schultern, härter als er beabsichtigte. „Ich meine es todernst."

John schlief tief und fest. Viola gab ihre Bemühung auf in das Traumreich zu entfliehen, stand leise auf und stellte sich ans Fenster. Unruhig sah sie hinaus. Wusste er mehr als sie? Stellte Cormit ihr nach? Übelkeit erfasste sie bei dem Gedanken. Zu lange hatte sie das Monster verdrängt. In diesem Haus war sie in Sicherheit, aber früher oder später musste sie in ihr eigenes Leben zurück. Auch wenn es sich wie ein Zuhause anfühlte, das war es nicht. Sie war nur der Gast der Sullivanbrüder. John hatte ihr nichts Weiteres versprochen und sie redeten nicht über die Zukunft. Irgendwie vermied er dieses Thema und sie wusste nicht wieso. Zudem passte es nicht zu seiner Persönlichkeit. Machte John ihr nur etwas vor und liebte sie nicht richtig? Sie war so durcheinander und ihre Gedanken drehten sich wieder einmal um den Mann im Wald. Viola fällte eine Entscheidung. Wenn sie den Kerl noch einmal sehen sollte, würde sie ihn zur Rede stellen, ihn offen konfrontieren. Wahrscheinlich war es nur ein Kerl, der Parker ähnlichsah.

Und das Arschloch verdiente es nicht, dass sie ständig an ihn dachte. Gott, sie hatte das erste Mal mit John gestritten wegen des Dreckskerls. Es war unfair. Aber es fiel ihr nicht leicht, alte Verhaltensmuster abzulegen. Jeder andere Mann hätte sie davonziehen lassen. Jedoch nicht John. Im Nachhinein konnte sie froh sein, dass er sie nicht an sein Bett gefesselt hatte.

Ein Schimmern weckte ihre Aufmerksamkeit. Die Sonne küsste den Horizont und brachte Licht auf das Blätterdach. Ein Frühlingstag erwartete sie und lockte ein Lächeln auf ihr Gesicht. *Lebe jetzt*, erinnerte sie sich. Viola drehte sich dem Bett zu und betrachtete John. Seine allgegenwärtige Dominanz umfloss sie. Dennoch unterdrückte er sie nicht. Stattdessen musste sie ständig äußern, was sie wollte, fühlte, sogar erträumte. Traf sie, was John anbelangte, eine Reihe von falschen Entscheidungen, die sie geradewegs in eine Katastrophe führten? Die Gefahr war ihr durchaus bewusst. Verloren trieb sie umher. Die Frage, ob es eine einzige wahre Liebe gab, beantwortete sie mit einem Ja. Sie legte sich neben ihn und verdrängte den Wunsch, über seine Wange zu streicheln. Der Gedanke, dass er sie nach Hause schicken könnte, welches kein Zuhause mehr darstellte, ließ sie fast in Tränen ausbrechen. Nur Einsamkeit und Unsicherheit erwartete sie dort.

Die Sullivans waren zu ihrer Familie geworden und das hatten weder die Brüder noch Viola beabsichtigt.

Sie dachte darüber nach, das Arrangement zu beenden, um einigermaßen unbeschadet aus der Angelegenheit zu kommen. Innerlich schnaubte sie, denn diesen Zeitpunkt hatte sie längst verpasst. Eine mutigere Frau würde John zur Rede stellen, wissen wollen, wie es um sie als Paar stand. Sie war jedoch zu feige, denn die Antwort besaß genug Potenzial, um sie zu zerstören, falls es nicht die war, die sie keinesfalls hören wollte. Ihr Herz brach bereits jetzt, wenn sie nur daran dachte.

Mit einem Seufzen verbannte sie die Bedenken und holte stattdessen die neue Viola an die Oberfläche, da sie diese mehr mochte als die unsichere Viola. Diese liebte es, wenn er sie hart anpackte, und beschäftigte sich lieber mit dem Positiven. Das Spiel gestern hatte ihr sehr gefallen, vor allem, als die Maestros ihren Widerstand gebrochen hatten. Weitergehende Spiele in dieser Hinsicht lockten sie. So viel dazu, das Arrangement zu beenden. Vielleicht sollte sie in ihr Zimmer zurückgehen, bevor er aufwachte. Ihre aufgewühlten Emotionen verunsicherten sie. Ihr fehlte die Kraft, den anderen beim Frühstück gegenüberzutreten. Am besten verkroch sie sich den ganzen Tag in ihrem Atelier. Langsam rollte sie zur Seite, im Begriff, die Füße auf den Boden zu stellen, doch ein starker Arm zog sie unerbittlich zurück.

„Wo willst du denn hin, Schiava? Ich kann mich nicht erinnern, dir erlaubt zu haben, dich aus meinen Räumen zu entfernen." Er spreizte ihre Schenkel mit seinen Knien und seine Fingerkuppen berührten ihre Scham. „Wovon hast du geträumt, dass du schon am frühen Morgen so feucht zwischen deinen gierigen Schenkeln bist?"

„Ich …"

„Ich?" Er hielt ihre Handgelenke oberhalb ihres Kopfes fest. Frustriert, dass er nur eine Hand dazu benötigte, bäumte sie die Hüften unter ihm auf. Es entlockte ihm ein amüsiertes Schnauben. Er rieb mit seinem Becken über ihres. „Ich könnte mir vorstellen, dass dein süßer Po sehr brennt, und dennoch riskierst du eine erneute Bestrafung.“

Weitere Schläge würde sie heute, morgen und auch übermorgen nicht verkraften. Sie musste ihn jedoch so mitleiderregend angesehen haben, dass er schmunzelte.

„Ich überlasse dir die Wahl. Entweder zeigst du mir eine ausgedehnte Solovorstellung oder ich lege dich über meinen Schoß und versohle dir nachdrücklich den Hintern. Ganz so, wie es mir beliebt. Ich hoffe, dass du dann ausgiebig schreist und weinst.“

Viola wäre gerne geflüchtet und sie spielte mit dem Gedanken, das Safeword zu benutzen. John schüttelte mit spöttisch hochgezogenen Mundwinkeln den Kopf.

„Nein, das Wort rettet dich nicht. Beides sind Maßnahmen, die dir nicht schaden. Dein Rettungsanker ist für Sessions reserviert, die eine Absicherung verdienen und du wirst ihn sicherlich nicht dafür benutzen, nur weil dir gerade grundlos danach ist.“

Sie funkelte ihn an. Das war unfair.

„Zornig sind wir also?“ Er lachte und es fachte ihre Wut weiter an. „Ich verschwinde kurz ins Bad, wenn ich zurückkomme, meine kleine Schiava, erwarte ich deine Entscheidung.“ Er strich fordernd über ihre nasse Spalte. „Wage es ja nicht, dich aus meinen Räumen zu entfernen. In diesem Fall wird es nicht meine Hand sein, die dich bestraft und auch keine private Züchtigung. Die anderen Maestros sind im Haus, sie werden gern dabei zusehen und mir assistieren. Aber du kannst dich ja für die Solovorstellung entschließen, dann bleibt dir alles andere erspart.“

So wütend sie auch war, ihre Beine spreizten sich willig, um ihm besseren Zugriff zu gewähren. „Ich rate dir, mir keinen Orgasmus vorzuspielen. Du weißt nicht, was ich dann mit dir tun werde. Ich weiß es allerdings.“

Als ob sie dazu in der Lage wäre. Ihre schauspielerischen Fähigkeiten tendierten gegen null, sobald der Johnblick auf ihr ruhte, den Weg durch ihren Körper laserte, erst anhielt, wenn er alles erforscht hatte.

Mit einer fließenden Bewegung sprang er vom Bett.

Was sollte sie jetzt tun? Die Idee eines Versteckes reizte sie. Und wenn er sie fand? Und er würde sie finden, das stand außer Frage. Weitere Schläge auf den Po … allein der Gedanke erweckte das Brennen und Glühen erneut. Undenkbar. Aber eine Solovorstellung, ohne dass er sie vorher stimulierte, ihren Verstand und ihre Hemmungen ausschaltete? Konnte sie das überhaupt? Zögernd tauchte sie mit dem Zeigefinger in die nasse Spalte. Feuchte Hitze empfing sie. Seine Handlungen hatten bereits jetzt lustvolle Wut in ihr geweckt.

Als John aus dem Bad kam, hatte er eine gewaltige Erektion. Ohne etwas zu sagen, schloss sie die Lider. Ihre rechte Hand strich ganz leicht über die Knospe.

„Nein Viola, sieh mich an. Bitte." Das letzte Wort sagte er so zärtlich, dass sie ihm Folge leistete. Er hielt ihren Blick und verharrte vor dem Bett. Seine Augen wanderten tiefer und hinterließen eine brennende Spur auf ihrer Haut.

Was dachte er, wenn er zwischen ihre gespreizten Beine sah? Ihm blieb nichts verborgen, er erspähte mehr von ihr, als sie es jemals gewollt hätte.

„Spreiz deine Schamlippen und präsentiere mir deine Klitoris."

Zitternd holte sie Luft, tat, was er wollte und konnte kaum glauben, dass die Situation sie so sehr anregte. Hitze erfasste sie. Ihre Beschämung wirkte wie ein Kitzel. Johns Befehle gaben ihr den nötigen Halt. Seine Körpersprache und sein Augenausdruck fachten die Stimmung zusätzlich an.

„Sei nicht so schüchtern, ich kann sehen, dass du vor Gier glühst. Deine Schamlippen glänzen vor Lust." Ein sinnlicher Ausdruck lag auf seinem Gesicht. „Sie stehen dem Glanz in deinen Augen nicht nach." Er massierte seinen harten Phallus hemmungslos.

Verdammt, sah das geil aus!

„Leg Mittel- und Zeigefinger auf deine geschwollene Klitoris und massiere sie mit kreisenden Bewegungen."

Das erste Stöhnen kam leise über die Lippen.

„Leg die linke Hand auf deine Brust und stimuliere deine Brustwarzen." Auch John stöhnte und im Gegensatz zu ihr hielt er es nicht zurück.

„Du hast wunderschöne Nippel, sie sind reif und prall wie Himbeeren. Zeig sie mir mit Stolz."

Sie schluckte. Seine Komplimente schmeckten wie Honig auf der Zunge.

„Zieh die Beine nach oben. Ich will mehr von dir sehen."

Inzwischen trieb sie zu weit fort in ihrer Gier, um sich zu sträuben. Willig zog sie die Schenkel an, erlaubte ihm Sicht auf den Po.

„Er ist gerötet. So wie deine Wangen vor Lust. Komm Viola, schenke mir deine Erfüllung. Zügele dich nicht."

Ein Orgasmus, leicht wie Schmetterlingsflügel, lief über ihren Körper. Mit einem Ruck zog John sie an die Bettkante, spreizte sie, drang ein. „Stimuliere dich, während ich dich ficke, ich verlange, dass du noch einmal nachgibst."

Ihr zweiter Höhepunkt überrannte sie heftiger.

John lächelte sie an. Oh ja, sie war verloren. „Du wirst mich reiten. Ich möchte deine Brüste wippen sehen."

Seine Hände lagen um ihre Hüften. Schweiß bedeckte ihre Haut.

Mit jeder Bewegung verschwand ein Stück Zurückhaltung. Vollkommene, intime Nähe. Ihre beschleunigte Atmung ließ sie lachend nach Luft schnappen und seine Atmung ging nicht weniger schwer.

„Mir scheint, Maestro, ich erschöpfe dich." Das erwies sich jedoch als ein trügerischer Irrglaube, denn er packte in ihr Haar und zog ihr den Kopf nach hinten. Anschließend saugte er so hart an ihren Nippeln, dass der Schmerz beinahe heftiger war als das lustvolle Pochen – aber nur beinahe. Jetzt übernahm er die Kontrolle über den Fick und bewegte sich mit ruckenden Stößen, bis er kam. Sein Glied war noch in ihr drin, als er sprach und sie ihn umarmte. „Berichte mir von deinem Traum."

Viola hatte gehofft, er hätte es vergessen, aber er vergaß niemals etwas.

Seine Hand lag auf ihrem Hintern, dessen Brennen eine neue Stufe erreichte, als er nur ganz sanft darüber rieb.

„Mir gefällt, wie sich das anfühlt. Ich möchte es genießen, während du redest. Und denk dran, was bei einer ausweichenden Antwort mit dir geschieht."

Dieser Mistkerl!

„Ich habe von dir geträumt."

Ein Lächeln umspielte ihre Mundwinkel. Bei John brauchte sie nicht in Fantasien von fremden Männern zu flüchten. „Ich befinde mich in meinem Atelier."

„Hier im Haus?"

„Ja. Ich male an einer Seerose. Unbemerkt betrittst du den Raum. Ich kenne dich allerdings nicht. Sofort, als ich dich sehe, weiß ich, dass du mich vögeln willst. Du kommst näher. Ich stehe erstarrt vor der Staffelei. Der Pinsel fällt zu Boden, löst die Starre. Ich versuche zu fliehen, aber du bekommst mich an meinem T-Shirt zu fassen. Es zerreißt und es gelingt mir, ein paar Schritte zu rennen, bevor du mich zu Fall bringst." Ihre Worte erregten sie gleich der Lektüre eines erotischen Buches. „Ich liege mit dem Bauch auf dem Parkett. Du zerrst meine Hose hinunter. Meinen Slip zerfetzt du. Du fixierst meinen Arm auf dem Rücken und tastest zwischen meine Schenkel. Du lachst, als du die Feuchtigkeit bemerkst, und öffnest meinen BH. Du berührst mich, nimmst Besitz von mir, nicht nur körperlich. Denn wenngleich ich mich wehre, will ich es. Du sollst mich ficken, es mir richtig besorgen. Du drehst mich um."

John streichelte sanft über ihre Wirbelsäule und Viola unterbrach den Redefluss, um das Gefühl zu genießen.

„Meine Angst versteckt die Lust, die in mir wütet. Du hältst mich in deinem Griff gefangen. Du bist zu kräftig, holst dir, was du begehrst. Du reibst und zwickst mich überall. Ich winde mich unter dir. Du bringst mich mit deiner Hand zum Orgasmus. Zwingst meine Schenkel auseinander. Dann vögelst du mich rücksichtslos und es gefällt mir.“

John legte sie auf den Rücken und sah sie sonderbar an.

Was dachte er von ihr?

„Deine Antwort stellt mich zufrieden. Jetzt geh in dein Zimmer und mach dich zum Frühstück bereit. Nachher wirst du mit Kate und Iris einen kleinen Ausflug unternehmen. Zieh dir etwas Passendes für die Stadt an.“

Wenn sie einer ihrer früheren Partner so herumkommandiert hätte, hätte sie ihm den Mittelfinger gezeigt. Bei John war alles anders.

In ihrem Zimmer angelangt, bestätigte ein Blick in den Spiegel ihre Befürchtungen. Ihren Po zierte keine zarte Röte, sondern ein tiefes Rot. Aber sie entdeckte keinerlei Blutergüsse oder Verletzungen. Sie lächelte, bei der Betrachtung ihres Gesäßes. Es sah ganz schön geil aus. Gut gelaunt machte sie sich für den Tag hübsch und sie freute sich wirklich auf Kate und Iris.

Als John in ihre Zimmer trat, überraschten sie ihre eigenen Gefühle. Viola hatte ihn vor einer halben Stunde gesehen, dennoch beschleunigte sich ihr Herzschlag. Pures Glück überrannte sie. Mit seinem Lächeln konnte er bestimmt Eis schmelzen. Wie war es möglich, dass jede Bewegung und jeder Blick von ihm sie so ansprach? Sie berührte und den Wunsch nach mehr weckte?

„Hunger?“

„Und wie.“

Besitzergreifend legte er seinen Arm um ihre Schultern und führte sie Richtung Esszimmer. Bei ihrem Eintreten sprangen Kate und Iris auf. Sie begrüßten sich wie Freundinnen und Viola war froh, dass heute kein Redeverbot herrschte. In ihrem Kopf spukten so viele Fragen herum.

Sie schmunzelte bei dem Gedanken, dass sie beide Frauen intim kannte und doch gar nichts von ihnen wusste. Aber sie gingen so natürlich mit der Situation um, dass keine Befangenheit entstand.

Iris nahm sie in den Arm und sah ihr prüfend in die Augen. „Was hat er mit dir angestellt? Er kann sehr streng sein.“ Sie sah John vorwurfsvoll und zugleich lüstern an. Eigentlich sollte Viola eifersüchtig sein. Stattdessen fand sie die Vorstellung einer Iris, die über seinen Knien lag, während er ihr ordentlich den Arsch versohlte, äußerst ansprechend. Was war nur aus ihr geworden? Dean klopfte auf den Stuhl neben seinem und sie nahm die Einladung gerne an. Das Hinsetzen entlockte ihr ein Aufwimmern. Mussten die Maestros sie alle anstarren? Miles fing ihren Blick auf und quittierte ihr Erröten mit einem lauten Lachen. Das zarte Rosenmuster des Tellers zog sie in seinen Bann.

Dean legte ihr seine Hand auf den Oberschenkel. „Ich hoffe Schiava, ich bekomme oft die Gelegenheit, meinem Bruder bei deiner Erziehung zu helfen. Jetzt solltest du weiteratmen, sonst erstickst du.“

John kam von dem kleinen Buffet zurück und stellte Erdbeeren und Naturjoghurt vor ihr ab. „Damit du zu Kräften kommst, ich habe heute Abend viel mit dir vor.“

Oh!

Das Frühstück verlief in einer entspannten Atmosphäre. Die fremden Maestros waren nicht anwesend. Viola vermutete, dass sie die beiden nicht zum letzten Mal gesehen hatte. John würde das Spiel ausreizen. Sie konnte ihre Angst vor Roger nicht mehr verstehen. Er verschlang Kate mit den Augen, erfüllte ihr jeden Wunsch. Sie seufzte innerlich. Von wegen. Die Männer konnten von einer Sekunde zur nächsten in ihre Maestrorollen schlüpfen und dann gab es Gründe, um sich durchdringend zu fürchten.

Nach dem Frühstück fuhren sie in die Stadt. Iris besaß einen nagelneuen roten Mini. Ihr rasanter Fahrstil passte zu ihr. Sie kicherten und lachten die ganze Zeit, und probierten in den Geschäften verrücktesten Outfits an.

„Mein Hintern brennt wie ein Ofen“, bemerkte Kate und sie bekamen in dem Café einen Lachanfall, der ihnen amüsierte Blicke der anderen Gäste einbrachte. Sie nahmen in einer Nische Platz, die etwas Privatsphäre bot.

„Wie habt ihr eure Maestros kennengelernt?“ Diese Frage lag Viola brennend auf der Seele.

„Roger kam zu mir in die Praxis. Ich bin Zahnärztin.“

„Wirklich?“ Sie sah Kate entgeistert an. Sie sah viel zu lieb aus, um so einen gemeinen Beruf auszuüben.

„Ja. Man sagt mir nach, einfühlsam zu sein.“

„Das kann ich bestätigen“, bestätigte Iris kauend. Sie genoss das Stück Schwarzwälder Kirschtorte und Viola betrachtete neidisch die makellose Figur.

„Bevor ich den Bohrer ansetzen konnte, hielt er mein Handgelenk fest, blickte mir direkt in die Augen. Er ließ mich wissen, wenn ich ihm wehtat, besäße er keine andere Wahl, als mich übers Knie zu legen.“ Ihre Rehaugen funkelten bei der Erinnerung. „Meiner Assistentin fiel fast der Absauger aus der Hand.“ Kate errötete. „Ich hatte schon immer davon geträumt, dass mir ein Mann einmal richtig den Arsch verdrischt. Nicht nur ein paar leichte Schläge, sondern so lange, bis ich es nicht mehr aushalten konnte.“ Der Lockenkopf sah zuckersüß aus und trank einen Schluck Cappuccino. „Nach Feierabend blieb mir beinahe das Herz stehen. Roger lehnte an meinem Wagen und befahl mir, ihn zu begleiten.“ Sie lachte herzhaft. „Natürlich sagte mein Verstand, ich sollte ablehnen, aber was soll ich sagen …“

Violas Blick hing gebannt an ihrem Mund.

„Er band mich an sein Bett und versohlte mir härter den Hintern, als ich es jemals für möglich gehalten hätte. Der Orgasmus, der folgte, haute mich sprichwörtlich aus den Socken.“ Kate errötete stärker. „In dieser Nacht lernte ich eine neue Welt kennen.“

„Und du, Iris?“, wollte Viola wissen.

„Ich bin Steuerprüferin."

„Jetzt sag nicht, dass du Tom geprüft hast." Sie musste bei der Vorstellung lachen.

„Viel, viel schlimmer. Ich habe nicht nur Tom überprüft. Ich hatte das Vergnügen auf John, Dean, Miles und Tom zu treffen. Könnt ihr euch mein Gesicht ausmalen, als ich das Haus betrat? Tom öffnete mir die Tür. Ich starrte ihn an, bekam keinen Ton raus. Das ist mir vorher niemals passiert. Steuerprüfer müssen knallhart sein." Die hübsche Brünette aß sinnlich eine Sauerkirsche. „Er führte mich in das Büro. Dort standen sie. Ein Raum mit Alphas. Um meine Unsicherheit zu überspielen, benahm ich mich streng und ziemlich zickig." Sie lachte bei der Erinnerung.

Viola fühlte Erregung bei der Vorstellung, was sie mit Iris angestellt haben mochten, um sie zu zähmen.

„Zu meiner grenzenlosen Erleichterung blieb nur Tom bei mir. Er fixierte mich mit einem Blick, der mich bis ins Mark beunruhigte. Dann kam die unverschämteste Frage aus seinem Mund. „Trägst du ein Höschen?" Sie prustete bei dem Gedanken. „Mir fiel buchstäblich der Stift aus der Hand."

„Und?", fragte Viola, begierig zu wissen, wie es weiterging.

„Ich lächelte ihn zuckersüß an, teilte ihm mit, dass er das niemals herausfinden würde. Und dass er ein eingebildeter Pavian sei, der sich doch lieber um ein brünstiges Affenweib kümmern sollte."

Kates schockierter Ausdruck ließ Viola und Iris in Lachen ausbrechen. „Um die ganze Sache abzukürzen: Eine halbe Stunde später lag ich nackt auf dem Bock mit einem Plug im Hintern. Tom versohlte mir dermaßen den Arsch, dass mir Hören und Sehen verging. Er prahlte nicht, er zog es knallhart durch. Ich fand seine gefährliche Ausstrahlung von Anfang an anziehend. Das erste Mal sagte mir ein Mann klipp und klar, was ich im Bett zu tun und zu lassen hatte." Iris leckte sich höchst verlockend über ihre Unterlippe. „Ein unbeschreiblich geiles Erlebnis."

Kate rutschte auf dem Stuhl herum. Viola wusste, dass sie die Geschichte anmachte, verstand sie gut, denn ihr erging es nicht anders. Viola erzählte ihnen von den Elefantenärschen und Iris erstickte beinahe an dem Stück Kuchen. „Den Spruch muss ich mir merken." Ihr liefen Tränen aus den Augenwinkeln. „Wie unsere kleine Viola an John geraten ist, wissen wir ja." Iris grinste sie an. „Dir hat unser Anblick gefallen?"

Viola nickte. „Und ob. Ihr beide saht so verführerisch aus. Wie er mit dir umgegangen ist und dann deine Hingabe. Ich wusste, dass ich eine Grenze verletze. Es war falsch, euch zu fotografieren." Sie schämte sich und bemerkte ihr heißes Gesicht. „Ich konnte nicht widerstehen. Die atemberaubenden Motive haben mich überwältigt. Bis dahin hatte ich nie Vergleichbares gesehen."

Iris nahm ihre Hand. „Kein Grund zur Beschämung. Falls es mich gestört hätte, wärst du neben mir im Pavillon gelandet."

„Du wusstest, dass ich da war?"

„Natürlich. Du hast dich wie ein Rudel Bisons angehört. John stand kurz davor, dich zu packen."

Viola trank einen Schluck Wasser und umspannte das kühle Glas, drückte es gegen ihre Wange. Die beiden Frauen brachen in Lachen aus. Eine Frage brannte ihr noch auf der Seele. „Ist es nicht problematisch, dass Tom und Roger euch an andere Männer … ausleihen?" Sie blickte abwechselnd in braune und blaue Augen.

„Nein, unsere Maestros gehören dem *Federzirkel* an. Sie befolgen Standards und einen Ehrenkodex, woran sie sich strikt halten", sagte Iris.

Viola schnaubte unentschlossen. „Zertifizierte Peitschenschwinger?"

„Wenn du es so möchtest. Sie vertrauen einander. Sie kennen sich sehr lange und für einen neuen Maestro ist es nicht einfach, bei ihnen aufgenommen zu werden."

Jetzt fiel es Viola wie Schuppen von den Augen. „Das Federtattoo ist euer Zeichen."

Iris grinste sie an. „Ja, auch du wirst eines erhalten."

Die schöne Brünette war sich absolut sicher, Viola sich dagegen nicht. Das Tattoo würde bedeuten, dass John sie als seine Partnerin haben wollte, vielleicht nicht für immer, aber zumindest für eine lange Zeit.

Kate legte ihre Hand auf Violas Unterarm. „Empfindest du Angst bei der Vorstellung, dass er dich ohne deine Einwilligung weiterreicht?"

„Nur der Gedanke ängstigt mich."

„Dein Unbehagen ist unbegründet, denn es wird nie geschehen. Roger wusste, dass ich gerne mit einer Frau intim sein wollte und das Verlangen besaß, einen anderen Maestro auszuprobieren, bevor ich mich auf ihn festlege. Ich wollte keine erfahrene Lesbe und da stelltest du die perfekte Wahl dar. Es hat mir sehr gefallen."

„Das Kompliment gebe ich zurück. Was für eine Situation." Abermals zogen sie belustigte Blicke auf sich, denn sie lachten lauthals.

Iris sah sie danach ernst an. „Es sind aber nicht alle wie unsere, es gibt viele Doms, die Limits überschreiten, oder sie gar nicht erst zulassen. Sie zerbrechen ihre Subbies, fügen ihnen ernsthaften Schaden zu. Cutting, Branding, Schläge, die bluten, lass deiner Fantasie freien Lauf. Manche wollen eine Frau, die ihn den ganzen Tag unterwürfig bedient, die weder selbstbewusst noch stolz ist. Willkommen im Mittelalter, denn das hat oft nichts mit BDSM zu tun, sondern mit Männern die ihre Frauen nicht als gleichberechtigt ansehen."

Viola nahm einen Bissen von dem Schokoladenkuchen und das cremige Gebäck zerging auf ihrer Zunge.

„Es gibt auch Doms, die ihre Subs wie Putzsklavinnen halten und sie kaum befriedigen. Das ist kaum der Sinn der Sache." Iris legte ihre Hand auf Violas Arm. „Du fühlst dich doch wohl bei John?"

„Ich liebe ihn." Dann brach sie in Tränen aus und erzählte ihnen ihre Sorgen.

Kate und Iris zerstreuten ihre Bedenken. Iris kannte ihn am längsten. „Er kann nicht immer seine Gefühle verbergen. Sein Gesicht leuchtet bei deinem Anblick auf. Es fällt mir schwer, mir vorzustellen, dass er nicht mehr von dir möchte, als nur eine kurze, wenn auch intensive Beziehung. Vielleicht hält ihn etwas zurück, ehe er dir sagt, dass er dich nie mehr gehenlassen möchte."

Viola nahm einen Schluck Cappuccino und atmete innerlich auf. Sie grübelte zu viel. Unbehaglich drehte sie sich um. Sie fühlte sich beobachtet. Das war absurd, trotzdem musterte sie prüfend die anderen Gäste. Niemand sah verdächtig aus. Die Situation zerrte an ihren Nerven.

Zudem hatte sie vor zwei Nächten von dem Dämon geträumt. Ein schrecklicher Traum, aufwühlend und beängstigend. Aber dennoch nur ein Traum. Dann der Streit mit John. Die Vorstellung, dass Parker Cormit in ihrer Nähe lauerte, verursachte offensichtlich Hirngespinste, sogar hier in diesem Café. Und dass alles, weil sie sich eingebildet hatte, dass sie ihn im Wald gesehen hatte. Das war einfach unmöglich und konnte nicht sein.

Oder?

Kapitel 12

John nahm von Dean ein Glas mit Scotch entgegen. Er betrachtete die bernsteinfarbene Flüssigkeit einen Moment, bevor er das Glas in einem Zug leerte. Die Fotos lagen ausgebreitet vor ihnen. Das nackte Grauen packte ihn bei der Betrachtung der Bilder.

„Uns läuft die Zeit davon." Dean nahm ein Foto auf, das eine Großaufnahme von den Blutflecken auf dem Betonboden zeigte. Es war jedoch nicht die beunruhigendste Aufnahme.

„Das bereitet mir die größte Sorge." Miles gab John das Foto mit der Zelle. Eiserne Handschellen hingen von der Wand.

„Er hat sie für Viola eingerichtet." Heißer Zorn stieg in John auf, der jedoch eine schreckliche Übelkeit hinterließ. Selten hatte John auch nur eine annähernd heftige Angst empfunden. „Dean, spann mich nicht länger auf die Folter. Was hat Timothy noch herausgefunden" Er musste alles erfahren.

„Timothy ist zunächst auf ungeahnte Schwierigkeiten getroffen etwas über Parker Cormit herauszufinden, da er seinen Namen zwischenzeitlich drei Mal geändert hat. Sechsundfünfzig, ledig, keine Kinder, Besitzer eines Ladens für Tierzubehör." Dean machte ein abfälliges Geräusch. „Er ist in der *Szene* bekannt und das nicht für seine einfühlsame Art."

„Ist er nur zufällig auf Viola getroffen?" Das wäre dann der Zufall des Jahrhunderts und weder John glaubte das, noch seine Brüder. Aber sie mussten ganz sicher gehen, ehe sie zuschlugen.

„Timothy überprüft es gerade. Er gleicht die Wohnorte ab."

John ballte vor momentaner Hilflosigkeit die Hände zu Fäusten. „Sie hatte einen Albtraum, ist schreiend aufgewacht und in Tränen ausgebrochen. Sie murmelte irgendwas von einem Vino." Nicht ihr gehetzter Blick hatte ihn davon abgehalten mit ihr darüber zu sprechen, sondern dass sie wie ein Eisblock erstarrt war und ihr Bewusstsein abgeschottet hatte, damit nichts mehr an sie herankam. Ihr Weinen hatte sich in ein leises Schluchzen verwandelt und das war herzzerreißend gewesen. Machtlos hatte er neben ihr gelegen und das war ein völlig neues Gefühl für ihn.

„Du musst sie verstehen", sagte Miles. „Je mehr sie die Drecksau in ihr Leben lässt, sogar wenn das nur mental stattfindet, desto schlimmer ist das Erlebte für sie. Sie hat es lange vergraben. Hatte niemanden, dem sie sich anvertrauen konnte." Miles nahm einen Schluck. „Ihr wisst selbst, dass die meisten Menschen solche Erlebnisse nicht hören möchten und sich auch nicht damit auseinandersetzen wollen. Besser so tun, als ob es Gewalt und Unterdrückung beim netten Nachbarn nicht gibt." Er rieb sich über die Stirn. „Dann die Vorwürfe, die sie dem Opfer an den Kopf knallen. Und mindestens einer tut das immer."

„Verdammt, vielleicht habe ich sie auch weiterhin zu sehr bedrängt. Sie beginnt gerade, mir zu vertrauen und ich kann mich einfach nicht zurückhalten. Ich muss wissen, was genau mit ihr passiert ist. Das, was sie mir bisher anvertraut hat, ist längst nicht alles."

„Wir helfen ihr." Miles blickte ihm in die Augen.

John hatte diesen Ausdruck noch nie bei seinem Bruder gesehen. Miles wirkte fast in sich gekehrt. Seine eigenen Erinnerungen nagten offensichtlich sehr an ihm. Manche Wunden verheilten nie vollständig.

„Wir stellen diesem Schwein eine Falle und erteilen ihm die Lektion seines Lebens. Die anderen Maestros stehen auf Abruf bereit. Möchtest du Viola nicht doch lieber einweihen?", fragte Miles.

John schüttelte den Kopf. Nicht nach dem letzten Albtraum. Er befürchtete, dass sie damit nicht umgehen konnte und Miles´ Worte hatten das auch gerade bestätigt. Nachdem sie das Arschloch geschnappt hatten, war es früh genug, um sie zu konfrontieren, denn dann war die

Gefahr für immer gebannt. Den Gedanken, die Polizei einzuschalten, hatten sie besprochen und dann verworfen. Die Behörden würden nur einschreiten, nachdem Viola bereits etwas geschehen war, nicht vorher und auf bloßen Verdacht hin. Sogar dann hatte der Mistkerl unter Umständen nicht viel zu befürchten.

Sie wollten Viola in einer kontrollierten Umgebung diesem Abschaum aussetzen. Jeden Zweifel ausmerzen, dass er Böses im Schilde führte. Parker erwartete eine sehr tief gehende Erfahrung. Für alles, was er ihr antun wollte, und ihr bereits angetan hatte, würde er bezahlen. Die Lampe auf der Videoüberwachung blinkte. John drückte auf den Summer für das Tor, um den roten Mini hineinzulassen. Das Biest streckte ihm die Zunge heraus. Das hatte man davon, wenn man die Zügel schleifen ließ.

John hoffte, dass der Einkaufsbummel Viola beruhigt und abgelenkt hatte. Es war nicht leicht, in die Rolle einer devoten Person zu schlüpfen. Zu verstehen, dass eine wahre Schiava selbstsicher und stolz sein musste. Nur so konnte der Maestro höchstmöglichen Genuss für beide erzielen. Iris und Kate waren zwei selbstbewusste Schiavas und sehr zufrieden mit ihrem Leben. Sie waren gut für Viola.

„Ich bin gleich wieder da“, teilte er seinen Brüdern mit und ging dann nach draußen. Sobald Iris anhielt, riss er die Fahrertür auf und nutzte seinen bedrohlichsten Tonfall. „Ich werde Tom über dein Verhalten informieren. Er erwartet dich.“

Sie erbleichte sichtlich und gleichzeitig strahlte sie vor freudiger Erregung. Kate lächelte ihn schüchtern an. Aber er wusste, sie war nicht so scheu, wie sie aussah. Letzte Woche hatte Rogers rechte Arschbacke ein Bissabdruck geziert. Kate hatte ihm das Mal verabreicht, nachdem er ihr den Hintern versohlt hatte. Es hatte etwas mit seinem Sessel zu tun, den Kate auf den Sperrmüll geworfen hatte.

„Bis nächstes Mal, Ladys.“ Er half Viola auszusteigen, sah ihr an, dass ihr Herz schnell schlug. Ihre sanft geröteten Wangen verrieten sie. Sie warf ihm einen Ausdruck purer Liebe zu. Er zog sie in die Arme, vergrub sich in ihrem reinen Duft nach frischem Wind. Niemand würde ihr etwas tun, nicht, solange er es verhindern konnte. Er winkte den Frauen zu. Der Mini schoss die Einfahrt entlang. Iris fuhr genau so, wie sie Steuern prüfte, wie ein verrücktes Trüffelschwein auf einer Mission.

John musterte Viola und sein Herz krampfte sich zusammen. „Hast du geweint?"

Sie schüttelte den Kopf.

„Du schwindelst mich auch nicht an?"

Ein erneutes Kopfschütteln und eine Träne rollte ihre Wange hinunter.

Als sie mit hängenden Schultern vor ihm stand, den Blick fest auf den Boden fixiert, war es endgültig um ihn geschehen. Er liebte sie genug, um sie bei sich zu behalten. Wenn es nach ihm ging, für immer. „Viola, schau mich an." Da sie sich weigerte, hob er ihr Kinn an. Sie blickte ihn so verletzt an, dass er sie auf seine Arme hob.

„Ich liebe dich, John, mehr als ich wollte und mehr, als ich es für möglich gehalten hätte." Ihre Schultern bebten.

„Das findest du so schrecklich, dass du Sturzbäche weinst?"

Sie drückte ihr Gesicht gegen seinen Hals.

„Ich könnte beleidigt sein. Und ein beleidigter Maestro …" Er grinste sie an. „Ich liebe dich, Viola. Jetzt hör auf, über die Zukunft zu grübeln. Genieß einfach unsere Zeit."

Ein zaghaftes Lächeln, das besser wurde, sobald er sie auf sein Bett geworfen hatte. Er stützte beide Hände neben ihren Kopf und blickte auf sie hinunter. „Eventuell hegst du insgeheim die Hoffnung, meinen Fragen und meinen Züchtigungen zu entkommen?" Sein aufgesetzt strenger Ausdruck verflüchtigte sich, denn sie lachte auf und drückte die Schultern durch.

Mhmm.

Das enge Jerseyoberteil klebte an ihren Brüsten.

„Ich hoffe, dein Einkauf findet meine Zustimmung.“ Ihr knallrotes Gesicht bestätigte seine Erwartungen. Iris hatte bestimmt etwas Heißes ausgesucht. „Vielleicht stimmst du mich gnädig, renitente Schiava, wenn du es morgen anziehst, damit ich es dir ausziehen kann. Es erwartet dich ein Kinobesuch mit vorherigem Essen.“ Er schob das Oberteil hoch und sah zufrieden ihre Nippel, die gegen den BH drängten. Spielerisch löste er den Knopf ihrer Caprihose und zog den Reißverschluss runter. Sie trug kein Höschen - sehr unanständig. Er zog die Hose nach unten und mit einem Griff lag sie strampelnd über seinen Knien.

„Ganz ruhig, meine Kleine, ich möchte nur prüfen, ob ich morgen das mit dir tun kann, was ich mir vorstelle.“ Leicht folgte er der Rundung ihrer Pobacken. „Ein wenig kühlende Lotion könnte nicht schaden.“

Tröpfchenweise verteilte er sie auf den prallen Backen und ihr Zappeln unterband er mit der Drohung, sie zu fesseln. Er liebte das Gefühl ihres Gesäßes, jedes Schaudern, das über ihre Haut lief, die Gänsehaut, die ihren Körper entlangkroch. Das leise Seufzen und erregte Atmen. Wenn sie vor Vorfreude sanft errötete und das tiefere Rot von seinen Schlägen auf ihrem Hinterteil erblühte, die sie niemals ernsthaft verletzen würden, dann war sein Verlangen perfekt. Sie wusste nicht, ob ihn sie jetzt züchtigen wollte oder nicht. Die Ungewissheit heizte ihre Erregung an. Cremige Nässe benetzte seine Fingerkuppen, als er an ihrer Scham entlangstrich. „Das reicht. Mehr bekommst du ein anderes Mal.“

Zum Glück konnte sie nicht in sein Gesicht sehen. Aber gegen seine Erektion war er machtlos. „Sollen wir einen Ausflug machen?“

„Einen Ausflug?“ Was immer sie gerade geplagt hatte, war verschwunden, wenigstens für den Moment.

„Ja, nach Biddulph Grange. Den Garten wollte ich mir schon immer ansehen. Warst du schon einmal da? Er liegt in der Nähe von Stoke of Trent.“

Viola schüttelte den Kopf. „Das ist eine tolle Idee. Ich nehme meine Kamera mit, vielleicht entdecke ich das ein oder andere Motiv. Man weiß schließlich nie, was man in so einem Garten vorfindet." Jetzt lachte sie herzerfrischend und John wusste, dass er einfach alles dafür tun würde, um sie ständig so zu sehen.

Am nächsten Tag arbeitete Viola stundenlang an einem weiteren Pferdeporträt. Die Sullivans wollten sich mit einem zukünftigen Arbeitgeber treffen, was wie verwunderte, da heute Sonntag war. Doch sie war zu gefangen in ihrer Malerei, um sich damit zu beschäftigen. Und warum sollten die Brüder sie anlügen? Dazu hatten sie keinen Grund. Mit Stolz dachte sie daran, dass ihre Arbeiten John begeisterten. Nächste Woche sollte ein Freund zu Besuch kommen, der einen Club der besonderen Art besaß: Das *Salt*. „Wenn er deine Werke sieht, wird er Bilder bestellen. Es ist ein sehr geschmackvolles Etablissement." John hatte sie mit diesem Blick angesehen, der ihre immer Knie in Gelee verwandelte. Er hatte seine Stimme zu einem bedrohlichen Flüstern gesenkt. „Gib mir einen Grund und ich buche ein Zimmer exklusiv für uns."

Nur der Arbeitstisch hatte verhindert, dass sie zu Boden sank. Schritte vor der Tür kündigten John an. Wahrscheinlich wollte er sie auf ihr Rendezvous vorbereiten. Gestern hatte er noch ein paar geheimnisvolle Bemerkungen gemacht.

„Kleines", sagte er sanft und trat an sie heran. Er zog sie in die Arme und seine warmen Lippen lagen sogleich auf ihren. John küsste sie leidenschaftlich, bis mehr mit ihr geschah, als nur nach Atem zu ringen. „Ängstlich erregt und willig. Genauso mag ich es. Ich freue mich auf den heutigen Abend."

Er drängte sie zurück, bis ihr Oberkörper auf dem Tisch lag.

„Wage es nicht, Unterwäsche zu tragen." Federleicht berührte er ihre Wange und löste sich mit einem Ruck von ihr. Viola blieb einen Augenblick atemlos liegen, wobei ihre Glieder sie an Pudding erinnerten. Er brauchte nur mit dem Finger zu schnippen und sie zerfloss vor Sehnsucht und Erregung. Aber genau das beabsichtigte er.

Sie benötigte eine Weile, bis sie die Schmetterlinge so weit gebändigt hatte, dass sie an dem Lusitano weiter arbeiten konnte. Diesmal war ihre Entscheidung auf einen Schimmel gefallen. Seine Nüsterpartie ging in Grau über, welches einen blauen Stahlschimmer besaß. Viola liebte die Nüstern von Pferden. Sie waren so samtig und empfindlich, ein Spiegelbild der Gefühlslage des Tieres. Ihre Ideen lockten ein breites Grinsen auf ihr Gesicht. Der Friese war John, dunkel, feurig und kraftvoll. Die Nüstern gebläht, als atmete er den Duft einer Stute ein. Der Lusitano erinnerte sie an Miles. Ungezwungen und fest im Charakter. Sie lachte bei dem Gedanken an das Pony, das ihr lebhaft vor Augen stand. Es sollte genauso frech aussehen wie Dean.

Sie begann, die lange wilde Mähne des Schimmels anzulegen. Ihre Traurigkeit von gestern war längst verflogen. John hatte ihr seine Liebe gestanden und eine gemeinsame Zukunft in Aussicht gestellt. Gestern Nacht, hatte sie wieder ein Albtraum gehabt. Warum ließ der Dämon sie nicht aus seinen Fängen?

Zum Glück war es nie zum Schlimmsten gekommen, aber auch so reichte es. Anscheinend beeinflusste er noch immer ihr Dasein. Dabei besaß er doch bereits ihre Jugend, die vielen Stunden und Tage, die sie geweint hatte, verzweifelt und einsam. Niemand hatte geholfen.

Sie beabsichtigte zwar, John alles anzuvertrauen. Das erste Mal den gesamten Schrecken in Worte zu fassen. Aber es gab Dinge, die einfach nicht ausgesprochen werden konnten. Sie erwachten zum Leben, erforderten mehr Mut, als sie im Moment hatte. Doch sie musste sich den Schrecken entgegenstemmen. Und das würde ihr mit der Hilfe von John gelingen.

Seufzend wusch sie die Pinsel aus und sie hatte auch genug vom Grübeln. Wenn sie nur daran dachte, was John heute vorhaben könnte, rasten nicht nur Schmetterlinge durch ihr Bewusstsein, ein Schwarm Hummeln begleitete sie. Ein richtig glückliches Lachen kam aus ihrer Kehle. Vorhin hatte sie Miles das Gemälde von Dara überreicht. Er konnte nicht verhindern, dass ihm ein paar Tränen die Wangen herunterliefen. Sie verstand ihn. Erinnerungen an Vino überrollten sie. Sein goldbrauner Körper, verschluckt von den Fluten. Die Augen gebrochen und verständnislos.

Oh Mann, jetzt reicht es aber.

Viola lief in ihr Zimmer und strich mit den Fingerspitzen über das grüne Kleid, das auf dem Bett lag. Iris verfügte über einen hervorragenden Geschmack, und sie hatte Viola obendrein gezwungen, Folterschuhe zu kaufen.

Na großartig!

Sie beschloss zu baden und ließ Wasser in die Wanne ein, gefolgt von einem nach Rosen duftendes Schaumbad. Wenig später lag sie sich genüsslich rekelnd im warmen Wasser, das die Anspannung vertrieb. Nur die Gedanken an John verweilten, gepaart mit der Freude auf den Abend. Viola rasierte ihre Scham und achtete darauf, alle Stoppeln zu entfernen, denn es war besser dem Maestro keinen Grund zur Beanstandung zu geben.

Sie blickte auf die Uhr, die ihr anzeigte, dass sie noch eine halbe Stunde Zeit hatte. Seufzend verließ sie den schützenden Kokon und begann sich zurechtzumachen. Das Grün des Kleides besaß einen Blaustich, ein wenig stärker als der Blauton in ihren Augen und sie liebte das Material, als es über ihren Körper flüsterte.

Ein Rouge brauchte sie nicht aufzulegen, ihre erhitzten Wangen reichten.

Ein weiterer Blick auf die Uhr: fünf Minuten. Ihre Nervosität stieg rapide.

Seufzend zog sie die High Heels an, lief auf und ab, um sich an sie zu gewöhnen. Einen kurzen Augenblick spielte sie mit dem Gedanken, einen Slip überzuziehen und sie kramte einen aus der Schublade. Sollte sie wirklich halb nackt essen gehen und ins Kino? Andererseits genoss sie das geile Gefühl. Sie legte den Spitzenslip zurück und schob die Schublade entschlossen zu, gerade rechtzeitig, denn John betrat die Bildfläche.

„Du siehst verdammt heiß aus." Er umrundete sie. Ein Ruck, und sie lag in seinen Armen. Er tastete über das Kleid. Die Berührung stark, warm und besitzergreifend. „Wie gehorsam du bist." Seine Stimme streichelte ihre Sinne. Er trug eine dunkle Lederjacke und ein burgunderfarbenes Hemd, welches in einer schwarzen Hose steckte. Das satte Rot unterstrich seine maskuline Ausstrahlung. „Vorbereitet auf ein originelles Abenteuer?"

Originelles Abenteuer? Aus seinem Mund war das alles anderes als beruhigend. Viola schluckte hart und traf seinen Blick. Sie drückte ihre Schultern durch, hob den Kopf, denn sie war doch mehr als bereit.

Er half ihr in den neuen kurzen Mantel aus einem grünen glänzenden Stoff, legte den Arm um ihre Schulter und brachte sie zu seinem Wagen, wo er ihr beim Einsteigen half. Während der Fahrt, sah er des Öfteren zu ihr und das allein reichte, dass Viola ihn über alles wollte.

Eine halbe Stunde später erreichten sie den Zielort und er hielt ihr galant die Tür auf. John hatte ein gemütliches italienisches Restaurant ausgesucht. Die gedämpfte Beleuchtung schaffte eine intime Atmosphäre. Jeder Tisch stand geschützt. Ein Etablissement, geschaffen für Verliebte. Die Bedienung führte sie an einen Nischentisch im hinteren Bereich und John setzte sich unerwarteterweise neben Viola auf die gepolsterte Bank. Nachdem der Kellner ihre Bestellung aufgenommen hatte, legte John seine Hand auf ihren Oberschenkel. Viola fror vor Nervosität. Der dünne Jerseystoff übertrug die Hitze auf ihre Haut. Sein Körper und der Tisch verdeckten sie zusätzlich. Niemand sah, was er tat. Er schob den Saum des Kleides nach oben und erstickte jeden Protest mit seinem verdammten Maestroausdruck. Die Fingerspitzen krochen höher, strichen über ihre Spalte. Instinktiv presste sie die Schenkel zusammen, aber mühelos steckte er einen Finger in ihr Geschlecht. Sein Daumen berührte die Klitoris.

Oh, Grundgütiger!

„Keinen Laut will ich von dir hören."

Zu ihrem Entsetzen zog John sich nicht zurück, als der hübsche Kellner an den Tisch trat, um ihnen Wein einzuschenken. Viola verkrampfte ihre Hände in der Serviette in dem Versuch, nicht zu stöhnen. Sie packte das Weinglas und leerte es in einem Schluck. Den erstaunten Blick des jungen Italieners ignorierte sie.

„Die kleine Signorina ist durstig." Er schenkte ihr lächelnd nach. „Ich bin Silvio und heute Abend für Sie zuständig."

Da sie nicht reden konnte, nickte sie ihm zu. John bewegte seinen Daumen in kreisenden Bewegungen auf ihrer Perle. Endlich ging Silvio.

„Lass das. Bitte, John", flüsterte sie so leise wie möglich.

„Du verweigerst dich mir?" Er flüsterte die Worte so drohend und sinnlich, dass ihre Scham pulsierte. Sie konnte sich kaum davon abhalten, die Schenkel so weit zu spreizen, wie es nur möglich war. Verdammt noch mal, sie saß mitten in einem Restaurant!

„Bereit für den nächsten Schritt." Er zog seine Hand zurück und fasste in die Tasche seiner Lederjacke. Er drehte sich zu ihr. „Sieh mich an. Ich will dir in die Augen sehen."

Viola drückte Halt suchend ihren Rücken gegen die Lehne. Ein leichter Druck, und er schob etwas Glattes, Rundes in sie hinein. Ihre Vaginalmuskeln hießen den Eindringling willkommen, indem sie gierig zuckten. Was war das? Für einen Dildo besaß es nicht die richtige Form. Er griff in seine Tasche und sogleich brummte und vibrierte es leicht in ihr.

„Das, meine kleine Schiava, ist ein Vibrationsei. Es wird dich nicht zum Orgasmus bringen, aber deine Erregung konstant halten. In dir den Wunsch und die Gier nach mehr wecken." Er lehnte sich entspannt zurück, entledigte sich der Jacke und nahm gegenüber von ihr Platz.

Mistkerl.

Die Vibration verstärkte sich und Viola krampfte beide Hände um die Tischkante. Ihre aufgerissenen Augen sahen den Kellner, der mit ihrem Salat und Hühnchenbrust in Parmesankruste auf sie zukam.

Wenn er es doch hören konnte!

Panikerfüllt schaute sie zu John. Das leise Brummen verstummte. Sie unterdrückte das Bedürfnis, ihn zu treten, ihm den belustigten Ausdruck vom Gesicht zu wischen. Kaum entfernte sich Silvio einen Schritt, setzte das Vibrieren wieder ein, stärker als zuvor.

„Schiava, reiß dich zusammen."

Sie nahm das Weinglas und war versucht, den Inhalt in einem Schluck hinunterzuschütten. Aber das würde ihre Kontrolle torpedieren. Also nippte sie nur.

„Auf dem Weg zum Auto solltest du besser deine Muskeln anspannen, nicht dass du das Spielzeug unterwegs verlierst." John aß einen Bissen seines Steinbeißerfilets und schaute auf ihre Nippel.

Sie standen in dem Jersey ab wie Spitzen. Jetzt wusste sie auch, warum Silvio so lüstern gegrinst hatte. Viola probierte das vorzügliche Huhn. Er aß in Seelenruhe und quittierte ihr Herumrutschen mit einem Blick, der sie aufkeuchen ließ. Die Vibration verstummte. Erleichtert atmete sie aus. Starrte das Pärchen von dem Tisch dort hinten nicht zu ihnen? Ahnten sie, was vor sich ging? Vielleicht sollte sie zur Toilette gehen und das Toy einfach entfernen. Aber wenn es auf dem Weg dorthin herausfiel?

„Denk nicht einmal dran. Du solltest nicht immer deine Fluchtmöglichkeiten anstarren. Du hast sekundenlang Richtung Toiletten gesehen."

Sie wäre fast von der Bank gesprungen, denn die Stimulation setzte erneut ein. Viola wollte so schnell wie möglich aus dem Restaurant. Ihre Pussy verlangte nach Erfüllung, ihr Körper schrie nach seiner Aufmerksamkeit, in welcher Form auch immer er sie ihr gewährte. Ein Kinobesuch schien ihr unmöglich. Doch John bestellte zwei Tiramisu und sie hätte ihn am liebsten geschlagen. Endlich bezahlte er und half ihr fürsorglich in den knielangen Mantel. Sie spannte die Vaginalmuskeln so fest an, wie sie nur konnte. Dann die High Heels. Wie sollte sie unbeschadet laufen? Sie ähnelte bestimmt einem betrunkenen Pinguin. Sein Arm stützte sie an der Taille und er führte sie mit verlässlicher Hand aus dem Restaurant. Erbost drehte sie sich zu ihm.

„Wähle deine Worte mit Bedacht, Schiava."

Jetzt war er der Maestro. Jede ihrer Äußerungen blieb ungesagt. Seine dominante Körperhaltung und seine Stimme verfehlten nicht ihre Wirkung. Sie umklammerte John, ihre intensive Reaktion überraschend für sie selbst.

Nein, sie wollte und sie musste etwas sagen.

„Ich möchte nicht mehr ins Kino gehen." Trotzig hob sie den Kopf und traf seinen Blick.

Seine Haltung erweckte in ihr sofort den Wunsch, es zurückzunehmen.

„Du wirst dir sehr ersehnen, du hättest den Mund gehalten, so wie es einer Schiava geziemt." Mit einem provozierenden Lächeln nahm er die Fernbedienung aus seiner Tasche. Die Vibration fuhr durch ihren Unterleib. Er zog sie eng an sich, rieb seine Erektion an ihr. Die Erleichterung währte nur kurz, als er sie auf seinen dunkelroten PT Cruiser zuführte.

„Wir fahren nach Hause?"

„Hatte ich dir nicht verboten zu sprechen?"

Sie funkelte ihn an und Zorn kroch ihren Rücken herauf. Wie konnte er es wagen, sie in der Öffentlichkeit in diese Situation zu bringen.

Pures Silber fixierte sie.

Er öffnete die Beifahrertür und drückte sie auf den Sitz. Dann holte er einen Knebelball aus dem Handschuhfach. Sie wäre am liebsten geflüchtet. Leider unmöglich. Johns großer Körper versperrte die Tür und in den blöden High Heels kam sie sowieso nicht weit.

„Mach den Mund auf."

Sie presste die Lippen aufeinander. Sollte er sie doch mit diesem Dämonenblick fixieren. Aufmüpfig drehte sie den Kopf zur Seite.

„Ich werde ihn dir in den Mund schieben, aber den Verschluss nicht schließen."

Sein Blick rang sie nieder. Er tastete zwischen ihre Schenkel, zog an dem Band und entfernte das Vibrationsei. Sanft strichen die Fingerkuppen an ihren Schenkeln entlang. Sein Ausdruck forderte sie auf, ihm zu vertrauen.

Sie gab nach.

Vorsichtig schob er ihr den Knebelball hinein, hielt ihre Hände, bis sie ruhiger atmete. „Dir kann nichts geschehen." Er küsste sie zärtlich auf die Stirn und nahm neben Viola Platz. Er wischte über eine Taste auf dem Smartphone. „Wir treffen in dreißig Minuten ein. Bereite das Zimmer vor, so wie wir es besprochen haben." John warf ihr einen Blick zu, der in ihr abermals den Wunsch weckte zu fliehen. Ängstliche Erregung und Vorfreude erreichten einen neuen Höhepunkt. Dass sie nicht sprechen konnte, erhöhte den Reiz um einiges.

„Wir werden eine härtere Gangart einschlagen müssen. Sie war äußerst ungehorsam, fast aufsässig." Er schob seine Hand zwischen ihre Schenkel und erzwang den Zugriff. Sie war so aufgedreht, dass sie ein Stöhnen nicht unterdrücken konnte. Willig spreizte sie die Beine. „Ja ich brauche heute eine Auswahl an Peitschen und Gerten." Er unterbrach die Verbindung. Seine Fingerkuppen strichen eine feuchte Spur an ihrem Oberschenkel entlang.

Er griff über sie und schloss den Sicherheitsgurt. Ohne ein weiteres Wort zu sagen, startete er den Wagen. Es waren die längsten dreißig Minuten in ihrem Leben. Er fuhr aufs Land. Sie hätte ihn gern mit Fragen durchlöchert. Ihr blieb jedoch nichts anderes übrig, als sich in wilden Farben auszumalen, was er vorhatte. War sie zu vertrauensselig? Erlaubte sie ihm zu viel? Was, wenn er mehr nahm, als sie geben wollte? Dann schalt sie sich. Er verdiente kein Misstrauen. Sie sollte ihr Vertrauen keinesfalls infrage stellen.

Eine Auswahl an Peitschen und Gerten? Wieso bestrafte er sie nicht zu Hause? Endlich stoppte er vor einem großen Landgut. Ihre angespannten Nerven ließen sie beinahe in Tränen ausbrechen. Zutiefst verunsichert sah sie ihn an. Er schenkte ihr nichts, umfasste ihre Handgelenke und half ihr aus dem Wagen. Sein Gesicht eine Maske der Neutralität. Er genoss ihre Unsicherheit, seine Augen verrieten ihn. Zu ihrem Entsetzen kam der Südländer auf sie zu. In seinen Händen hielt er einen Fesselgürtel mit Handmanschetten. Ihre Fantasie fiel ihr ein, und sein Grinsen bestätigte ihr, dass John ihm davon erzählt hatte.

Schuft!

„Ricardo, mein Freund." Die beiden Männer begrüßten sich mit Schulterklopfen.

Ricardos dunkler Blick lag auf ihr und er hob eine Augenbraue. Seine Mimik war ebenso verunsichernd, wie es Johns war. Sie hatte das Gefühl, gleich auf den Boden zu sinken. Ihre Beine trugen sie kaum. Die kalte Nachtluft streichelte ihre erhitzte Scham und die heißen Wangen. Sie wollte sich den Gürtel nicht anlegen lassen. Doch ihr Geliebter ergriff sie unerbittlich. Amüsiert sah er auf sie herunter. „Du kannst uns nicht entkommen. Ich weiß genau, dass du es willst. Ich genieße jedes Zittern von dir, denn wir wissen, es ist nicht nur vor Angst."

Ricardo legte das Leder um ihre Taille. Mit einem finalen Geräusch schloss er die Schnalle.

„So unnahbar, Schiava." Ricardos Stimme floss herausfordernd über ihre Sinne. Ihre steife und abwehrende Körperhaltung veranlasste ihn, ihr Kleid hochzuschieben. Kalte Luft berührte den Po. John hielt ihre Handgelenke vor ihrem Körper fest und vergeblich presste sie die Schenkel zusammen. Ricardo sollte sie dort nicht berühren. Unerbittlich schob er seine Fingerkuppen in ihre

Scham. Mit seinen Füßen zwang er ihre Beine auseinander. Vor Wut keuchte sie gegen den dämlichen Ball.

„So abweisend und doch so geil. Ihre kleine Pussy kann es kaum erwarten, ordentlich behandelt zu werden." Gekonnt streichelte er sie, bis sie sich willenlos seiner Hand entgegenstreckte. Ihr Widerwille heizte ihre Lust weiter an. „Noch nicht. Obwohl es ein Jammer ist. Ein wenig Stimulation und du würdest uns deinen Orgasmus schenken. Aber zuerst wirst du Schmerzen erfahren. Das *Salt* erwartet dich." Wenn John Black Irish war, dann stellte er eine mediterrane Versuchung dar.

John drehte sie um, presste sie leise lachend an sich und seine Wärme floss auf ihre Haut. Ihre Beine waren so weich, dass es eigentlich nicht mehr nötig war, sie zu fesseln. Außerdem spielte ihre Libido den Männern in die Hände. Viola wollte in das Haus, in das vorbereitete Zimmer und dass die beiden Maestros mit ihr taten, was immer ihnen in den Sinn kam. Ricardo befestigte die Handgelenksmanschetten, überprüfte den Sitz, bevor er sie mit dem Gürtel vor ihrem Körper verband.

John entfernte den Knebelball mit sanften Händen. Sein bedrohlicher und zugleich herausfordernder Blick hielt sie ab, zu sprechen. Er legte seine Handfläche auf ihren Brustkorb. „Dein Herz schlägt dir bis zum Hals. Du hast auch allen Grund dazu. Nach heute Abend wirst du es dir überlegen, meine Bedürfnisse abzuschlagen und mir deine Wünsche aufzwingen zu wollen."

Viola stolperte in den High Heels und sie trugen sie halb in das romantisch aussehende Backsteingebäude. Wärme empfing sie. Dennoch wollte das Schaudern nicht weichen. Nicht Kälte verursachte das Zittern.

Sie standen in einem weiträumigen Empfangsbereich. Den Boden zierten italienische Fliesen in Marmoroptik. Abgetöntes Weiß unterbrach die Terrakottanuancen und große Kübel mit Palmen dominierten eine Fensterfront. Dahinter lag ein Garten, von Fackeln erleuchtet. Viola erhaschte einen Blick auf einen Brunnen mit einer alabasterfarbenen weiblichen Statue. Die Männer blieben stehen.

„Ich sehe, du hast die Venus fertiggestellt?"

„Ja, letzte Woche. Sie heißt *Gentle Veil.*"

Der Steinmetz hatte ihr Gewand zu den Schultern hinabrutschen lassen. Aus ihrem Krug floss Wasser in das Becken. Sie besaß einen verträumten Ausdruck. Exquisite Handarbeit, perfekt für ein Gemälde.

Ricardo drehte Viola um. „Hinter ihrer Sanftheit und Schüchternheit verbergen sich Temperament und so manche Überraschung." Sein Blick schlängelte über Viola, drang unter ihre Haut, berührte sie mit Hitze, die ihren Körper entlangkroch. „Ich werde jede Nuance von dir heute Nacht aufspüren, bis deine inneren Farben erleuchten."

Der Steinmetz der Lüste würde sich ihrer gleich annehmen. Halt suchend presste sie den Rücken an ihren Geliebten. Er gewährte ihn ihr und küsste sie beruhigend auf den Scheitel. Die beiden Maestros schoben sie in ein Badezimmer. John löste die Fesselung.

„Du hast fünf Minuten, um nackt aus dem Badezimmer zu kommen."

Wenn doch bloß ihre Glieder nicht so zittern würden. Nachdem sie sich ausgezogen hatte, und unter dem Duschkopf stand, fiel ihr das neue Seifenstück aus den bebenden Händen. Ihre Gefühle rasten umher, verhinderten, dass sie einen klaren Gedanken fassen konnte. Sie wickelte eines der flauschigen Handtücher um ihren Körper, dessen Cremeton genau zu der Keramik passte. So wie die orangefarbenen Streifen mit den farbigen Akzenten des Bades. Schlimmer konnte ihre Bestrafung jetzt auch nicht mehr ausfallen. Nacktsein war immer noch beschämend für sie, also konnte sie sich nicht dazu durchringen.

Viola trat in das Foyer hinaus. Als sie in die Gesichter der Männer sah, wünschte sie, sie wäre nicht so töricht.

Johns Wangenmuskel zuckte und beide Maestros wirkten präsenter, bedrohlicher und so verdammt sexy.

„Soeben hat sich deine Strafe erhöht." John trat näher, drängte sie an die geschlossene Tür. Mit einem Griff entzog er ihr das Handtuch. Heftig atmend versuchte sie, mit dem Holz zu zerschmelzen. Es sollte verboten werden, so dominant und unglaublich heiß auszusehen. Sie wagte sogar, provozierend in seine Augen zu blicken. Er zog sie mit einem Ruck von der Tür, hielt sie in starken Armen in Position. Ricardo befestigte den Gürtel und die Handmanschetten. Diesmal fixierte er die Hände hinter ihrem Rücken.

„Sie ist aufsässig. Ich weiß jedoch ihr ungebührliches Verhalten zu würdigen. Ihre Schreie werden köstlich sein." Ricardo mustere sie eindringlich, lachte, denn sie funkelte ihn frech an.

Johns gebieterischer Gesichtsausdruck war das Letzte, was sie sah, bevor eine breite weiche Augenbinde ihr Sichtfeld verdeckte. Sie packten ihre Oberarme. Fußbodenheizung wärmte die Fliesen. Ob es eines der Anwesen war, die John renoviert hatte? Jetzt spürte sie Parkett unter den Fußsohlen. Ihre angespannten Sinne beschleunigten den Herzschlag. Sie hörte Stimmengemurmel und alles in ihr erkaltete. Sie wollten sie nackt, gefesselt und mit verbundenen Augen durch einen Raum, mit wer weiß wie vielen Fremden, führen. Sie versuchte, ihre Füße auf den Boden zu stemmen. Aber die Maestros zerrten sie unerbittlich weiter.

Die Türklinke wurde hinuntergedrückt. Die Stimmen dröhnten laut in ihren Ohren, ängstigten sie so stark, dass ihr der kalte Schweiß ausbrach.

„John, bitte, ich will das nicht. Bitte tue mir das nicht an." Sogar sie hörte das Zittern in den Worten und Tränen lauerten hinter ihren Augenlidern.

„Das ist eine angemessene Reaktion auf dein aufsässiges Verhalten. Ich erwarte, dass du schweigst. Falls nicht, knebeln wir dich. Mitleid hast du dir verwirkt." Einfach so war der sanfte John in den Hintergrund gerückt und hatte dem gebieterischen Platz gemacht.

Bei ihrem Eintreten ebbte die Lautstärke ab. Alle starrten sie an. Das musste einfach so sein. Ameisengleich krochen die Blicke ihren Körper entlang. Ihr drehte sich der Magen herum. Wimmernd schnappte Viola nach Luft. Wie viele Menschen waren in dem Raum? Der Geräuschpegel nahm zu. Es gelang ihr, einzelne Stimmen und Geräusche auseinanderzuhalten, das Lachen einer Frau, das Stöhnen eines Mannes, Leder, das auf Haut traf.

Fantasien hämmerten in ihrem Kopf. Was, wenn John sie an ein Andreaskreuz band? Ricardo sie zur allgemeinen Belustigung auspeitschte. Sie zwang, einen Orgasmus zu bekommen, während alle ihr zusahen. Abscheu und Panik raubten ihr den Atem, ließen sie fast in Tränen ausbrechen. Jemand streichelte ihren Busen, folgte ihren bebenden Muskeln bis zu ihrem Bauch. Die Berührung wisperte über ihren Leib. Viola wich zurück, drehte sich zur Seite, so weit es möglich war. John stand hinter ihr, hielt sie, sodass sie hilflos den tastenden Fingern ausgeliefert war.

Kundig glitten sie weiter. John musste gespürt haben, dass sie ihre Pein hinausschreien wollte. Er bedeckte ihren Mund mit einer großen Hand.

„Deine Schiava, John?“ Die weibliche befehlshaberische Stimme erschreckte sie. „Sie ist ja völlig außer sich. Du solltest sie an das Kreuz binden, damit sie sich unter meiner Behandlung entspannt. Sie zur Bewegungslosigkeit zwingen, während ich mich ihrer annehme.“

Er nahm die Hand von ihrem Mund. Dennoch brachte sie kein Wort raus. Ruhige Fingerspitzen wischten die Tränen fort.

„Kein Grund, jetzt schon zu weinen, kleine Sub.“ Die Stimmlage wirkte jetzt warm und verständnisvoll.

„Du darfst sie prüfen, Sarah.“

Bevor sie wusste, was er meinte, bemerkte sie die Finger der Frau auf ihrer Scham. Vorsichtig spreizte sie die Schamlippen und befühlte sie, lockte sie.

„Ihre geschwollene Klitoris demonstriert ihre Lust. Und die exquisite Nässe."

„Bitte, ich will das nicht." Sollte John sie doch knebeln, es war ihr egal. Sie hasste ihn, dass er ihr das antat.

Die Frau erhöhte die Stimulation. Und obwohl sich alles in Viola sträubte, stöhnte sie auf. Sie spürte den Atem, der ihren Hals entlangstrich bis zu ihrer Brust. Die Fremde saugte Violas rechten Nippel in den Mund und leckte hart um die erregte Spitze. „Tränen werden heute ausreichend bei dir fließen. Bewahr sie dir auf. Schade, dass sie nicht für mich über deine hübschen Wangen rinnen." Sarah flüsterte John etwas zu, bevor sie sich entfernte.

Viola nahm mehr Geräusche wahr. Das Knallen einer Peitsche, der Klang, als sie auf Haut traf, das gepeinigte und reizvolle Stöhnen der Sklavin, welches in Lustschreie überging.

Die beiden Maestros führten sie weiter durch den Raum.

„Wenn du nicht gehorsam bist, versohle ich dir an Ort und Stelle den Arsch."

Viola zuckte vor der bedrohlichen Stimme zusammen, doch nicht sie war gemeint. Sie hörte die Frau empört aufschreien. „Meine letzte Warnung, Grace, du bleibst jetzt über meinem Schoß liegen oder ich binde dich an das Andreaskreuz und dann kann dich jeder bestrafen, der Lust dazu hat."

Anscheinend gab die Sklavin nach, denn Viola hörte die Schläge einer Hand, die auf einen Po klatschten. Die Frau versuchte erfolglos, ihre Jammerlaute zurückzuhalten. Die Schreie gingen in Seufzen über, denn das Geräusch eines Vibrators ertönte. Der Dom belohnte sie für ihr Leid.

Violas Körper kribbelte vor Erregung. Es war unerträglich, nicht zu wissen, was ihr bevorstand. Ihr geraubtes Sehvermögen erhöhte die Gier. John reizte ihren Gehorsam aus, wusste er doch, dass sie sich freiwillig hingab, aber dass es sie auch viel kostete.

„Bitte nicht, Master. Bitte …" Viola schmunzelte, denn die Sklavin meinte alles andere als „Bitte nicht".

Die beschützenden Hände ließen sie los. Viola wäre beinahe zu Boden gesunken. „John?“ Sie schrie seinen Namen. Sie wusste nicht, ob die beiden Maestros neben, vor oder hinter ihr standen. „Bitte, John.“ Was sollte sie tun? Die Unsicherheit, gepaart mit Widerwillen, kehrte schlagartig und heftiger zurück. Sie fühlte sich verraten und allein, überfordert mit der Situation. Was würden sie mit ihr tun, wenn sie in Schreie ausbrach?

Jemand packte sie und warf sie über seine Schulter. War das John? Sie holte tief Luft, aber ihre zugeschwollene Nase ließ sie im Stich. Energisch lief er weiter und das Stimmengemurmel erstarb. Sie zappelte, wollte entkommen, doch er festigte den Griff. Sie hörte Schritte vor sich. Waren es John und Ricardo? Sie stellten sie auf die Füße und eine unbekannte Stimme befahl ihr, stillzuhalten. Er hatte sie allein gelassen mit Fremden. Erneute Tränen rannen ihre Wangen hinunter. Jemand löste die Manschetten und ein Klicken ertönte. Viola verspannte sich und kämpfte gegen den Zug ihrer Arme an.

„Das kannst du dir sparen, kleine Sub.“

Einer hielt ihre Fußknöchel fest, während der andere eine Fußmanschette an ihrem rechten Gelenk befestigte. „Spreiz deine Schenkel oder ich zwinge dich.“ Die Stimme raspelte sandpapiergleich über ihre Sinne, lockte und entsetzte sie zugleich. „Wie willst du es?“

Sie gab schluchzend nach.

Er verschloss eine zweite Manschette um ihren linken Knöchel. Eine Stange drängte ihre Beine auseinander, zwang sie in Position. Der Zug auf ihren Armen erhöhte sich.

„Ich werde dir tüchtig den Arsch versohlen. Ich soll erst aufhören, wenn du es nicht mehr aushältst und weinend um Gnade flehst.“ Er umkreiste Viola, sie spürte den Luftzug. Der fremde Maestro verharrte hinter ihr. Er streichelte besitzergreifend ihren Körper, knetete die Brüste, befühlte und spreizte ihren Po. Lachte über ihr Wimmern. „Wenn ich dein Weinen höre und deine abwehrende Körperhaltung berücksichtige, könntest du mich fast überzeugen, dass du es nicht willst."

Jetzt stand er vor ihr, besaß freien Zugriff auf ihre gespreizten Schenkel. „Deine nasse Pussy pulsiert. Ist es nicht so, Schiava?" Leicht strichen die Fingerkuppen um ihre Klitoris.

„Antworte!"

Verdammt, das war eine von den Fragen.

Er senkte die Stimme zu einem bedrohlichen Knurren. „Rede, sofort."

Sie versuchte Speichel zu sammeln, aber ihr trockener Mund verhinderte es. Ein Strohhalm berührte ihre Lippen und sie entspannte sich augenblicklich. John musste einfach hier sein. Er wachte über sie und sie nahm dankbar einen Schluck des verdünnten Apfelsafts.

„Es erregt mich, nicht zu wissen, wer du bist, was du mit mir tun wirst. Der Gang durch den Raum mit den Fremden hat mich verunsichert. Auch wenn ich mich davon überzeugen möchte, weiß ich doch, dass es mich nicht abstößt, sondern entflammt. Etwas in mir genießt es, zur Schau gestellt zu werden. Die Geräusche der Peitsche, der Schläge, der Pein und der Verlockung haben meine Erregung gesteigert."

Sie atmete hektisch, denn er rieb unvermittelt ihre Klitoris.

„Sprich weiter."

„Ich war ungehorsam und verdiene meine Strafe. Ich weiß, dass mein Maestro eine angemessene Züchtigung für mich plant. Er wird zufrieden sein, wenn ich vor Lustschmerz weine, alles um mich herum vergesse. Ich mich hingebe, wie er es verlangt." Sie schluckte hart. „Er darf mich nicht alleine lassen." Ihre Worte gingen in ein Schniefen über.

„Niemals, Kleines." Johns Stimme verjagte den letzten Rest Kälte. „Ricardo assistiert mir."

„Nächstes Mal, kleine Sklavin." Der fremde Maestro tätschelte ihren Po. John war so ein Schwein. Warum gelang es ihm jedes Mal, sie zu verunsichern? Sie hätte es besser wissen müssen.

„Es ist mir ein Vergnügen." Sie sprang fast aus ihrer Haut, denn Ricardo flüsterte in ihr Ohr. „Bist du bereit, Cara?"

„Wie lange willst du mich noch auf die Folter spannen, du …" Besser das Schimpfwort nicht sagen, das ihr auf der Zunge lag. Ihre Position eignete sich nicht, ihren Standpunkt auszuführen.

„Leichte Schläge, um uns aufzuwärmen, sollten die Session vorteilhaft eröffnen. Wenn ich mit dir fertig bin, zieren meine Male deinen Leib." Sie hörte John die Freude an. Er führte die Bestrafung aus, nicht Ricardo.

Die Schnüre einer Peitsche strichen über ihre Schulter, an ihrer Wirbelsäule entlang und folgten der Kontur ihres Gesäßes. Die Riemen trafen den Po, ihren Rücken und die Rückseite der Oberschenkel. Selbst vor ihrem Bauch machte er nicht Halt. Ihr Körper glühte und sie stöhnte heftiger, zügelloser.

John unterbrach sein Werk. Sie wusste, er holte ein neues Schlaginstrument. Etwas, das weitaus mehr schmerzte als der Flogger.

Ricardo flüsterte etwas auf Italienisch, obwohl sie es nicht verstand, beruhigte es sie. Er hielt ihr den Strohhalm an die Lippen und sie nahm einen Schluck. Er ging vor ihr auf die Knie. Mit den Fingerkuppen spreizte er die Schamlippen.

„Dir gefällt die Bestrafung." Sie spürte seinen Atem auf ihrem rasierten Geschlecht. Er umschmeichelte ihren Venushügel und leckte über die Perle.

„Ich untersage dir zu kommen, trotz der Reizung." Ein sinnliches Lachen von John. „Er beherrscht die orale Stimulation meisterhaft."

Wie sollte sie das aushalten? Sie war jetzt schon fast so weit.

John stand hinter ihr und zwirbelte ihre Nippel.

Dieser Schuft. Er wusste genau, dass sie es liebte. Ricardo züngelte fordernder und saugte an der Klitoris, führte einen Finger in ihre Scham ein. Viola versuchte, ihre Schenkel zu schließen, um dem Eindringling zu entkommen. Aber der Schenkelspreizer hielt sie offen. Die Hilflosigkeit, gepaart mit der aufreizenden Position, zerrte an ihr, öffnete ihre Seele. Die Maestros nutzten alles, was sie ihnen gab. Das Anspannen ihrer Muskeln intensivierte die Erregung. Ihre Erleichterung, dass Johns Hände sich von ihren Nippeln lösten, währte nur kurz. Ein scharfer nachhaltiger Schmerz erwischte ihren Po. Es war eine Gerte. Sie ruckte nach vorn, konnte dem Gefühl auf ihrer Lustperle nichts entgegenbringen. Ricardo biss leicht hinein. Zielgenau schlug John zu, das Brennen und Beißen marterte sie unerträglich. Gleichzeitig geleckt zu werden, ließ Viola in einen Orgasmus gleiten. Ricardo hörte erst bei dem letzten Zucken ihres Körpers auf.

Die Gerte sauste auf ihren Po. So schmerzhaft, dass es die anderen Empfindungen auslöschte. Es traf sie bis ins Mark. Sie konnte das nicht mehr aushalten und in diesem Moment entfernte John die Binde. Er legte einen gewellten, dicken Vibrator, der an der Spitze eine Krümmung hatte, an ihre Klitoris und führte ihn vorsichtig ein. Bewegte ihn auf und ab.

„Stimuliere ihren Anus. Ich will sehen, ob sie einen Höhepunkt erreichen kann."

Ricardos Fingerspitzen massierten ihren Hintereingang, drangen aber nicht ein. Ihre Vaginalmuskeln antworteten mit einem Beben und Viola kam heftiger als vorher.

John grinste sie an. „Ich glaube, wir haben deinen G-Punkt entdeckt. Und jetzt, mein Schatz, vögeln wir dich. Wir penetrieren dich von beiden Seiten."

Es dauerte einen Moment, bis sie endlich klar denken konnte. Sie stand in einem Schlafzimmer. Das einzige Möbelstück war ein großes Pfostenbett. Der Boden bestand aus dunklem Parkett. Scharlachrote Samtvorhänge bedeckten die hohen Fenster. Als normales Zimmer ging es dennoch nicht durch. Fesselvorrichtungen waren an Decke und Wänden angebracht.

John hielt sie umschlungen, während Ricardo die Fesselung entfernte. Ihre Beine knickten von der Anstrengung ein, gepaart mit der Angst, was auf sie zukam.

Ihre Bedenken lösten sich auf, denn John flüsterte ihr zärtliche Worte ins Ohr. Mit sanften Händen schob er sie Richtung Bett. Ricardo lehnte sich an das Kopfteil, sein Schwanz wartete begierig darauf, sie zu ficken.

„Komm her, Schiava. Ich sehe dir an, dass du es willst.“ Seine Augen waren ein sinnliches Versprechen.

Sie setzte sich rittlings auf ihm und Ricardo führte behutsam seinen Phallus in sie ein. Mit Nachdruck zog er ihren Oberkörper zu sich heran, umfasste ihren Nacken und hielt sie beruhigend.

John verteilte Gleitgel zwischen ihren Pobacken. Er verharrte, bis sie ruhiger atmete. Seine Fingerspitzen dehnten sie vorsichtig. Bevor sie verkrampfen konnte, rieb er das Gel auf ihre Klitoris und Ricardos erfahrene Fingerkuppen stimulierten sie, bis ihre Angst verschwand.

„Atme ein und aus. So ist es gut. Wir werden sanft sein. Wir wissen, was wir tun.“ John ergriff ihre Hüften. Sie spürte seinen Schwanz an ihrer Rosette. Er hatte sie gut vorbereitet und drang leicht in sie ein. Sie versuchte sich wegzubewegen, das Gefühl des Ausgefülltseins war zu viel, fast schmerzhaft.

„Ganz ruhig, meine Kleine.“ Johns Stimme strich beruhigend über sie.

Beide Männer verharrten und ein Schauder lief Violas Wirbelsäule entlang. Mit einem tiefen Atemzug entspannte ihr Körper und erreichte ihr Bewusstsein. John bewegte sich zuerst. Ricardos Daumen umkreiste ihre Klitoris, wurde zu einer Einheit mit dem köstlichen Reiz, den der Schwanz in ihrem Anus ihr schenkte. Ein gieriges Keuchen kam aus ihrer Kehle.

Ricardo bewegte seine Hüften und sie fiel in einen Taumel der Lust. Den übermächtigen Stimuli stand sie hilflos gegenüber. Die Enge ihres Hintereingangs intensivierte die Stöße unter ihr. Sie brauchte es härter, schneller. Diesmal verspürte sie keine Hemmungen, ihre Wünsche kundzutun.

Johns Zurückhaltung löste sich bei ihren Worten in Nichts auf. Er pumpte in sie hinein. Ricardo hielt sie umschlungen und sein Becken zuckte. Er neckte ihre Brustwarzen, griff fester zu, denn er merkte, dass es ihr gefiel. Sein Zucken ging in ihrem eigenen Orgasmus unter.

Johns heiseres Stöhnen kündigte seinen Höhepunkt an. Er packte ihre Hüften. Es war ein unglaubliches Gefühl, auf diese Weise genommen zu werden. Sie wurde gefickt. Und sie blickte in Ricardos Augen, als sie noch einmal kam.

***

Eine halbe Stunde später saß Viola erschöpft auf dem Bett, unfähig, sich zu rühren. John half ihr in das Kleid und musterte sie kritisch. „Fühlst du dich wohl?"

„Zufrieden und glücklich. Du hast viel von mir verlangt und es bekommen."

„Ich weiß. Deine Angst, genährt von Scham und Gier, ist sehr reizvoll."

Niemals zuvor hatte sie sich bei einem Mann so beschützt und geborgen gefühlt. Sie schmunzelte bei dem Gedanken, wie sie das jemandem erklären sollte. Sie vertraute und liebte einen Kerl, der sie schlug, zum Weinen und Schreien brachte und dabei ihre Seele in einen schützenden Kokon webte. Sie war ein behüteter Schmetterling, der, egal wie hoch er flog, bei ihm immer in Sicherheit war. „Ich danke dir für diesen Abend, auch wenn mein Po brennt … von den Schlägen mit der Gerte."

John zog sie in die Arme und sie verlor sich in dem beschützenden Gefühl. „Du hattest es nicht anders verdient, ungehorsam, wie du dich heute gezeigt hast." Pure Dominanz lag auf seinen Zügen. „Widerspenstigkeit zieht Konsequenzen nach sich.“ Er lachte sinnlich. „Wir wissen beide, dass du deine Bestrafungen sehr genießt und sie geradezu herausforderst.“

Er half ihr in die High Heels und sie gingen gemeinsam ins Foyer.

Ricardo verabschiedete sie an der Tür. „Nächste Woche würde ich mich gern mit dir treffen, auf künstlerischer Ebene. Meine Statuen und deine Gemälde passen hervorragend zusammen. Wir sollten über eine gemeinsame Ausstellung nachdenken.“

Verlegen blickte sie zu Boden. Die Situation bewirkte, dass sie errötete.

„Es war mir ein Vergnügen.“ Er drückte ihr einen brüderlichen Kuss auf die Stirn und zwinkerte ihr zu. Es erstaunte sie, mit welcher Leichtigkeit die Maestros in verschiedene Rollen schlüpften. Sie lächelte ihn an, plötzlich entspannt. Früher hätte sie es nie für möglich gehalten, dass sie mit einem unbekannten Mann vögeln könnte. Dieses Leben kam ihr weit weg vor. Sie hatte sich so verändert. Die alte Viola hatte nur schwer Entscheidungen treffen können. John gab ihr zwar Freiraum, dennoch musste sie sich festlegen oder mit Konsequenzen rechnen. Skrupel plagten ihn nicht, wenn er sich durchsetzte, denn er überschritt niemals eine Grenze. Auf dem Beifahrersitz brach sie in Lachen aus.

„Als du mich entführt hast und mich das erste Mal berührtest, habe ich ernsthaft mit dem Gedanken gespielt, dir einen Orgasmus vorzuspielen.“

Er legte ihr eine Hand auf den Oberschenkel und Hitze erfasste sie.

„Das wäre eine interessante Erfahrung für dich geworden. Sei froh, dass du es nicht getan hast. Aber andererseits … hätte dir die Strafe gefallen.“ Sein Blick ruhte kurz auf ihr. „Da bin ich mir sicher.“

Sein Tonfall und Augenausdruck regten ihre Fantasie an. Sein tiefes Lachen brandete durch den Wagen. Diesen

Augenblick hätte sie gern festgehalten. Sie war so erschöpft und es war ein herrliches Gefühl.

Das Öffnen der Beifahrertür weckte Viola.

John brachte sie nicht in ihr Zimmer, sondern in sein Schlafzimmer. Sie schlief an ihn gekuschelt ein.

Ihre gellenden Schreie rissen Viola aus dem Schlaf. Sie schlug panisch um sich. Jemand presste sie in die Matratze. Er war es. Er hatte sie gefunden, führte zu Ende, was er angefangen hatte.

„Verdammt, Viola.“ Ein eiserner Griff hielt ihre Handgelenke. Ihr Schreien verstummte erst, als sie erkannte, dass John sie umklammerte. „Ein Albtraum.“ Er zog sie in die Arme und berührte ihre nassen Wangen. „Kleines, erzähl mir, was mit dir passiert ist. Bitte.“ Sie drückte ihre Stirn gegen seinen Brustkorb. Anfangs wollten die Worte nicht fließen.

„Hab keine Angst. Vertrau mir. Hat er dich mehr als einmal gewürgt?“

Sie holte tief Luft. Jetzt war es Zeit, den vergrabenen Dämon an die Oberfläche zu holen, um ihn anschließend auf Dauer zu verjagen.

„Er hat Vino erschlagen und ihn in den Fluss geworfen.“ Sie erzählte ihm alles. Die psychische Gewalt, die er auf sie ausgeübt hatte, das Würgen, die Schläge ins Gesicht, wie sehr sie in stetiger Angst gelebt hatte, die sie allmählich erstickt hatte. Dass sie nicht sie selbst sein konnte und jederzeit mit seinem Jähzorn rechnen musste. Dass er sie in den Keller gesperrt und die Glühbirne entfernt hatte. Mit jedem Wort ging es ihr besser, sodass sie befreit aufatmete.

„Er hat deinen Hund getötet?“

„Ich konnte es nicht beweisen. Niemand hat mir geglaubt. Er war der typische Täter, von dem es heißt, er war nett und benahm sich nie auffällig.“

Ein Panzer fiel von ihr ab. Das Gefühl so ungewohnt, dass ihr schwindelte.

„Nie durfte ich meine Emotionen zeigen. Ich musste immer verbergen, was ich fühlte. Tat ich es doch, wartete Grausamkeit auf mich.“ Sie umklammerte ihn wie eine Ertrinkende. „Erst bei dir habe ich gelernt, meinen Gefühlen eine Stimme zu geben. Du weißt nicht, was du getan hast. Ich kann nicht in meine frühere Haut zurück.“

„Soll ich dir ein Schlafmittel geben?“

Sie schüttelte den Kopf. „Ich brauche nur dich.“

Sein eindringlicher Blick lag auf ihr und Viola wünschte, dass sie ewig in seinen Armen liegen könnte.

Kapitel 13

Violas erster Gedanke am nächsten Morgen galt John. Tief enttäuscht seufzte sie auf, da kalte Leere ihr entgegenprallte. Ob sie hier duschen sollte? Die Frage erübrigte sich, denn er stieß in diesem Moment die Tür auf, mit einem Tablett in den Händen und ein unwiderstehliches Lächeln auf den Lippen.

„Es ist ein schöner Tag, ich dachte, wir frühstücken auf der Terrasse. Dean hat Heidelbeerpfannkuchen zubereitet."

Ihr lief beim Anblick das Wasser im Mund zusammen. Er stellte das Tablett nach draußen auf den Tisch und holte einen riesengroßen Morgenmantel aus seinem Schrank, der nach John, Gras und Sonne roch. Mit einem Schmunzeln zog er ihr ein Paar seiner Socken über die Füße. „Damit du dich nicht erkältest." Spitzbübisch grinste er sie an. „Es wäre doch schade, wenn ich dich nicht bestrafen könnte, wie ich wollte, weil du krank wirst."

Wärme breitete sich in ihrem Körper aus und diese kam nicht allein von dem kuscheligen blauen Bademantel.

„Was ist los, mein kleiner Papillon?"

„Du weißt genau, welche Wirkung du auf mich ausübst. Ich weiß nie, was du als Nächstes vorhast."

Sein Blick wurde ernst. „Du hast aber keine Angst, dass ich irgendwelche Kleinigkeiten zum Anlass nehme, um dir wehzutun?" John lächelte sie an. „Du brauchst nicht zu antworten, ich kann es in deiner Mimik sehen. Ich interessiere mich nicht für eine Beziehung, in der meine Partnerin den ganzen Tag Furcht vor mir verspürt."

Sie streckte ihm die Zunge raus.

„Das allerdings übersteigt deine Freiheiten."

„Das hoffe ich." Irgendwann würde ihr Herzschlag aussetzen, wenn er sie mit diesem Ausdruck ansah.

Schnelle Schritte näherten sich der Terrasse. Es war Dean. Pure Entrüstung lag auf seinem Gesicht. Hitze lief über ihren Körper, bei dem Anblick des Bildes, das er in der Hand hielt. Ehe sie sich rührte, umfasste John ihre Handgelenke. Atemlos stoppte sein Bruder, wobei er reine Dominanz ausstrahlte.

Verdammt!

Viola biss sich auf die Unterlippe, um nicht in Lachen auszubrechen. Ein Prusten entschlüpfte ihr dennoch. Dean drehte den Keilrahmen um, sodass Violas Werk in der Morgensonne leuchtete. Ein Shetlandpony graste mitten auf einer Wiese. Die Halme reichten bis zu seinem runden Bauch. Die Nüstern zog es kraus. Deans Augenfarbe schimmerte aus den frechen grau-blauen Augen des Tieres und sein Fell besaß den gleichen Ton wie seine Haarfarbe. Sein Schopf und seine Mähne standen wild ab.

„Wieso steht auf der Rückseite mein Name?" Indignierter konnten Worte nicht gesagt werden.

John warf einen Blick auf ihre letzte Kreation und brach in Lachen aus. Sie wäre geflüchtet, wenn sie gekonnt hätte, sobald die Maestros verstummten. Selbst für den Fall, dass sie es schaffen würde, Deans Griff zu durchbrechen, an seinem Bruder kam sie niemals vorbei. Sie würde keine zwei Schritte weit kommen.

„Wir waren zu nachsichtig." Dean stellte das Bild zur Seite und verharrte hinter ihr, hauchte in ihren Nacken. Mit Mühe unterdrückte sie das Zittern, wo doch das Blut durch ihre Adern raste. John streichelte mit dem Daumen die Haut ihres Handgelenkes, fühlte ihren rasenden Puls.

„Sie weiß das durchaus", sagte John, so schrecklich verheißungsvoll.

„Sie legt es darauf an." Erwartung lag in Deans Tonfall.

Es machte sie wahnsinnig, wenn sie von ihr redeten, als ob sie nicht vorhanden wäre.

„Wir lassen uns etwas Spezielles einfallen." John stand bei seinen Worten auf und koste leicht ihre Stirn. Er lachte, denn sie bekam eine Gänsehaut. Er blieb neben seinem Bruder stehen. Deans Hände lagen schwer auf ihren Schultern. „Ich habe eine Idee. Damit sie ein wenig nachdenken kann, wird ihre Strafe erst am Wochenende stattfinden. Für diese Bestrafung erhält sie ein Safeword." Johns Stimme drückte Wohlgefallen aus.

Viola legte den Kopf in den Nacken und sah zu ihnen hoch. Zwei Augenpaare, die sie durchlöcherten. Dass John seine Hände dabei auf ihre Brüste legte und sanft über die Haut strich, trug nicht zu ihrer Beruhigung bei.

Verdammt, heute war erst Montag.

Ein Safeword. Sie wusste, sie würde diese beiden Worte bis zum Ende der Woche Hunderte Male denken, vor sich hin murmeln und es würde sie um den Verstand bringen. Als Dean mit dem Keilrahmen unter dem Arm geklemmt die Terrasse verließ, setzte bereits die Nervosität ein, die kontinuierlich zunahm. John verspeiste in aller Seelenruhe einen Pfannkuchen nach dem anderen, während sie kaum einen runter bekam.

Jeden Tag quälten die drei Dämonenfürsten sie mit vielversprechenden Blicken. Viola überlegte ernsthaft, Johns Bein zu umklammern, nicht mehr loszulassen, bis er sie bestrafte. Zu allem Überfluss berührte er sie kaum. Sie argwöhnte, dass er seine Kräfte aufsparte. Donnerstag teilte er ihr ein neues Safeword mit, das zusätzlich zu Rot galt.

Endlich. Jetzt konnte sie ihre Neugierde stillen.

John hob mahnend die Augenbrauen. „Kein Wort!" Er nahm ihre Hand in seine und zog sie in den weitläufigen Garten. John blieb an dem kleinen Teich mit dem Gargoyle stehen, zeigte auf einen besonders schönen Baum, bewunderte verschiedene Bambussträucher und Viola verging fast vor Sehnsucht. Ob er sie bestrafen würde, wenn sie ihn gegen das Schienbein trat? Er deutete auf eine rote Schleife, die den Stamm einer Birke umwickelte.

Sein provozierendes Lächeln bestätigte ihr, dass er wusste, was in ihr vorging. Er heizte ihre Neugierde, Angst, Erregung und Vorfreude an. Als sie zu einer versteckt liegenden Blockhütte kamen, war sie endgültig sicher, dass der Spaziergang nicht grundlos stattfand.

„Du hast dir die Lage der Schleife und der Hütte hoffentlich eingeprägt.“ Das hatte sie selbstverständlich nicht. Sie war viel zu sehr mit seinem Muskelspiel beschäftigt gewesen. Die Vorstellung, wie sie sich unter seinen Händen rekelte, er sie übers Knie legte und ihr so lange mit der Hand den Arsch versohlte, bis sie vor Lust und Schmerz verging, beanspruchte ihre gesamte Aufmerksamkeit.

Als die Rundtour vorbei war, verbot er Viola, den Garten ohne ihn aufzusuchen. „Miles wacht morgen über dich.“ Er grinste provozierend. „Reize ihn lieber nicht. Er liebt es, Popos mit aller Härte zu versohlen. An deinem hat er übrigens einen besonderen Narren gefressen.“

Sie funkelte ihn an, denn er fütterte ihre Vorstellungskraft mit weiterer Nahrung. Was erwartete sie in der Hütte? Wieso war es wichtig, dass sie sich den Weg einprägte? Wo war die verdammte Schleife? Sie warf ihm einen so verzweifelten Blick zu, dass er nicht anders konnte, als sie in seine Arme zu ziehen. „Du wirst schreien und wimmern wie nie zuvor.“ Beine wie Pudding bekamen eine neue Bedeutung für Viola. Sie hielt ihn umklammert, um nicht zu Boden zu sinken. Das dunkle Lachen, das aus seiner Kehle kam, fachte ihre Verzweiflung an. „Du bist Wachs in meinen Händen und am Samstag …“

John ging mit ihr ins Wohnzimmer, drückte sie auf die Couch und legte eine DVD ein. *Basic Instinct.* Sehr passend.

„Wenn du dich nicht endlich entspannst, werde ich dich fesseln. Ich versichere dir, es wird dir nicht gefallen.“

Frustriert hing sie den entsetzlichen Vorstellungen nach, die sie so verführerisch lockten, wünschte sie doch, sie wäre so selbstsicher wie Catherine Tramell.

***

Am Freitagabend saß sie zwischen den Maestros. Ihre Nerven drohten unter der Anspannung zu zerreißen. Sie nahm einen tiefen Atemzug. Die Aromen der Lasagne stiegen in ihre Nase. Auf ihrem Teller lag ein großes Stück.

„Du brauchst deine Kräfte morgen. Genügend Kohlehydrate können entscheidend sein." John steckte sich eine Gabel in den Mund, kaute verzückt und grinste sie an.

Was zum Teufel meinte er damit? Ihre Befürchtung, zu nervös zum Essen zu sein, erwies sich als falsch. Der Duft ließ ihr das Wasser im Mund zusammenlaufen. Dean hatte sich selbst übertroffen.

Die drei Männer unterhielten sich über das Haus, das sie gerade renovierten. Viola hing ihren Gedanken nach. Johns Griff in ihr Haar entlockte ihr ein erschrecktes Aufkeuchen.

„Wir werden dich jagen."

Mühsam behielt sie das Besteck in den Händen und in letzter Sekunde gelang es ihr, es auf den Tisch zu legen. „Was?" Sie wollte einen Schluck Wasser trinken, um ihre staubtrockene Kehle zu befeuchten, aber sie zitterte zu sehr.

John umfasste ihren Nacken. Spöttisch grinsend führte er das Glas an ihre Lippen. „Wir haben ein paar Maestros eingeladen und zwei Dominas." Noch immer konnte sie nicht sprechen. „Wenn du die Hütte mit der Schleife in den Händen erreichst, ohne dass dich einer der Jäger schnappt, darfst du dir deine Partner aussuchen. Falls nicht, wirst du mit demjenigen vorliebnehmen, der dich fängt."

Zum Glück saß Viola, denn sie lief Gefahr, auf den Boden zu sinken. Halt suchend umklammerte sie den Stuhl.

„Um es spannender zu gestalten, tragen alle Masken. Du erfährst unter Umständen nicht, wer dich vergnüglich züchtigt und fickt."

Das Szenario, welches sich in ihrem Kopf festsetzte, ließ sie aufkeuchen. Sie hasste Dominas, sie waren gemein und suchten den Kick in Erniedrigungen.

Er zog ihre Hände von der Stuhlkante. „Du wirst das Safeword verantwortungsvoll nutzen. Ich verlasse mich darauf, dass du es sagst, wenn es dir zu weit geht." Er gab ihr einen Schluck zu trinken. „Vertrau uns, das Spiel wird dir gefallen."

Wirklich? Sie war eine gute Läuferin, jedoch keine Sprinterin. In einem Sprint konnte sie die Männer nicht abhängen. Aber die Dominas. Ein tröstlicher Gedanke. Bevor eine dieser Schlampen sie dominierte, würde sie das Weib bewusstlos schlagen.

Dean lächelte sie an. „Ich werde mir Mühe geben, derjenige zu sein, der dich fängt."

Oh, verdammt. Sein Ausdruck konnte nicht lockender sein. Mit einem Mal verschwand die Anspannung der Woche. Zu ihrer Erleichterung durfte sie die Nacht bei John verbringen. Würde er es zulassen, dass sie jemand anderes nahm und er nicht über sie wachte? Die Vorstellung behagte ihr nicht.

Zu ihrer Verwunderung schlief sie tief und fest. Anscheinend sorgte der Schlafmangel der letzten Tage dafür, dass ihr Körper endlich zu seinem Recht kam.

John ließ sie am Morgen nur allein, als sie auf die Toilette musste. Er half ihr sogar in die Laufschuhe. Sein sicherer Griff führte sie auf die große Terrasse, angrenzend an den Garten.

Sechs Maestros und zwei Dominas erwarteten sie. Sie trugen Sturmhauben, schwarze enge Hosen und langärmlige T-Shirts. Sobald John die Maske überzog, würde auch er unkenntlich sein. Eine kurvige Blonde und eine langbeinige Frau mit tizianroten Haaren lehnten an einer hüfthohen Mauer. Anscheinend war Viola nicht die einzige Jagdbeute. Nervös betrachteten die Frauen den Boden. Die Rothaarige schien direkt aus ihrer Vorstellung zu entspringen, denn sie passte perfekt auf das Moosbett. Vielleicht konnte Viola sie später fragen, ob sie Modell stehen würde. Im Moment durfte sie nicht sprechen.

„Jede muss ein anderes Band finden." Die Blonde zuckte bei seinem Blick zusammen. Viola verstand sie. Er sah verteufelt bedrohlich aus. „Wiederholt das Safeword." John nickte den Wartenden zu. „Es ist bindend." Warm und beruhigend küsste er Viola auf die Stirn.

„Wir gewähren euch fünf Minuten Vorsprung." Er zog die Haube über seinen Kopf und holte eine Stoppuhr aus der Tasche. „Sie beginnen jetzt."

Die beiden Frauen preschten in gegensätzliche Richtungen davon.

Viola versuchte, nicht gleich einem panischen Reh durch die Natur zu rasen. Sie musste Ruhe wahren, die Schritte mit Bedacht setzen. Ihr Vorteil lag in ihrer guten Kondition. Ungefähr wusste sie, wo die Hütte lag. Zudem bot der Park genügend Versteckmöglichkeiten.

Soweit die Theorie. Sie unterschätzte jedoch, dass es schwierig war, rennend Gefasstheit zu bewahren. Nicht zu stolpern oder hinzufallen erwies sich als gleichermaßen kräftezehrend. Den Weg nicht zu verlieren – unmöglich. Außerdem rannte sie schneller los, als sie beabsichtigt hatte. Sie atmete stoßweise. Seitenstiche krümmten sie zusammen. Wo hing die verfluchte Schleife?

Verdammt. So hatte sie das nicht geplant. Orientierungslosigkeit zwang sie, stehen zu bleiben. Sie suchte Halt an einer Birke.

Birke! Triumphierend löste sie das Band, verschenkte allerdings kostbare Sekunden, da ihre Hände zitterten. Ihre Haare klebten ihr jetzt schon an der Stirn, Schweiß badete ihren Körper, rann heiß ihren Rücken hinunter.

Das Knacken von Zweigen ließ ihren Herzschlag aussetzen. Einer der Jäger trampelte in der Nähe herum. Welche Richtung war die Richtige? Ihre eigenen Schritte dröhnten durch den Park, jedes Knirschen überlaut. Sie atmete so heftig, dass man ihre Atemgeräusche meterweit hören musste. Viola winkelte die Arme an, aktivierte das letzte an Geschwindigkeit. Folgte einem schmalen Weg, der zwischen hohen Bambusgräsern entlangführte. War sie mit John hier gewesen? Sie wusste es nicht. Kreuz und quer rannte sie, verlor dabei völlig die Orientierung. Der Verfolger schloss auf. Bloß nicht umdrehen und wertvolle Sekunden verschenken.

Mit weit ausholenden Schritten lief sie einen Haken. Sinnlos, der Häscher kam unerbittlich näher und ein Entkommen war unmöglich. Jemand packte ihr Shirt, zog daran mit eiserner Kraft. Zu stark für eine Frau. Der Stoff zerriss. Ihre Freude währte nur einen Moment.

Er bekam sie erneut zu fassen und wickelte das zerfetzte Material um seine Hand. Er ergriff sie an der Schulter und drückte sie mit dem Bauch nach unten auf den Boden. Schwer atmend lag er auf ihr und sein Keuchen stand ihrem in keiner Weise nach. Viola versuchte ihn abzuwerfen, bäumte ihr Becken auf. Aber das erwies sich als eine dumme Idee, denn er schlug hart auf ihren Po. Mit einem lauten Ratschen gab das T-Shirt nach. Er hatte freies Spiel, um den BH zu öffnen. Schon griff er um ihren Oberkörper und knetete ihre Brüste. Er blieb stumm, um sich nicht zu verraten. Sie schlängelte nach vorn, doch er zog sie an den Hüften zurück.

War es John, der da auf ihr lag? Sie keuchte entsetzt auf. Zwei weitere Schuhe tauchten vor ihr auf. Die beiden drehten sie um, wobei sie Violas sinnlose Bemühungen ignorierten. Der zweite packte sie an den Handgelenken. Der erste zog ihre Laufhose hinunter und zwängte ihre Schenkel auseinander, rieb sich an ihr. Eigentlich müsste sie Abscheu und Angst empfinden, stattdessen erfasste sie ungeahnte Erregung.

Sollte sie das Safeword rufen? Viola wollte nicht, dass das Spiel aufhörte.

Dean hielt sie und John kniete zwischen ihren gespreizten Beinen, anders konnte es nicht sein. Wenn Viola wollte, konnte sie es jederzeit beenden. Dennoch wehrte sie sich mit allen zur Verfügung stehenden Mitteln. Sie übernahm die zugedachte Rolle mit viel Freude. Viola fluchte und trat um sich. Ein fester Tritt landete auf Johns Oberschenkel und entlockte ihm einen Schmerzlaut. Sie versuchte, einen von ihnen zu beißen, aber es gelang ihr nicht. Umso mehr sie kämpfte, desto größer wurde die Begierde. Und nicht nur ihre. Die geschwollene Erregung des Peinigers, der sie spreizte, spürte sie deutlich. Ein Blick auf den Schritt hinter ihr zeigte die gleiche verführerische Beule. Der Kerl zwischen ihren Schenkeln packte sie an der Hüfte, bereit, sie zu nehmen. Er befreite seinen Schwanz aus der Hose.

Und wenn es doch nicht John und Dean waren? Ein letztes Aufkeimen von Widerstand und Viola schob jeden Zweifel zur Seite. Nie würde John zulassen, dass jemand anderes ihr so etwas antat. Er umfasste ihre Brüste, knetete sie grob. Sie keuchte auf, denn er kniff in die empfindlichen Knospen. Genau, wie sie es mochte. Er rieb erbarmungslos über ihre Klitoris. Viola wimmerte unter der rohen Behandlung, die sie so erregte. Dean umspannte ihre Handgelenke, überstreckte ihre Arme. Dann beugte er sich runter und biss in ihren Nippel. Sie bäumte sich auf, und die Zunge beruhigte den Schmerz.

„John bitte. Bitte fick mich, bitte." Noch als sie es aussprach, kam ihr Höhepunkt. Sie wollte ihn in sich spüren. Sie wollte, dass beide Männer, denen sie vertraute, sie benutzten und mit ihr taten, was immer ihnen in den Sinn kam.

John riss die Haube von seinem Kopf. Pure Glut stand in seinen Augen. Er schob die Hände unter ihre Hüften, hob sie an, um sich in ihr zu vergraben. Dean saugte hart an der Brustwarze. John keuchte auf, denn sie drängte sich gegen ihn.

Er kam schneller, als ihm lieb sein konnte. Bevor sie ahnte, wie ihr geschah, lag sie auf dem Bauch. Etwas streifte ihren Po. Raschelte leicht, ehe ein schneidender Schmerz sie durchfuhr.

„Auf die Knie. Du wirst ihn lecken, während ich deinen Po mit dem Weidenstock bearbeite."

Der Mann vor ihr zog die Hose herunter und jetzt wusste sie mit Bestimmtheit, dass es Dean war. Ein kleines Muttermal prangte auf seiner Leiste. Der prachtvolle Schwanz sprang ihr entgegen. Geschwollen, von Adern durchzogen, presste er sich an ihre Lippen. Mit einem Seufzer hieß sie ihn willkommen. Sie saugte hart an der Spitze und der Phallus zuckte, entlockte seinem Besitzer ein gieriges Stöhnen. Der sandige Weg drückte in ihre Knie, warme Luft streichelte über ihren nackten Leib. John schlug zu. Köstlicher Schmerz durchflutete sie und sie umfing die Hitze in ihrer Mundhöhle tiefer, umkreiste die Eichel mit der Zunge. Er hielt ihre Wangen zärtlich, während John sie unerbittlich bestrafte, sodass Viola aufpassen musste, dass sie Dean nicht biss. Anscheinend vertraute er ihr bedingungslos. Die Weidenrute hinterließ eine singende Qual auf ihren Backen.

Dean riss die Haube von seinem Kopf, blickte ihr in die Augen. Sie ruckte von dem nächsten Schlag nach vorn und er spritze seine Lust in ihren Mund.

Sie ließen ihr keine Zeit zum Ausruhen und raubten ihr die Sicht mit einer Binde. John zog ihr die Turnschuhe an. Sie führten sie durch den Park. Ob die anderen in der Hütte auf sie warteten? Bei dem Gedanken an die Dominas lief ein Schauder über ihren Rücken.

John nahm ihr das Seidentuch ab. Sie standen in dem Badezimmer, in dem sie das erste Mal von ihnen gewaschen worden war.

„Was befindet sich in der Hütte?“, wollte sie wissen.

„Gartengeräte“, sagte John lachend. „Nun, Schiava, wirst du still und demütig sein, nur sprechen, wenn wir dich etwas fragen.“

Mit sicheren Griffen fesselten sie ihre Handgelenke an der Stange.

„Wir erwarten, dass du dich tüchtig wehrst. Das Spiel ist nicht vorbei.“ John grinste sie lüstern an. Die seifigen Hände der Männer streichelten ihren Körper an jeder Stelle. Finger drangen in ihren Anus, entlockten ihr ein gieriges Stöhnen und ihr Strampeln fachte die Begierde zusätzlich an.

„Bleib entspannt." John stand hinter ihr und legte ihr die Fingerspitzen auf die Kehle. Viola ballte die Hände zu Fäusten in dem Versuch, bewegungslos zu verharren. Dean ging vor ihr in die Hocke und schob mit den Kuppen ihre Schamlippen auseinander. Leicht wie ein Schmetterling berührte John ihren Hals.

„Ganz ruhig, meine Kleine. Ich tue nichts, was dir schadet. Lehn dich an mich." Sie ruhte mit ihrem Kopf an seiner Schulter. Er blickte ihr in die Augen. Vorsichtig streichelte er ihre Haut. „Dein Puls rast wie verrückt."

Deans Zungenspitze leckte nass und heiß die Spitze ihrer Klitoris. Er saugte die angeschwollene Kostbarkeit. Er zog sie dichter zu sich, drängte sein Gesicht gegen ihre Scham und biss sanft in die Perle. Viola vergaß Johns Hand auf ihrer Kehle. Nein, das war nicht richtig, sie vergaß sie nicht, sie verlor sich in dem Gefühl, so gehalten zu werden. Geliebt und beschützt. Die erfahrene Zunge brachte sie um den Verstand. Bevor sie kam, hörte Dean auf, sah zu ihr hoch, provokant und gefährlich.

Ihr empörtes Keuchen erwiderte er mit einem demonstrativen Kuss auf den Venushügel. Er löste die Fesseln an ihren Handgelenken. Sie lehnte sich an John, rieb den Po an seiner Erektion und er belohnte sie mit einem heiseren Aufkeuchen.

Dean umfasste ihr Kinn, aber er betrachtete sie nicht, sondern tauschte einen kurzen Blick mit seinem Bruder.

John trat so plötzlich einen Schritt nach hinten, dass sie taumelte.

„Renn, Schiava. Wenn es dir gelingt, in dein Atelier zu kommen, entkommst du einer Bestrafung. Dann werden wir dich nur vögeln. Diesmal gewähren wir dir eine Minute Vorsprung." Er hatte schon bis zehn gezählt, bevor sie reagierte. Sie musste zwei Stockwerke und lange Flure überwinden. Das würde sie niemals schaffen, daher rüttelte Viola an mehreren Türklinken. Endlich gab eine nach und sie flog fast in den Raum.

So leise wie möglich verschloss sie die Tür. Schwer atmend drehte sie sich um und erstarrte in der Bewegung. Miles und Ricardo vergnügten sich mit der Blonden. Es fiel ihr wie Schuppen von den Augen. Die beiden maskierten Frauen waren keine Dominas gewesen. Die zweite könnte Iris sein. Die Größe stimmte.

John hatte sie geradewegs in diese Situation gebracht. Das willige Opfer kniete auf dem Boden. Die gespreizten Schenkel hießen die Hände der Maestros willkommen. Runde Hüften, eine ausgeprägte Taille, mittelgroße Brüste. Ihre gerötete Haut zeigte ihre Erregung an. Miles hielt sie und überstreckte ihren Hals und ihr Kopf ruhte auf seinem Schoß. Seine Erektion bekundete, dass er sehr genoss, was sie ihr antaten. Er knetete ihren Busen und stimulierte die Nippel, die rot und geschwollen zwischen seinen Fingern lagen. Ihre leisen spitzen Schreie belohnten seine Reizung. Ricardo schob einen gebogenen Vibrator in ihre Scham. Leicht drang er ein. Die Blondine drängte sich dem Eindringling entgegen.

„Möchtest du mitspielen, Viola?“

Sie starrte so fasziniert und erregt auf die Szene, dass sie nicht bemerkt hatte, dass John inzwischen hinter ihr stand. Die Blonde keuchte ein abwehrendes Geräusch. Ricardo schlug ihr auf den Schenkel, so hart, dass es einen Abdruck hinterließ. Ihr Schrei ging in ein lustvolles Stöhnen über, denn Ricardo schaltete das Sextoy ein. Er bewegte ihn in ihrer Spalte, führte ihn langsam auf und ab und sie bäumte ihr Becken auf.

„Du besitzt doch einen G-Punkt.“ Ricardos Stimme drückte äußerste Zufriedenheit aus. Die Frau kniff ihre Augen fest zusammen. Der Orgasmus lief in Wellen durch ihren Leib. Miles packte sie und drehte sie um. In der Hand hielt er eine armlange Peitsche mit zwei Riemen. Die Sklavin schrie auf, denn das Leder küsste sie unbarmherzig.

Viola erwachte aus der Starre. Sie schubste John und rannte atemlos aus der Tür. Sie erreichte die erste Stufe, bevor er sie einholte. Er fasste sie an den Hüften. Er und Dean trugen ihren strampelnden Körper in das Spielzimmer neben dem Esszimmer. Sie warfen sie mit dem Bauch nach unten auf das Bett. Sie erhob sich auf alle viere und wollte sich gerade aufrichten, als Dean mit einem Stoß in ihr war. Sie würde nirgendwo hingehen. John kniete vor ihr und seine pralle Eichel drängte gegen ihre Lippen. Er packte eine Handvoll ihrer Haare und schob sein Glied weit in ihre Mundhöhle. Er nahm keine Rücksicht und vögelte ihren Mund. Dean zog ihre Pobacken auseinander. Er wusste, dass es ihr gefiel. Das Gefühl, so benutzt und gevögelt zu werden, hätte sie stöhnen lassen, aber der Schwanz verhinderte jeden Laut. Sie wurde von zwei Seiten unbarmherzig genommen. Ihr Höhepunkt kam plötzlich.

Kurz darauf entlud John sich in ihrem Mund. Ihr Kopf sackte auf seinen Oberschenkel. Dean zog ihren Oberkörper nach oben. Seine Hände lagen auf ihren Brüsten und ihre geschwollenen, überempfindlichen Nippel schenkten ihr pure Lust, denn er stimulierte sie geschickt zwischen den Fingerkuppen. John forderte einen zweiten Orgasmus, indem er ihre Klitoris gekonnt und rücksichtslos rieb.

Dean kam und das ließ sie lächeln. Viola erreichte ganz langsam den Boden. Sie war hochgeflogen und erfüllt gelandet. Aber die Maestros waren noch nicht fertig mit ihr. John zog ihren Kopf an den Haaren hoch.

„Du darfst das Schlaginstrument aussuchen und die Art der Fixierung.“

Das wollte sie nicht. „Wenn du dich nicht entscheiden kannst, holen wir die anderen zu unserer Session. Sie nehmen dir die Wahl gerne ab.“ Protest formte sich. „Sie werden bei der Bestrafung dabei sein und Hand anlegen.“ Engelsgleich lächelte er sie an. Sie hätte ihn am liebsten in den Oberschenkel gebissen.

Dean war mittlerweile zu Atem gekommen. „Deine Aufsässigkeit wird dir nicht gut bekommen.“ Seine Stimme war eine einzige Genugtuung.

John richtete sie auf. Mit Mühe riss sie sich zusammen und drückte ihren Rücken durch. „Du findest eine Auswahl Peitschen, Stöcke und alles, was du dir vorstellen kannst oder auch nicht in der obersten Schublade.“

Die verfluchte Schublade. Ob sie auch ihre Hände wählen könnte?

„Meinst du, das ist eine gute Idee?“, fragte John grinsend.

Natürlich hatte sie sich selbst verraten, weil sie auf seine Hände geglotzt hatte. Wütend presste sie ihre Lippen aufeinander. Es entschlüpfte ihr dennoch. „Ihr verdammten Mistkerle.“ Sie schüttelte ihre Schultern, um seinen Griff loszuwerden. Aber genauso hätte sie gegen Schraubzwingen ankämpfen können.

Dean atmete in ihren Nacken. „Ich hatte gehofft, dass du uns die Gelegenheit gibst, dich heute mit intensiver Nachhaltigkeit zu bestrafen. Du übertriffst unsere Erwartungen.“

Und wenn sie jetzt das Safeword brüllte?

„Du wirst dich entscheiden. Bei der Bestrafung kannst du dein Wort benutzen, falls du das überhaupt möchtest. Dein gieriges Funkeln in deinen Augen verrät dich“, sagte John mit Triumph in der Stimme.

Sie stöhnte innerlich auf. Vor ihnen konnte sie nichts verbergen. John zog sie sanft, aber bestimmt, vom Bett. Unerbittlich schob er sie Richtung Kommode. Er löste seine warmen Hände von ihren Schultern und sie musste die letzten Schritte allein nehmen. Viola nahm ihren ganzen Mut auf, um die Schublade aufzuziehen.

„Wähle auch einen Vibrator aus.“ Sie hörte John die Belustigung an.

Sie starrte hinein. So musste sich ein Folteropfer fühlen, wenn sie ihm vorher die Werkzeuge zeigten. Fein säuberlich aufgereiht lagen Stöcke, Gerten, Rohrstöcke und Peitschen. Nippelklemmen in mehreren Größen lockten sie. Sie liebte die Pein, die sie verursachten. Paddel mit Noppen und fies aussehenden Spitzen rundeten das Bild ab. Daneben lagerten Vibratoren, Plugs und Dildos.

Viola schloss kurz die Augen, um Mut zu sammeln. Im Geist ging sie durch, was sie bis jetzt erlebt hatte. Schmerzen waren vielfältig. Von einer sanften Verlockung bis zu einer brennenden Invasion, alles konnten die Männer bei ihr verursachen.

Sie waren Könner in diesem Metier. Sobald sie es berührten, war jedes Instrument gleich gefährlich. Das Wissen erschreckte und beruhigte sie zugleich. Ihr Blick fiel auf eine Dressurgerte. Sie war länger, verglichen mit einer Springgerte. Die Qual würde züngelnder sein. Am meisten Respekt empfand sie vor den Peitschen. Vor einem Paddel verspürte sie Abneigung, da zog sie die Hand vor. Verdammt, wofür sollte sie sich entscheiden?

Sie griff beherzt nach der Dressurgerte. Nein, lieber doch nicht. Bevor sie die Gerte zurücklegen konnte, umfasste John ihr Handgelenk.

„Du hast dich entschieden."

Aber das hatte sie nicht. Sie kämpfte gegen seine Kraft an. Mit einem resignierten Keuchen gab sie auf.

„Jetzt den Vibrator."

Nach einem kurzen Blick wählte sie einen dunkelblauen aus Silikon. Er war dick, lang und kraftvoll. Er würde ihr bestimmt helfen, den Schmerz zu überstehen. Spöttisch lächelnd nahm ihr Dean das Gerät aus den zitternden Händen.

„Wie möchtest du fixiert werden?" Johns Stimme riss sie aus ihrer Starre. „An dem Andreaskreuz oder lieber frei im Raum."

Sie hatten vorab ein dämliches Kreuz ins Zimmer gerollt.

„Auf dem Bett, mit einem Kissen unter meinem Becken. Ich will keine Fesselung. Einer von euch soll mich halten."

Wenn sie schon verdammt war, sollte es wenigstens angenehm sein.

„Wie du wünschst. Auf eine Fixierung können wir jedoch nicht verzichten. Du wirst zu sehr strampeln. Aber wir halten dich zusätzlich“, sagte Dean.

Er zog sie auf das Bett zu, trank ihre Angst wie ein Vampir. Sie befand sich in den Fängen von Nosferatu und Blade. Dean schob die Decken zur Seite und platzierte ein großes festes Kissen auf der Matratze. Auf seinem Gesicht lag ein Ausdruck reiner Begierde, die sie unwiderstehlich anzog. Sie packten Viola und warfen sie mit dem Bauch nach unten auf die Unterlage.

John befestigte Manschetten um ihre Handgelenke und zog Seile durch die Ösen. Dean tat das gleiche mit ihren Fußgelenken. Sie ließen ihr ein wenig Spielraum. Aber dennoch war sie hilflos. Ihr bebender Körper verriet ihre Erregung, gepaart mit lustvoller Panik.

John berührte sie an der Wange. „Wir wärmen deinen Po mit den Händen auf, sonst könnte die Dressurgerte dich verletzen.“

Tränen brannten heiß in ihren Augen.

„Wir haben noch nicht angefangen, kleiner Papillon.“ John legte seine Handflächen auf ihre Schultern. „Dein Beben ist köstlich.“ Mit sanftem Druck streichelte er über ihren Rücken. Er erreichte den Po und knetete die Anspannung fort. Sein Bruder tat das Gleiche mit ihren Beinen. Sie massierten Viola, bis sie ruhig atmete. Dean dehnte die Streichelmassage auf ihre Füße aus und die beiden Maestros wussten genau, wann es Zeit war, anzufangen.

Viola bewegte das Becken und schnurrte wie eine Katze. Die Männer schenkten ihr einen Moment und sie zog sich tief in ihr Inneres zurück. Mit einem Seufzen öffnete sie die Lider und stürmisches Grau verschlang sie.

Ihre Haut wurde warm, dann heiß. Johns Stimme riss sie aus ihrem lustvollen Schmerz.

„Wer soll dich zuerst halten?“

„Du.“ Sie versank kurz in seinen Augen. „Darf ich meinen Kopf auf deinem Schenkel ablegen?“ Er gewährte ihr schmunzelnd die Bitte.

Der erste Schlag der langen schwarzen Gerte fand ihr Ziel. Gleichwohl Dean nicht scharf zuschlug, schrie Viola unter der Qual auf, die auf der rechten Pobacke explodierte. Sie verfluchte ihre Wahl. Der schneidende Hieb brannte nachhaltig und schrill in seiner Intensität. Sie drückte die Wange gegen Johns Schenkel, atmete seinen Geruch ein und entspannte ihre Hände, die zu Fäusten geballt waren. Schluchzend vergrub sie ihr Gesicht auf Johns Bein.

Dean schlug erneut zu. Panisch schnappte sie nach Luft.

Nochmals traf eine Feuerzunge sie, diesmal härter. Obwohl er die linke Seite erwischte, spürte sie die Pein auf ihrem gesamten Po. ‚Grell‘ beschrieb das Gefühl nicht annähernd - es löschte alles andere aus. John umschlang mit seinen Fingern ihre und sie krallte sich mit ihrer ganzen Kraft fest. Ihr war merkwürdig zumute, als ob sie über ihrem Körper schwebte. Ihre Tränen benetzten seinen Schenkel. Dennoch wollte Viola nicht, dass sie aufhörten. Wieder und wieder küsste die Dressurgerte ihren Po. Mit jedem Schlag verspürte sie befreienden Schmerz. Sie hörte die Gerte, die auf dem Boden landete und das Summen des Vibrators. Dean schob den Lustbringer in ihre Spalte. Viola stöhnte auf. Mühelos nahm er von ihrem Geschlecht Besitz. Sie hatte gut gewählt, denn das Ding vibrierte äußerst kraftvoll. Wie von selbst umfing sie Johns Schwanz, schmeckte seine Lust. Sie musste ihn einfach saugen und lecken. Er überließ sich ihr, führte keinen Druck aus.

Mit einem Seufzer entzog er ihr die heiße Pracht. Stattdessen platzierte Dean seinen Phallus zwischen ihre bereiten Lippen. Sie seufzte gierig in Erwartung des köstlichen Gefühls. Sie drängte John das Becken entgegen, soweit es die Fesselung zuließ. Er versank langsam und tief in ihr. Der Vibrator pulsierte auf ihrer Klitoris. Die Stöße ließen sie aufschreien. Das Geräusch erstickte durch das prachtvolle Glied in ihrem Mund.

„Beiß mich bloß nicht.“ Dean lächelte sie auf diese verflucht sinnliche Weise an, die jedes Mal ihren Herzschlag beschleunigte. Immer höher flog sie und mit einem heiseren Schrei erreichte sie den Höhepunkt.

Sie kam zu sich, denn Deans zärtliche Stimme, drang an ihre Ohren.

„Viola, ist alles in Ordnung?“

„Hilf mir, sie umzudrehen.“ John klang nicht weniger besorgt. „Trink.“ Gehorsam trank sie einen Schluck. Sie weinte, unfähig, aufzuhören.

„Ich habe doch nicht zu fest zugeschlagen? Viola, sag etwas.“

Sie brauchte mehrere Anläufe, bis sie sprechen konnte. „Der Schmerz war der fieseste, den ihr mir jemals zugefügt habt und gleichzeitig der beste. Eine wunderschöne Erfahrung. Ich danke euch.“ Die Erleichterung stand beiden Männern ins Gesicht geschrieben. „So habe ich mich noch nie gefühlt.“ Sie drückte ihre Nase in Johns Halsbeuge und brach erneut in Tränen aus. Wenn sie bedachte, dass sie früher nicht in der Lage gewesen war, ihre Stimmungen zu zeigen, sich zu entscheiden oder jemandem zu vertrauen …

Dass es ihr davor gegraut hatte, vor einer anderen Person zu weinen. Jetzt lag sie hier, berührt wie niemals zuvor, und badete in den angenehmen Wogen der Emotionen, die ungefiltert aus ihr strömten. Es war herrlich.

John bemerkte erstaunt, dass seine Hände zitterten. Dean warf ihm einen Blick zu, der Bände sprach. Sein Bruder strahlte nicht die Ruhe aus, die ihn sonst auszeichnete. John erkannte, dass er Angst vor dem nächsten Schritt verspürte. Aber es gab keine Alternative. Sie mussten den Dämon aus Violas Vergangenheit auf Dauer verbannen.

Das Schwein hatte ihren Hund getötet. Als er es Miles erzählt hatte, hatte er ausgesehen, als ob er plante, das Arschloch eigenhändig zu erwürgen.

Ihre engsten Freunde waren in den Plan eingeweiht. Auch Sarah, eine Domina und Vertraute, mit der er hin und wieder eine Session abhielt.

„Ich helfe dir mit Freuden, John." Sie verabscheute Menschen, die Lebewesen aus Grausamkeit quälten und Sarah spielte eine wichtige Rolle in ihrem Vorhaben.

Dean strich Viola über den Kopf und sie lächelte ihn an. Es freute John zu sehen, wie sie sich verändert hatte. Er sah ihr an, dass sie seinen Bruder mochte. Aber ihre Liebe gehört ihm allein.

Er konzentrierte seine Gedanken auf den sorgfältig ausgearbeiteten Plan.

Es musste echt wirken, nur so waren sie in der Lage, das Monster aus dem Bau zu locken. So gern er Viola eingeweiht hätte, es ging nicht. Nur an diesen Abschaum zu denken, kostete zu viel von ihr.

„Sie braucht Zeit. Verlange nicht mehr von ihr, als sie geben kann." Miles´ mahnende Worte führten ihm vor Augen, dass sein Vorhaben sie zerbrechen könnte.

Nach dem Erlebnis von gerade, überkamen ihn starke Zweifel. Viola gab ihm ein einmaliges Geschenk. Vollkommene Hingabe. Sie legte ihr Leben und ihre Unversehrtheit in seine Hände und vertraute ihm bedingungslos. Die Umstände zwangen ihn jedoch, ihr sehr wehzutun. Falls sie morgen noch mit ihm redete, plante er, ihr eine letzte Frage zu stellen. Dean fing seinen Blick auf und sagte stumm, du Glückspilz, bevor er ihr einen brüderlichen Kuss auf den Scheitel hauchte.

Viola schniefte eine Weile, bis sie sich beruhigte. John hob sie hoch und lachte über ihren gemurmelten Protest, dass sie zu schwer sei. Das war lächerlich. Er konnte Dean tragen und er wog um einiges mehr. Warum dachten Frauen bloß immer, sie seien zu fett? Selbst solche, bei denen die Knochen überall rausragten.

Er ließ ein Bad ein und sie lagen ein paar Minuten später entspannt in der Wanne.

„Ich reibe dir nachher den Po mit einer kühlenden Salbe ein."

Dankbar lächelte sie ihn an.

„Die Male werden dich ein paar Tage zieren."

Viola lehnte sich gegen ihn, gefangen in ihren Gedanken. In seinem Kopf drehte sich alles um den morgigen Tag. Er durfte nicht daran denken, was passiert wäre, wenn sie nicht aufeinandergetroffen wären. Er glaubte nicht an Zufall, es war Schicksal. Timothy hatte Fotos von den Utensilien geschossen, die in dem Keller des Monsters hingen. Nicht dazu gedacht, dem Opfer Lust abzuverlangen, sondern größtmögliches Leid zu verursachen. Nur mit Mühe löste er sich von der Vorstellung, was er Viola damit angetan hätte. Oder irgendeiner anderen Frau. Ihm wurde übel. Viola bemerkte seine Angespanntheit, denn sie sah ihn lächelnd an.

„Ich liebe dich."

Er seufzte innerlich, kämpfte gegen den Drang, ihr das Gleiche zu sagen. Kummer leuchtete in ihren Augen. Später lag sie steif neben ihm auf dem Bett. Als sie glaubte, dass er schlafen würde, weinte sie stille Tränen. Es zerriss ihn.

Kapitel 14

Viola wachte ermattet auf und ein stechender Schmerz fuhr durch ihre Schläfen. Benommen fasste sie sich an den pochenden Kopf. Johns harter Gesichtsausdruck jagte ihr noch immer eine Gänsehaut über den Rücken und es war wie Schüttelfrost. Nach ihrem Liebesschwur in der Badewanne hatte er abweisend und kalt reagiert. Spielte er ihr seine Gefühle nur vor? Und jetzt, wo sie ihm alles gegeben hatte, langweilte sie ihn vielleicht. Zum Glück war sie allein. Sie bekam kaum die Lider auf und verspürte die unangenehme Ahnung, dass er kurz davorstand, ihr Arrangement zu beenden. Doch sie wollte nicht kampflos verschwinden, das schuldete sie sich selbst. Möglicherweise fühlte er sich von ihr überrumpelt und wartete auf sie, damit sie beim Frühstück ein klärendes Gespräch führen konnten. Er hatte sich gestern von einer Sekunde zur nächsten in eine eiskalte Version seiner eigenen Person verwandelt.

Sie tapste ins Badezimmer und erschreckte sich vor dem eigenen Spiegelbild. Warum sah sie so schrecklich aus, wenn sie weinte? Sie legte nasse Taschentücher auf ihre Augen, das half ein wenig. So würde nicht jeder „Zombie“ schreien, falls er sie zufällig auf dem Gang sah.

Zu ihrer Erleichterung traf sie niemanden auf dem Weg in ihr Zimmer. Kurz spielte sie mit dem Gedanken, John aus dem Weg zu gehen, und sich in dem Atelier zu verkriechen. Aber das hätte ihr altes Ich getan. Dennoch verharrte sie, bevor sie die Türklinke zum Esszimmer herunterdrückte. Sie zog die Schultern zurück und zwang ein Lächeln auf ihre Lippen. Eventuell bildete sie sich alles nur ein? Es schien ihr unmöglich, dass er keinerlei Empfindungen für sie hegte. Nicht nach den letzten Wochen und nach gestern. Sie öffnete die Tür und die Wärme ihres Körpers wich Entsetzen, denn ihre Welt brach zusammen.

Auf seinem Schoß saß rittlings eine unbekannte schlanke Schönheit. Ihre rotbraunen Locken fielen auf ihren Rücken hinab. Nur ein kleiner Stringtanga zierte ihre makellose Rückseite. Die ultramarinblauen Schnüre lagen um ihre schmalen Hüften.

Sie drehte sich um, sah sie höhnisch an.

„Nicht so stürmisch, Sarah."

Sie hatte perfekte, kleine, feste Brüste, solche, wie Viola immer gern gehabt hätte. Johns Blick traf Violas. Kälte schlug ihr entgegen. Sein frostiger Ausdruck war in keiner Weise mit der eisigen Übelkeit zu vergleichen, die sie bis in die letzte Körperzelle spürte. Das Eis erreichte ihren Magen, biss stechend zu. Sie glaubte sogar, ihr Herz hörte für eine Sekunde auf zu schlagen. Es musste einfach so sein, nur so war der Schmerz erklärbar.

„Ich will dich heute nicht sehen, Viola."

Sollte sie schreien, ihn zur Rede stellen? Aber wozu? Sie tat das Einzige, was angemessen erschien und drehte sich um. Schmerzhaft prallte sie mit der Schulter gegen den Türrahmen. Es tat so weh. Sie hätte es wissen müssen. Sie hatte die Gefahr ignoriert. Die ganzen Jahre hatte sie ihre Gefühle in sich vergraben. Dort waren sie besser aufgehoben. Viola rannte den Weg zurück, den sie gekommen war. Stur hielt sie den Tränen stand.

Ihr Schlüssel war in der roten Fleecejacke, mehr brauchte sie nicht. Sie zog die Jacke über. Viola benötigte einige Anläufe, bis sie es schaffte, den Reißverschluss einzufädeln. Fast brach sie zusammen, als sie auf dem Bett saß, um die Laufschuhe überzuziehen.

Sie lief aus der Tür, spürte Stolz, dass sie nicht weinte. Das Eis in ihrem Magen erfasste ihre Beine, und stolperte ein paar Mal, bis sie den Waldweg erreichte. Sie musste bis zu ihrer Tür rennen, dann konnte sie zusammenbrechen. Aber bis dahin durfte sie nicht nachgeben.

Die Tränen kamen, während sie den Weg entlanghastete, der auf ihr Haus am Waldrand zuführte.

Jemand warf sie mit Wucht auf den Boden. Diesmal fing niemand den Fall ab. Schmerzhaft schlug sie auf und ein Stein bohrte sich in ihren Oberschenkel. Mit hartem Griff packte jemand sie an den Haaren. War das John? Wollte er ihr noch mehr wehtun? Selbst als Miles und Dean sie entführt hatten, hatte keiner der Männer ihr so wehgetan. Sie zappelte unter dem Körper. Ruckartig zog er ihr den Kopf in den Nacken.

„Du Schlampe." Sogar nach all den Jahren erkannte sie die widerliche Stimme. Schmerzend erfasste die Erkenntnis ihr Bewusstsein, lähmte sie mit Übelkeit.

Das durfte nicht sein und doch war es so!

Er drehte sie gewaltsam herum. Sie winkelte ein Bein an, um ihn in den Schritt zu treten, aber er wich dem Fuß aus. Stattdessen erwischte Viola seinen Oberschenkel mit Wucht und er schrie auf vor Wut. Ein Schlag traf sie ins Gesicht. Fassungslos starrte sie auf das Monster. Hasste die Art seines Blickes, die schmierige Berührung.

„Ich konnte mein Glück nicht fassen, als ich dich zufällig entdeckte. Seit Wochen lauere ich vor den Häusern. Wo warst du die ganze Zeit? Bei deinem Liebhaber, du Hure." Der Dämon umfasste ihren Hals. Er sah nicht, wer hinter ihm auftauchte, ein Ausdruck auf dem Gesicht, den Viola noch nie bei ihm gesehen hatte. Mordlust und gnadenlose Wut. John presste ihm ein Tuch auf Nase und Mund und zog Parker Cormit von ihr. Er trat um sich, trotzdem hing er nach einem Moment schlaff in dem Griff.

John warf ihn wie einen Sack zur Seite und zog Viola in seine Umarmung.

Ihre abwehrenden Arme hielt er fest. Sie kämpfte gegen die Bewusstlosigkeit an, die sich ihrer bemächtigen wollte. Die Unbekannte hockte neben ihr und ihr Blick war so unfassbar betroffen, aber auch ebenso angepisst.

„Beruhige dich, es ist alles in Ordnung. Du bist in Sicherheit." Auch Dean war da. Seine Hände lagen auf ihren Oberschenkeln. Miles berührte sie an der Wange. Anscheinend dachten sie, Körperkontakt würde sie beruhigen und sie hatten recht damit.

„Viola, ich liebe dich mehr als mein eigenes Leben."

Sie blinzelte John an, als würden ihm zwei Hörner aus der Stirn wachsen. „Wir haben ihm diese Falle gestellt. Er wird dir nie wieder etwas antun." Sterne blitzten vor ihren Augen und alles versank in ein gnädiges Nichts. Sie wachte auf der Rücksitzbank von Johns PT Cruiser auf. Ihr Kopf lag auf seinem Schoß und sein liebevoller Blick traf sie bis ins Herz.

„Ich werde dir alles erklären. Zuerst musst du dich beruhigen."

„Er liebt dich, Viola, hast du gehört?" Dean fuhr und seine Worte lockten ein Lächeln auf ihr Gesicht.

John half ihr in eine sitzende Position. Sie umklammerte ihn.

Sie versuchte, den Ereignissen zu folgen. Aber es zählte nur, dass er sie liebte. Sie hielten vor einem leer stehenden Anwesen. Hinter ihnen parkte ein Lieferwagen. Aus ihm stiegen Miles, Ricardo, Roger, Tom und ein Unbekannter. Er kam zu ihr und sah sie besorgt an.

„Ich bin Aidan." Sie kannte die Stimme aus dem *Salt*. Anscheinend arbeiteten mit John nur Männer, die dominant, kräftig und groß waren. Er zwinkerte ihr zu, bevor er eine Sturmhaube über seine dunklen, mit silbernen Strähnen durchsetzten Haare zog. Die anderen Maestros taten es ihm gleich.

John führte sie ins Haus und setzte sie auf eine gepolsterte Fensterbank. Sie blickte bei dem Eintreten der Rothaarigen hoch. Sarah lächelte Viola warm an.

„Bist du bereit?" Johns sanfte Stimme trieb ihr erneut Tränen in die Augen.

Sie sah zu Boden.

„Viola, es ist Zeit, mit diesem Kapitel deines Lebens abzuschließen. Du musst dich ihm stellen. Sonst wirst du ihn nie loswerden. Die Albträume werden dich verfolgen und er wird es schaffen, dich zu zerstören."

Sie wusste, dass er recht hatte. Aber es war so schwer.

„Du bist nicht allein. Diesmal nicht. Deine Familie ist bei dir. Ich bin bei dir. Wir beschützen dich und sind immer für dich da, jetzt und in Zukunft."

Vor wenigen Minuten hatte sie noch geglaubt, sie wäre auf sich allein gestellt. Ein schreckliches Gefühl, kalt und grausam. Nach der Wärme, die sie bei John erfahren hatte, konnte sie diese unbarmherzige Empfindungslosigkeit nicht mehr ertragen, keine Sekunde lang.

„Miles hat den Abschaum damals bemerkt, als er dir in dein Haus gefolgt ist."

Oh Gott! Sie musste ein Schluchzen unterdrücken. Wenn er damals schon zugeschlagen hätte …

Er nahm ihre Hände in seine und drückte sie beruhigend. „Du wolltest es dir nicht eingestehen. Hast ihn verleugnet, obwohl du geahnt hast, dass Parker eine sehr reale Bedrohung darstellt. Menschen tun so etwas, um sich selbst zu beschützen. Sie verschließen die Augen vor der Realität, um nicht durchzudrehen. Das ist verständlich."

„Ich bin feige."

„Nein, das war reiner Selbstschutz. Nie einen Verbündeten zu haben ist das Allerschlimmste für einen Menschen und für ein Kind ist das noch grausamer. Es tut mir unendlich leid, Cara, dass ich dir nicht eher helfen konnte. Doch es hat Zeit gebraucht, um alles vorzubereiten."

„Wozu diese Scharade? Verdammt, John, du hast mir das Herz gebrochen."

„Er hat Böses im Sinn, Viola, und hat jeden Morgen im Wald auf dich gelauert." Noch nie hatte sie diesen Tonfall bei ihm gehört. Nacktes Entsetzen klang bei seinen Worten durch. John war aus dem Gleichgewicht. Übelkeit drohte Viola erneut zu überwältigen und sie schluckte hart.

John sah ihr tief in die Augen, und sie erkannte glasklar, dass er nicht gewillt war, sie in alles einzuweihen um sie zu beschützen. Vielleicht auch besser so.

Sie presste ihr Gesicht in seine Halsbeuge.

„Wir mussten ganz sicher sein, dass er dich angreift."

Sie hatten Viola als Köder benutzt und sie verstand den Grund.

„Was habt ihr mit ihm vor? Wollt ihr ihn der Polizei übergeben?"

John verneinte. „Das würde nicht viel bringen. Wir überzeugen ihn, dich nicht mehr zu belästigen."

Sie ließ ihren Kopf nach vorn sinken, bis ihre Stirn seine berührte.

Er umfasste ihre Wangen. „Du wirst dich von dem Dämon befreien. Bist du bereit?"

Sie wusste nicht, ob dem so war, dennoch nickte sie. Viola musste dem Grauen ins Antlitz blicken, damit er nicht in den Schatten ihres Bewusstseins auf sie lauerte. John bot ihr eine Gelegenheit, die sie nutzen musste. Er führte sie die Treppe hinauf. Bevor er den Raum betrat, zog er eine Sturmhaube über und brachte sie zu Sarah.

Sarahs Hand tastete nach ihrer und hielt sie in einem erstaunlich kräftigen Griff fest. Die Frau konnte zupacken. Zierlich mochte sie sein, aber sie besaß Stärke. Viola verharrte und brauchte einen Augenblick, um zu verstehen, was sie sah.

Cormit war nackt an einem Deckenbalken fixiert. Ungepolsterte Handschellen umschlossen die Handgelenke und es gab keinen Spielraum dabei. Die Zehenspitzen berührten kaum den Boden. Die Haltung allein war sehr schmerzhaft. Die Maestros umzingelten ihn in einem losen Kreis. Weit genug entfernt, um der Züchtigung nicht im Weg zu stehen. Ein furchterregender Anblick schwarz gekleideter Söldner, die das Arschloch noch nicht erspähen konnte.

Der Dämon stöhnte und ein angstvolles Wimmern kroch aus seiner Kehle, ganz wie eine Spinne, die er auch war. Ein Maestro riss ihm die Augenbinde vom Kopf. Sie vermutete, dass es Miles war. Die panikerfüllten Augen benötigten einen Moment, bis sie erfassten, was genau da um ihn lauerte. Sie schubsten ihn. Er keuchte auf, denn die eisernen Schellen gruben sich in die Haut ein. Bevor er etwas äußern konnte, rammten sie ihm einen roten Knebelball zwischen die Lippen.

„Wir interessieren uns nicht für deine Worte." Es war John, der das Geschirr hinter seinem Kopf verschloss. Er zog es stramm an. „Außerdem wirst du gleich schreien. Und wie du das wirst." John packte ihm in den Nacken. „Wenn du jemals wieder in die Nähe von Viola kommst, töten wir dich. Und niemand wird dich finden. Es wird keine Leiche geben, die jemand betrauern könnte. Das ist ein ganz persönliches Versprechen von mir an dich. Und ich halte meine Versprechen immer."

Auf dem Boden lag eine Peitsche. Sie war länger als alle, die sie bis jetzt bei den Maestros gesehen hatte. Sie musste grauenvoll sein. Zudem waren Knoten am unteren Ende der Peitschenschnur. Daneben lag eine Dressurgerte.

Fragend sah sie zu John auf, denn er drückte ihr die Gerte in die Hand.

„Das sind seine Utensilien."

Obwohl er es nicht aussprach, wusste sie, dass das Monster die Peitsche an ihr hatte benutzen wollen. Sie konnte sich kaum ausmalen, wie grässlich die Agonie war, die sie hervorrief. Nicht nur, dass sie schwer zu handhaben war, die Verdickungen würden sich in das Fleisch einbrennen, die Schnur den Körper umwickeln und besonders dort einen unerträglichen Schmerz verursachen.

Sarah löste Violas zitternde Finger von dem Gertengriff. Ihre Hand umfasste den roten geflochtenen Griff und sie schnellte mit ihr ein paar Mal durch die Luft. Das Geräusch war beängstigend. Viola wunderte sich, warum Sarah keine Haube überzog. Der Dämon schrie in den Knebel. Sein bärtiges Durchschnittsgesicht, mit den widerlichen kalten Augen, blauen Glassplittern gleich, ließ sie würgen. Er sah Viola hasserfüllt an. Aber hinter dem Hass verbarg sich Furcht. Ein unbekanntes Gefühl für dieses Stück Abschaum.

„Ich zeige dir, wie es geht.“ Sarah lächelte sie beruhigend an. Als sie sich dem Gefesselten zuwandte, änderte sich ihre Körpersprache. Das Lächeln war gebieterisch, ihre Haltung drückte entschlossene Stärke aus. Sie wirkte furchterregend. Das Arschloch ruckte in der Fesselung. Er erkannte Unbarmherzigkeit.

Es gab kein Aufwärmen. An den Hieben war nichts Zierliches. Sarah verstand sich darauf, mit dem Schlaginstrument umzugehen. Sie traf zielgenau. Scharfe schnelle Treffer knallten auf das Gesäß und die Rückseite der Oberschenkel. Rote Striemen erblühten auf der Haut. Er zappelte und schrie in den Knebelball.

Die ganze Zeit über hielt John Viola und schenkte ihr Kraft, die sie über alles brauchte. Sarah hörte auf und reichte ihr die Gerte. Viola wusste nicht, ob sie fähig war, es zu tun. Wollte sie es überhaupt? Sie blickte dem Albtraum ihrer Jugend in die Augen. Was sie dort sah, erschreckte sie zutiefst.

John nahm sie ein Stück zur Seite. „Nur ein paar Mal, um den Rest kümmern wir uns.“

Sie atmete tief durch. Niemals zuvor hatte sie einem Lebewesen Leid zugefügt, doch er hatte sich das Recht, sich als einen Menschen zu bezeichnen, schon sehr lange verwirkt. Sie führte die Hiebe weder hart noch leicht aus. Die Beschaffenheit war dazu gedacht, dass auch schwächere Schläge schmerzten. Dieses Instrument konnte schweren Schaden zufügen. Viola empfand keine Genugtuung oder Zorn. Stattdessen fiel der Dämon von ihr ab. Sie trat erneut vor ihn und sah ihn fest an.

Warme Hände lagen auf ihren Schultern und schoben sie aus dem Raum. Dean zog die Tür hinter sich ins Schloss, hob sie hoch und setzte sich mit ihr auf die Rücksitzbank des PT Cruisers. Er wickelte sie in eine Decke und umfing sie mit beschützenden Armen.

Sie wusste nicht, was im Haus geschah und wollte es auch nicht wissen.

Nach einer geschätzten Ewigkeit kam John die Stufen herunter und löste seinen Bruder ab.

„Wir fahren jetzt nach Hause. Es ist vorbei."

Kapitel 15

Die darauffolgende Woche verkroch Viola sich in ihrem Atelier und malte ununterbrochen. Die Männer respektierten ihren Wunsch nach Einsamkeit, die sie brauchte, um alles zu verarbeiten. Doch die Sullivans sahen regelmäßig nach ihr. Sie waren da, falls Viola reden wollte oder einfach nur ein Paar Arme brauchte, in das sie sich flüchten konnte. Jedes Mal, wenn sie Reifengeräusche auf der Einfahrt hörte, ergriff sie Angst, dass die Polizei an die Tür klopfe. Gerade hatte sie ein Auto gehört und lehnte schnell atmend an dem Arbeitstisch. Als sie sich erschrocken zur Tür umdrehte, war es allerdings John, der im Türrahmen stand. Sie fühlte sich plötzlich scheu und gehemmt. Mit großen Schritten erreichte er sie und zog sie in die Arme. Jegliche Unsicherheit verschwand wie ein Schmetterling im Wind.

„Ich erkläre es dir. Du brauchst keine Furcht zu haben. Parker geht nicht zur Polizei. Er belästigt dich nie wieder. Sarah besitzt ein Dominastudio, das *Chili*. Jede der Dominas, die dort arbeiten, wird bestätigen, dass Cormit ein häufiger Gast in ihrem Etablissement ist. Er hat ein Faible für sehr harte Spiele und hat sogar einen entsprechenden Vertrag unterschrieben. Wir haben die Rechnungen seiner Folterinstrumente bei ihm gefunden und sichergestellt. Er weiß, wenn er die Abmachung missachtet, fällt unsere nächste Begegnung weitaus ernster für ihn aus. Er hat niemanden von uns ohne Maske gesehen. Er kennt weder den Ort noch weiß er, wer ihn ausgepeitscht hat. Und etwas Schlimmeres kann er sich in seiner ekelhaftesten Fantasie nicht ausmalen. Dominas hassen Männer, die Frauen vergewaltigen und nur aus Perversion Schmerzen zufügen. Mehr brauchst du nicht zu wissen.“

Mehr wollte sie auch nicht wissen. Sie sank gegen ihn. Er lächelte sie warm und auf eine Weise an, die ihre Neugierde weckte.

„Kommst du gleich zum Essen? Dean hat ein köstliches Kartoffelbrot gebacken.“ Er zwinkerte ihr zu und küsste sie leicht auf die Lippen, ehe er ging.

Viola ging mit klopfendem Herzen in ihr Zimmer. Wo waren ihre Sachen, die auf dem Bett gelegen hatten? Sie öffnete die Schränke, aber sie waren leer. Dann sah sie den Zettel, der auf dem Nachtisch lag.

„Was du suchst, befindet sich in unserem Schlafzimmer.“

Unserem Schlafzimmer! Sie wäre beinahe noch an Ort und Stelle in Tränen ausgebrochen. Für jemanden, der früher seine Gefühle vor der Welt verborgen hatte, was sie mittlerweile sehr impulsiv. Viola rannte zu seinem Zimmer und verharrte heftig nach Atem ringend vor der Tür.

Sollte sie klopfen? Beherzt drückte sie die Türklinke nach unten. Der grüne Kimono lag auf dem Bett und ihre Kleidung füllte einen Teil des Schrankes.

Ihr Blick wanderte zu dem Kimono und sie verstand den Wink.

Ein Spiel.

Sie duschte ausgiebig. Ein Negligé aus weißem Jersey lag neben dem Kimono. Sie zog es über und schaute atemlos in den großen Spiegel. Es umschmiegte ihre Brüste und ihre Nippel drängten gegen das weiche Material. Feine Träger hielten den dünnen Stoff. Es reichte bis knapp zu ihren Knien.

Sie fror und schwitzte gleichzeitig vor Aufregung. Die Tür zum Esszimmer war angelehnt. John stand vor einem der Fenster und blickte in den regnerischen Tag hinaus. Er drehte sich bei ihrem Eintreten um.

„Du siehst zauberhaft aus.“ Der Tonfall, ganz der Maestro. Mit einem nervösen Lachen starrte sie ihn an. Mit drei großen Schritten erreichte er sie, löste den Gürtel, und das seidige Gewebe glitt zu Boden. Er fuhr mit der Fingerspitze über ihre Brustwarzen.

„So entflammt.“ Er setzte ihr nach, verfolgte sie wie ein Panther, während sie zurückwich. Sein Blick verbrannte sie. Mit dem Hintern stieß Viola an das Sideboard. Aufgewühlt schluckte sie, wusste sie doch, dass die Schublade mit Lust gefüllt war. Er presste seine Vorderseite gegen sie. Nicht nur sie war erregt. Ihr freches Lächeln veranlasste ihn, den Hauch von Nichts hochzuschieben und ihren Po zu kneten. Ein zärtlicher Klaps traf die Backen und sie lachte schamlos auf. Erst jetzt bemerkte sie die Gemälde an den Wänden. Es waren die Blumengemälde aus ihrem Haus.

„Deine Pferdegemälde hängen in unserer Bibliothek. Du sagtest, du könntest dich nicht von ihnen trennen. Deshalb schmücken sie jetzt dein Zuhause. Der *Federzirkel* ist der perfekte Rahmen für sie."

Sie starrte ihn an, denn sie verstand nicht sofort, was die Worte bedeuteten. Ein Glücksgefühl löste die Verwirrung ab.

„Schweig!"

Nur mit Mühe hielt sie ihre Freude zurück, wo sie vor Glück schreien wollte. „Ich habe ein Geschenk für dich." Er zeigte auf den Tisch. Auf ihm lag ein Halsband aus grünem Samt. Ihr Blick saugte sich daran fest. „Es würde mich ehren, wenn du irgendwann genügend Vertrauen hast, dass ich es dir anlegen darf."

Viola streichelte den Flor. Angenehm lag es unter ihren Fingerspitzen und sie sank vor ihm auf die Knie.

„Ich fühle mich sehr geehrt." Sie sah zu ihm auf, ein spitzbübisches Lächeln auf dem Gesicht. „Holder Meister."

„Frech bis in die Fußspitzen." Er stand hinter ihr und für einen Moment spürte sie Panik. John legte das weiche Band auf ihre Kehle. „Vertrau mir, kleiner Schmetterling." Ein sanfter Kuss berührte ihre nackte Schulter und hauchzart folgte er mit den Lippen der Linie ihres Halses. Seine starken Hände verschlossen das samtige Band in ihrem Nacken. Es lag locker um ihren Hals und er zog ihren Kopf vorsichtig, jedoch nachdrücklich zu sich.

„Du erhältst morgen ein Tattoo. Die Feder wird dich unterhalb deines rechten Schlüsselbeines schmücken."

Fang nicht an zu heulen!

Er wanderte mit den Fingerkuppen unter den Stoff. Ungeduldig rekelte sie sich, das Halsband vollkommen vergessen. Er sollte endlich ihre Nippel stimulieren. Aber er strich über ihre Brüste, ohne sie zu berühren.

„Deine kleinen Frechheiten kann ich nicht ungestraft lassen. Ich bestrafe dich vor dem Abendessen, Schiava."

Schiava! Ja, sie war eine Schiava – seine Schiava.

Seine Stimme jagte Feuchtigkeit zwischen ihre Schenkel und Verlangen tobte durch ihren Körper. Seine Hand erreichte ihren Bauch, der unter seinen Fingerspitzen bebte.

„Du bist gierig und maßlos. Genauso mag ich es." Er stand auf und zog sie mit sich. Zu ihrem Verdruss setzte er sich auf einem Stuhl. Sein provozierender Blick lag auf ihr. „Drüberlegen. Ich höre erst auf, wenn du mich weinend darum bittest, sobald deine Wut, die dich sicherlich gleich anfallen wird, den angenehmeren Empfindungen Platz macht."

Seufzend ergab Viola sich in das herrliche Schicksal. Erneut schob er das zarte Material nach oben, bis ihr Po einladend vor ihm lag. Irgendwie war es intimer, als nackt zu sein. John berührte schrecklich sanft ihren Venushügel und willig spreizte sie die Schenkel.

Er tauchte mit den Fingerkuppen ein und rieb die Nässe über ihre geschwollene Perle, leider viel zu leicht. Viola versuchte, ihre Scham gegen seine Finger zu pressen, aber er zog sie zurück.

„Zuerst wirst du bestraft." Sinnliche Worte, die ihren Körper ergriffen und bis in ihr Bewusstsein reichten.

Die ersten Schläge liebkosten sie, bis wohlige Hitze ihren Po umhüllte. Doch das war nur der Anfang, denn John schonte sie nicht. Bald stöhnte und jammerte sie unter der erregenden Pein. Auch bei den ersten Tränen und den ersten halbherzigen Bitten nach Gnade hörte John nicht auf.

„Du bittest mich, aufzuhören, obwohl ich genau weiß, dass du nicht genug hast? Noch lange nicht!“ Weitere Schläge prasselten auf ihr Gesäß. Das Schluchzen wurde echter, der Wunsch nach Erbarmen kam stammelnd über ihre Lippen. Grob stellte er sie auf die Füße und zerrte sie nach nebenan in das Strafzimmer. Er befestigte Manschetten an ihren Handgelenken und fesselte sie mitten im Raum.

John wusste, dass sie sich so am verletzlichsten fühlte. Er hatte Zugriff auf jede Seite ihres Körpers.

„Jetzt, wo du ein wenig Demut gelernt hast, wird es Zeit für eine zusätzliche Lektion.“

Ihr Arsch glühte und sie wollte, dass er sie fickte, sich nahm, was sie ihm schamlos anbot. Tränen rannen ihre Wangen hinunter. Mit einem Messer zerschnitt er den Ausschnitt des Hemdchens, ein Ruck, und der dünne Stoff zerriss. Er ging vor ihr auf die Knie und küsste eine Spur an ihrem Bauch hinab. Bevor seine Zunge auf ihrer zuckenden Perle landete, schaute er zu ihr hoch.

„Wage es ja nicht, zu kommen. Egal wie sehr ich dich reize. Du beherrschst dich.“ Sie wimmerte auf, denn er leckte über ihre Klitoris, saugte hart und Viola war so aufgeladen, dass sie ihm nichts entgegensetzen konnte. Sie kam sofort. John hörte erst mit der Stimulation auf, als der Orgasmus sie aus seinem Griff ließ.

„Dafür wirst du die Peitsche spüren.“

Während er in der dämlichen Schublade kramte, hing sie zitternd in den Fesseln. Mit einem diabolischen Grinsen zeigte er ihr das Schlaginstrument. Die Peitsche war länger als die, die sie bis jetzt gespürt hatte.

Dunkelbraun, drohend, geschmeidig. Er entrollte sie und die Schnur zischte durch die Luft. Das Geräusch reichte, um ihr einen heiseren Schrei zu entlocken.

„Jammer ruhig, niemand wird dir helfen." Er zerschnitt die Träger. Der Stoff fiel auf den Boden. Flammende Intensität drohte, sie zu verschlingen.

Er positionierte sich vor ihr. Gebannt starrte sie auf seinen Arm, verfolgte die ausholende Bewegung. Er zielte auf ihren Bauch. Viola zog an den Fesseln, obwohl sie wusste, dass es sinnlos war. Sie wollte die Lider schließen, unmöglich. Fasziniert fixierte sie die Peitschenschnur, die auf sie zukam, schrie gellend, bevor sie ihren Leib küsste.

Der Riemen berührte nicht ihre Vorderseite, sondern umwickelte ihre Hüfte und traf glühend den Po.

„Es ist Zeit für eine Frage."

Das meinte er nicht ernst. Erbost funkelte sie ihn an. Der Schmerz lag frisch auf ihrer Haut, verlangend und nicht nachlassend. Sie konnte keinen klaren Gedanken fassen. „Bitte John, ich kann nicht denken." Flehend sah sie in seine Augen, keuchte unter der Gier, die ihr entgegenschlug.

Eine weitere Feuerzunge leckte über sie, erfasste brennend ihren Körper.

„Willst du mich heiraten?"

Das Züngeln der Peitsche ging fast in Violas Antwort unter. Sie schrie das Ja aus voller Kehle.

John, Miles und Dean standen vor ihr, grinsten sie an, aber Violas Blick lag auf dem goldenen Fellbündel, das in Johns Armen lag und ihm die Nase in die Halsbeuge bohrte.

„Dürfen wir dir Giotto vorstellen?"

Ende

Autorin

Linda Mignani, Jahrgang 1965, geboren in Kirkcaldy (Schottland), lebt glücklich verheiratet mit ihrem Mann italienischer Herkunft im Ruhrgebiet. Den britischen Pass ziert ein grauenvolles biometrisches Passfoto. Inspiration holt sie sich beim Malen ihrer Acrylbilder. Sie liebt Regen und stürmisches Wetter, besitzt nur eine Handtasche aber unzählige Turnschuhe. Neben Büchern zählen Wandern, Joggen und Rad fahren zu ihren Leidenschaften. Damenschneiderin und Industriekauffrau sind die Berufe, die sie erlernte. Ihr Motto: Das Leben ist zu kurz, um sich zu ernst zu nehmen.

Website: http://lmignani.blogspot.com
Facebook: www.facebook.com/linda.mignani
Facebook – offizielle Seite: Linda Mignani – Autorin

Weitere Romane von Linda Mignani:

Federzirkel-Reihe:
Bittersüßer Schmerz (Teil 1)
Bittersüße Hingabe (Teil 2)
Zähmung und Hingabe (Teil 4)
Vertrauen und Unterwerfung (Teil 5)
Feuerperlen (Teil 6)
Feuertango (Teil 7)
Feuernächte (Teil 8)
Bittersüße Verführung, bitterzarte Bestrafung (Teil 9)

Mitternachts-Reihe:
Mitternachtsspuren (Teil 1)
Mitternachtserwachen (Teil 2)

Die Insel:
Touch of Pain (Teil 1)
Touch of Pleasure (Teil 2)
Touch of Trust (Teil 3)
Touch of Feathers (Teil 4; Crossovover mit der Federzirkel-Reihe; erscheint im Winter 2016/17)

Blood Dragon:
Drachenschwingen (Teil 2; Fortsetzung von Kira Maedas Roman „Blood Dragon 1: Drachennacht")
Drachendämmern (Teil 3)

Einzelromane:

Dark Tango
Kriegsbeute
Versteigert

Mia Wagner
Der Fürst und das Bauernmädchen
Erhältlich als eBook & Taschenbuch

Ein kleines Dorf am Rande der Karpaten. Fürst Nicolea Grigore, von allen nur Der dunkle Fürst genannt, tritt das Erbe seines Onkels an und feiert mit Freunden in seinem Schloss wüste Orgien und rauschende Feste. Schon mehrere Mädchen aus dem Dorf erlagen den sinnlichen Verlockungen der Lust.
Nur die unschuldige Katja meidet das Schloss sowie dessen Umgebung und freut sich stattdessen auf ihre Vermählung mit einem Bauernsohn. Als sie jedoch beim Kräutersammeln im Wald von einem schweren Gewitter überrascht wird, sucht sie Schutz in der Jagdhütte des Fürsten. Ihr Schicksal scheint besiegelt, als der plötzlich vor ihr steht und kein Erbarmen zeigt.
Katja soll mit ihrem Körper für seine „Gastfreundschaft" bezahlen ...

Jana Aston
Wrong: Wenn der Falsche der Richtige ist
Erhältlich als eBook & Taschenbuch

Wenn jemand ein Händchen dafür hat, sich den Falschen rauszupicken, dann bin ich es. Schwul? Weiberheld? Spieler? Muttersöhnchen? Alle zu mir!
Zur Zeit bin ich in einen meiner Kunden aus dem Coffeeshop verknallt. Wenn ich auch nur daran denke, was seine schönen Hände mit meinem Körper anstellen könnten, wird mir jedes Mal ganz heiß! Aber das ist natürlich bloß eine harmlose Schwärmerei von mir. Ist ja nicht so, als würde ich Luke jemals außerhalb des Cafés treffen.
Doch erstens kommt es anders, und zweitens als man denkt, denn unsere Wege kreuzen sich an einem Ort, der meine wildesten Fantasien sprengt. Seine Hände sind plötzlich genau dort, wo ich sie mir gewünscht habe: zwischen meinen gespreizten Beinen. Die Sache ist mir so peinlich, dass ich Luke eigentlich nie mehr wiedersehen will, aber das Schicksal hat offenbar andere Pläne für uns: Als ich in eine Notlage gerate, wird er zum Retter in der Not und wir kommen uns näher.
Was wäre, wenn der Falsche plötzlich der Richtige ist?

New York Times-Bestsellerautorin Jana Astons Erfolgsroman - übersetzt von Linda Mignani.